ZUM BUCH:

London um die Jahrhundertwende. Die wohlhabende Beatrice Bonnington verliebt sich in den charmanten Sohn einer vornehmen Familie. Sie weiß, daß der verarmte William Overton sie nur ihres Geldes wegen heiratet. Von den beruflichen Erfolgen seiner resoluten Frau eingeschüchtert, wendet sich William bald der Gouvernante ihrer Kinder zu. Aber die tüchtige Beatrice läßt sich nicht beirren: Sie baut nicht nur das väterliche Geschäft zu einem Großunternehmen aus, sondern erringt auch mit Liebe und Geduld die Zuneigung ihres Mannes.

DIE AUTORIN:

Dorothy Eden verbrachte ihre Kindheit auf einer Farm in Neuseeland. Als Sechzehnjährige übersiedelte sie nach England, wo sie eine Zeitlang als Sekretärin arbeitete, bevor sie sich der Schriftstellerei widmete. Sie gilt heute international als eine der erfolgreichsten Autorinnen Englands, deren spannende Romane ihr auch in Deutschland eine feste Lesergemeinde gebracht haben. Dorothy Eden starb 1983 in London.

Dorothy Eden

Sing mir das Lied noch einmal

Roman

Moewig bei Ullstein
Englischer Originaltitel:
Speak to me of Love
Übersetzt von
Elisabeth Epple

Ungekürzte Ausgabe

Umschlaggestaltung:
Hansbernd Lindemann
Illustration:
Pino Daeni
c/o Agentur Thomas Schlück
Alle Rechte vorbehalten
Die Originalausgabe erschien
bei Hodder and Stroughton, London
© 1974 für die deutsche
Ausgabe by Franz Schneekluth
Verlag KG, München
Lizenzausgabe mit
Genehmigung des
Schneekluth-Verlages
Printed in Germany 1994
Druck und Verarbeitung:
Ebner Ulm
ISBN 3 8118 2849 5

November 1994
Gedruckt auf alterungs-
beständigem Papier mit
chlorfrei gebleichtem Zellstoff

Von derselben Autorin
in der Reihe
Moewig bei Ullstein:

Krähenrufe (62671)
Die vollen Tage des
Lebens (62805)
Die Spur führt durch
die Wälder (62829)

Die Deutsche Bibliothek –
CIP-Einheitsaufnahme

Eden, Dorothy:
Sing mir das Lied noch einmal :
Roman / Dorothy Eden. Übers. von
Elisabeth Epple. – Ungekürzte Ausg.
– Rastatt : Moewig bei Ullstein, 1994
  ISBN 3-8118-2849-5

1

Herbst 1881. Beatrice Florence Bonnington, vierundzwanzig Jahre alt, war im Begriff, sich für ihre Hochzeit ankleiden zu lassen.

Die drei Frauen um sie herum, Mama, Miss Brown aus der Damenmodenabteilung im Geschäft ihres Vaters und Hawkins, ihr Mädchen, bemühten sich, eine hübsche Braut aus ihr zu machen.

Der Gegenstand, mit dem sie sich abmühten, war jedoch nicht allzu vielversprechend. Beatrice selbst hegte keinerlei Illusionen über ihr Aussehen. Sie war ziemlich klein und mollig. Da sie ihren Kopf hoch trug, um größer zu erscheinen, wirkte sie arrogant, was keineswegs stimmte. Sie hatte graue Augen und die rosige, gesunde Gesichtsfarbe eines Landmädchens, obwohl sie immer in der Stadt gelebt hatte. Ihr blondes Haar war sehr üppig, aber schwer zu frisieren. Wenn sie lächelte, strahlte ihr Gesicht, aber sie war eine viel zu ernste Natur, um häufig zu lächeln.

In dem mit größter Sorgfalt verarbeiteten, teuren Brautkleid, das Miss Brown für sie ausgewählt hatte, wirkte sie steif und verkrampft und verriet nach außen hin nichts vom Aufruhr ihrer Gedanken. Dieser Mischung aus Unbehagen und froher Erregung, Glück, Angst und völligem Unglauben. Denn die kleine, unscheinbare Beatrice Bonnington, anscheinend nur von dem einen Wunsch beseelt, ein Geschäft zu führen wie ihr Vater, schien dazu bestimmt gewesen, eine alte Jungfer zu werden. Und nun heiratete sie *den* Fang der Saison.

Natürlich ließ sich niemand von romantischen Gefühlen täuschen, am wenigsten die Braut selbst. Sie hatte ebenso zielstrebig und kühl auf diesen Tag hingearbeitet wie Papa, wenn er eine wichtige geschäftliche Transaktion vorbereitete.

Und sie wußte sehr gut über Geschäftsmethoden Bescheid. Schon seit ihrer frühesten Kindheit besuchte sie auf Geheiß Papas immer wieder seinen großen neuen Laden in der Edgware Road, kaum einen Steinwurf vom Marble Arch und dem geschäftigen Treiben der Oxford Street entfernt. Bonningtons Magazin.

Sie erinnerte sich, wie sie Mama die schmalen Gänge entlang gefolgt war und selbstzufrieden die respektvollen Verbeugungen der schwarzgekleideten Ladengehilfen zur Kenntnis genommen hatte. Sie trug einen pelzverbrämten Hut und einen dazu passenden Muff in der Hand. Ihr Kopf befand sich in der gleichen Höhe wie die Mahagoni-Ladentische. Der allgewaltige Geschäftsführer selbst geleitete sie zum Ziel ihrer Besuche, dem eindrucksvollen, vergoldeten Käfig des Kassenpults, von dem aus Papa sein Reich regierte.

Diese Besuche berauschten Beatrice immer mehr, denn sie verliehen ihr jenen Hauch von Wichtigkeit, der ihr in jeder anderen Phase ihres Lebens völlig fehlte. Zu Hause erwartete man von ihr, daß sie folgsam und ergeben hinter den raschelnden Kleidern ihrer Mutter einhertrottete oder sich sanftmütig den Anordnungen ihrer Gouvernante fügte. Man hielt sie für ein unkompliziertes und ziemlich langweiliges Kind, und niemand machte sich jemals die Mühe, ihre wirklichen Gefühle zu ergründen.

Doch im Geschäft ihres Papas, das sich so eindrucksvoll aus dem kleinen, von seinem Vater ererbten Kramladen entwickelt hatte, war sie Miss Beatrice, eine Persönlichkeit, die Kronprinzessin. Seit es sich zu Papas nie überwundener Enttäuschung herausgestellt hatte, daß es keinen Kronprinzen geben würde.

Abgesehen von der persönlichen Befriedigung über die ihr entgegengebrachte Verehrung war Beatrice von dem Laden selbst fasziniert. Er stellte für sie ein Wunderland aus Tausendundeiner Nacht dar. Die Kaskaden aus Seide und französischer Spitze, die ungeheuren Fächer aus Straußenfedern, die mit Blumen geschmückten Hüte, die wie ein überquellender, ewig blühender Garten aussahen, die geschliffenen Glasflaschen, die Reihen eleganter, glänzender Knöpfstiefel, die gerafften Unterröcke und Damenhemden, die kühl schimmernden, durchbrochenen Gegenstände im indischen Raum, ganz zu schweigen von den kostbaren Stoffen aus Satin, Brokat und Samt. Das war der Himmel für ein Kind mit lebhafter Phantasie und einer Liebe zu allem Schönen.

Die Unterhaltung mit Papa war jeweils notgedrungen kurz, denn er war viel zu beschäftigt, um mit Menschen zu sprechen, die er zu Hause jeden Morgen und Abend sehen konnte. Der Tag im Geschäft gehörte jener geheiligten Person, dem Kunden.

Wenn er nicht gerade die Geldscheine und Münzen zählte, die er den kleinen Behältern entnahm, die an Drähten über seinem Kopf angeflitzt kamen, oder mit prüfendem Auge sein Reich überblickte, war er in seinem Büro, umgeben von Hauptbüchern und Marktberichten, oder er machte eine Runde durch die verschiedenen Abteilungen. Dabei pflegte er lautlos hinter seinen Abteilungsleitern aufzutauchen, hörte sich kritisch ihre Verkaufsgespräche an und freute sich, wenn sie beinahe aus der Haut fuhren, sobald sie sich seiner Anwesenheit bewußt wurden. Er war für sie eine ehrfurchtgebietende Erscheinung. Deshalb sei er auch so erfolgreich, sagte Mama. Er spannte jedermann auf die Folter.

Die kleine Beatrice, nicht größer als die Ladentische, wußte nicht, was auf die Folter spannen hieß. Sie wußte nur, daß sie selbst sich nicht vor Papa fürchtete. Er war eine imposante Erscheinung mit seinen scharfen, schwarzen Augen und seinem schwarzen Bart, und er machte niemals ein Hehl aus seiner Enttäuschung, daß sie kein Junge war. Aber er konnte in den kurzen Zeiten, in denen er die Geschäfte aus seinen Gedanken verbannte, recht fröhlich sein. Sie liebte ihn, denn es gab in ihrem Leben sonst niemanden, den sie hätte lieben können. Mama, die sich am Tag mindestens sechsmal umzog und eine Unmenge Zeit vor dem Spiegel verbrachte, war eigentlich nur ein in teure Kleider gehüllter Körper.

Noch ehe Beatrice zehn Jahre alt war, hatte sie einen gesunden Sinn für Geld entwickelt, vielleicht weil Mama es wie Wasser verschwendete. Als sich der große Erfolg des erweiterten Bonnington-Geschäfts abzeichnete, war Papa endlich gezwungen, im vornehmen Teil von Hampstead nahe der Heath ein Haus zu bauen. Dieses neue Haus stellte einen gewaltigen Unterschied zu dem kleinen, altmodischen dar, in dem sie bisher gelebt hatten (in einer ganz gewöhnlichen Straße in Kentish Town). Mama hielt mit Recht die Luft an, als sie zusah, wie die dunkelbraunen Teppiche verlegt und die dunkelbraunen Vorhänge aufgehängt wurden. Das war eine so gediegene und vornehme Farbe und zudem so praktisch, wenn man an den dauernden Rauch der Kohlenfeuer dachte und an diese schmutziggelben Nebel im Winter. Die schweren Eichenmöbel, die Papa auf Mamas Drängen hin gekauft hatten, wirkten sehr großartig. Ebenso das verzierte viktorianische Silber, die Kerzenleuchter, die schimmernden Schüsseln, Tabletts und Teeservices. Es mußte eigens ein Mädchen eingestellt werden, um das alles zu pflegen und um den langen Mahagonitisch nach einer Dinnerparty zu polieren.

Mama begann an ihrer Rolle als Gastgeberin Gefallen zu finden. Außerdem war es wichtig, daß viele Menschen ins Haus kamen, denn Beatrice wurde älter und sollte Freundschaften schließen.

Der erste Schritt in dieser Richtung bedeutete natürlich, die richtige Schule für sie zu finden. Schließlich war man jetzt eine erfolgreiche Familie. Wenn sich Papas Pläne erfüllen sollten, würde man sogar reich sein.

So fand sich also Beatrice mit zwölf Jahren in der snobistischen Mädchenschule, die Mama schließlich gefunden hatte. Zwar war sie nun den Klauen einer Reihe besserwisserischer Gouvernanten entronnen, aber deshalb nicht weniger unglücklich.

Sie war schon immer ein einsames Kind gewesen, in sich gekehrt und scheu, außer in der Gegenwart von Menschen, die sie mochte. Gleichaltrige Freunde besaß sie keine. Ihr beliebtester Zeitvertrieb waren noch immer die Ausflüge in Papas Laden im geschäftigen Herzen von London, wo Kauflustige übers Pflaster hasteten oder die Auslagen betrachteten. Die Straße, matschig im Winter und zum Ersticken staubig im Sommer, war ein Dschungel von Pferdebussen, Wagen, Händlerkarren, Schubkarren und Straßenverkäufern mit ihren fahrbaren Buden.

Natürlich spielte sie eine Rolle, aber es war eine viel glücklichere Rolle, als jene, die ihr in dieser entsetzlichen Mädchenschule aufgezwungen wurde, wo man von ihr erwartete, daß sie die richtigen Freundschaften schloß, um in die wichtigen Häuser auf der Heath eingeladen zu werden. Nicht Häuser, die wohlhabender waren als ihr eigenes, aber älter, eingesessen, ein Teil der Geschichte und bewohnt von wohlwollenden, kultivierten Menschen.

Mama war einst Zofe in derartigen Häusern gewesen (eine Tatsache, die heute nie mehr erwähnt wurde) und hatte Geschmack daran gefunden. Nun entwickelte sie für ihr eigenes Kind einen übertriebenen Ehrgeiz in dieser Richtung.

Doch selbst an Miss Faulkners Schule fuhr Beatrice fort, ihren einsamen Weg zu gehen, obwohl sie es lernte, Klavier zu spielen, mit entrückter, rauher Stimme zu singen, Walzer und Polka zu tanzen, wilde Blumen zu bestimmen und Aquarelle zu malen, Französisch und Deutsch zu sprechen und auf einer Dinnerparty höflich Konversation zu machen.

Doch im stillen empfand sie das alles als komplette Zeitverschwendung. Was sie brauchte, war eine praktische Erziehung, die sie dazu befähigte, eines Tages Bonningtons zu übernehmen. Nichts wünschte sie sich sehnlicher, als aus Liebe zu heiraten. Da letzteres unwahrscheinlich schien, gestattete sie sich nicht, zu viel Zeit an diesen Gedanken zu verschwenden. Sie hegte über sich selbst keine Illusionen und wußte, daß sich kein junger Mann leidenschaftlich in ein reizloses Mädchen mit einer Vorliebe für Zahlen verlieben würde. Ihre Mutter natürlich vertrat unnachgiebig den Standpunkt, daß es für ein junges Mädchen nur ein Ziel gab, nämlich die Ehe. Papa stimmte mit ihr überein, doch betrachtete er seine stille, unscheinbare Tochter manchmal nachdenklich.

In letzter Zeit hatte sie ein paar bemerkenswert gute Vorschläge in bezug auf das Geschäft gemacht. Zum Beispiel, daß die indische Abteilung erweitert wurde, so daß man die vielen jungen Frauen, die nach Indien gingen, um zu heiraten oder sich dort einen Ehemann zu suchen, mit der nötigen Aussteuer versorgen konnte.

Er hatte erkannt, daß die kleine Bea einen ausgezeichneten, beinahe männlichen, praktischen Verstand hatte. Und der wäre ziemlich verschwendet an einen Ehemann und ein völlig untergeordnetes Leben. Trotzdem, die Mutter des Mädchens hatte recht. Eine Frau ohne Ehemann war eine armselige Halbheit. Etwa wie Miss Brown aus der Damenmodenabteilung mit der Figur eines Ofenrohrs.

Natürlich war es möglich, daß Bea, auch wenn sie einmal verheiratet war, ins Geschäft einstieg. Diesen Gedanken behielt

Joshua Bonnington jedoch für sich. Und das war schade. Denn dieses Wissen hätte Beatrice beflügelt.

Zunächst hatte es jedoch den Anschein, als habe Mama den richtigen Grundstein für Beatrices Zukunft gelegt. Mit fünfzehn Jahren wurde sie in eines der vornehmsten Häuser in der Heath eingeladen. Overton House war ein kleines, aber wunderschönes Haus im Stil von Queen Anne, erbaut von Captain Rufus Overton und in der Folge von seinen Nachkommen bewohnt, die alle beachtliche Karrieren bei der Armee oder der Marine gemacht hatten.

Auf ihrem Heimweg von der Schule war Beatrice oftmals am Tor von Overton House stehengeblieben und hatte die Stufen hinaufgeschaut zu dem weißen Gewölbe des Eingangs und den warmen, roten Backsteinwänden. Sie hatte die Tochter des Hauses gesehen, die hübsche, zerbrechliche, unerträglich hochmütige Caroline Overton, die entweder mit dem Wagen nach Hause gefahren oder, wenn sie zu Fuß ging, von einem Dienstmädchen begleitet wurde. Beatrice war sich vorgekommen wie die armen Leute in der Edgware Row, die ihre Nasen an Papas Schaufenster preßten und nach den Dingen sehnten, die dahinter lagen. Caroline, obwohl ihre Klassenkameradin, ließ sich kaum jemals herab, ein Wort mit ihr zu sprechen. Denn Caroline war ein Snob reinsten Wassers, und Beatrice gehörte jener unaussprechlichen Klasse von Geschäftsleuten an.

Beatrice machte sich keinen Deut aus Caroline, aber Overton House übte einen faszinierenden Reiz auf sie aus. Es schimmerte wie ein warmes und angenehmes Feuer durch die Linden zu ihr herüber. Sie besaß ein Gespür für Schönheit und Harmonie, was weder ihr Vater noch ihre Mutter verstand. Ihr eigenes Haus, solide und spießbürgerlich, erfüllte sie mit Trübsinn. Seit ihrer Babyzeit konnte sie sich an nichts anderes erinnern als an dunkle Wände, der Sonne wegen zugezogene Vorhänge, beklemmend mit Möbeln vollgestopfte Räume.

Die verschwenderische Farbenpracht gewisser Abteilungen in Bonningtons vermittelte ihr das gleiche Gefühl der Erfüllung. Aber dort wurden die Dinge dauernd verkauft. Die Schätze in Overton

House waren beständig. Wenn sie nur einmal hineinkommen könnte, so dachte sie, würde sie in Licht und Milde baden.

Es schien zu schön, um wahr zu sein, als sich die Gelegenheit dazu tatsächlich bot.

Es war Carolines fünfzehnter Geburtstag, und sie hatte gewünscht, daß ihre ganze Schulklasse zu einer Party eingeladen wurde. Es war eine wohlbekannte Tatsache, daß Miss Carolines Wünsche niemals abgelehnt wurden, denn sie war ja so zart.

So spielten also zwanzig Mädchen (darunter Beatrice Bonnington, deren Traum sich endlich erfüllt hatte) kindische Spiele wie Taschentuchfallenlassen und Blindekuh in dem sonnigen, ummauerten Garten. Später nahmen sie Tee im Musikzimmer, einem langen Raum, der die ganze Breite des Hauses einnahm und auch als Ballsaal benutzt wurde. Er war hell und sonnig. Französische Fenster öffneten sich auf eine mit Steinplatten belegte Terrasse. Er gefiel Beatrice sehr. Aber sie hatte gehört, es gebe noch andere, viel schönere Räume, wie zum Beispiel den gelben Salon und den berühmten Spiegelsaal, in dem einmal irgendein bemerkenswerter Heiratsantrag gemacht worden war.

Beatrice saß schweigend, aber mit wachsamen Augen, denen nichts entging, am Teetisch, an dem zwei Mädchen in makellosen gestärkten Häubchen und Schürzchen bedienten, während Caroline am Kopfende des Tisches in ihrer ekelhaft herablassenden Art Befehle erteilte.

Später kam Carolines Mutter herein, eine kleine, zierliche Frau mit einem hübschen rosigen und weißen Gesicht, um die Gäste ihrer Tochter zu begrüßen. Sie entschuldigte sich, daß ihr Mann nicht erscheinen könne. Er war General in Ruhe und ein gut Teil älter als seine Frau. Sein Gesundheitszustand ließ zu wünschen übrig. Er war sehr launisch, und Mrs. Overton bat ängstlich darum, man solle nicht zu viel Lärm machen, sonst würde Papa anfangen, mit seinem Stock auf den Boden zu klopfen.

Carolines Gesundheit war ebenfalls bedenklich angegriffen, weil sie als Kind in der extremen Hitze von Delhi und Cawnpore gelebt hatte. Und auch ihr jüngster Bruder, der Erbe dieses herrlichen Hauses, war nicht so kräftig, wie man gewünscht hätte.

Es schien beinahe, als könnten die ersten Winterwinde die gesamte Overton-Familie wie tote Blätter hinwegfegen. Beatrice hatte die riesige Gruft im Friedhof direkt gegenüber dem Overton House gesehen, in der zahlreiche Overtons ruhten. Alle Mitglieder der Familie, die heute hier anwesenden eingeschlossen, so dachte sie düster, würden schließlich fein säuberlich aufgereiht dort liegen. Wie die Warenballen in den Regalen im Erdgeschoß von Papas Geschäft.

Die Kirche selbst war voll von Overton-Gedenktafeln. Die gemeißelten weißen Marmortafeln leuchteten aus den spinnengrauen Wänden hervor.

Colonel Rufus Edwin Overton, gefallen im Kampf während des Sturms auf die Hügel von Abraham ... Seekadett Charles Edwin Overton, den bei der Schlacht von Trafalgar erlittenen Wunden erlegen ... William Rufus Overton, gestorben am Fieber in Kalkutta im Dienst der Ostindien-Gesellschaft ... Lieutenant Colonel Charles Henry Overton, grausam ermordet von aufständischen Sikhs in Delhi ... Major William Edwin Overton, während einer Reise in Afghanistan von Räubern gefangengenommen und getötet ...

Und die Frauen, die Ehefrauen dieser ergebenen und abenteuerlustigen Männer. Caroline Sarah, trauernde Witwe von Charles Henry Overton ... Mary Susa, Witwe von Rufus Edwin Overton und geliebte Mutter von zehn Kindern ... Elizabeth, innigstgeliebte Frau von William Edwin Overton, gestorben im Kindbett. Sie hinterließ einen einzigen Sohn, William Rufus Charles, der seinen Eltern diese Gedenkstätte errichtete ...

Dieser einzige Sohn, von dem hier gesprochen wurde, war Carolines Vater, General Overton. Seiner Verdienste um seine Königin und sein Vaterland auf der Krim, in Afghanistan, dem Punjab und Zululand wegen war er mit Ehren überhäuft worden. Und nun saß er irgendwo im oberen Stockwerk und lauschte mürrisch dem Kreischen und Kichern von zwanzig jungen Damen in ihren besten Partykleidern.

Wie die Familiengruft, so war auch dieses Haus mit seinen Bogengängen und Ziergiebeln, seinen wunderschönen, geschwungenen Treppen, dem Geruch nach Bienenwachs und Parfüm viel beständiger und dauerhafter, als es seine Bewohner jemals gewesen waren. Beatrice empfand das sehr intensiv und deutlich. Vor nicht langer Zeit hatte ihr Vater gesagt, er sei im Begriff, reich zu werden. Reich genug, um ihr alles kaufen zu können, was sie sich wünschte. Aber er hatte dabei an Kleider gedacht, an Schmuck, an einen neuen Wagen und ein Paar Grauschimmel.

Wenn sie ihm gesagt hätte, sie wollte nichts von diesen Dingen, sondern lediglich ein Haus wie Overton House, wäre er in sein dröhnendes Lachen ausgebrochen. Solche Häuser mußte man einheiraten. Und nicht einmal in den ehrgeizigsten Träumen ihrer Mutter war Platz für den Gedanken, daß Beatrice jemals die Frau eines Overton werden und Overton-Kinder zur Welt bringen würde (um schließlich in jene solide, dauerhafte Gruft gepackt zu werden).

Dessenungeachtet war Beatrice hartnäckig, wenn sie sich einmal etwas in den Kopf gesetzt hatte. Während jener Geburtstagsparty, bei der sie sich wie ein nervöser kleiner Goldfisch in einem Eiswasserbassin vorkam, spielte sie mit dem Gedanken, in diesem reizvollen Haus zu leben. Dieser Wunsch mochte Phantasie bleiben, aber wenn sie schon einmal hier war, wollte sie wenigstens mehr von dem Haus sehen.

Als der Tee vorüber war und Caroline ihre Gäste bat, wieder in den Garten hinauszugehen, blieb Beatrice absichtlich zurück. Kurz darauf gelang es ihr, unbemerkt hinauszuschlüpfen. Sie rannte die schön geschwungene Treppe hinauf, die in einem Bogen zu einem dämmrigen Gang emporführte.

Wenn sie jemandem begegnete, würde sie sagen, sie suche das Badezimmer.

Die Stufen waren mit einem blattgrünen Teppich bedeckt, der sich auf dem Treppenabsatz fortsetzte. Es war, als ginge man auf einem kurzgeschnittenen Rasen. Porträts von verstorbenen Overtons im Glanz militärischer und seemännischer Uniformen hingen im Treppenhaus. Die Wände waren mit einem hinreißenden Muster von Blättern und Zweigen tapeziert und in dem gleichen

Waldgrün gehalten wie der Teppich. Die Sonne schien durch das Fenster am weit entfernten Ende des Ganges wie gefiltertes Licht in einen Wald.

Alle Türen waren geschlossen. Welche Räume verbargen sie wohl? Der gelbe Salon würde sicherlich im Erdgeschoß sein, aber eine dieser geschlossenen Türen könnte in den Spiegelsaal oder in das chinesische Zimmer führen. Mit ziemlich wild klopfendem Herzen ob ihrer Verwegenheit faßte Beatrice einen raschen Entschluß und öffnete die Tür zu ihrer Rechten.

Im selben Augenblick dröhnte ihr aus dem Halbdunkel eine mächtige Stimme entgegen: »Was zum Teufel wollen Sie?«

Beatrice machte einen entsetzten Sprung und wollte sich hastig zurückziehen, wurde jedoch scharf zurückgerufen.

»Sind Sie ein neues Dienstmädchen? Hat meine Frau Sie geschickt?«

Beatrice stand unter der Tür und blinzelte, bis sich ihre Augen an das Halbdunkel gewöhnt hatten. Nun konnte sie den rotgesichtigen Herrn mit dem weißen Schnurrbart erkennen, der aufrecht in einem riesigen Bett saß. Er befestigte ein Monokel in seinem linken Auge, so daß er seine Besucherin besser betrachten konnte. Er sah sehr aufgebracht aus, seine strahlendblauen Augen funkelten so scharf wie Glas zwischen gerunzelten Brauen.

Erbleichend wurde Beatrice klar, daß sie in das Schlafzimmer des Generals hineingeplatzt war, der im Nachthemd im Bett saß. Sie hätte nicht verwirrter sein können, wäre er nackt gewesen. Was für eine schreckliche Geschichte war ihr da passiert!

»Nun, reden Sie endlich, Mädchen! Wer sind Sie?«

»Entschuldigung, Sir, ich habe nur das Badezimmer gesucht.« Dann, nachdem sie sich wenigstens teilweise von ihrem Schrecken erholt hatte, fiel ihr ein, daß sie dieser fürchterliche alte Herr noch immer für einen Dienstboten hielt. Empört hob sie das Kinn.

»Ich bin eine der Freundinnen Ihrer Tochter«, sagte sie. »Ich verstehe nicht, wie Sie mich irrtümlich für ein Dienstmädchen halten können.«

In der darauffolgenden Stille blieb Beatrice genügend Zeit, sich über die neuerliche Ungehörigkeit zu wundern, die sie sich da geleistet hatte. Trotzdem senkte sie den Kopf nicht. Die beiden starrten einander an, der cholerische Kranke und das plumpe, verärgerte Mädchen in dem zwar teuren, aber keineswegs verführerischen Kleid aus pflaumenblauem Samt. (Miss Brown, die Miss Bea immer ankleidete, merkte nicht, daß ihr altjüngferlicher Geschmack völlig unpassend war für ein fünfzehn Jahre altes Mädchen, das zu einer Party ging.)

Die Stille endete in dem dröhnenden Gelächter des Generals, bei dem Beatrice vor Schreck beinahe wieder aus der Haut gefahren wäre.

»Kommen Sie hierher, wo ich Sie besser sehen kann. Wie heißen Sie?«

»Beatrice Bonnington, Sir.«

»Bonnington? Den Namen noch nie gehört. Wer ist Ihr Vater?«

»Mr. Bonnington von Bonningtons Magazin.«

»Bonningtons Magazin!«

»Ein Laden«, erklärte Beatrice, da der alte Herr sichtlich im unklaren darüber war. Er befestigte erneut sein Monokel, um Beatrice dann wieder scharf zu mustern.

»Weshalb nennt er ihn dann nicht einen Laden anstatt so einen dummen, komischen Namen?«

Im stillen gab ihm Beatrice recht. Auch sie hielt Magazin für zu anspruchsvoll. »Ich weiß, was Sie meinen, Sir. Wenn der Laden einmal mir gehört, habe ich vor, ihn einfach Bonningtons zu nennen. Aber Papa findet, die Kunden mögen Magazin lieber. Das klingt bedeutender. Er sagt, der Umsatz habe sich beinahe verdoppelt, seit er ›Bonningtons Magazin‹ über die Eingangstür schreiben ließ.«

»Wenn Sie das abnehmen lassen und zum einfachen Laden zurückkehren, wird also das Geschäft zurückgehen?«

»O nein. Ich denke, nicht. Aber ich ziehe es vor, das Kind beim rechten Namen zu nennen.«

»Das sehe ich«, sagte der General.

Beatrice fühlte sich herausgefordert. »Wieso, Sir?«

»Nach der Art zu schließen, wie Sie aussehen, junges Fräulein. Einfaches Kleid. Ordentliche, aber nicht übertriebene Frisur.

Anständige, gerade Augen. Keine Erscheinung, von der man spricht, aber das könnte sich eines Tages noch auswachsen. Oder auch nicht. Aber so oder so wird es zu Ihrem Vorteil sein. Sie sind also Gast meiner Tochter. Und ich wette, sie trägt Rüschen und Löckchen und Schleifchen und ist aufgeputzt wie ein kostbarer Blumenstrauß.«

Sie war es, Beatrice hatte fast den ganzen Nachmittag damit zugebracht, sie teils zu beneiden, teils zu verachten.

»Mögen Sie keine kostbaren Blumensträuße, Sir?«

»Ich liebe sie. Aber sie sind verteufelt teuer und auch verteufelt erregend.« (Sprach er nun von seiner Tochter oder von seiner hübschen, puppenhaften Frau?) »Für die Schlichten ist eine Menge Raum. Oftmals setzen sie sich besser durch. Sehen Sie mich nicht so finster an, meine Liebe. Eines Tages werden Sie sich an das erinnern, was ich gesagt habe, und Sie werden mir recht geben.«

Würde sie das? Beatrice bezweifelte das sehr. Gerade jetzt mußte sie ihr Aussehen so gut rechtfertigen, wie sie konnte.

»Ich sehe so aus, weil mich Miss Brown aus der Damenmodenabteilung im Geschäft meines Vaters angezogen hat. Mama sagt, sie wäre bis ins Mark verletzt, wenn man ihr das nicht erlauben würde. Ich nehme an, sie wird mich auch für meine Hochzeit ankleiden.«

»Natürlich. Sie bringen es nicht fertig, Menschen bis ins Mark hinein zu verletzen. Wenn Sie einen Mann mit etwas Feingefühl heiraten, wird er das erkennen.«

»Und es wird ihm nichts ausmachen, wenn ich altmodisch aussehe?« Welch seltsame Unterhaltung!

»Gewiß nicht. Andernfalls rate ich Ihnen, keine Zeit zu verschwenden und Ihren Anwalt aufzusuchen, um eine Annullierung der Ehe zu beantragen.«

»Ich glaube, Sie machen sich über mich lustig, Sir.«

Der General beugte sich vor. Er sah aus wie ein alter, müder Adler. Der offene Kragen seines Nachthemds ließ einen faltigen Hals sehen. Ganz plötzlich war er nicht mehr im mindesten erschreckend.

»Glauben Sie mir, meine Liebe, genau das Gegenteil war meine

Absicht. Ich habe Ihnen nur einen Rat gegeben, und ich halte mich für einen sehr erfahrenen Burschen. Ich habe genug Frauen von glänzendem Aussehen gekannt, aber wenn die erste Blüte vorüber ist, bleibt nichts mehr, nicht einmal ein Saatkorn. Sie sind leere Hülsen. Man selbst ist verdammt müde, und das Herz gibt auf.« Er lehnte sich wieder in die Kissen zurück und wirkte tatsächlich sehr müde. Das Monokel war aus seinem Auge gefallen und hatte das funkelnde blaue Licht mit sich genommen.

Beatrice spürte verschwommen, daß sie vielleicht das letzte Aufflackern eines strahlenden und kämpferischen Geistes miterlebt hatte.

»Ich werde jetzt gehen, Sir.«

Seine Augen waren geschlossen.

»Es tut mir leid, daß ich Sie aufgehalten habe, Miss Bonnington. Ich glaube, Sie suchten das Badezimmer. Es ist gegenüber, die erste Tür links. Aber hören Sie«, ein Auge öffnete sich, wieder strahlend hell, »Sie werden doch nicht eine dieser schrecklichen Frauen werden, die ins Büro gehen, nicht wahr?«

»Ich fürchte, meine Eltern würden das nicht erlauben. Aber ich bin das einzige Kind, und daher wird mir Bonningtons eines Tages gehören. Ich werde ziemlich reich sein, sagt Papa.« Dann schloß sie ihren Mund. Zu spät fiel ihr ein, daß sie in dieser blödsinnigen Mädchenschule als eines der wichtigsten Dinge gelernt hatte, niemals über das zu sprechen, was offensichtlich in erster Linie die Gedanken der Erwachsenen beschäftigte: Geld.

»Ausgezeichnet«, sagte der alte General wohlwollend und führte dadurch die Regel ad absurdum. »Jedermann bewundert eine Frau mit Geld. Sie braucht nicht einmal gut auszusehen.«

2

Drei Wochen nach Beatrices äußerst ungewöhnlicher Begegnung mit General Overton traf ein Brief ein, in dem sie zum Lunch in Overton House für den kommenden Sonntag eingeladen wurde.

Das war etwas ganz anderes, als nur als eine von zwanzig schnatternden Klassenkameradinnen zu Carolines Geburtstagsparty eingeladen zu werden. Es bedeutete, daß sie als Individuum auserwählt worden war. Eine Tatsache, die ihrer Mutter schmeichelte, ihren mehr praktisch veranlagten Vater jedoch verwirrte.

»Da steckt doch irgend etwas dahinter«, sagte er mißtrauisch. »Wollen sie einen höheren Kredit oder Sonderpreise?«

»Oh!« rief Mama aus. »Du denkst an nichts anderes als an Geschäfte und Kunden.«

»Woran soll ich denn sonst denken, wenn ich fragen darf? Ich stehe nicht im Geschäftsleben, um die feinen Pinkel zu erhalten.«

»Ich weiß, warum ich zum Lunch eingeladen wurde«, sagte Beatrice. »Weil General Overton mich als Freundin betrachtet. Ich habe ihn im Nachthemd gesehen«, fügte sie unlogischerweise hinzu.

»Beatrice!« rief ihre Mutter aus. »Wovon sprichst du?«

»Ich habe das Badezimmer gesucht und dabei die falsche Tür geöffnet.«

»Hättest du nicht irgend jemand nach dem Weg fragen können?«

»Nein, denn ich wollte die oberen Räume von Overton House sehen. Ich bin durch einen Irrtum in das Schlafzimmer des Generals geraten, und da saß er im Bett. Wir haben uns unterhalten.«

»Worüber denn, um Himmels willen?«

»Über alles mögliche«, sagte Beatrice ausweichend, denn sie wußte sehr wohl, daß sie Mama diese ungewöhnliche Unterhaltung niemals wiederholen konnte.

Außerdem hörte ihr Mama ohnehin nicht mehr zu. In ihre Augen war der vertraute berechnende Ausdruck getreten.

»Was ist mit dem Sohn? Hast du ihn gesehen?«

»Nein, natürlich nicht. Mama, es war eine Mädchen-Party. Außerdem scheint er ein Milchbübchen zu sein. Er ist zu zart, um zur Schule zu gehen, deshalb hat er einen Hauslehrer. Und sein Hobby ist Schmetterlingssammeln.«

»Himmel!« sagte Papa. »Hauslehrer und Schmetterlinge!«

»Ja, das klingt scheußlich«, stimmte Beatrice zu. »Aber ich darf doch am Sonntag hingehen, nicht wahr? Ich möchte Overton House so gern noch einmal sehen. In so einem Haus möchte ich einmal leben.«

»Was ist an dem hier nicht in Ordnung?« fragte Papa gekränkt.

»Es ist nicht hübsch, Papa. Es ist nicht hell und luftig. Und es hat keine Treppe, die sich hinaufschwingt.«

»Wie so ein verdammter Schmetterling, nehme ich an«, sagte Papa sarkastisch. »Nun, ich ziehe soliden Komfort vor, vernünftige Farben, moderne sanitäre Anlagen. Ich bin sicher, sie haben in Overton House noch immer diese alten Trockenklosetts.«

»Vielleicht, aber sie werden nicht mehr zu *diesem* Zweck benutzt. Das Badezimmer, in dem ich war, ist ebenso modern wie das unsere. Das WC war mit Blumengirlanden verziert.«

»Guter Gott!« sagte Papa.

Mama, das wußte Beatrice, war entzückt über ihr Interesse für Overton House und noch mehr über das Interesse der Overtons an ihr. Aber Papa war wie immer von ihr enttäuscht. Sie konnte nichts dafür, daß sie kein Junge war. Aber da sie ein Mädchen war, hätte sie wenigstens hübsch sein können, jemand, den er vorzeigen konnte wie eine Ware in seinem Geschäft.

Er saugte an seinen Lippen und sagte endlich, sie könne wieder ins Overton House gehen. Aber er wolle nicht, daß sie sich in bezug auf diese feinen Pinkel irgendwelchen verrückten Ideen hingebe. Und vor allem verbiete er irgendwelchen Unsinn, wie etwa mit einem Schmetterlingsnetz über die Heide zu rennen.

»Um Gottes willen, Papa, glaubst du, ich würde so etwas tun?« sagte Beatrice.

Aber sie tat es.

Zu ihrer Enttäuschung fühlte sich der General nicht wohl genug, um zum Lunch herunterzukommen. So sah sie also dieses wilde, rote Gesicht mit dem Gemisch aus Feindseligkeit und Freundlichkeit nicht wieder. Statt dessen lernte sie den Sohn und Erben kennen, Master William, vierzehn Jahre alt und außerordentlich gut aussehend.

Beatrice war darauf vorbereitet gewesen, ein Kind vorzufinden,

Carolines jüngeren Bruder, zart, verwöhnt, noch immer ein halbes Baby.

Weit davon entfernt, fand sie sich einem jungen Mann gegenüber, der sie mit einem Paar funkelnder brauner Augen unter einem Helm von lockigem braunem Haar anstarrte. Rosige Wangen formten sich zu Grübchen, wenn der junge Musterknabe lächelte, vollkommene Zähne, ein schlanker Körper, mindestens zehn Zentimeter größer als sie selbst. Seine ungezwungene Freundlichkeit schien sich an die ganze Welt zu wenden und im besonderen an sie.

»Bist du Caros beste Freundin?« fragte er und brachte sie dadurch in Verlegenheit, denn Beatrice hatte sehr wohl bemerkt, daß sich Caroline selten die Mühe machte, mit ihr zu sprechen.

Beatrice entdeckte, daß sie unter großer Anspannung mehr Haltung beweisen konnte, als sie gedacht hätte.

»Nun, Caroline?« fragte sie leichthin, und Caroline war nicht gewandt genug, diesem direkten Angriff auszuweichen.

»Sei nicht blöd, William«, sagte sie verdrossen. »Du weißt sehr gut, daß Papa es war, der Beatrice für heute eingeladen hat. Ich weiß wirklich nicht, weshalb, außer daß kranke Menschen eben komische Dinge tun. Man muß ihnen ihren Willen lassen.«

»Caroline!« sagte Miss Overton scharf. Aber die Schärfe in ihrer Stimme klang unecht. Beatrice wußte sehr gut, daß sie jedem Wort zustimmte, das ihre Tochter gesagt hatte. Sie wußte auch, daß William boshaft über sie beide lachte und seinen Spaß daran hatte.

»Es tut mir leid, daß mein Mann heute nicht herunterkommen kann«, erklärte Miss Overton Beatrice mit gezwungener, aber untadeliger Höflichkeit. »Er hat eine schlechte Nacht gehabt, und wir mußten den Arzt rufen. Das alles ist das Ergebnis dieses schrecklichen indischen Klimas. Wir haben alle darunter gelitten, und am Ende dankt es einem das Vaterland kaum.«

»Die Moral davon ist«, sagte William, »laß dich nicht für die Indische Armee anwerben, oder du wirst als Gedenktafel in der Dorfkirche enden. Dort können Sie unsere ganze Familie finden, Miss Bonnington. Den Verwundungen erlegen, an der Cholera gestorben, während einer Meuterei umgebracht, ertrunken.«

»Was beabsichtigst du denn also zu tun, William?« fragte Caroline.

»Ich werde einfach ein Gentleman sein«, sagte William. »Ich werde trinken und rauchen und spielen und herrlich faul sein, nicht wahr, Mama?«

»Abgesehen vom Schmetterlingsfangen«, murmelte Caroline boshaft.

»Caroline, du sollst dich nicht über Williams Hobby lustig machen. Du weißt, er hat schon eine berühmte Sammlung. Er hat sogar dem British Museum Exemplare gegeben, wußten Sie das, Beatrice?«

»Möchten Sie heute nachmittag mit mir auf die Heath kommen, Miss Bonnington?« fragte William.

»Es ist ein herrlicher Tag. Gestern hätte ich beinahe ein wunderbares Pfauenauge gefangen. Wir könnten heute vielleicht Glück haben und es erwischen.«

Er war ja nur ein kleiner Junge, sagte sich Beatrice, trotz seines altklugen Benehmens. Er interessierte sich bloß für so kindisches Zeug wie Schmetterlingsfangen.

Aber zu ihrer eigenen Überraschung hatte sie wirklich Lust, mit ihm zu gehen. Es war einfach schwer, der Liebenswürdigkeit dieser leuchtenden braunen Augen zu widerstehen, in denen sie keine Spur von Herablassung entdecken konnte.

Allerdings fingen sie kein Pfauenauge, wie sich bald herausstellte, sondern Beatrice erwischte mit ihrem Netz, nachdem sie über Grasbuckel und Erdlöcher gesprungen war, ein krabbelndes Wesen, bei dessen Anblick William in Entzücken ausbrach. Es war ein seltener Schwalbenschwanz (Papilio machaon), ein weitaus bemerkenswerterer Fang als ein Pfauenauge.

Beatrice ekelte sich vor den krabbeligen Beinen des Insekts. Doch bei näherem Hinsehen gefielen ihr die zarten Flügel. Sie waren von schwarzen Linien scharf umrissen und hatten helle Flecken wie blasses Sonnenlicht. Wie Frühlingsprimeln, dachte sie und erkannte, daß dieser Augenblick wichtig war, wichtiger als der gefangene Schmetterling. Sie wußte, daß sie sich noch lange Zeit daran erinnern würde.

»Gut gemacht«, sagte William anerkennend. »Ich muß schon sagen, für ein Mädchen sind Sie schwer in Ordnung.«

Das schien so etwas wie ein Ritterschlag zu sein.

Aber als sie älter wurde, schätzte sie dessen Wert nicht mehr so hoch ein. Wer wollte schon ›schwer in Ordnung‹ sein, wenn andere Mädchen sich in Seide und Chiffon kleideten und auf Parties umherflatterten, als seien sie selbst Schmetterlinge?

Beatrice Bonnington wurde trotz der vornehmen Schule, die sie besucht hatte, entweder überhaupt nicht zu diesen Parties eingeladen oder wenn schon, dann hatte sie weder die Gabe, hübsche Rüschenkleider zu tragen, noch war es ihr möglich, oberflächliche Konversation zu machen.

Ihre Schulfreundinnen gingen nach Paris oder in die Schweiz, um die Schule zu beenden. Auch Caroline Overton reiste in die Schweiz, allerdings nicht in eine Schule. Der englische Sommer hatte ihrem ewigen Husten keine Besserung gebracht. Sie brauchte reinere, klare Luft. Die Ärzte meinten, ein paar Monate in einem Sanatorium in Davos würden Wunder wirken.

So bereitete sich also ihre Mutter, deren feines, porzellangleiches Puppengesicht nur von einem Netz kleiner Falten überzogen war, darauf vor, ihre zerbrechliche einzige Tochter auf dieser Reise zu begleiten. William, inzwischen ein hoch aufgeschossener Jüngling, blieb in der Obhut seines kränklichen Vaters zurück.

Overton House war ein tragisches Haus, überschattet von Krankheit. Wenn Caroline sterben sollte, würde der alte General vermutlich sein zähes Festhalten am Leben auch aufgeben. Dann wäre der junge William, selbst nicht viel kräftiger als seine Schwester, der Herr im Haus. Und wenn er nicht irgendeinen Beruf ergriffe, woher sollte dann das Geld kommen? Man munkelte ohnehin schon, daß eines der Familienporträts, ein Gainsborough, hatte verkauft werden müssen, um Carolines Aufenthalt in den Schweizer Bergen zu finanzieren.

Was die Familie brauchte, war eine Injektion guten, gesunden Blutes. Und Geld.

Trotz des teuren Sanatoriumsaufenthaltes und aller aufgewendeten Sorgfalt starb Caroline Overton. Sie wurde zur Beisetzung in der Familiengruft überführt. Das Haus, das nunmehr den sterbenden General und die gebrochene Mutter beherbergte, war tragischer denn je. William, der ebenfalls ein wärmeres Klima brauchte, studierte an der Universität von Perugia. Er kam zu Carolines Begräbnis nach Hause. Dann reiste er wieder ab.

Beatrice war inzwischen zwanzig Jahre alt. Noch immer war sie zu rundlich, sie hatte jedoch ihre endgültige Größe erreicht, die lediglich magere ein Meter siebzig betrug. Gelegentlich spazierte sie an den hohen Ziegelmauern entlang, die Overton House umschlossen, und trieb sich vor dem verschnörkelten Eisentor herum. Noch immer strahlte das Haus einen verführerischen Charme aus. Wenn sie langsam ging, konnte sie das Gurren der Tauben hören und das Rauschen des Windes in dem alten Maulbeerbaum, der unter der Regierungszeit von Königin Anne gepflanzt worden war. Ein Judasbaum ragte über die Ziegelmauer, so daß die Vorübergehenden im Frühling die rosigen Blüten an den kahlen Zweigen sehen konnten. Weißer und rosafarbener Weißdorn rankten sich in verschwenderischer Fülle an der Mauer entlang.

Beatrice war sich wohl bewußt, daß sie sich in ein Haus verliebt hatte. Sie wußte auch, daß der liebenswürdige, anmutige Junge, der auf der Heide Schmetterlingen nachgejagt war, einen Teil dieser Liebesgeschichte bildete. Das Haus jedoch war zuerst dagewesen. Aber seit ihrem Zusammentreffen mit William zeigte sie keinerlei Interesse mehr für andere Jungen. William und Overton House waren unentwirrbar miteinander verbunden. Sie konnte nicht eines ohne das andere bekommen. Es war eine phantastische Verstiegenheit, sich einzubilden, sie könne überhaupt etwas bekommen.

Ihr zweites Verlangen galt dem Laden. Bonningtons. Auch dies schien ein hoffnungsloser Wunsch zu bleiben, bis zu dem Tag, an dem sie einundzwanzig wurde. An diesem Tag überraschte sie Papa damit, daß er ihr einen großen, schweren Schlüssel in die Hand legte.

»Er gehört dir, Bea.«

Ihr Herz tat einen gewaltigen Sprung.

»Ich darf ins Geschäft gehen? Hast du dich dazu entschlossen? Oh, Papa, ich kann dir gar nicht sagen, wie sehr mich in letzter Zeit dieses müßige Leben gelangweilt hat.«

»Nein, Liebes, du verstehst mich nicht recht. Es bedeutet nicht, daß du ins Geschäft gehen sollst. Außer natürlich aus Repräsentationsgründen. Nein, der Schlüssel ist sozusagen symbolisch. Er bedeutet, Bonningtons wird eines Tages dir gehören, wenn ich nicht mehr bin. In der Zwischenzeit interessierst du dich vielleicht für meine Pläne über eine Vergrößerung.«

»O ja, Papa!«

Dankbar für ihr Interesse, erklärte Papa, daß er die Absicht habe, ein Restaurant zu eröffnen.

»Wir werden ein erstklassiges Restaurant haben, im ersten Stock ganz hinten, so daß die Kunden durch das ganze Geschäft gehen müssen, um hinzukommen. Für nachmittags könnte man ein Orchester einstellen. Um all diese reichen, faulen Frauen zum Tee anzulocken.«

»Wie mich?« konnte Beatrice nicht widerstehen zu fragen.

»Du wirst nicht faul sein, wenn du erst einen Mann und eine Familie hast.«

Papa betrachtete sie nachdenklich.

»Mach dir nichts draus, wenn du das in sagen wir etwa zehn Jahren noch nicht erreicht haben wirst . . .«

»Du lieber Himmel, ich werde schon lange vorher aus Langeweile gestorben sein!«

Papa lachte schallend.

»Sag das deiner Mutter. Wenn sie nicht so gegen das Geschäft wäre, könnte ich mich vielleicht umstimmen lassen. Ich glaube, du hast einen guten Kopf fürs Geschäft. Aber ich nehme an, deine Mutter hat schon recht. Du brauchst einen Mann. Dann kannst du mir Enkel für Bonningtons schenken.«

Beatrice wog den Schlüssel in ihrer Hand.

»Bis dahin soll ich den wohl unter einen Glassturz legen?«

»Du bist die einzige, der ich ihn geben kann«, sagte Papa ziemlich sauertöpfisch. Er hatte ihr noch immer nicht verziehen, daß sie kein Junge war.

»Aber wenn der Laden mir gehört, kann ich dann wirklich damit machen, was ich will?«

»Ich werde dann nicht mehr dasein, um dich zu hindern, oder? Aber beeil dich nur nicht zu sehr, mich unter die Erde zu bringen, Schatz.«

Beatrice legte ihre Arme um ihn. »O nein, Papa, das will ich nicht. Entschuldige, daß ich so grob war. Ich weiß, ich bin eines der glücklichsten Mädchen in Hampstead.«

»Und du wirst eines Tages eines der reichsten sein. Also mach schon, Bea. Such dir einen Mann. Du magst zwar nicht gerade weltbewegend aussehen, aber du hast das nötige Kapital.«

Als General Overton im folgenden Jahr seinen Platz in der Familiengruft einnahm, hatte Beatrice weder sein feuriges Gesicht vergessen noch ein Wort ihrer Unterhaltung. Sie fühlte, sie hatte einen Freund verloren. Ohne ihren Eltern etwas zu sagen, nahm sie an seiner Beerdigung teil. Sie saß ganz hinten in der Kirche und sah, wie Mrs. Overton am Arm ihres Sohnes dem fahnengeschmückten Sarg durch das Kirchenschiff folgte.

William Overton hatte sie seit vier Jahren nicht mehr gesehen. Jetzt sah sie ihn nur von hinten, einen schlanken, hoch aufgeschossenen, aufrechten jungen Mann. Er gefiel ihr. Sein dichtes braunes Haar kräuselte sich im Nacken. Papa hätte es affig gefunden, aber Beatrice war hingerissen.

Die Feierlichkeit nahm ihren Fortgang. Als die Hymne »O tapferes Herz« erklang, füllten sich ihre Augen mit Tränen. Sie erinnerte sich lebhaft an die lebensvolle Gestalt des alten Mannes, der aufrecht im Nachthemd in seinem Bett gesessen hatte. Sie war tief traurig, daß er tot war. Während seine Tochter Caroline ihr wie ein mottenhaftes Wesen erschien, das vor Anbruch der Morgendämmerung verschwand, erwartete sie beinahe, die Stimme des alten Generals wie ein Donnergrollen aus der Familiengruft zu hören.

»Eines Tages werde ich hier begraben sein«, dachte Beatrice plötzlich zu ihrer eigenen Überraschung.

Als die kleine Prozession langsam das Kirchenschiff hinabschritt, spähte Beatrice sehnsüchtig und hungrig nach Williams Gesicht. Es war ernst und traurig, wie bei einer solchen Gelegenheit zu erwarten. Seine Haut hatte unter der italienischen Sonne eine gesunde Farbe bekommen. Er sah in seinem dunklen Anzug schlank, anmutig und sehr erwachsen aus. Trotzdem war Beatrice sicher, er brauchte sie nur anzusehen und wiederzuerkennen, und er wäre wieder der freundliche Junge auf der Heide, der über den Fang eines Schmetterlings in Entzückung geriet.

Zufällig blickte er genau zu ihr hin. Ihr Herz flatterte wild wie der gefangene Schmetterling im Netz, obwohl sie wußte, daß sie hinter dem dunklen Schleier nicht zu erkennen war. Jedenfalls merkte sie, daß sie noch ebensotief betört war wie immer. Das überraschte sie kaum, da sie wußte, sie war eine jener langweiligen Frauen, die nur einmal und für immer liebten.

Aber was sollte sie jetzt anfangen, fragte sie sich. Denn nun, da ihr Verbündeter, der General, nicht mehr war, bot sich vermutlich nie mehr die Gelegenheit, ihre Bekanntschaft mit der Overton-Familie zu erneuern.

Doch da irrte sie sich. Denn einige Zeit nach dem Tod des Generals traf eine goldumränderte Einladung ein. Mr. William Overton und Mrs. Blanche Overton baten um das Vergnügen von Miss Bonningtons Anwesenheit bei einer Soiree mit Musik und Tanz am Samstag, dem dritten Mai, sieben Uhr dreißig.

Beatrice war nicht sehr gewandt in der Kunst, sich auf Parties zu amüsieren. Tatsächlich verabscheute sie sie. Sie sei unnatürlich, sagte ihre Mutter, und wenn sie sich nicht allmählich Mühe gab, ein angenehmer Gast zu sein, würde sie ein gesellschaftlicher Versager werden. Zur Überraschung ihrer Mutter nahm sie jedoch diese Einladung mit allen Anzeichen der Freude an. Allerdings trug sie dabei einen entrückten, träumerischen Ausdruck zur Schau, was bedeutete, daß sie einen geheimen Plan verfolgte.

In diesem Fall gipfelte der Plan lediglich in der festen Entschlossenheit, mit William zu tanzen und ihn nach dem Tanz in den Garten zu locken. Sie hatte sich schon immer gewünscht, im Mondschein einmal über den moosgrünen Rasenteppich zu gehen. William hatte viel zu gute Manieren, um ihr diesen Wunsch abzuschlagen.

Allerdings entwickelte sich nicht alles so ganz nach Wunsch. Als erstes ließ Beatrice es aufgrund der ihr völlig mangelnden Interesses für Kleidung geschehen, daß Miss Brown sie mit einem dunkelgrünen, reich mit Rüschen verzierten Taftkleid viel zu großartig ausstattete. Wenn sie sich darin bewegte, rauschte es sehr teuer. Das gefiel ihr recht gut. Sie käme sich vor wie eine Herzogin, gestand sie Papa, der darauf bestanden hatte, sie bis vor die Eingangstür von Overton House zu begleiten.

Er billigte diese Party ebensowenig wie die ganze Bekanntschaft mit der Overton-Familie. Er befürchtete, die klassenbewußte Mehrzahl der Gäste würde auf seine Tochter herabschauen und ihr den Abend verderben. Außerdem hatte er die Rechnungen nachgesehen und festgestellt, daß Mrs. Overton und ihr kostbarer, müßiger Sohn Bonningtons schon viel zu viel schuldeten. In Kürze würde er einen Mahnbrief schicken müssen, und das wäre dann sehr peinlich, nachdem Beatrice ihre Gastfreundschaft genossen hatte.

Er erklärte sich dann doch murrend bereit, sie die kurze Wegstrecke zum Overton House zu begleiten. Er sagte, er würde sie genau um Mitternacht dort wieder abholen.

»Wie Cinderella«, sagte Beatrice.

»Cinder . . . wer?«

»Pap, du solltest deine Märchen wieder einmal lesen. Manchmal werden sie sogar wahr.«

Natürlich stimmte das nicht.

Beatrice machte diese bedrückende Feststellung, nachdem sie einem Mädchen ihren Umhang gegeben und, bloßgestellt in der ganzen Bedeutsamkeit (Miss Browns Wort) ihres steifen Taftkleides, sah, daß alle übrigen Damen fließenden Chiffon und weiche Seide trugen. Sie wirkte wie eine kleine, stämmige dunkle Fichte in einem Sommergarten.

Nun, das machte auch nichts. Jedenfalls war sie bemerkenswert. Sicherlich war es der alte General, der ihr diese Gedanken eingab, um ihr Mut zu machen. Nun trat Mrs. Overton, in fließendem, verschwommenem Grau, auf sie zu, nahm ihre Hand und murmelte etwas Unhörbares. Dann erschien William mit seinem gewinnenden, warmen Lächeln.

»Miss Bonnington! Ich freue mich sehr, daß Sie kommen konnten.«

Das klang so aufrichtig, er sah sie so herzlich dabei an, daß Erregung und Freude sich wie ein Korkenzieher schmerzhaft in ihren Magen bohrten. Sie hatte nicht gewußt, daß man mit dem ganzen Körper lieben konnte, ebenso wie mit dem Herzen. Denn dies war Liebe, dessen war sie sich sicher. Es war immer Liebe gewesen.

Aber schon hatte William sie wieder verlassen und bildete den Mittelpunkt einer Gruppe junger Frauen mit Lockenfrisuren und duftigen Kleidern. Sie, die reizlose kleine Fichte, stand außerhalb des fröhlichen Kreises farbenprächtiger Blumen.

Geigenspiel ertönte. Das langgestreckte, durch Hunderte von Kerzen erhellte Musikzimmer strahlte genau den ersehnten Zauber eines Märchenparadieses aus. Und doch fehlte ihm, wenigstens für Beatrice, jetzt schon die richtige Atmosphäre. Den Wänden entlang standen eine Menge kleine, vergoldete Stühle. Sie setzte sich auf einen von ihnen, öffnete und schloß nervös ihren Fächer und dachte, wie blödsinnig diese ganzen Gesellschaften waren. Fächer, perlenbestickte Abendtäschchen, Tanzprogramme, gekünsteltes Gequassel. Wenn sie hier einmal Hausherrin war, so dachte Beatrice und versank in ihren phantastischen Wunschvorstellungen, wären die Parties gemütliche, angenehme Zusammenkünfte, zu denen man nur die besten Freunde einlud. Sie würde es schon noch lernen, eine gute Gesprächspartnerin zu werden.

»Sie müssen sich meine Schmetterlingssammlung ansehen, ehe Sie gehen, Miss Bonnington. Ich erinnere mich, Sie interessierten sich einmal dafür.«

Das war Williams Stimme, der einen Moment bei ihr stehenblieb, ehe er mit einer berückend hübschen jungen Frau am Arm davoneilte.

Einen Augenblick später rauschten die Geigen in ihrer ganzen Klangfülle auf. Der Tanz hatte begonnen.

Irgendwie ging dieser Abend vorüber. Beatrice tanzte verschiedene Male mit fremden jungen Männern (vermutlich von Mrs. Overton abkommandiert, die eine umsichtige Gastgeberin war) und schließlich auch mit William. Er wirbelte sie pflichtgemäß herum, sagte aber dann plötzlich: »Oh, verzeihen Sie . . . es tut mir schrecklich leid . . . ich glaube, der nächste Tanz ist der Supper-Walzer, und ich habe versprochen . . . Führt Sie jemand zum Supper?«

»Ja«, log Beatrice und flehte im stillen, Papa möge kommen.

Es würde also keinen Mondscheinspaziergang im Garten geben. Entschlossenheit allein genügte anscheinend nicht. Und auch nicht die hoffnungslose Liebe, die sie hinter einem unbewegten Gesicht zu verbergen suchte. Sie beschloß, den Supper-Walzer im oberen Stockwerk zu verbringen und wieder einmal von Zimmer zu Zimmer zu wandern. Weshalb auch nicht? Niemand würde sie vermissen.

Das Haus konnte sie nicht abweisen, wie William es tat.

Diese einsame Besitzergreifung wurde auf ihre Weise belohnt. Beatrice fand heraus, daß William in das Schlafzimmer des Generals umgezogen war. Sie erkannte das an dem Schrein mit aufgespießten Schmetterlingen, der sich da befand, wo einst der Schreibtisch des alten Generals gestanden hatte. Die oberste Lade war herausgezogen, und sie konnte die unter Glas gefangenen, zerbrechlichen, schillernden Insekten betrachten. Tagpfauenauge, Admiral, Rotes Ordensband, ein seltener Schwalbenschwanz. Sie freute sich, daß sie die verschiedenen Exemplare erkennen konnte. Seit jenem lange zurückliegenden Nachmittag auf der Heide hatte sie viel über Motten und Schmetterlinge gelesen. Ein Glücksgefühl, so verletzlich wie die Schmetterlinge, erfüllte sie. Das kam teilweise von der Erinnerung, teilweise von einer unbeirrbaren Vorahnung.

Eine mißglückte Party konnte ihre Hoffnungen nicht zerstören. Sie war nicht der Mensch, der aufgab, weil der junge Mann, den sie liebte, gedankenlos und uneinfühlsam war. Jedermann hatte Fehler. Sie selbst am meisten. Außerdem würde er sich nicht so benehmen, wenn er sie erst besser kannte.

Der alte General war nicht mehr da, um sie zu ermutigen, aber etwas anderes geschah. Zwei ältliche Frauen waren aus dem angrenzenden Schlafzimmer getreten und unterhielten sich auf eine gewisse spöttische und herablassende Art, wie das auf derartigen Parties üblich war. Beatrice konnte jedes Wort hören, das gesprochen wurde.

»Wenn er keine Geldheirat macht, sitzen sie in der Tinte. Die arme Blanche hat sich mir anvertraut.«

»Dann wird es also nichts mit Laura Prendergast?«

»Du lieber Himmel, nein. Sie hat ja noch weniger Geld als die Overtons. Außerdem ist sie nur einer von Williams vielen Flirts. Er ist ein äußerst undankbarer, wankelmütiger junger Mann. Das Mädchen, das er einmal heiratet, ist nicht zu beneiden. Trotz all seines verheerenden Charmes.«

»Ich würde jederzeit Geld jeder Art von Charme vorziehen.«

»Genau das wird der arme William auch tun müssen.«

Die beiden alten Damen schüttelten sich vor Lachen.

»Man sagt, Beatrice Bonnington ist heute abend das reichste Mädchen hier.«

»Wirklich? Dieses schlecht angezogene Mädchen, das nichts gleichsieht? Ich habe mich schon gefragt, wieso sie überhaupt eingeladen wurde. Wenn William schon eine reiche Erbin heiraten muß, so möchte man doch meinen, es hätte sich eine von seinem Stand finden lassen.«

»Eine so gute Partie ist er nun auch wieder nicht, Millicent. Schlechter Gesundheitszustand, faul, einen Hang zum Schürzenjäger. Außerdem möchte eine bedeutende Erbin schon ein größeres Haus haben als das hier. Es ist zwar äußerst geschmackvoll, aber eigentlich doch nicht viel mehr als ein hübsches Cottage.«

»Wirklich, Etty, du bist ein richtiger Snob.«

»Nein, ich stelle nur Tatsachen fest. Vergleich's doch einmal mit Syon House oder Osterly Park oder auch Kenwood. Das sind nun mal große Häuser, bei denen es sich lohnt.«

»Das ist Overton House auf seine Art auch.« (Beatrice gab Millicent von Herzen recht.) »Es ist ein vollkommenes Beispiel von Queen-Anne-Architektur. Und weiß Gott, in Zukunft wird es vielleicht nur noch wenige Häuser dieser Art geben, wenn man bedenkt, welche Monsterdinger unsere Generation baut. So häßlich. Anspruchsvoll, ohne anspruchsvoll genug zu sein, wenn du verstehst, was ich meine.« (Papa würde Millicent nicht beipflichten: Das Haus, das sie beschrieb, war genau so eines, wie er es gebaut hatte und mit dem er vollkommen zufrieden war.)

»Wenn schon«, fuhr Millicent mit vertraulicher Stimme fort, »wir haben nicht davon gesprochen, wie man Häuser erhalten kann, sondern die Overton-Familie. Hat man nicht gemunkelt, der General wollte, daß sein Sohn die kleine Bonnington heiratet? Irgend etwas, daß die Familie eine Injektion von gesundem Blut brauche? Jedenfalls haben sich die Overtons für ihr Land praktisch ausgeblutet.«

»Dann soll die kleine Bonnington also noch mehr Kanonenfutter produzieren?«

»Vielleicht. Aber das wichtigste ist wohl das Geld, glaube ich. Wenn das Mädchen romantisch veranlagt ist, kann es natürlich geschehen, daß sie William zurückweist. Sie wird den Grund des Heiratsantrags durchschauen.«

»Das glaubst du doch selbst nicht. Hast du nicht bemerkt, wie sie ihn heute abend angesehen hat? Sie hat es nicht einmal gelernt, sich zu beherrschen.«

»Dann kann ich nur sagen, armer kleiner Dummkopf. Ich kann mir nicht vorstellen, daß Blanche mit einer solchen Schwiegertochter glücklich ist.«

»Es wird ihr nichts anderes übrigbleiben.«

»Ich will dir glauben, meine Liebe, wenn ich sehe, daß William den letzten Tanz mit der kleinen Bonnington tanzt. Ich bezweifle, daß er tut, was man von ihm erwartet.«

Er tat es. Bevor der Abend zu Ende war, tanzte er des öfteren mit Beatrice. Er kam seiner Pflicht mit Höflichkeit und Charme nach. Falls er seine Aufrichtigkeit nur vorgab, war er ein bemerkenswert guter Schauspieler. Beatrice war beinahe sicher, daß er ihre Gesellschaft und die Unterhaltung mit ihr schätzte. Zum Schluß bat er sie um die Erlaubnis, sie nach Hause begleiten zu dürfen. Als sie sagte, ihr Vater würde sie abholen, meinte er, er könne ja an ihrer anderen Seite gehen. Sie habe doch zwei Seiten, oder nicht?

Ja, dachte Beatrice, das hatte sie. Eine, die ob Williams plötzlicher Aufmerksamkeit ihr gegenüber höchst mißtrauisch war, und eine andere, töricht geschmeichelte und überglückliche, die drauf und dran war, den gesamten gesunden Menschenverstand über den Haufen zu werfen.

»Nun, Bea, Liebling«, sagte Papa, als sie zu Hause waren, »dieser junge Mann da, von dem wir uns gerade verabschiedet haben . . . er hat keine ernsten Absichten, das weißt du doch.«

»Papa, wie kannst du so etwas sagen? Du kennst ihn ja kaum.«

»Steig bloß nicht aufs hohe Roß. Weiß William Overton zum Beispiel, daß du gelegentlich aufs hohe Roß steigst? Nein, er hält dich für eine mickrige kleine Maus, die bereit ist, ihm die Füße zu küssen, wenn du in das großartige Haus eingeladen worden bist und er dir ein paar Komplimente gemacht hat.«

»Papa, ich bin kein völliger Idiot.«

»Nein, das bist du nicht, das ist es ja. Der junge Overton glaubt, du bist dumm genug, um dich durch Schmeicheleien einwickeln zu lassen. Alles, was er will, ist dein Bankkonto. Deine Mutter weiß das, und ich weiß es. Der Unterschied zwischen uns ist, daß es ihr nichts ausmacht. Aber mir macht es etwas aus. Wie steht's mit dir, Bea? Du hast doch mehr Stolz, oder?«

Verlangen war viel stärker als Stolz. Wußte Papa das nicht? Oder war er so im Geschäftsleben vergraben, daß er nur die habsüchtigen Eigenschaften der Menschen erkennen konnte?

»Ich finde, du ziehst da voreilige Schlüsse«, antwortete sie ihm. »Nur weil ich zu einer Party in Overton House eingeladen worden bin, bedeutet das noch lange nicht, daß ich morgen William Overtons Ring tragen werde.«

»Aber du würdest es gerne tun. Komm schon, Liebling, gib es zu.«

»Ja. Wenn er mir jemals einen Ring an den Finger stecken wollte, hätte ich nichts dagegen. Sei es nun wegen meines Geldes oder nicht.«

»Guter Gott!« Papa strich sich hilflos seinen Schnurrbart glatt. »Und ich habe dich immer für so vernünftig gehalten. Angenommen, ich enterbe dich . . .«

Beatrice schreckte hoch. »Das würdest du nicht tun, Papa! Versprich mir, daß du das nicht tust. Nicht daß ich das Geld für mich wollte . . .«

»Sondern für diesen nichtsnutzigen jungen Mann. Glaubst du wirklich, du könntest in einer solchen Ehe glücklich werden?«

»Ja«, sagte Beatrice. »Denn ich würde eine richtige Ehe draus machen«, fügte sie nach einer Pause hinzu.

»Nun, noch ist es ja nicht soweit.«

»Nein, aber das wird es bald.« Ganz plötzlich wußte sie das mit Sicherheit. Ihre sonst sanften grauen Augen glitzerten stahlhart wie die ihres Vaters. Er bemerkte das, denn er stieß ein kurzes, unbehagliches Lachen aus.

»Guter Gott! Ich glaube, Master Overton handelt sich da etwas ein, mit dem er nicht gerechnet hat.«

»Und für meine Hochzeit«, sagte Beatrice, »muß sich Miss Brown etwas mehr Mühe geben. Dieses Kleid war völlig unpassend für heute abend. Ich habe wie eine alte Schachtel darin ausgesehen.«

Papas kundige Finger befühlten das Material ihres Kleides.

»Das ist beste Macclesfield-Seide. Kann nicht verstehen, wieso du in etwas so Gutem wie eine alte Schachtel aussehen konntest.« Seine Augen hatten einen verlorenen Ausdruck. »Laß dich von diesem Pack nicht einschüchtern, Bea. Du bist meine Tochter, und ich bin kein Niemand.«

»Ich bin auch kein Niemand«, sagte Beatrice.

Es hatte den Anschein, daß Williams Absichten doch ernst waren. Denn von dieser Nacht an begann er Beatrice eine unermüdliche Aufmerksamkeit zu widmen, die selbst Joshua Bonnington nicht kritisieren konnte. Das Wort Liebe allerdings wurde niemals ausgesprochen. Beatrice wollte es auch nicht, denn William wäre dadurch zum Heuchler geworden. Sie vermutete, daß er dem Druck seiner Mutter und der Anwälte der Familie nachgegeben und sich widerwillig gefügt hatte. Nachdem dies nun einmal geschehen war, würde er die Geschichte auch bis zum Ende durchstehen. Denn er war ein Mann von Ehre. Und er wäre nicht der erste Mann, der unter angespannten finanziellen Verhältnissen eine Vernunftehe eingegangen ist.

Als die Ehe schließlich beschlossene Sache war, nahm Blanche Overton, Williams Mutter, Beatrice zu einem Rundgang durch

Overton House mit. Beatrice hatte diesen Augenblick ersehnt. Sie wollte alles über das Haus wissen und zeigte ein derart erfreuliches Interesse, daß Mrs. Overton, die den Standpunkt vertrat, ein Ehevertrag beinhalte keineswegs die Zuneigung zu ihrer Schwiegertochter, ein wenig in ihrer verkrampften Höflichkeit nachließ.

Sie gingen von dem langgestreckten Musikzimmer in den gelben Salon, dann in das chinesische Zimmer (die Overtons hatten schon seit jeher schöne Dinge gesammelt) und in den Spiegelsaal. Dieser Spiegelsaal stellte eine Frivolität eines Overton aus dem achtzehnten Jahrhundert dar, der angeblich seltsame Angewohnheiten gehabt haben soll. Welch ausschweifende Feste zu seiner Zeit hier auch stattgefunden haben mochten, später diente dieses Zimmer durchaus respektablen Zwecken und war der traditionelle Ort für romantische Liebeserklärungen und Heiratsanträge gewesen.

Zu Beatrices Bedauern hatte William seinen Antrag nicht hier vorgebracht. Er hatte die Heide gewählt. Der freie Raum und die sanfte, laue Luft eines herrlichen Sommertages hatten ihn inspiriert und ihm die nötige Verwegenheit verliehen, um sich ihr auszuliefern.

Allen Schlafzimmern im ersten Stock waren altmodische achteckige Trockenklosetts angegliedert. Sie wurden jetzt als Ankleidezimmer benutzt. Sollte einmal eine Familie mit vielen Kindern im Haus wohnen, könnte man daraus ausgezeichnete Schlafgelegenheiten für Kindermädchen oder Gouvernanten machen.

Das oberste Geschoß war in viele kleinere Schlafzimmer aufgeteilt, denn Dienstboten stellten eine Schicht dar, die nur wenig Platz brauchte, da sie auch nur wenige Habseligkeiten besaßen. Hier schliefen die Köchin, zwei Zimmermädchen, Mrs. Overtons Kammerzofe und zwei sehr junge Mädchen für alles. Beatrice notierte sich in Gedanken, das Zimmer am Ende des Ganges für Hawkins zu reservieren. Hawkins wollte sie als ihr persönliches Mädchen mitbringen. Mama hatte sich bereit erklärt, sie gehenzulassen, und die Kleine war ganz wild darauf. Sie war nur vier Jahre älter als Beatrice und ihr sehr ergeben. Es würde nett sein, eine alte Freundin in dem neuen Heim zu haben.

Nach der Inspektion der oberen Geschosse bestand Beatrice

darauf, die Küche anzuschauen, die Vorratskammern, die Arbeitsräume und die langen gefliesten Gänge im Keller. Sie öffnete Schubladen, begutachtete die marmorbelegten Bänke und die geschrubbten Holztische, sie bewunderte den glänzenden, mit Ofenwichse behandelten Herd, der groß genug war, um ein ganzes Lamm zu braten. Ihre Mutter habe sie kochen gelehrt, sagte sie. Sie würde daher die Kunst der Köchin sehr kritisch beurteilen.

»Mrs. Jones ist eine ausgezeichnete Köchin«, sagte Mrs. Overton steif.

»Das freut mich. Ich möchte nicht gleich damit beginnen, Dienstboten zu entlassen. Wissen Sie, daß Mama und Papa ihr gemeinsames Leben mit nur einem sehr einfältigen Mädchen namens Polly begonnen haben? Ich kann mich noch sehr gut an sie erinnern. Sie hatte das ganze Jahr über Frostbeulen und wurde sehr viel gescholten, denn sie hatte niemals eine richtige Ausbildung erhalten. Jetzt haben wir natürlich zu viele Dienstboten.« Beatrice seufzte ein wenig. »Ich denke manchmal, Papa ist zu schnell reich geworden.«

»Ich hoffe, Sie werden bei Dinnerparties keine derartigen Bemerkungen machen«, Mrs. Overton lachte perlend und etwas geziert.

»Es ist nur die Wahrheit.«

»Die Wahrheit braucht nicht immer ausgesprochen zu werden.«

»Nein. Vielleicht nicht.« Beatrice seufzte wieder, dann fügte sie in einer Gefühlsaufwallung hinzu: »Aber dieses Haus liebe ich wirklich.«

»Doch nicht mehr als meinen Sohn, hoffe ich?«

Beatrice war überrascht. Sprach Mrs. Overton, diese puppenhafte Porzellanfigur mit ihrer sorgfältig im Zaum gehaltenen Gastfreundschaft, zur Abwechslung selbst einmal die Wahrheit?

»Weshalb sagen Sie das?« fragte sie.

»Nur, weil ... nun, meine Liebe, niemand hält das für eine Liebesgeschichte. Kommen Sie, wenn Sie sich schon zur Wahrheit bekennen, müssen Sie doch zugeben, daß Sie allein den Wunsch haben, in diesem Haus zu leben.«

»Das ist richtig. Aber trotz allem, von meiner Seite aus ist es eine

Liebesgeschichte«, sagte Beatrice eindringlich. »Und das wird es auch immer bleiben.«

Darin konnte sie bis zu ihrem Hochzeitstag nichts erschüttern.

»Zeig doch ein klein bißchen Interesse, Beatrice!« Es bedurfte der scharfen Zurechtweisung ihrer Mutter, um ihr Bewußtsein zu durchdringen und sie aus ihrem Tagtraum zurückzuholen.

»Wirklich, all die Mühe, die wir uns geben, und du siehst aus, als seist du meilenweit entfernt.«

»Das war ich auch. Ich habe darüber nachgedacht, wie es dazu kam, daß ich nun hier für meine Hochzeit angekleidet werde. Ich habe meine Vergangenheit überdacht wie ein Ertrinkender.«

Miss Brown lachte zittrig auf.

»Gütiger Himmel, alles andere als ein Ertrinkender, Miss Beatrice! Ich hoffe nur, Sie werden sich nicht zu gut sein für Ihre wöchentlichen Besuche im Geschäft.«

»Das ist ungerecht! Sie wissen, nichts würde mich davon abhalten.«

»Außer vielleicht ein Ehemann«, murmelte Miss Brown nachdenklich und etwas sehnsüchtig.

»Nicht einmal ein Ehemann. Außerdem werde ich ihn mitnehmen.«

Im stillen bezweifelte Beatrice das allerdings. William war glücklich, Bonningtons als Einnahmequelle zu haben, aber er machte nicht den Anschein, als wolle er sich als Besitzer aufspielen. Sie wußte bereits, daß es ihn langweilte. Einmal hatte sie eine Unterhaltung über die Vorzüge französischer Ware gegenüber den englischen begonnen. Bonningtons reichere Kunden, erklärte sie, hielten einen Hut, der kein Pariser Etikett trug, für minderwertig.

Der Ausdruck höflicher Langeweile auf Williams Gesicht hatte sie mitten im Satz verstummen lassen. Niemals wieder sprach sie über Geschäftliches. Statt dessen vertiefte sie sich in seine Interessengebiete, Musik, Dichtung, Kunst, Malerei und Bildhauerei, Schmetterlinge. Bald würde sie dazu in der Lage sein, ohne jegliche Anstrengung über diese Dinge zu sprechen. Sie wollte William bitten, sie regelmäßig ins Theater zu führen. Sie würde die neuesten Bücher lesen. Sie überlegte sich sogar, ob sie wieder anfangen sollte, Klavier zu spielen, obwohl sie keinerlei Begabung für Musik besaß.

Aber sie wollte es wenigstens *versuchen*. Sie wußte, sie und William würden ausgezeichnete Freunde sein. Er würde sie mit Liebenswürdigkeit und Verehrung behandeln, und sie würde sich niemals dazu hinreißen lassen, ihn durch Zurschaustellung ihrer tiefen Zuneigung in Verlegenheit zu bringen. Und das, obwohl sie wußte, sie würde immer hingerissen sein von seiner übersprudelnden Laune, seiner Fröhlichkeit, seinem Witz, seiner Weltgewandtheit und seinem guten Aussehen. Er war einer jener Menschen, die dazu dienten, die Welt schöner zu machen. Dankbar nahm sie das zur Kenntnis und ließ ihn gewähren. Sie hoffte nur, sie würde sich niemals den Vorwurf machen müssen, sein heiteres Wesen getrübt zu haben.

Und lange ehe sie beide in jener düsteren Familiengruft zur Ruhe gebettet würden, trotz ihrer gegensätzlichen Veranlagungen und ihrer Interessen, würde sie ihn dazu gebracht haben, sie zu lieben . . .

Dann würde dieses ganze häßliche Gerede über Geld und die reiche Erbin weniger als nichts bedeuten.

3

Sie fuhren mit dem Zug nach Dover, setzten mit der Fähre über den Kanal nach Boulogne, wo sie die Nacht verbrachten, und reisten am nächsten Tag weiter nach Paris. Beatrice war begeistert von den Champs-Elysées, der Rue de Rivoli, den berühmten Restaurants. Sie kleines, unverbildetes, komisches Ding war ja noch niemals aus England herausgekommen.

Das liebenswerte an William war, daß er alle Frauen für zerbrechliche Geschöpfe hielt, die man beschützen und verwöhnen mußte. Er war in seiner eigenen Familie an zerbrechliche Frauen gewöhnt. Beatrice wollte weder ihre gute Gesundheit unterstreichen noch zu sehr betonen, daß ihr stämmiger Körper alles andere als zerbrechlich war. Auch war nicht Mangel an Sophisterei der Grund dafür, daß sie noch niemals im Ausland war. Es kam einfach daher, daß sie Eltern hatte, die wie viele ihrer Gesellschaftsschicht allem Fremden mißtrauten.

Daher hatte Beatrice die Ferien ihrer Kindheit entweder in Brighton oder in Bournemouth verbracht, in der kühlen See herumgeplanscht oder ihren Eltern Gesellschaft geleistet, die in Liegestühlen herumlagen. Mama war immer in Schals eingehüllt, Papa trug seinen widerstandsfähigen Tweedmantel und schimpfte, daß er viel lieber hinter der Theke in seinem Kurzwarengeschäft stehen würde, als gutes Geld dafür zu bezahlen, um an der See zu frieren.

Beatrice erinnerte sich daran, daß sie einmal einen besonders scheußlichen Badeanzug getragen hatte. Er war gelb und schwarz gestreift, wie ein Wespe. Die anderen Kinder hatten sie ausgelacht, dadurch fühlte sie sich unendlich einsam und verletzlich. Sie war sogar in den Ferien noch einsamer als sonst. Das lag teils in ihrer Natur, teils aber auch daran, daß Mama sie nicht mit Kindern einer höheren Schicht spielen lassen wollte, denn die waren immer von einem dichten Spalier von Kindermädchen, Gouvernanten und umherschwirrenden Müttern oder Tanten umgeben.

Nachdem sie zehn Jahre alt war, gestalteten sich die jährlichen Ferien zu einer viel großartigeren Sache. Man fuhr in einem Schlafwagenabteil erster Klasse nach Harrogate. Mama hielt es nun für vornehm, dort eine Trinkwasserkur zu machen, während Papa jeden Morgen im Park spazierenging und nachmittags in einem Rohrstuhl in einer Ecke des Palmengartens vor sich hindöste. Sie mußten sich alle zum Dinner umziehen und gaben vor, sehr bedeutende Leute aus London zu sein. Papa sah in der Tat bedeutend aus mit seinem glänzenden schwarzen Schnurrbart, seinem entschlossenen Gesichtsausdruck und der schweren goldenen Uhrkette, die über seinem Bauch baumelte. Mama tat sich etwas schwerer mit der Vornehmheit. Beatrice war einfach unbehaglich zumute, sie langweilte sich schrecklich.

Ferien waren immer entsetzlich langweilig gewesen.

Diese Ferien jedoch, für die Hawkins so sorgfältig gepackt hatte, waren etwas ganz anderes.

In letzter Minute hatte man beschlossen, daß Hawkins sie begleiten sollte. Wie sonst sollte Beatrice, die sich so wenig um ihre Kleidung kümmerte, die aufwendigen Toiletten machen, die ihr Mann von ihr erwartete, wenn sie kein Mädchen hatte?

William hielt das für eine ausgezeichnete Idee und hoffte nur, daß Hawkins die Schiffsreise vertragen würde. Er selbst war ein ausgezeichneter Seemann und erwartete das gleiche von seiner Frau. Es wäre daher zu unangenehm, wenn man sich um ein seekrankes Dienstmädchen kümmern mußte.

Hawkins versicherte, sie sei sicher, sie würde sich glänzend halten. Aber was immer auch geschehen möge, sie würde das Gepäck nicht aus den Augen verlieren.

Für Beatrices unverbildeten Geschmack nahmen sie viel zuviel mit. Drei Koffer, drei Reisesäcke, zwei Hutschachteln, ihre Schmuckkassette, Reisedecken, Williams Regenschirm und ihren Sonnenschirm, Williams schweren, pelzgefütterten Überzieher (denn Kanalschiffe waren immer entsetzlich zugig) und ihr langes Mohaircape mit dazu passender Kapuze. Ihre Koffer enthielten handgenähte Nachthemden und Unterhemden, Unterröcke, Morgenröcke, Schuhe und Hausschuhe, Kleider für alle Gelegenheiten, einen Nähkorb mit allen nötigen Zutaten und ein kleines, ebenfalls bestens ausgestattetes Medizinschränkchen, Bücher (denn sie hatte sich in den Gedanken verliebt, William laut vorzulesen, während er in der Sonne ruhte), Zeichenmaterial für den Fall, daß sie die Lust ankäme, an einem italienischen See zu zeichnen, ihren Badeanzug, falls es einmal wirklich heiß sein sollte, Operngläser (sie könnten ja in Paris oder in Mailand in die Oper gehen), einen Picknickkorb mit Crown-Derby-Porzellan, Messer und Gabeln mit Silbergriffen und kleine silberne Flakons für einen Schluck Rum oder Brandy. Wirklich, so dachte Beatrice, Mamas einstige extravagante Streifzüge in die wohlhabende Mittelklasse von Harrogate waren nichts im Vergleich zu dem hier. Sie bereiteten sich vor, als wollten sie für Jahre wegbleiben.

Papa prustete vor Erstaunen angesichts der Vielzahl von

Gepäckstücken. Hatten sie vor, in ein unterentwickeltes afrikanisches Land zu reisen, in dem es keine Zivilisation gab? Mama sagte hochnäsig und mit gepreßter Stimme, ihre Tochter habe schließlich als Mrs. William Overton eine gewisse Stellung einzunehmen. William selbst meinte nur, Beatrice nehme zu viele Kleider mit. Schließlich wollte er ihr doch einige Dinge in Paris, der Hochburg der Mode, kaufen.

Mrs. Overton fügte mit ihrer leidenden Stimme hinzu: »Und Parfüm, William. Sie braucht Parfüm.«

Roch sie schlecht? fragte sich Beatrice wütend. Sie wußte, sie sollte sich über Williams Fürsorge freuen, aber zwei Gedanken schossen ihr plötzlich durch den Kopf. Der erste war der Verdacht, daß ihm ihre Kleider nicht gefielen, und der zweite, daß es ihr Geld war, das er auszugeben beabsichtigte.

Vor der Eheschließung hatten endlose Diskussionen über die Rechtslage stattgefunden mit dem Anwalt der Overtons, einem grauen, aalglatten alten Mann, auf der einen Seite und Papas Anwalt, der zwar weniger fein, aber ebenso gerissen war, auf der anderen Seite. Unterstützt von seinem Anwalt, weigerte sich Papa standhaft, irgendwelchen Besitz William zu überschreiben. Bonningtons sollte voll und ganz Beatrice gehören. Was sie damit anfing, wenn er tot war, war ihre Sache. Aber das würde noch lange Zeit dauern, und bis dahin hätte sich dann herausgestellt, wohin diese erniedrigende Ehe führte.

Alles, was Beatrice denken konnte, war, wie dumm und blind Papa war.

Weshalb sollte sie in, sagen wir, zwanzig Jahren anders und härter sein? Sie würde noch immer eine Frau sein, und sie würde noch immer lieben.

Es war eine lange Wartezeit, bis sie William alles das geben konnte, was sie ihm geben wollte. Obwohl die zwanzig Jahre nur eine hypothetische Zeit waren. Es könnte ebensogut weniger oder auch mehr sein. Mit fünfzig Jahren wirkte Papa noch immer wie der Inbegriff von Gesundheit und Lebensfreude. Man konnte sich sehr gut vorstellen, daß er mühelos ein Alter von achtzig Jahren erreichen würde, was bedeutete, daß William mit fünfzig Jahren noch immer von Papas Großzügigkeit abhängig war. Diese Tatsache ließ es jetzt nur um so wichtiger erscheinen, auf der finanziellen Unabhängigkeit ihres Mannes zu bestehen. Er mußte eine großzügige Zuwendung erhalten, die jährlich auf sein eigenes Bankkonto einbezahlt wurde.

»Er darf sich nicht von mir abhängig fühlen«, drängte sie. »Das wäre zu demütigend.«

»Genau das ist es«, sagte Papa säuerlich. »Tausend jährlich?«

»Sehr großzügig«, sagte sein Anwalt.

»*O nein*, Papa! Mindestens zweitausend. Und ich will für den Unterhalt von Overton House aufkommen. Bitte, Papa. Wir sind doch eine Familie.«

»*Du* bist es«, verbesserte sie Papa. »Dieser junge Mann soll also zweitausend Pfund im Jahr bekommen, um sie einfach zu verplempern.«

»Um ein Gentleman zu sein«, sagte Beatrice starrköpfig.

»Dummes Geschwätz!« rief Papa und ließ seine geballte Faust krachend auf den Tisch niedersausen. »Du bist nur verblendet und verblödet. Die Zeit wird dich schon wieder zur Vernunft bringen, und dann bist du dankbar für unsere Vorsicht.«

Die Anwälte wechselten gequälte Blicke. Selbst Männer, fanden sie, der neue Married Woman's Property Act, der die Besitztumsverhältnisse der verheirateten Frauen regelte, richte sich in ungerechter Weise gegen ihr Geschlecht. Schließlich trat selbst eine reiche Erbin offenen Auges in eine Ehe ein. Und es sah ganz danach aus, als bekäme diese ziemlich gewöhnliche junge Frau nicht nur ein ansehnliches Geschäft, einen gutaussehenden Mann aus einer illustren Familie, sondern auch ein antikes Haus. Man möchte meinen, der alte Bonnington wäre darüber sehr zufrieden statt mißtrauisch und wütend.

Endlich erklärte sich Papa unter dauernden Protesten dazu bereit, seine Unterschrift unter ein, wie er es nannte, infames Dokument zu setzen. William Overton Esquire erhielt seine zweitausend Pfund im Jahr. Er machte nicht den Eindruck, als wolle er unbedingt ein gutgehendes Tuchgeschäft besitzen. Er war völlig zufrieden mit dem Bargeld – und der Tochter dieses Tuchgeschäftes. Selbst wenn es ihr Geld war, das William in Paris auszugeben beabsichtigte, mußte Beatrice diese Tatsache ein für allemal vergessen. Wie sonst könnte sie sich über seine Großzügigkeit freuen? Es würde sie bestimmt sehr glücklich machen, wenn er die Kleider für sie auswählte.

»M'sieur Worth, nehme ich an«, sagte er.

»Arme Miss Brown, sie darf es niemals sehen, wenn ich diese Kleider trage.«

»Warum nicht? Das könnte ihren Geschmack vielleicht ein wenig verbessern.«

»Oh! Gefällt dir mein Ausgehmantel etwa nicht?«

»Ausgehen ist genau die richtige Bezeichnung, Liebste. Wir werden ihn dem nächstbesten Zimmermädchen von passender Größe geben. Du darfst niemals wieder dieses Grün tragen.«

Beatrice lachte unbehaglich, ihr Selbstvertrauen schwand dahin. Man hätte denken können, der goldene Reif am Finger und Williams Hand, die sich schützend um ihren Ellbogen legte, als er ihr in den Zug half, wären genug, um ihr Selbstvertrauen zu stärken. Aber das war nicht der Fall, wie sie feststellen mußte. Doch sie war ja auch noch eine ganz junge Braut. Die Zeit würde für sie arbeiten. Sie würde weniger verwundbar werden.

Beschämenderweise war es Beatrice, die auf dem kleinen Kanaldampfer seekrank wurde. Sie war wütend auf sich selbst. Die Dünung war kaum merklich, aber sie konnte es nicht ertragen, durch das Bullauge auf das träge Auf und Ab der Wellen zu blicken. Sie mußte es sich gefallen lassen, daß Hawkins mit einem scheußlichen gelben Becken vor ihr kniete, während William eiligst verschwand, um sich die Füße auf Deck zu vertreten.

Sie sei *nicht* seekrank gewesen, behauptete sie steif und fest, obgleich ihr selbst auf dem festen Boden Frankreichs noch sterbensübel und schwindlig war.

William mußte über sie empört sein. Sie war jetzt alles andere als sein fröhliches, Schmetterlinge fangendes Mädchen. Seine Bemerkung über dieses gewisse Grün fiel ihr wieder ein, und in einem schwachen Wiederaufleben ihres Humors brach sie in unterdrücktes Lachen aus. William hielt es für Schluchzen. Er nahm mitfühlend ihre naßkalte Hand in die seine.

»Du wirst dich besser fühlen, wenn du etwas geruht hast. Du bist übermüdet.« Er sah sie freundlich und liebenswürdig an. Er schien jetzt glücklicher, da er erkannt hatte, daß auch sie trotz allem weibliche Zartheit besaß. Das mußte ihm ein Gefühl angenehmer Überlegenheit vermitteln. Er sah in seinen Reisekleidern wirklich sehr gut aus, und sie liebte ihn mit einer beinahe schmerzlichen Heftigkeit.

Im Hotel bestand er darauf, daß sie sofort zu Bett ging. Er würde anordnen, daß man ihr ein kleines, leichtes Abendessen aufs Zimmer schickte. Er selbst habe einen ausgezeichneten Appetit und beabsichtige, unten zu essen. Er kannte dieses Hotel von früher. Es habe einen ausgezeichneten Koch.

»Aber warte nur, bis ich dich zu Maxim in Paris führe«, sagte er begeistert. »Gott sei Dank herrscht dort wieder die Vorkriegsatmosphäre. Diese Preußenbelagerung war barbarisch. Es ist sehr schade, daß die Deutschen so unter dem Einfluß Bismarcks stehen, wir hätten sonst einen Abstecher den Rhein hinauf machen können. Aber ich verabscheue den ganzen Militarismus. Man kann nur hoffen, daß sich die Dinge ändern, wenn Prinz Frederick Kaiser wird. Man sagt, er sei alles andere als ein Kriegshetzer. Du mußt meine Mutter bitten, dir etwas über die Prinzessin Frederick zu erzählen. Sie ist ihr als junges Mädchen bei verschiedenen Gelegenheiten begegnet. Allerdings glaube ich, sie mochte Prinzessin Alice lieber. Sie war weniger klug und eigensinnig.«

Vertraulichkeiten mit dem Königshaus, dachte Beatrice flüchtig. Nicht, daß ihr das nicht auch gefallen hätte. Es war schon immer Papas Ehrgeiz gewesen, das Königshaus zu seiner Kundschaft zu zählen.

»Ich möchte eines Tages gerne nach Deutschland reisen«, sagte sie höflich.

»Das wirst du auch. Wir werden auch nach Wien reisen, nach Budapest und St. Petersburg. Ich bin immer in den lateinischen Ländern gereist, der Sonne wegen. Aber weshalb sollten wir unsere Reise eigentlich nicht erweitern?«

»Die Grand Tour«, murmelte Beatrice und dachte wieder, wie unfaßbar es war, daß ihr dies alles widerfuhr.

Im Augenblick hatte sie allerdings nur den einen Wunsch, wieder in England zu sein, wo sich die Wände nicht im Kreis drehten und ihr Magen sich anständig aufführte.

Hawkins führte ihre plötzliche Krankheit auf die Nerven zurück.

»Sonst ist es nichts. Das geht vorüber. Was soll ich auspacken? Ihr Nachthemd und den Mantel mit den blauen Schleifen?«

Aber das wollte sie doch erst in der Hochzeitsnacht anziehen, dachte sie und brach beinahe in Tränen aus, als ihr einfiel, daß dies ja ihre Hochzeitsnacht war. Wie konnte sie nur so schwach und durcheinander sein, daß sie auch nur für eine Sekunde vergaß, daß William nach dem Essen heraufkommen und seinen Teil der Abmachung erfüllen würde. Dieser Abmachung, die am Schreibtisch des Rechtsanwaltes begonnen und vor Gottes Angesicht heute morgen am Altar vollendet worden war.

Er würde sie erfüllen, denn er war ein Mann von Ehre. Aber wieviel oder wie wenig lag ihm wirklich daran?

Es war gut und schön, davon zu träumen, daß er sich in sie verlieben würde. Dieser Aufgabe in Wirklichkeit gegenüberzustehen war etwas ganz anderes.

Beatrice nippte ein bißchen von der klaren Suppe, dann bat sie Hawkins, das Tablett wegzuräumen und sie allein zu lassen.

»Könnte ich nicht wenigstens Ihr Haar bürsten, Madam?«

Die ängstliche Besorgnis in Hawkins' Stimme brachte ihr zum Bewußtsein, daß sie beklagenswert schlecht aussehen mußte. Doch nachdem ihr Haar offen und gebürstet war, schimmerte es in verschwenderischer Fülle. Ihr Mann, der es so noch nie gesehen hatte, wäre bestimmt angenehm überrascht.

Beatrice war jedoch nicht in der Stimmung für weibliche Kniffe. Wenn ihre Ehe ein Erfolg werden sollte, mußte sie mit absoluter Ehrlichkeit beginnen. Sie würde nicht versuchen, verführerisch zu erscheinen, sich hinter einem Vorhang aus Haaren zu verbergen. Sie wollte ganz sie selbst sein, ehrlich, still und liebevoll.

Und falls sie überhaupt der Typ für blaue Schleifen war, heute nacht ganz bestimmt nicht.

Sie zog sich aus, wusch sich, legte ein einfaches Nachthemd aus weißer Baumwolle an und flocht ihr Haar zu zwei Zöpfen. Als William zurückkam, saß sie vor dem niedergebrannten Feuer am Kamin.

Er sagte sofort: »Weshalb bist du nicht im Bett und ruhst dich aus? Ich glaubte, du seist längst eingeschlafen.«

»Eingeschlafen?«

»Liebling, du glaubst doch nicht etwa, ich wollte dich heute nacht belästigen, wo du so arm dran bist? Man muß die richtige Zeit wählen und all das . . .«

Sie starrte ihn an. Besaß er so viel Erfahrung?

»Das ist wirklich sehr wichtig, das versichere ich dir. Ich habe deshalb für mich ein anderes Zimmer genommen. Und du gehst jetzt zu Bett und ruhst dich richtig aus. Ich habe nur noch hereingeschaut, um dir gute Nacht zu sagen.«

Er trat zu ihr und küßte sie auf die Brauen. Sein Gesicht drückte ehrliche Besorgnis aus. Trotzdem, die richtige Zeit hin oder her, sie mußte sagen, was sie sich zu sagen vorgenommen hatte, während sie hier in ihrem einfachen Nachthemd auf dem harten Stuhl gewartet hatte.

»Geh noch nicht gleich, William. Es gibt ein paar Dinge, die ich dir sagen muß.«

Er zog die Augenbrauen in die Höhe.

»Jetzt schon Gardinenpredigten?«

»Sei nicht albern. Ich möchte dir nur sagen, ich weiß, daß du mich nicht liebst. Ich habe nicht gewagt, dir dies früher zu sagen, aus Angst, du könntest deine Absicht ändern und mich nicht mehr heiraten wollen. Und ich habe mir das so sehr gewünscht, denn ich liebe dich seit jenem Tag, an dem wir zusammen diesen Schmetterling gefangen haben. Erinnerst du dich? Den Schwalbenschwanz. Papilio machaon. Ich weiß sogar noch seinen lateinischen Namen.«

Sie sah ihn ängstlich an. Langweilte sie ihn?

»Aber selbst wenn du mich nicht liebst, ich habe genug Liebe für uns beide. Unsere Ehe wird gut werden. Ich kann mir vorstellen, eine Menge Menschen beginnen unter viel weniger glücklichen

Voraussetzungen. Was ich dir wirklich sagen möchte, ist, du brauchst mir nichts vorzumachen. Ich möchte, daß wir absolut ehrlich zueinander sind.«

Sie unterbrach sich, als sie sah, daß er lachte.

»Aber Beatrice, mein verrücktes kleines Frauchen, natürlich liebe ich dich. Nur nicht heute nacht. Heute nacht ist weder der richtige Zeitpunkt für die Liebe noch für lange Reden.« Er gähnte. Also langweilte er sich doch! »Und wage es bloß nicht, mir lange Reden zu halten, wenn ich bei dir im Bett bin!« Er beugte sich hinab und küßte sie noch einmal flüchtig. »Schlaf gut. Morgen geht's auf nach Paris!«

Fort war er. Wie einer seiner Schmetterlinge, flatterhaft und schwer zu fassen. Er wollte keine tiefen Gedanken oder Gefühlsbewegungen. Er wollte weder sein Herz noch das ihre erforschen. Sie wußte, soeben hatte sie ihre erste Lektion gelernt. Er machte sich nichts aus offenen Aussprachen. Er zog es vor, unangenehmen Tatsachen aus dem Wege zu gehen und so zu tun, als existierten sie nicht.

Vielleicht hatte er recht und sie unrecht. Sie mußte dankbar für sein übersprudelndes, oberflächliches Wesen sein. Andernfalls hätte er sie sicherlich niemals geheiratet, nicht einmal für die Summe von zweitausend Pfund im Jahr und das Wissen, daß das Haus seiner Familie für die nächste Generation gesichert war.

Trotzdem weinte Beatrice ein wenig in ihr seidenes Hochzeitstaschentuch. Er war vermutlich sehr erleichtert gewesen, daß er eine Entschuldigung hatte, heute nacht ihrem Bett fernbleiben zu können.

Aber vielleicht war auch er nur müde von diesem langen, langen Tag.

4

Am nächsten Tag war der Himmel bewölkt, es war feucht, und William erkältete sich.

Er entschuldigte sich und sagte, er würde sich immer unwahrscheinlich rasch erkälten. Er hoffe nur, Beatrice mache das nicht zuviel aus.

Nun hatten sie die Rollen vertauscht, denn Beatrice war völlig erfrischt und ausgeruht erwacht. Ihr gesunder Optimismus war zurückgekehrt.

Dennoch fand sie ihren Mann, der mit hochroten Wangen und fiebrig glänzenden Augen umherging und sich offensichtlich scheußlich fühlte, unendlich anziehend. Sie wollte ihn mit Liebe und Fürsorge umgeben. Doch sie hatte genügend Verstand, um das nicht zu tun. Aber nach der langen Bahnfahrt nach Paris und ihrer Ankunft im Hotel bestand sie darauf, daß er sich sofort zu Bett legte.

»Heute abend werden wir beide hier oben essen«, sagte sie. »Können wir dem Mädchen läuten und das Essen bestellen?«

»Du bist bereits eine sehr erfahrene Reisebegleiterin«, sagte William, und sie errötete vor Freude.

»Aber du mußt das Essen bestellen. Ich habe dazu nicht den Mut. Mein Französisch ist zu schlecht.«

»Dann wollen wir den Maître d'hôtel rufen.«

Sie aßen vorzüglich in der privaten Atmosphäre ihres Zimmers. Nicht einmal Hawkins durfte hereinkommen, um Beatrices Kleider auszupacken. Morgen sei noch genügend Zeit dafür, wenn sich Mr. Overton etwas besser fühle, sagte Beatrice.

Glücklicherweise stand in dem Zimmer ein weiteres Bett, denn William ließ es nicht zu, daß Beatrice neben ihm schlief und sich möglicherweise anstecken könnte. Trotz seiner guten Laune während des Dinners verschlimmerte sich seine Erkältung.

Das sei der schwache Punkt in seiner Familie, erklärte er Beatrice und sagte damit nur etwas, was sie ohnehin wußte. Das indische Klima, das besonders für Kinder so grausam sei, hatte seine Gesundheit für immer angegriffen. Es hatte auch eine noch schlimmere, seelische Nachwirkung, wie Beatrice in jener Nacht feststellte, als William unter dem Eindruck eines Alptraumes stöhnte und schrie.

Sie beugte sich mit einem Nachtlicht über ihn und rief ihn an, um ihn zu wecken.

»Was ist los, Liebling? Hast du Schmerzen?«

Er öffnete seine fiebrig glänzenden Augen und starrte sie an, als sei sie ein Teil eines noch nicht vergessenen Schreckens. Ganz langsam nur löste er sich aus dem Traum, der ihn hatte aufschreien lassen. Seine Bettdecke war zu einem Knäuel zerwühlt.

Er lächelte schwach, aber erleichtert.

»Oh, Bea! Es tut gut, dich hier zu haben.« Er griff hastig und flehend nach ihrer Hand, als wolle er sie bitten, die drohenden Ungeheuer, oder was immer es sein mochte, von ihm fernzuhalten.

Das würde sie auch tun. Mochte diese Rolle auch mehr mütterlicher als fraulicher Natur sein, im Augenblick machte es ihr nichts aus. Es war so wundervoll, daß er sie brauchte.

»War es ein Alptraum?« fragte sie.

»Ja. Er kommt gewöhnlich, wenn ich krank bin. Diesen einen habe ich seit meiner Kindheit, seit jenem Tag . . .«

Sein Gesicht nahm einen verschlossenen Ausdruck an. Beatrice setzte sich an das Bettende und sagte: »Erzähle, Liebling.« Liebkosungen, die sie bei Tag ängstlich vermied, fielen ihr des Nachts, besonders unter diesen Umständen, so leicht.

»Es war ein recht schlimmes Erlebnis«, sagte er. »Es geschah in Indien, als ich erst sieben Jahre alt war. Meine Amah machte mit mir meine übliche Morgenausfahrt. Der Fahrer des Wagens hatte uns zu den Außenbezirken der Stadt gebracht, wohin wir niemals hätten kommen dürfen. Unvermittelt gerieten wir in ein Massaker.«

»Du meinst – Tote?«

»Ja. Verschiedene Inder und darunter jemand, den ich kannte. Sergeant Major Edwards. Er war ein sehr guter Freund von mir. Er hatte mir beigebracht, wie man ein Gewehr schultert und wie man Kricket spielt. Er war ein großer, breitschultriger Bursche mit blondem Haar und einem ungeheuren blonden Schnurrbart. Eigentlich habe ich ihn nur an seinem Schnurrbart erkannt. Alles war voller Blut, und seine Augen hatten die Geier bereits ausgehackt.«

»Wie entsetzlich! Wie furchtbar für ein Kind!«

William lächelte schwach.

»Ich sehe, du verstehst das. Ich glaube, auch meine Mutter hat es verstanden. Mein Vater aber nicht. Er sagte, wenn ich einmal in die Armee eintreten wolle, sei es nie zu früh, mich an derartige Anblicke zu gewöhnen. Tatsächlich habe ich damals beschlossen, mich durch nichts auf der Welt zum Eintritt in die Armee bewegen zu lassen.«

»Aber du bist doch hauptsächlich wegen deines schlechten Gesundheitszustandes nicht in die Armee eingetreten, Liebster.«

»Nein, wegen meiner Feigheit. Seit jenem Tag bin ich ein Feigling. Ich habe eine absolute Abneigung gegen jede Art von Gewalttätigkeit und Widerwärtigkeit. Mein Vater, der arme alte Knabe, war bitter enttäuscht. Er hielt seinen einzigen Sohn für einen Weichling. Was auch stimmte. Es stimmt noch immer.«

Seine heißen Finger umklammerten Beatrices Hand. »Ich habe auch Angst vor dem Tod und vor dem Sterben. Ich laufe weg, wenn ich kann. Als Caroline im Sterben lag, ging ich nach Italien. Und als Vaters Ende näher kam, hielt ich mich, so gut ich konnte, von seinem Zimmer fern. Wirst du mich jetzt verachten, Bea?«

»Niemals! Wenn du mich fragst, dein Vater konnte ein Kind schon erschrecken.«

»Du hattest aber keine Angst vor ihm.«

»Ein bißchen schon.«

»Nein, sonst hätte er es gewußt. Er wußte es immer.«

»Nun gut, er war ja nicht mein Vater. Das ist ein Unterschied.«

»Vielleicht. Wie beruhigend du bist.«

»Das möchte ich immer sein.«

»Danke, Liebste.«

»Wird es dir morgen besser gehen?«

»Ich denke schon.«

»Ich bin so froh. Dann können wir damit beginnen, etwas zu

unternehmen. Einkaufen, Stadtbummel. Ich muß mich immer wieder davon vergewissern, daß wir wirklich in Paris sind. Bitte denke dran, daß es auf der Welt viel mehr schöne als häßliche Dinge gibt.«

»Das tue ich. Deshalb verbringe ich mein Leben damit, diese schönen Dinge herauszufinden. Gott segne dich, Bea.« Seine Lippen berührten dankbar ihre Finger. »Ich glaube, du verstehst mich wirklich.«

Am nächsten Morgen fühlte sich William viel besser, ja, er war beinahe gesund.

Er war so heiter, als sei durch das Gespräch über seinen Alptraum ein Zentnergewicht von seiner Seele gefallen. Als Beatrice mit rosigen Wangen von einem frühen Morgenspaziergang ins Zimmer trat, rief er ihr zu:

»Wo zum Teufel bist du gewesen?«

»Nur ein kleiner Morgenspaziergang. Du hast so fest geschlafen, daß ich dachte, ich könnte mir schnell einmal die Geschäfte ansehen.«

»Die Geschäfte!«

»Diesen großen Laden, Bon Marché. Er ist recht ordentlich, aber lange nicht so gut wie Bonningtons. Papa wird sich freuen, das von mir zu hören.« Sie streifte die Handschuhe ab und lachte über seine Entrüstung. Fand sie ein Tuchgeschäft wirklich so viel interessanter als ihren leidenden Ehemann?

»Es ist doch mein erster Besuch in Paris. Ich konnte einfach nicht widerstehen. Und jetzt sterbe ich beinahe vor Hunger. Können wir frühstücken? Du siehst so viel besser aus. Wenn du mir jetzt noch sagst, daß du Appetit hast, bin ich vollkommen glücklich.«

William ließ sich von ihrer guten Laune mitreißen. Er war so liebenswürdig wie zuvor und machte sogar das Zugeständnis, daß er sich gut erholt habe.

»Trotzdem, Bea, du muß allmählich ebensoviel Interesse für Kunstgalerien entwickeln wie für Tuchgeschäfte.«

»Oh, das werde ich! Wir werden für alles Zeit haben, nicht wahr?«

»Gewiß. Zuerst werden wir uns um deine Garderobe kümmern. Ich schlage vor, am späten Vormittag M'sieur Worths Salon einen Besuch abzustatten. Wenn wir dann nach dem Lunch noch beide kräftig genug sind, können wir uns die Stadt ansehen.«

Leider war alles zu schön, um lange zu dauern. Denn als sie an diesen Nachmittag in ihr Hotel zurückkehrten, um sich vor dem Dinner noch etwas auszuruhen, erwartete sie ein an Mrs. William Overton adressiertes Telegramm.

Beatrice riß den gelben Umschlag auf (nicht ohne einen Augenblick darüber nachzudenken, wie hübsch ihr neuer Name aussah) und rief entsetzt und ungläubig: »Oh, wie schrecklich!«

»Was ist?«

»Papa! Er ist schwer krank.«

»Laß mich sehen!« William riß ihr das gelbe Formular aus der Hand und las: »Dein Vater hatte einen Schlaganfall. Komm sofort zurück. Mama.«

Sie sahen einander ungläubig an. Beatrice wurde sich plötzlich bewußt, wieviel ihr Papa bedeutete, der ungeduldige, heißblütige, lärmige, atemberaubende, vitale und so männliche Papa, der wie ein Sturmwind über ihr Leben hinfuhr. William blickte etwas unsicher drein, als überlege er, ob seine Vernunftehe schließlich doch unnötig gewesen sei.

Beatrice hatte bereits Erfahrung darin, seine Gedanken zu erkennen.

»Bonningtons wird natürlich weitergehen, ob Papa nun da ist oder nicht. Wir brauchen niemals unter Armut zu leiden. Aber es ist einfach unvorstellbar – oh, William, sei mir nicht böse, wir müssen nach Hause.«

»Selbstverständlich, mein Liebling.«

»Wenn Papa sterben sollte . . . Aber das wird er nicht. Er ist so voller Leben. Gott wird es nicht zulassen. Wo ist Hawkins? Man muß ihr sagen, daß sie packen soll. Um welche Zeit geht ein Zug?«

»Ich werde mich um all das kümmern. Gegen Abend geht wohl einer, aber wir werden vermutlich ein paar recht kühle Stunden auf die Morgenfähre warten müssen.«

»Ich sollte allein fahren«, sagte Beatrice unsicher. »Du bist kaum fieberfrei. Und was ist mit all den bestellten Kleidern? Man sollte das rückgängig machen.« Ihre Lippen zitterten. »Vielleicht muß ich Trauer tragen.«

Aus einem ganz persönlichen Grund jedoch war sie ganz froh darüber, nach Hause zu kommen. Sie hatte sich immer gewünscht, daß die Vollziehung ihrer Ehe im Schlafzimmer des alten Generals in Overton House stattfinden sollte, wo so viele andere Hochzeitsnächte, glückliche oder unglückliche, vorübergegangen sein mußten. Wo zahlreiche Menschen geboren wurden und gestorben waren.

Hotelschlafzimmer hinterließen nur oberflächliche Erinnerungen. Wie düstere Gespenster.

Sie traute kaum ihren Augen, als sie Papa wiedersah, der von Kissen gestützt in seinem Bett saß und beinahe ebenso gesund und wohl wirkte wie vor drei Tagen, als sie ihn zum Abschied geküßt hatte. Bei näherem Hinsehen entdeckte sie jedoch eine gewisse Stumpfheit in seinen Augen. Und das eine Ende seines üppigen Schnurrbarts schien auf etwas lächerliche Weise nach unten zu hängen. Auch streckte er ihr die linke Hand zur Begrüßung entgegen.

»Ich freue mich, dich hier zu sehen, Bea.«

»Mama schrieb, du seist schwer krank.«

»Ich habe ihr gesagt, sie soll das schreiben. Wollte sicher sein, daß du kommst.«

In diesen letzten Worten lag eine Spur von Pathos, und Papas Stimme zitterte leicht. Beatrice wußte, Papa schämte sich deswegen fürchterlich. Er und der alte General – wirklich, was hatte sie bloß getan, um zwischen zwei solchen Männern eingefangen zu sein?

»Papa, sage mir wahrheitsgemäß, wie krank du bist.«

Papa sank in die Kissen zurück, der lebhafte Ausdruck entschwand aus seinem Gesicht. Jetzt sah er wirklich krank und erschreckend alt aus.

»Ärzte sagen einem ja nie etwas«, brummelte er. »Du lieferst ihnen deinen verdammten Körper aus, und der Rest ist Schweigen. Nach deiner Hochzeit hatte ich diesen blöden Zusammenbruch, das ist alles. Himmel, ich hatte noch immer diesen blödsinnigen Frack und die gestreiften Hosen an. Soweit ich mich erinnern kann, haben sie mich sogar damit ins Bett gelegt.«

»Gut, Papa. Aber die ganze Wahrheit. Was hat der Arzt gesagt?«

Er blickte ihr offen und schonungslos in die Augen.

»Daß ich einen leichten Schlaganfall hatte. Ich, in der Blüte meiner Jahre! Ich sagte, ich hätte noch niemals eine blödsinnigere Diagnose gehört. Aber die Wahrheit ist, Bea – du willst die Wahrheit hören?«

»Ja.«

»Das wußte ich. Du blickst den Dingen ins Gesicht. Anders als dein verschlafener Ehemann. Du wirst ihn tragen müssen, ebenso wie das Geschäft.«

Einen Augenblick glaubte sie, er phantasiere. Wovon sprach er eigentlich?

Doch seine Augen waren zu trübe, aber sie hatten den Ausdruck intelligenter Schärfe nicht verloren.

»Die Wahrheit ist, Bea, ich bin auf der rechten Seite ein bißchen zittrig. Arm und Bein. Kann nicht ohne die Hilfe dieser verdammt dämlichen Schwester aus dem Bett heraus. Einfach beschämend. Ansonsten bin ich kreuzfidel.«

Beatrice befeuchtete sich die Lippen. Sie mußte ruhig bleiben, doch innerlich zitterte sie ebensosehr wie in der Halle des Pariser Hotels, als sie das Telegramm in Händen gehalten hatte.

»Ist das von Dauer?«

»Nein, bei Gott! Du wirst Joshua Bonnington nicht an Krücken erleben. Aber es braucht seine Zeit. Ein paar Wochen lang werde ich hier gefangen bleiben. Das ist alles. Nur ein paar Wochen. Aber lange genug, damit diese Bastarde – entschuldige, Bea – das Geschäft zugrunde richten können.«

»Gibt's denn Schwierigkeiten, Papa?«

Er nickte. »Kurz vor deiner Hochzeit ging's los. Ich wollte es dir nicht sagen. Hat sowieso nichts mit dir zu tun, außer daß Bonningtons jetzt dir gehört. Hab' dir doch den Schlüssel gegeben, oder?«

»Das war für den Fall, daß du sterben solltest, Papa. Bis dahin ist noch lange, lange Zeit.«

»Ist jetzt ein bißchen näher gerückt, Bea. Kann's nicht leugnen.« Er machte den Versuch, seinen rechten Arm zu bewegen. Es gelang ihm nicht. »Die Geschichte ist die, du mußt jetzt übernehmen.«

»Ich!« rief sie ungläubig aus. Doch ihr Herz tat einen begeisterten Sprung. Das Leben war doch zu seltsam. Weshalb kam diese Gelegenheit, nach der sie sich einst so sehr gesehnt hatte, auch zu einem so ungünstigen Zeitpunkt?

»Und weshalb nicht?« sagte Papa. »Du hast einen Mann geheiratet, den du unterhalten mußt, du wirst ein Haus führen müssen, das weit über unserem Lebensstandard liegt. Nicht daß deine Mutter das Geld nicht wie Wasser verschwendet, aber es ist doch ein kleiner Unterschied zu dem großartigen Stil, in dem du jetzt leben wirst. Bonningtons muß ganz schön bluten, um all das zu verkraften. Aber du hast es so gewollt, jetzt liegt es an dir, die Geschichte in Gang zu halten.«

»Aber bestimmt kann ich das gar nicht, Papa.«

»Doch, du kannst es. Du bist doch eine Bonnington, oder nicht?«

»Du hast immer gesagt, ich sei nur eine Frau.«

»Das ist ja der Jammer. Aber du bist meine Tochter, deshalb müssen sie auf dich hören. Und jetzt kann ich dir auch sagen, daß ich vor einiger Zeit eine Fehlentscheidung getroffen habe, als ich diesen Geschäftsführer einstellte.«

»Mr. Featherstone?« fragte Beatrice und erinnerte sich an den Mann. Sie hatte ihn für hart, geschäftstüchtig und unnachgiebig gehalten.

»Richtig. Ist er dir besonders aufgefallen?«

»Nein. Aber ich weiß, Miss Brown mag ihn nicht.«

»Die ist natürlich immer gegen neues Blut. Aber in diesem Fall hatte sie recht. Er will, daß sie geht, allerdings weiß sie das nicht. Sagt, sie sei altmodisch. Er will verschiedene Abteilungen modernisieren. Ich habe entdeckt, daß er meinen Befehlen zuwiderhandelt, hinter meinem Rücken Dinge tut und sich Speichellecker heranzieht. Und er ist nicht ehrlich. Vor ein paar Tagen habe ich mit Sicherheit festgestellt, daß Waren verschwinden. Ich wollte bis nach deiner Hochzeit warten und ihn dann mit großem Krach hinauswerfen. Statt dessen liege ich jetzt auf der Nase. Und der Schuft singt ohne Zweifel Lobgesänge deswegen.«

»Papa, das ist ja eine schreckliche Situation!«

»Das sage ich ja. Du mußt das in Ordnung bringen. Geh zu Bonningtons, rufe alle zusammen und erkläre ihnen, daß du die Verantwortung trägst, bis ich wieder da bin. Halt nur deinen Kopf hoch und rede energisch, dann werden sie alle hinter dir stehen.« Papa klopfte mit seiner gesunden Hand auf die Bettdecke. »Bonningtons gehört dir und mir, und es wird nicht durch einen ehrgeizigen Taugenichts ruiniert werden. Du mußt das unterbinden, Bea.«

Papa sah plötzlich sehr müde aus. Er konnte den letzten Satz kaum beenden. Sie verstand noch irgend etwas, daß sie sich beeilen und einen Erben zur Welt bringen solle.

»Wir müssen das Geschäft für ihn erhalten, Bea. Wirst du es also tun? Wirst du hingehen und mit ihnen sprechen?«

»Ja«, sagte sie langsam. »Ja, ich werde es tun. Aber später . . .«

William würde sie eben verstehen müssen. Das war etwas anderes, als früh am Morgen den Bon Marché anzuschauen. Das war ein wirklicher Notfall.

»Du weißt, ich habe mir immer gewünscht, ein Teil des Geschäftes zu sein. Aber jetzt, da ich frisch verheiratet bin und ein großes Haus führen muß, und William fühlte sich nicht wohl . . . Er war nicht so richtig krank wie du, aber er hatte eine sehr häßliche Halsentzündung . . .« Sie unterbrach sich, als sie die Feuchtigkeit in seinen Augen bemerkte. Er rieb wütend daran herum und brummte: »Schwache Augen, das ist alles. O Gott, warum mußte dies alles passieren?«

»Weil du immer zu hart gearbeitet hast. Und wenn ich verspreche, ins Geschäft zu gehen . . .«

»Wann, Bea? Morgen?«

Sie nickte, denn sie sah ein, es gab keine Alternative. Und um ganz ehrlich zu sein, sie wollte auch keine.

»Aber ich habe nicht vor, achtzehn Stunden am Tag zu arbeiten wie du es getan hast. Und du mußt mir versprechen, dich zusammenzunehmen, zu tun, was man dir sagt, und nicht mit der Schwester herumschimpfen . . .«

Papa sah wieder frisch und interessiert aus. »Nun, nun, Bea, ärgere dich nicht über mich. Heb dir das für morgen für diesen Spitzbuben Featherstone auf.«

5

Blanche Overton hatte ihren Stammplatz an der Tafel ihrer Schwiegertochter überlassen.

Beatrice hatte oft genug an dieser Tafel gegessen, zuerst als linkisches Schulmädchen, später als nervöse Braut. Aber noch nie als Ehefrau. Sie wußte, wenn sie Ehefrau in des Wortes tiefster Bedeutung wäre, hätte sie noch mehr das Recht als in diesem Augenblick, Mrs. Overton von ihrem Platz zu verdrängen.

Mrs. Overton, in die üblichen auserlesenen, duftigen Schals gehüllt, unternahm absichtlich nicht das geringste, um es Beatrice leichter zu machen.

Sie muß woanders wohnen, schoß es Beatrice durch den Kopf. Das ist jetzt mein Haus, ich denke nicht daran, mich bevormunden zu lassen.

Selbst entsetzt über diesen kühnen Gedanken, blickte sie quer über den Tisch zu William hinüber, denn sie war sicher, er habe ihre Gedanken erraten.

Doch er war zu sehr mit seinem Essen beschäftigt. Er war ein bißchen rot im Gesicht und sah geschwächt aus. Seine Erkältung hatte sich noch nicht gebessert. Eine zugige Kanalüberfahrt war auch nicht gerade gesund gewesen. Er hatte bereits die Bemerkung gemacht, daß es von Beatrices Mutter selbstsüchtig und unnötig gewesen sei, sie zurückzurufen, da ihr Vater keineswegs in unmittelbarer Todesgefahr schwebte. Er hatte die Reise unternommen, als er eigentlich nicht dazu in der Lage war, und obwohl er freundlich und liebenswürdig war wie immer, ließ er sie doch seinen milden Unmut spüren, daß ihre Hochzeitsreise verdorben worden war.

Aber während William enttäuscht darüber war, daß der Vollzug ihrer Ehe nicht in einer so romantischen Stadt wie Paris stattgefunden hatte, war Beatrice noch immer froh, daß es in ihrem eigenen Heim geschehen sollte, und zwar in dem Bett des alten Generals.

Trotz ihres Unbehagens an der Dinnertafel durchströmte sie eine heftige Freude. Sie dachte, dieses Dinner würde niemals zu Ende gehen.

»Beatrice, an was in aller Welt denkst du bloß? Ich habe dich schon zweimal angesprochen«, sagte Mrs. Overton ungeduldig.

»Entschuldigung. Was sagten Sie, Mrs. Overton?«

»Ich fragte, ob ihr Zeit hattet, in Paris einzukaufen.« Mrs. Overtons kritische Augen blieben an Beatrices Dinnerkleid hängen, auch so ein Mißgriff von Miss Brown – anspruchslos und vollkommen korrekt, aber völlig ohne jeglichen Schick und Stil.

Was machte das schon, wirklich, was machte das schon aus, da in kürzester Zeit sowohl ihre Kleider wie auch die ihres Mannes in einem unordentlichen Häufchen auf dem Boden liegen würden . . .

»Wenn du willst, daß ich weiterhin die Anordnungen treffe«, fuhr Mrs. Overton in ihrer hohen, wohlklingenden Stimme fort. »Beatrice! Hörst du mir überhaupt zu? Natürlich nur, bis du Zeit hattest, dich einzuleben und dich an diese Art von Haushalt zu gewöhnen.«

Taktvoller hätte sie es nicht ausdrücken können!

»Nein, danke«, sagte Beatrice unmißverständlich. »Ich will sofort damit beginnen.«

Sie mußte morgen früh zu Bonningtons gehen und danach noch an vielen anderen Tagen. Die Fahrt würde mit dem Wagen ungefähr eine Stunde in Anspruch nehmen. William mußte ihr erlauben, den Wagen zu nehmen.

Aber es war ja ebenso ihr Wagen wie der seine. Eigentlich mehr noch der ihre, denn sie bezahlte jetzt die Gebühren.

»Wie du willst«, sagte Mrs. Overton. Ihre guten Manieren

verboten es, auch nur einen Anflug von Verärgerung zu zeigen.

»Aber du darfst mich nicht mehr Mrs. Overton nennen. Findest du nicht auch, William?«

»Natürlich, Bea, du Gänschen.«

Diese schlanke, aufrechte, kleine Gestalt mit den zierlichen Gliedern und den Wangen wie Blütenblätter, verblaßt schon, aber noch immer äußerst reizvoll, war das eine Mutter, ein mütterliches Wesen? Man konnte sich einfach nicht vorstellen, daß auch sie einst einen hohen Leib gehabt hatte.

Ich werde breit sein, mit vollen Brüsten und breiten Hüften, wenn ich einmal schwanger bin. Wird William dann anfangen, mich zu lieben?

»Schön«, sagte sie höflich. »Ich werde dich Mutter nennen, wenn du willst. Ich hoffe, du hast nichts dagegen, wenn ich gleich selbst alles in die Hand nehmen möchte. Ich muß es doch lernen, nicht wahr?«

»Ich verstehe vollkommen«, sagte Mrs. Overton.

Es durfte nicht mehr allzu viele von diesen Dinners zu dritt geben, dachte Beatrice auf ihre neue, rücksichtslose Art. Das ging einfach nicht gut.

Das erste Licht des frühen Morgens fiel in das Schlafzimmer des Generals. Beatrice war so früh erwacht, um das beobachten zu können. Eine Weile lag sie da und sah dem ersten zaghaften Lichtstrahl zu, der das Fenster erreichte. Dann stand sie auf und zog die Vorhänge zurück, nur ein wenig, um William nicht zu wecken.

Sie hatte in dieser Nacht sehr wenig geschlafen, trotzdem fühlte sie sich zutiefst erfrischt. Sie wollte in dem Zimmer umhergehen und sich alles ansehen, mit weit geöffneten, aufmerksamen Augen, wie das Schulmädchen, das einst von der Tür aus auf den alten Mann im Bett gestarrt hatte.

Auf dieses gleiche Bett mit den Chippendalepfosten, das nun ihr gehörte.

Das alles war so unwahrscheinlich, daß sie den Wunsch verspürte, zu lachen, laut zu rufen, zu sprechen. Während der Zeit ihres Werbens, ihrer Hochzeit, während der seltsamen aus den Fugen geratenen Reise nach Frankreich war sie nervös gewesen, angespannt, wie in einem Traum gefangen.

Aber jetzt, in der sanften Morgendämmerung, in der die frühe Sonne Schatten auf den Rasen warf und die Tauben wie in einem Aufrauschen weißer gestärkter Unterröcke im Taubenschlag umherflogen, während die kleinen, spitzen Zypressen noch nachtschwarze Silhouetten bildeten, war sie hellwach. Sie wollte reden, lachen, gurren und schnäbeln wie die Tauben.

Aber William schlief noch immer. Sie beugte sich über ihn und dachte, wie friedlich und wie einsam schlafende Gesichter wirkten. Williams Gesicht war blaß und verschlossen, als habe er niemals jemand anderem gehört als sich selbst. Niemand, der ihn jetzt sah, konnte etwas von seiner Sinnlichkeit ahnen.

Und von der ihren? Als sie sich prüfend im Spiegel betrachtete, errötete sie in der Erinnerung an die Freuden der Nacht.

Falls William eine züchtige Frau erwartet hatte, bei der ersten Berührung ihrer nackten Haut zerstreuten sich diese Erwartungen in alle Winde. Das erstaunlichste aber war, daß sie nichts geahnt hatte von ihrem völligen Mangel an Zurückhaltung und ihrem starken körperlichen Verlangen. Williams erfahrene Hände auf ihren Brüsten hatten etwas Erstaunliches vollbracht. Ihre heftige Erregung hatte sich ihm mitgeteilt, und sehr bald schon machte sie die erstaunliche, aber äußerst angenehme Entdeckung, daß die tatsächliche Vollziehung einer Ehe etwas viel Aufregenderes war als die Schwüre vor dem Altar.

Niemand hatte ihr gesagt, daß so etwas geschehen würde, nicht einmal ihre Mutter. Aber Mama in ihrer Besessenheit für Kleider und Haushaltangelegenheiten und Papa, der völlig in seinen Geschäften aufging . . . sie war sicher, für die beiden konnte es niemals so gewesen sein wie für sie. Andernfalls hätte eine Spur von Zärtlichkeit und Liebe offenkundig werden müssen, selbst für ein Kind. Wie sollten sie und William fähig sein, heute ihre Zärtlichkeit füreinander zu verbergen?

Mit ungeduldigen Händen zog sie die Vorhänge noch ein paar Zentimeter auseinander. Sie erblickte blauen Himmel und die

Spitze des Judasbaumes. Endlich regte sich William, öffnete seine Augen und sah sie an.

Im Bruchteil einer Sekunde schwand die Hochstimmung dahin.

Aber Hochstimmung war kein Gefühl von Dauer, das hatte sie schon immer gewußt. Und das war gut so, denn man konnte nicht dauernd in großen Höhen schweben.

Williams Augen ruhten auf ihr mit einem gewissen Ausdruck von Verwunderung. Verwunderung in erster Linie darüber, daß er die Nacht mit einer Frau verbracht hatte, und zweitens, daß sie diese Frau war. Im vollen Erwachen jedoch verflog dieser verräterische Ausdruck, sein Gesicht war liebenswürdig und freundlich wie immer.

Beatrice war sich nicht bewußt gewesen, sie sehr sie gehofft hatte, diese unpersönliche Liebenswürdigkeit hätte die Nacht nicht überlebt. Verdiente sie jetzt nicht etwas mehr? Einen Blick voller Liebe zum Beispiel? Aber er streckte nur seine Hand aus und tätschelte die ihre in einer flüchtigen Liebkosung.

»Morgen, Liebes.« Er begann zu husten. »Entschuldige. Für gewöhnlich trinke ich morgens etwas Heißes, um diesen Husten zu stoppen.«

»Ich werde läuten«, sagte Beatrice sofort. »Was möchtest du? Ich würde Zitrone und Honig vorschlagen, das lindert.«

»Wirklich? Dann werde ich das versuchen.« Er setzte sich in freudiger Erwartung auf. »Du bist so fürsorglich.«

»Das ist die Pflicht einer Ehefrau.«

Wie er so in den Kissen lehnte, sah er jungenhaft aus, jung und sehr anziehend.

»Was für ein Wort. Pflicht!«

War er letzte Nacht auch nur einer Pflicht nachgekommen? Dann hatte er es jedenfalls sehr geschickt gemacht. Sie hoffte, er würde nicht bemerken, daß sie jetzt zitterte. Rasch zog sie einen Morgenrock über ihr Nachthemd.

Gewiß, sie hatte schon immer gewußt, daß zivilisierte Menschen nicht über das sprachen, was in der Nacht geschehen war. Eine derartige Konversation gehörte der Dunkelheit an.

Als sie in das jungenhafte Gesicht ihres Ehemannes sah, der sich lediglich auf den bevorstehenden Genuß der heißen Zitronenlimonade zu konzentrieren schien, hatte sie plötzlich Mut genug, ihm zu sagen, daß sie versprochen hatte, heute morgen in Bonningtons Geschäft zu fahren. Sie hoffte jedoch, er würde ihr den Wagen zur Verfügung stellen.

Außerdem würde es sie sehr glücklich machen, wenn er sich aufraffen könnte, sie zu begleiten.

Er war über diesen Vorschlag erstaunt und eigentlich mehr entrüstet als amüsiert.

»Willst du mir etwa vorschlagen, den Beruf eines Ladenaufsehers zu erlernen? Nein, nein«, fügte er hinzu, als er ihren Gesichtsausdruck sah, »ich habe nur einen Scherz gemacht. Aber hat uns dieser gewalttätige alte Teufel, dein Vater, nur zurückbeordert, um unseren Lebensunterhalt zu verdienen?«

»Ich werde ihn verdienen. Nicht du, William.« Sie entdeckte, daß sie eiskalt sein konnte. Gott sei Dank hatte sie die Liebe nicht zu weich und dumm gemacht. »Du weißt sehr gut, daß Papa einen Schlaganfall hatte. Es ist sehr wichtig, daß er sich nicht aufregt, sonst bekommt er noch einen. Er will, daß ich eine unglückselige Angelegenheit kläre, und ich habe es ihm versprochen. Das ist alles.«

»Was ist das für eine unglückselige Angelegenheit?«

»Es würde zu lange dauern, dir das zu erklären.« Sie wollte nicht das Risiko eingehen, ihn zu langweilen. »Es ist nur so, daß die Leute auf mich hören, da ich Papas Tochter bin. Ich werde die Dinge in Ordnung bringen und rechtzeitig zum Lunch wieder zu Hause sein. Du mußt im Bett bleiben. Ruhe dich aus, und kuriere deine Erkältung.«

Er lehnte sich in die Kissen zurück und genoß sichtlich ihre Besorgnis.

»Ja, vielleicht werde ich das tun. Aber das wird doch hoffentlich nicht zur Gewohnheit, Liebste, nicht wahr?«

»Daß ich ins Geschäft gehe? Oh, das denke ich nicht. Um die Wahrheit zu sagen, alles, was Papa von uns verlangt, ist ein Sohn, der lernen kann . . .«

Sie unterbrach sich, als sie Williams Gesicht sah, das einen

Augenblick ebenso hochnäsig und verschlossen wirkte wie das seiner Mutter.

»Liebling, Papa ist krank. Du mußt ihm seinen Traum lassen.«

»Ich fürchte«, sagte William, »man erwartet von unserem Sohn, daß er Soldat wird.«

»Aber du magst doch das Militär nicht. Willst du ihm wirklich eine Karriere aufzwingen, die du selbst haßt, anstatt ihn Geschäftsmann werden zu lassen?«

Ihre Stimme klang erregt. Sie konnte es nicht ertragen, daß er das gleiche snobistische, eingebildete Gehabe zur Schau trug wie seine Mutter.

»Liebes, hör auf, so herumzuschreien. Ich bekomme Kopfschmerzen.« Er lächelte bereits wieder und hielt es offensichtlich nicht einmal der Mühe wert, diesem winzigen Streit auf den Grund zu gehen. »Wollen wir uns wirklich über einen Menschen streiten, der möglicherweise niemals existieren wird? Komm und gib mir einen Kuß.«

Nach kurzem Zögern ging sie zu ihm hinüber. Sie wollte nicht weniger spontan im Verzeihen sein als er. Außerdem hatte sie sich seit seinem Erwachen gewünscht, er würde sie küssen.

»Aber er wird existieren«, murmelte sie.

»Wer?«

»Unser Sohn.«

»Das hoffe ich.« Er küßte sie noch einmal. »Meine kleine Geschäftsfrau.« Ihr Körper schmerzte vor Liebe. Aber er hatte sich schon wieder in seine Kissen zurückgezogen und sagte nüchtern: »Natürlich kannst du den Wagen haben. Ich brauche ihn morgens selten. Ich werde zu Hause bleiben und die Besucher darüber informieren, daß ich meine Frau zur Arbeit geschickt habe.«

»William!«

»Liebste, mach mir die Freude und tu wenigstens so, als ob du meine Späße begreifen würdest.«

»Sollte diese Bemerkung etwa ein Scherz sein?«

»Ich fürchte ja.«

»O William, du bist ein schrecklicher Spötter. Ich werde um

Punkt ein Uhr wieder zu Hause sein. Bevor ich gehe, gebe ich der Köchin die nötigen Anweisungen. Versprich mir, deine heiße Zitronenlimonade zu trinken, und faulenze einmal so richtig.«

Gerne hätte sie hinzugefügt: »Ich liebe dich sehr.« Aber sie konnte sich beherrschen. Sie fühlte instinktiv, daß sie die Nacht nicht erwähnen durfte. Außerdem sah William schon wieder schläfrig aus und wünschte sichtlich, ihre allzu energische Gesellschaft loszuwerden.

Beatrice war sich der erstaunten Blicke sehr wohl bewußt, als sie in Bonningtons Geschäft trat. Absichtlich hatte sie niemanden über ihren bevorstehenden Besuch informiert. Sie erwartete nicht direkt, Mr. Featherstone mit den Händen in der Kassenschublade anzutreffen, aber er war genau dort, wo sie ihn vermutet hatte: am Kassentisch, machte sich auf Papas Stuhl breit und überschaute den Laden, als ob er bereits ihm gehörte.

Ihr Blut begann zu kochen. Das war Papas Geschäft, ihr Geschäft, und dieser unverschämte Mann war ein Eindringling. Er war mit ausgezeichneten Empfehlungen gekommen, und man konnte sich sehr leicht von seiner Liebenswürdigkeit täuschen lassen.

Ihr weibliches Feingefühl hätte sie jedoch sofort die gefährlichen Merkmale erkennen lassen. Sie wußte schon seit einiger Zeit, daß sie die Menschen besser einschätzen konnte als Papa, der glaubte, harte Arbeit müsse Hand in Hand mit unbedingter Ehrlichkeit gehen. Bis jetzt hatte er mit seinen Angestellten Glück gehabt.

»Ja, Madam?« sagte Mr. Featherstone und hielt sie irrtümlicherweise für eine Kundin. Dann erkannte er Beatrice und glitt hastig von seinem Sessel. »Ich bitte um Entschuldigung, Mrs. Overton. Ich war auf die Ehre Ihres Besuches nicht vorbereitet.«

»Das glaube ich Ihnen gern«, sagte Beatrice knapp und genoß den Erfolg ihrer Überraschungstaktik.

Mr. Featherstone hatte jedoch schon im nächsten Augenblick seinen Schock überwunden und sagte unterwürfig: »Und wie geht es Ihrem Herrn Vater, Mrs. Overton?«

»Meinem Vater geht es schon wieder ausgezeichnet. Er wird in Kürze wieder im Geschäft sein.«

»Oh, doch nicht zu bald, hoffe ich. Mit diesen Dingen ist nicht zu spaßen. Wenn ich da an meine arme Mutter denke, an einem Tag war sie kerngesund, am nächsten lebte sie nicht mehr . . .«

»Mein Vater hat absolut nicht die Absicht, dem Beispiel Ihrer Mutter zu folgen, Mr. Featherstone.«

»Das ist zu hoffen, das ist zu hoffen. Aber der Allmächtige . . .«

Beatrice hatte genug von diesem kriecherischen Jesus-Geschwätz. Wie konnte Papa nur einen solchen Mann einstellen, außer daß er eben sehr klug war. Aber nicht klug genug, um nicht über seine Nasenspitze hinweg auf diese kleine Person hinabzublicken und sie als unwichtig abzutun. Sie war nicht nur eine Frau, sondern sie hatte es auch zugelassen, daß man sie um ihres Geldes willen geheiratet hatte.

»Ich fürchte, ich kann Ihrer pessimistischen Einstellung nicht beipflichten. Das ist schlecht fürs Geschäft. Aber wir werden uns näher darüber im Büro meines Vaters unterhalten. Ich möchte in einer halben Stunde sämtliche Einkäufer dort versammelt sehen. Können Sie das für mich arrangieren?«

Mr. Featherstone konnte es nicht verhindern, daß sich die verschiedensten Gefühle in seinem Gesicht widerspiegelten, Überraschung, eine gewisse Furcht und schließlich wohlberechnete Unterwürfigkeit.

»Gewiß, Mrs. Overton. Ich werde mich sofort darum kümmern. Ich bin sicher, alle werden begierig darauf sein, zu hören, wie es Ihrem Herrn Vater geht.«

»Ich bin nicht gekommen, um ein Bulletin über den Gesundheitszustand meines Vaters zu verlesen.«

Beatrice machte die Sache Spaß. Anordnungen zu erteilen war schon ein erhebendes Gefühl und besonders befriedigend, wenn ein Mann wie Mr. Featherstone zum Gehorsam gezwungen wurde. Sie fühlte sich bereits zehn Zentimeter größer.

Sie ließ durch einen der Botenjungen, einen fröhlichen, blondlockigen Burschen namens Johnnie Lundy, eine Anzahl Stühle um den schweren Eichentisch im Büro ihres Vaters gruppieren. Von jetzt an wollte sie jeden Angestellten beobachten, vom niedrigsten angefangen bis zum obersten.

Sie saß im Lehnsessel am oberen Ende des Tisches, die Hände lässig auf die Armlehnen gestützt. Sie hoffte, ein Bild der Entschlossenheit vorzustellen.

Unmittelbar danach traten sie alle ein, angeführt von Adam Cope, dem Chefeinkäufer, der schon seit zehn Jahren mit Papa zusammenarbeitete und ein äußerst vertrauenswürdiger, ehrlicher und besonnener Mann war. Dann kamen Mr. Crowther aus der Abteilung Leinen und Damaste, Mr. Mortlake von der Herrenabteilung, Mr. Lang aus der Schuhabteilung, Miss Simpson aus der Kurzwarenabteilung, Mr. Seeley, der Chefbuchhalter, und noch viele andere, deren Gesichter Beatrice vertraut waren, wenn sie auch ihre Namen nicht kannte.

Die gute Miss Brown, die schon für Papa gearbeitet hatte, als Bonningtons noch ein eingeschossiges Geschäft wie ein Dorfladen gewesen war, in dem man, angefangen von Unterröcken bis zu Hustenbonbons, alles bekommen konnte, war so überglücklich, als sie Beatrice sah, daß sie immer nur sagte: »Dem Himmel sei Dank, dem Himmel sei Dank«, und zwar so laut, daß Mr. Featherstone es unbedingt hören mußte. Offensichtlich beabsichtigte sie das auch.

»Wenn Sie bitte alle Platz nehmen wollen«, sagte Beatrice ruhig. Sie hatte ihre Nerven bewundernswert unter Kontrolle.

»Ich habe Sie hierhergebeten, um über die Zukunft zu sprechen. Ich nehme an, Sie sind überrascht, daß ich es bin, die das tut, denn ich bin nur eine Frau, ziemlich jung noch und frisch verheiratet. Aber, wie Papa sagt, ich bin Bonningtons, und deshalb muß ich seine Stelle einnehmen, bis er wieder wohlauf ist. Und das, das darf ich sagen, da ich meinen Vater gut kenne, wird in nicht allzu weiter Zukunft sein.«

Höfliches Murmeln der Erleichterung.

»Natürlich muß ich noch viel lernen. Ich möchte die Abrechnungen der verschiedenen Abteilungen einsehen, die Bücher und die Außenstände prüfen. Und zwar morgen früh.«

»Mrs. Overton . . .«, begann Mr. Featherstone.

»Ich schlage vor«, sagte Beatrice freundlich, »daß Sie mich alle Miss Beatrice nennen, wenn ich im Geschäft bin, wie früher auch. Ja, was wollten Sie eben sagen, Mr. Featherstone?«

»Nur, daß das für jemand, der so unerfahren ist wie Sie . . .«
»Oh, ich bin keineswegs unerfahren, Mr. Featherstone. Weit davon entfernt. Ich hatte schon immer einen guten Kopf für Rechnungen. Mein Lehrer hielt das für keinen sehr weiblichen Zug. Abgesehen davon, ich habe meinem Vater bei seinen geschäftlichen Besprechungen seit jenem Zeitpunkt zugehört, als er entschied, ich sei alt genug dafür, und das ist jetzt schon sehr lange her. Ich weiß also eine ganze Menge über die greifbare Seite von Kauf und Verkauf. Und was die mehr gefühlsmäßige Seite anbelangt – die Behandlung des Kunden –, so kann das eine Frau wohl ebenso gut wie ein Mann, wenn nicht sogar besser.«
Sie schickte ihr liebenswürdigstes Lächeln in die Runde. Ein angenehmes Gefühl der Stärke durchströmte sie.
»Ich habe in dieser Richtung bereits verschiedene Ideen. Zum Beispiel möchte ich, daß man die Gegend um die beiden Eingangstüren etwas attraktiver gestaltet. Und ich finde, auch für unsere Schaufenster gibt es eine Menge Verbesserungsmöglichkeiten. Sie sind wirklich ziemlich altmodisch. Ich werde mit meinem Vater darüber sprechen. Weshalb machen wir zum Beispiel kein Sonderschaufenster, wenn im Königshaus eine Geburt gefeiert wird? Mit einer Menge von patriotischem Rot, Weiß und Blau und einem Werbeslogan wie etwa ›Jedes Kind ist für seine Mutter ein Königskind‹.«
Miss Brown klatschte in die Hände. »Brillant, Miss Beatrice.«
»Dann müssen Sie eben nach glücklichen Ereignissen in der königlichen Familie Ausschau halten, Miss Brown. Eine Hochzeit bei Hofe könnte natürlich ein ganz ausgezeichneter Aufhänger sein. Wir könnten schon Wochen im voraus Brautkleider anbieten und, wenn nötig, sogar eigens dafür Schneiderinnen einstellen. Aber ich verliere mich. Lassen Sie mich Ihnen meine unmittelbaren Pläne vorstellen. Während mein Vater krank ist, werde ich so oft wie möglich hereinkommen, vermutlich jeden Morgen. Dies ist ein Ausnahmezustand, und ich habe Sie hergebeten, um Sie zu fragen, ob Sie mit mir zusammenarbeiten wollen. Ich bin sicher, Sie sind alle meine Freunde.«
Sofort brandete zustimmendes Gemurmel auf.

»Das wäre alles, was ich Ihnen im Augenblick sagen möchte, Sie können an Ihre Arbeitsplätze zurückkehren. Außer Ihnen, Mr. Featherstone, ich wäre Ihnen verbunden, wenn Sie noch bleiben würden. Ich werde Sie nicht länger als fünf Minuten aufhalten.«

Der Reihe nach verließen sie den Raum, Miss Brown ging als letzte und drückte Beatrice verstohlen die Hand. Beatrice bezweifelte, ob sie für Miss Brown jemals etwas anderes sein würde als »die kleine Miss Beatrice«, ein Kind. Aber eines war sicher, Miss Brown war ihr treu ergeben.

Mr. Featherstone war ein anderer Fall.

»Ich muß Sie leider bitten, zu gehen«, sagte Beatrice, als sie allein waren. Ihre Stimme zeigte auch nicht durch das leiseste Beben den Widerwillen vor dem an, was sie zu tun hatte. »Ich handle auf Anweisung meines Vaters. Ich wünsche nicht, daß Sie mir irgend etwas erwidern, das wäre nur Zeitverschwendung. Packen Sie einfach Ihre Sachen zusammen, und verlassen Sie uns. Mr. Seeley wird dahingehend unterrichtet, Ihnen einen Wochenlohn auszuzahlen. Dies ist unter den gegebenen Umständen äußerst anständig. Ich hoffe, Sie setzen Ihren Fuß niemals wieder in Bonningtons Geschäft. Falls Sie es dennoch tun, könnte mein Vater gezwungen sein, einen Haftbefehl gegen Sie zu beantragen wegen Unterschlagung verschiedener Waren.«

Sie erhob sich. Sie wollte nicht mit ansehen, wie sich das unterwürfige Zutrauen des Mannes in eine seltsam unangenehme Verachtung verwandelte. Papa wäre mit ihr zufrieden gewesen, dachte sie. Sie hatte bewiesen, daß Frauen nicht so sehr von Gefühlen geleitet wurden, daß sie nicht Autorität verbreiten könnten. Wenn nötig, konnte sie hart sein. Ihr Blick war so stählern wie der von Papa.

»Es war sehr unklug von Ihnen, sich Ihre Chancen hier zu verderben«, sagte sie. »Mein Vater ist ein großzügiger Arbeitgeber, wenn er es mit ehrlichen Menschen zu tun hat. Aber wir wollen nicht unsere Zeit damit verschwenden, über Ihren Verlust zu sprechen. Kommen Sie meiner Anweisung nach, und seien Sie in Ihrer nächsten Stellung ehrlicher als hier.«

»Sicherlich bekomme ich doch ein Empfehlungsschreiben«,

sagte Mr. Featherstone mit unangenehm winselnder Stimme.
»Haben Sie mir denn nicht zugehört, Mr. Featherstone? Ich sprach von Ehrlichkeit. Wie käme mein Vater dazu, jemandem eine ernstgemeinte Empfehlung auszustellen, der sich so wie Sie benommen hat?«

Ohne ein weiteres Wort drehte sich der Mann um und ging hinaus. Es war vorüber. Jetzt konnte sie zittern, wenn ihr danach war.

Sie blieb jedoch vollkommen ruhig. Sie dachte über die Vorteile und die Nachteile der Macht nach. Man konnte mit ein paar Worten einen Menschen aufrichten oder zerstören. Macht war etwas Gefährliches. Sie mußte sie mit Vorsicht gebrauchen.

Sie war froh, als sie Miss Brown in ihrer kleinen Höhle hinter den Regalen mit Mützen und Hüten und Seidenkappen entdeckte.

»Ich dachte, es würde Sie vielleicht freuen zu hören, daß uns Mr. Featherstone soeben verlassen hat.«

»Oh, dem Himmel sei Dank! Dieser entsetzliche Mann! Wir haben uns alle solche Sorgen gemacht! Aber daß gerade Sie ihn entlassen haben, Miss Beatrice!«

»Ich bin sehr gut in der Lage, derartige Dinge zu tun. Von jetzt an möchte ich jeden Morgen herkommen, bis Papa wieder gesund ist. Ich kann nicht den ganzen Tag hierbleiben, denn damit wäre mein Mann wohl nicht einverstanden. Ich muß auch an ihn denken.«

»Liebe Miss Beatrice! Sie mit einem Ehemann!« Miss Brown schwelgte einen Augenblick in romantischen Vorstellungen, ehe sie etwas nüchterner fragte: »Wird er denn nicht dagegen sein, daß Sie überhaupt herkommen? Erst so kurz verheiratet.«

Beatrice sagte leichthin: »Lieber Himmel, nein. William und ich sind ein sehr modernes Paar.« Sie sah auf die silberne Uhr, die sie an einer Kette um den Hals trug.

»Wenn ich jetzt gehe, kann ich auf dem Nachhauseweg noch bei Papa vorbeischauen. Ich muß ihn über den heutigen Morgen beruhigen. Nein, nein, ich glaube nicht, daß mein Mann gegen meine Morgenbeschäftigung etwas einwenden wird. Er ist nicht gesund, und ich bestehe darauf, daß er spät aufsteht. Außerdem beabsichtigt er, ein Buch über Kunst zu schreiben. Er hat es schon lange in Gedanken fertig. Er kennt sich in Malerei und Bildhauerei sehr gut aus. Er wird also selbst beschäftigt sein, während ich hier bin. Ich glaube, eine Menge verheiratete Frauen könnten von einer Nebenbeschäftigung profitieren.«

»Meine Güte, Miss Beatrice, wie Sie sich verändert haben!«
»Wie habe ich mich denn verändert?«
»Sie sind so lebhaft.«
»Das kommt daher, daß ich glücklich bin.«
»Gott segne Sie. Ich hoffe, es wird lange Zeit anhalten.«
»Es wird für immer anhalten. Dafür sorge ich schon.«

Ich werde Bonningtons zum besten Laden Londons machen, und ich werde William dazu bringen, sich in mich zu verlieben . . . dachte sie und war gehobener Stimmung.

»Wir müssen mehr Frauen einstellen, Papa«, sagte sie, als sie am Bett ihres Vaters saß.

»Unsinn! Denen trau ich nicht. Ihre Nerven sind zu unverläßlich. Dauernd haben sie hysterische Anfälle.«

»Sie verstehen sich auf ihre Geschlechtsgenossinnen, und da die Mehrzahl unserer Kunden weiblich ist, wäre das nur logisch.«

»Glaube ich nicht«, brummte Papa. Er saß aufrecht im Bett und wirkte verhältnismäßig frisch. Seit Beatrice wie ein Wirbelwind ins Zimmer gestürzt war, nachdem sie die zittrige Schwester auf dem Gang einfach beiseite gestoßen hatte, erholte er sich von Minute zu Minute. Er war sehr zufrieden mit ihr. Er sagte: »Gut gemacht, Bea. Jetzt kannst du nach Hause gehen zu deinem Mann.«

Allerdings beobachtete er sie aufmerksam und entspannte sich sichtlich, als sie sagte, sie würde jetzt zwar nach Hause gehen, aber morgen früh wieder im Laden sein. Er mußte doch am besten wissen, daß die Anwesenheit des Besitzers sowohl für die Moral der Angestellten wie auch für die Kunden wichtig war. Außerdem hatte sie einige Ideen, die sie in die Praxis umsetzen wollte. Die Vorderfront von Bonningtons war wirklich zu langweilig. Die Kunden, besonders die Frauen, sind viel eher zum Geldausgeben bereit, wenn man die richtige Atmosphäre schafft. Als erstes plante sie ein Arrangement von Treibhauspflanzen beim Eingang, um dem Ganzen einen Anstrich von Luxus zu verleihen. Und mit den öden Schaufenstern mußte auch irgend etwas geschehen. Sie würde gerne einen fähigen jungen Mann mit Originalität einstellen, der ihr bei der Ausführung ihrer Ideen zur Hand gehen könnte, wie zum Beispiel in Bezugnahme auf irgendwelche historischen Ereignisse. Etwas geschah immer in dem ausgedehnten Königreich. Es genügte nicht, ein indisches Zimmer zu haben, um all diese Ströme junger Frauen auszustaffieren, die auf der Suche nach einem Ehemann nach Kalkutta oder Delhi reisten. In den Zeitungen konnte man dauernd etwas über andere Länder lesen. Was war mit der Entdeckung von Diamanten in Afrika? Oder den Zulukriegen? Oder die Hochzeiten im Königshaus? Bei den zahlreichen Enkelkindern der alten Queen war da immer etwas los. Es wäre ohnehin höchste Zeit, daß Bonningtons zum Hoflieferanten erklärt würde.

»Guter Gott!« sagte Papa schwach. »Du wirst ein Museum draus machen.«

»Nein, du verstehst mich nicht, Papa. Wir gehen nur mit der Zeit. Oder wir überholen sie sogar. Zum Beispiel, wenn Queen Victoria noch lebt, um ihr goldenes Jubiläum zu begehen, müssen wir Monate im voraus planen. Alle Damen der Gesellschaft müssen ihre Straußenfeder-Fächer und ihre Purpurroben bei Bonningtons kaufen.«

»Bis dahin dauert es noch Jahre. Hast du etwa vor, dann noch immer dort zu sein? Über meinen Kopf hinweg zu regieren?«

Beatrice drückte seine Hand.

»Ich nehme schon an, daß ich irgendwo in der Nähe sein werde.«

»Ja, ganz bestimmt. Da habe ich mir ja was Schönes eingebrockt. Wenn du so weitermachst, wie wirst du erst in zehn Jahren sein.«

»Ich habe dir ja schon gesagt, Papa, Frauen eignen sich besser dafür, anderen Frauen Dinge zu verkaufen. Und sie sind billiger.«

»Nicht im Endeffekt. Sobald du ihnen erklärt hast, wie man einen Meter Band richtig abmißt, heiraten sie und verschwinden.«

»Und kommen als Kundinnen wieder.«

»Sie bringen nur die männlichen Angestellten durcheinander.«

»Miss Brown tut das nicht.«

Papa lachte rauh auf. »Es werden nicht lauter alte Brownies sein. Der größte Prozentsatz wird in irgendwelche Schwierigkeiten geraten. Und dann wirst du womöglich noch einen Kindergarten einrichten wollen.«

»Nein, aber ich habe vor, ein passendes Haus zu finden, in dem die jungen Mädchen wohnen können. Sie können in Schlafsälen schlafen. Es wird eine Haushälterin geben und eine Köchin. Dann können wir nette, ehrliche Mädchen vom Land einstellen und ausbilden, und wir sind sicher, daß man sich um sie kümmert.«

»Großer Gott, weshalb habe ich dich nicht schon früher um Rat gefragt?«

»Das sagte ich ja, Papa.«

»Aber was sagt Master Overton dazu, wenn er seine Braut ans Geschäftsleben verliert? Was die alte Dame Overton sagen wird, kann ich mir gut vorstellen. Aber das ist dir wohl alles gleichgültig, nehme ich an, so wie du jetzt aussiehst, mit diesem verdammt entschlossenen Ausdruck. Was ist bloß mit dir los? Du warst immer so ein stilles kleines Ding. Und du bist doch erst fünf Minuten verheiratet. Es ist doch alles in Ordnung, oder?«

Ein kleines Lächeln huschte über Beatrices Lippen.

»Doch. Völlig in Ordnung. William ist der verständnisvollste Mensch der Welt. Aber er ist nicht sehr widerstandsfähig, ich habe einfach zu viel Energie für ihn. Er sagt, ich hüpfe umher wie ein Gummiball. Es paßt also sehr gut, wenn ich einen Teil des Tages fort bin. In Overton House gibt es eine Menge Dienstboten, und du weißt, ich bin nicht der Mensch, der mit einer Handarbeit herumsitzen kann. Außerdem versteht William sehr gut, wie wichtig es jetzt für dich ist, Ruhe zu haben, während du dich von dieser Krankheit erholst.«

»Ich nehme an, er kümmert sich nicht einen Pfifferling um mich. Aber ich kann mir vorstellen, daß er doch einen oder zwei Gedanken daran verschwendet, woher sein Einkommen kommt.«

»Papa!«

»Schon gut, ich kritisiere ihn ja nicht. Ich stelle nur eine Tatsache fest, die wir beide kennen. Aber fang nicht an, dir deinen Mann schon zu bald zurechtzubiegen, auch wenn er ein gutmütiger Kerl ist.«

»Papa, ich biege ihn doch nicht zurecht!«

»Aber du spielst mit dem Gedanken, Liebes. Dir sind schon immer eine Menge heimliche Gedanken im Kopf herumgegangen. Jetzt doch auch, oder?«

»Wenn der Wunsch, ein Teil von Bonningtons zu sein, so etwas ist, dann stimmt es. Weißt du eigentlich, daß es nur drei Dinge in meinem Leben gab, die ich mir leidenschaftlich wünschte? Und jetzt habe ich sie alle drei. Einen Mann, ein schönes Heim und Bonningtons. Ist das nicht unglaublich. Und dabei bin ich nicht einmal hübsch!«

Ihr plötzliches Glücksgefühl verlangte nach einem sichtbaren Ausdruck. Sie sprang auf die Art herum, von der William immer Kopfschmerzen bekam. Dann warf sie sich lachend in die Arme ihres Vaters.

Traurig bemerkte sie, daß er sie mit seinem rechten Arm nicht fest umfassen konnte.

Diese Tatsache brachte ihr zum Bewußtsein, daß nichts vollkommen war.

»Komm, komm, keine Schmusereien«, brummelte Papa. »Kehren wir zum Geschäftlichen zurück, da du dich ja anscheinend in meiner Abwesenheit zum Manager befördert hast. Ich möchte, daß du mir morgen die Lagerkartei von Leinen und Damasten bringst. Wir waren knapp dran, ich will neue Bestellungen aufgeben. Die Leute in Dublin haben so lange Lieferfristen. Vermutlich müssen wir bei Boone in Limerick bestellen. Und laß mich wissen, ob dieser französische Brokat geht. Nehme an, er ist ein bißchen zu hoch im Preis für unsere Kundschaft.«

»Dann brauchen wir eben reichere Kundschaft.«

»Du weißt wohl schon alles, was?«

»Nein. Aber ich werde es lernen. So daß mein zweiter Sohn einmal ein gutes Erbe übernehmen kann. Mein erster Sohn wird wohl in die Armee eintreten müssen, fürchte ich. Wegen des alten

Generals. Du verstehst doch, Papa? Und danach möchte ich eine Tochter für mich selbst.«

Papa lachte schallend.

»Du lieber Himmel, Bea, deine Söhne können ebensogut lauter Töchter werden. Die alle teure Aussteuern von Bonningtons haben wollen. Und zum Bankrott treiben. Besser, du gehst jetzt, Liebes. Ich bin ein wenig müde. Will ein kleines Nickerchen machen.«

Er sah so entspannt und friedlich aus, daß Beatrice wußte, sie hatte die richtige Medizin gefunden. Früh am Morgen hatte William ebenso ausgesehen, entspannt und glücklich.

Es war herrlich, eine Frau zu sein, die unterschiedlichsten Wünsche der Männer befriedigen zu können, voll von dieser geheimen Macht zu sein . . .

»Entwickelt sich das«, sagte William beim Lunch über den Tisch hinweg, »zu einer Angelegenheit von Dauer, Liebling?«

»Nur während Papa krank ist«, antwortete Beatrice mit fester und ruhiger Stimme. Es wäre ihr lieber gewesen, die Angelegenheit nicht vor Mrs. Overton zu besprechen, die jetzt bereits überrascht und schockiert dreinsah. Aber je eher sie dieses unerfreuliche Gespräch hinter sich brachte, um so besser.

William lächelte liebenswürdig. Es war sehr schwierig, sich mit ihm zu streiten, denn er lächelte meistens. Gewiß, das Leben gestaltete sich dadurch zivilisierter, aber die tiefen Schichten seiner Gedanken blieben ihr dadurch verborgen. Und Beatrice wollte jedes kleinste Detail von ihm kennen. Sie war begierig nach Erkenntnis. Sie wußte, wie seine Erscheinung, seine Stimme, sein Humor und seine Zärtlichkeit sie erregten. Sie kannte ihn persönlich seit der vergangenen Nacht. War das fürs erste nicht genug? Sie mußte ihre Gier im Zaum halten.

»Und wie lange, glaubst du, wird die Krankheit deines Vaters dauern, Liebling?«

»Vielleicht zwei oder drei Monate. Der Arzt sagt, die Genesung ist von einem zum anderen Patienten verschieden. Aber in Anbetracht von Papas starkem Willen, gesund zu werden, sollte es nicht allzu lange dauern.«

»Drei Monate!« rief Mrs. Overton aus, der es nicht gelang, noch länger zu schweigen.

»Beatrice, das geht einfach nicht. Du hast einen Mann, und du mußt ein Haus führen.«

»Ich habe der Köchin alle nötigen Anweisungen erteilt, ehe ich heute morgen wegging«, sagte Beatrice. »Ist irgend etwas mit dem Essen nicht in Ordnung?«

»Der Fisch ist ausgezeichnet«, sagte William. »Hast du Grund, dich zu beschweren, Mutter?«

»Du weißt sehr gut, daß ich das nicht gemeint habe«, sagte Mrs. Overton scharf. Sie teilte keineswegs die sanftmütige Veranlagung ihres Sohnes. Sie war aufbrausend, direkt und machte kein Hehl aus ihrer Mißbilligung.

»Du muß bedenken, meine Liebe, daß du als die Frau meines Sohnes eine gewisse Stellung einnimmst, du hast gesellschaftliche Pflichten, du mußt Leute kennenlernen und von ihnen anerkannt werden. Wie kannst du jemanden empfangen, dem du vielleicht am selben Tag ein paar Meter Stoff verkauft hast? Ich übertreibe nicht. Eine solche Situation könnte sehr gut eintreten, und das wäre einfach entsetzlich peinlich.«

»Sei still, Mutter«, sagte William, und seine braunen Augen funkelten. Ihm schien es Spaß zu machen.

»Ich werde nicht still sein. Beatrice ist jung und ungewandt, man muß ihr diese Dinge sagen. Ich kann es einfach nicht zulassen, daß sich deine Ehe zu einer Katastrophe entwickelt, mein lieber Junge. Deine Frau geht zur Arbeit, hinter einer Ladentheke! Das ist einfach skandalös. Ungeheuerlich. Ich bin überrascht, wie man so unweiblich sein kann, Beatrice. Und falls du die Hoffnung haben solltest, jemals in einen königlichen Salon eingeladen zu werden, kannst du sie sofort abschreiben.«

»Ich will gar keinen Besuch bei Hof machen«, sagte Beatrice. »Im Gegenteil, ich möchte, daß man uns besucht. Ich habe es Papa schon gesagt. Es ist höchste Zeit, daß wenigstens ein paar Mitglieder des Königshauses bei uns einkaufen. Ich beabsichtige, das durchzusetzen.« Sie sah zu Mrs. Overton hinüber, die ihre Lippen mit der Serviette betupfte (bester Damast aus dem Hause Bonnington?), und unterdrückte ein Kichern. »Hältst du das für ungeheuerlich, William?«

Sie war zutiefst erleichtert, daß er nicht wieder diesen starren, spießigen Ausdruck zur Schau trug wie am frühen Morgen. Jetzt schien er nichts anderes als Vergnügen zu empfinden.

»Ich denke, liebste Bea, du verstehst, daß meine Mutter sich nur darüber Sorgen macht, daß nun so offenkundig klar wird, daß ich mich von meiner Frau aushalten lasse. Das sollte eine verborgene Eigenschaft unserer Ehe bleiben. Obwohl natürlich jedermann Bescheid weiß. Aber wenn wir glücklich dabei sind, was kümmert es uns, was die anderen sagen? Das mußt du schon einsehen, Mutter.«

»Das ist alles so entsetzlich *unschicklich*!« stöhnte Mrs. Overton hilflos.

Beatrice sah William ängstlich an. »Ist es die Wahrheit, wenn du sagst, du seist glücklich darüber?«

»Aber vollkommen. Außer daß ich dich natürlich vermissen werde, wenn du im Geschäft bist«, fügte er höflich hinzu. »Das macht mich nicht zum überspannten Sonderling, Mutter. Es bedeutet lediglich, daß ich kein selbstsüchtiger, fordernder Ehemann bin.«

Er sei ein einmaliger Ehemann, gab ihm Beatrice mit leuchtenden Augen zu verstehen. Und außerdem hatte Mrs. Overton keinen Grund, so überaus entsetzt zu tun. Man schrieb das Jahr 1881, und die Frauen brachen allmählich aus dem ungemein behüteten Lebenskreis aus, in den sie eingesperrt waren, seit Queen Viktoria auf den Thron kam und der Nation ihr Beispiel erdrückender Häuslichkeit aufgezwungen hatte. Sie wurden berühmte Schriftstellerinnen, Forscherinnen, Lehrerinnen, sogar Ärztinnen.

Sie fragte sich, ob ihre Schwiegermutter diese Veränderung überhaupt wahrgenommen hatte.

Aber keine Geschäftsfrauen, würde Mrs. Overton sagen. Kaufleute! Das war etwas Unaussprechliches, etwa wie eine widerliche Krankheit.

»Mutter, nimm es nicht so schwer«, sagte William neckisch. »Bea muß es einfach tun, nicht wahr, Liebste?«

Beatrice sah ihn dankbar an.

»Wieso weißt du das?«

»Weil ich deine Zuneigung zu deinem Vater kenne und bereits jetzt deine Leidenschaft für Warenhäuser oder Magazine, oder wie immer du sie nennen willst, erkannt habe. Weißt du, Mutter, sie hat mich sogar auf dem Krankenbett in Paris allein gelassen, um sich das Bon Marché anzusehen. Wenn es wenigstens die Bilder im Louvre gewesen wären. Aber ein Kaufhaus!« Er lächelte spitzbübisch. »Mach dir nichts draus, Liebes, ich beabsichtige, ein Musterbeispiel von einem Ehemann zu werden, tolerant, verständnisvoll und geduldig. Innerhalb vernünftiger Grenzen natürlich.«

»Was meinst du damit?«

»Wenn ich dich haben will, erwarte ich, daß du für mich da bist.«

»Oh, aber natürlich!«

»Dann ist ja alles in Ordnung. Ich werde Dixon Anweisung geben, daß er jeden Morgen den Wagen herbringt. Welche Zeit wäre dir recht?«

»Oh . . . ungefähr halb zehn, glaube ich. Aber . . .«

»Kein Aber, Liebste. Ich sagte, es ist in Ordnung. Wenn ich genau darüber nachdenke, wäre vielleicht ein Einspänner angenehmer, als jeden Tag mit der Kutsche in die Stadt zu fahren. Vielleicht können wir einen bekommen. Man würde auch nur ein Pferd brauchen. Das wäre noch dazu sparsam.«

»Seltene Sparsamkeit«, hörte sie Papa schimpfen. Ein neuer Einspänner und noch ein Pferd und darüber hinaus die Kutsche behalten und die beiden Grauschimmel, die sie bereits hatten.

Startete William bereits einen ersten leisen Versuch der Erpressung?

Nein, natürlich nicht, er versuchte nur praktisch zu denken, und sein Vorschlag schien vernünftig. Sie mußte dafür sorgen, daß Papa das begriff, wenn sie ihn um einen Scheck bat.

6

Zehn Wochen später unternahm Joshua Bonnington seinen ersten Besuch im Geschäft nach seiner Krankheit. Die Fahrt ermüdete ihn sehr, und er konnte nur kurze Zeit bleiben. Lange genug jedoch, um seine Tocher im Besitzerstolz hinter dem Kassenpult thronen zu sehen, als säße sie schon seit Jahren dort. In ihrem hochgeschlossenen grauen Kleid wirkte sie wie eine verdammte Gouvernante, dachte er bedauernd.

Allerdings mußte er zugeben, daß er aus den geschäftlichen Besprechungen mit Beatrice manchen Vorteil gezogen hatte. Sie hatte einen bemerkenswert guten Geschmack, und außerdem konnte man seinem eigenen Fleisch und Blut wenigstens vertrauen. Es schien auch so etwas wie eine weiblichere Atmosphäre zu herrschen. Das Geschäft sah attraktiv und einladend aus mit den neugestalteten Schaufenstern und all diesen teuren Blumenarrangements beim Eingang. Die kleine Bea packte die Sache schon richtig an.

Joshua konnte allerdings nicht sagen, daß er die sparsam plazierten Ausstellungsstücke so großartig fand. Es tat ihm leid um den vielen freien Raum in den Schaufenstern. Er hatte daran geglaubt, es sei gut, so viel zu zeigen, wie man nur in ein Schaufenster hineinstopfen konnte: Stöße von Leinentüchern und Tischwäsche, Seidenballen, indischem Musselin und geblümter Baumwolle, Hemden und Schürzen und Unterröcke, Bänder und Spitzen, Taschentücher, Krawatten, Socken und Strümpfe, Hüte und Mützen . . . es war wie ein überquellender Garten, und jedes Stück fein säuberlich mit seinem Preis versehen. Aber Bea hatte einen jungen Mann entdeckt, einen begnadeten Künstler – oder einen armen Schlucker, was aufs gleiche herauskam –, und der hatte die moderne Doktrin gepredigt, nach der ein Schaufenster wie ein schönes Gemälde auszusehen hatte, in dem nicht zu viele Gegenstände das Auge verwirren und den Eindruck verwischen sollten. Ein seidenes Damenkleid mit einem dazu passenden Sonnenschirm und ein wie zufällig liegengelassener Veilchenstrauß . . . Sehr französisch, sehr Rue de Rivoli, sehr schick.

Aber wer sollte wissen, welch ungeheure Auswahl an irischem Leinen und anderen Waren der Laden beherbergte, beklagte sich Joshua. Er mußte sich beim Gehen auf einen Stock stützen und war ein wenig außer Atem. Aber es schien höchste Zeit, daß er wieder auf dem Posten war, das konnte er schon sehen.

Es hatte keinen Sinn, daß Bea ihn durch Zahlen zu überzeugen versuchte. Innerhalb eines einzigen Morgens waren acht Bestellungen auf ebendieses seidene Damenkleid eingegangen, das im Schaufenster ausgestellt war. Weihnachten rückte näher, gewiß, aber es bestand kein Zweifel, daß ein Teil der Kundschaft aus anderen Läden überwechselte. Beatrice konnte mit neuen Namen im Kundenstamm aufwarten. Lord McNeills älteste Tochter Amelia, die im Begriff war, nach Indien zu reisen, um dort einen Husarenoffizier zu heiraten, hatte eine komplette Aussteuer bestellt. Das bedeutete sechs Stück jeder Art von Unterwäsche, Batisthemden, handbestickte Hemdchen, handbestickte Nachthemden mit Spitzenbesatz, leinene Schlüpfer und solche mit Spitzenbesatz, Unterröcke sämtlicher Macharten, aus Crêpe de Chine, Satin, indischer Seidengaze, entweder mit Spitzen eingefaßt, handbestickt oder beides zugleich, des weiteren Morgenröcke aus Seide und Musselin, ein halbes Dutzend extravaganter, rüschenbesetzter Nachmittagskleider, Hauben, Blusen, Strümpfe und Kleider für sämtliche Gelegenheiten. Amelia McNeill würde die denkbar beste Werbung in der englischen Gesellschaft von Delhi darstellen.

Zweifellos würde man daher selbst in jenem weit entfernten Land von Bonningtons in der Edgware Road, London, sprechen. Und nach Hause zurückkehrende Damen, die ihre durch das heiße Klima verdorbene Garderobe erneuern wollten, würden zu Miss Brown und ihrem Stab von Schneiderinnen eilen.

Frauen! dachte Joshua Bonnington verwundert. Das war ein Markt, den er bisher kaum angesprochen hatte.

Das Gedeihen seines Geschäfts war aufgebaut auf mehr praktischen Dingen, wie Stiefel und Schuhe und Überzieher und Haushaltleinen. Er hatte sich an den niederen Mittelstand gewandt. Der Wechsel kam ihm zu schnell. Er verwirrte ihn. Modischen und eitlen Frauen schönzutun lag ganz und gar nicht auf seiner Linie.

»Aber ich werde das tun«, sagte Beatrice. Hatte sie nicht die Bestellung für ein Brautkleid und zwölf Brautjungfernkleider von Flora Atkins erhalten? Flora war eine Schulkameradin von ihr, was bewies, daß Mamas snobistische Schule sich nun doch auszahlte, wenn auch auf ganz andere Weise als geplant. Flora war hereingekommen, um Beatrice anzugaffen, und geblieben, um einzukaufen. Bei dem Ruf, den die Frauen als Verschwenderinnen der Nation genossen, erwartete Beatrice eine Flut von Bestellungen auf Abendkleider und Capes fürs Theater und die Oper und für die zahlreichen anderen Festlichkeiten der kommenden Saison. Sie hatte Miss Brown angewiesen, noch mehr Schneiderinnen und verschiedene junge Lehrmädchen einzustellen. Blanche Overtons Freundinnen waren zahlreich, und die Millicents und Ettys würden ebenso wie Flora Atkins hereinschauen, um schadenfroh den Anblick der jungen Mrs. Overton hinter dem Ladentisch zu genießen. Sie hatte nicht das geringste dagegen, angegafft zu werden, solange die Gaffer blieben, um ihr Geld auszugeben.

Sie glaubte das rauhe Gelächter des alten Generals zu hören, wenn die Münzen in der Kasse klingelten.

Außerdem brauchte sie schließlich den erhöhten Umsatz, nicht wahr, denn ihr neuer Einspänner, schwarz glänzend mit grüner Polsterung, war eine ziemlich teure Angelegenheit gewesen.

»Das kann man wohl sagen«, knurrte Papa. Aber er durfte sich darüber ja nicht beklagen, denn er mußte zugeben, daß die kleine Bea alles sehr gut schaffte. Sie hatte ohne Zweifel Haare auf den Zähnen. Er fragte sich nur, ob ihr Mann, selbst wenn er eine Engelsgeduld besaß, nicht doch schon den Tag bereute, an dem er sie geheiratet hatte.

Im Augenblick schien aber alles in Ordnung. Beatrice sah wirklich glücklich und erfüllt aus. Sie sagte, William bliebe völlig unberührt von dem Klatsch, daß seine Frau arbeite, obgleich ihre Schwiegermutter entsetzt war, daß man soviel über sie sprach.

Das stimmte, obwohl Mrs. Overton, die sich dauernd bei ihren Freundinnen beklagte, zugeben mußte, daß sie an der Haushaltsführung nichts aussetzen konnte. Dieses schreckliche Mädchen, ihre Schwiegertochter, stand in der Morgendämmerung auf und vergewisserte sich, daß die Dienstboten das gleiche taten. Mehr noch, diese fraßen ihr buchstäblich aus der Hand. Man möchte doch meinen, sie hätten so viel Verstand, eine Herrin zu verachten, die auswärts zur Arbeit ging. Aber nein, diese Geschöpfe schienen sie dafür noch zu bewundern.

Nach Meinung der Köchin war die junge Mrs. William ja so klug, und da sie selbst so schwer arbeitete, würde sie verstehen, was es hieß, müde zu sein und schmerzende Füße zu haben. Sie bemerkte, wenn die Frostbeulen des Zimmermädchens schlimmer wurden oder wenn die Köchin ihre berühmten leichten Pasteten nicht so gut wie sonst machen konnte, weil sie sich die Hand verletzt hatte. Sie schickte den Küchenjungen Ted nach Hause, als er erkältet war. Dabei erfuhr sie, daß er und seine Mutter und drei jüngere Brüder in einem einzigen Zimmer in Kentish Town lebten, und ordnete an, daß man ihm alle Essensreste mit nach Hause gab. Und keines der jüngeren Mädchen durfte schwere Kohlenkübel tragen. Das sei schlecht für die inneren Organe, besonders im Hinblick auf Kinder. Es gab nicht viele Herrinnen, die sich Gedanken darüber machten, ob Hausmädchen einmal Kinder bekommen konnten, wenn sie verheiratet waren.

Wenn Mrs. William allerdings selbst einmal in diese Lage kam, was geschah dann mit ihrer Arbeit? Dann würde der hübsche Einspänner, der jeden Morgen Punkt neun Uhr dreißig vorfuhr, im Stall bleiben müssen.

Das wäre schade, denn Mrs. William hatte sichtlich große Freude daran, auszufahren. Sie saß mit strahlendem Gesicht in den Polstern, ein warmes Cape um die Schultern und über den Knien die karierte Wagendecke. Sie sah immer so aus, dachte die Köchin bei sich, als käme sie soeben von einer warmen, gemütlichen Nacht, die sie mit dem Herrn im Bett des alten Generals verbracht hatte.

Glücklich sollte sie sein! Sie war keines von diesen müßigen, modischen Dämchen. Sie war ein nettes, einfaches, freundliches kleines Persönchen, das auch an andere dachte. Menschlich, sagte die Köchin.

Der junge Mr. William schien recht glücklich zu sein. Man

vermutete, er hielt seine Frau für ein komisches kleines Ding, nicht ganz das, was er erwartet hatte. Aber er hatte eine glückliche Veranlagung und besaß genügend Selbstvertrauen, um sich von dem anzüglichen Klatsch nicht stören zu lassen.

Er war ein beneidenswerter junger Bursche, stand spät zu einem ausgedehnten Frühstück auf, badete genüßlich und kleidete sich mit großer Sorgfalt an, dann schrieb er ein wenig oder ordnete seine Notizen, oder er spazierte auf der Heide mit einem Schmetterlingsnetz herum.

Und sonntags gingen alle drei – Mrs. Overton, William und Beatrice – zur Kirche. Beim Läuten der Glocken überquerten sie die Straße und schritten an den gemeißelten Grabsteinen vorüber. Allen Außenstehenden erschienen sie als die glücklichste Familie.

In der Kirche sang Beatrice mit ihrer rauhen, tonlosen Stimme und dankte dem Herrn für ihr Glück.

Danach setzten sie sich zum Sonntagslunch zusammen. Es gab Suppe, Fisch, Roastbeef, Cheshire- oder Stilton-Käse und Obst. Später gingen Beatrice und William bei schönem Wetter auf der Heide spazieren. War es regnerisch oder kalt, hielt William seinen Mittagsschlaf, während Beatrice ihrer Lieblingsbeschäftigung nachging und langsam von Raum zu Raum schlenderte. Sie hielt sich eine Weile in dem dämmrigen gelben Salon auf, ging dann in den Spiegelsaal, dessen leicht verruchte Atmosphäre sie immer wieder bezauberte, und landete schließlich in der Bibliothek, wo Williams Arbeiten auf dem Schreibtisch ausgebreitet lagen.

Sie hatte alles. Oder beinahe alles. Fehlte ihr bis jetzt auch die Liebe ihres Mannes. so konnte sie doch seiner Zuneigung und Ergebenheit sicher sein. Der klare Blick seiner Augen und die kleinste Berührung seiner Hand brachte ihr Blut in Wallung. Wenn er sich ihr in dem großen Ehebett nicht so oft zuwandte, wie sie es sich wünschte, gab sie nicht ihm die Schuld, sondern ihrem allzu großen Verlangen. Das war nicht damenhaft, und sie mußte sich eben beherrschen. Er fand es ein wenig anstrengend. Aber nur, bis die Zeit kam, da er dieses Verlangen mit ihr teilte.

In der Zwischenzeit konnte sie ihre überschüssige Energie in die Vorbereitungen für das Weihnachtsgeschäft stecken.

Sie plante, den Laden in ein festliches Märchenland zu verwandeln. Weihnachtslieder, Flitterglanz, Schneemänner, Stechpalmen, rote Bänder um alle Verkaufsstände und eine unbegrenzte Menge von Pennys für die Bettler und die frierenden Streuner, die ihre hungrigen Gesichter gegen die Schaufensterscheiben preßten.

Sie wußte, daß man über sie sprach und nicht immer schmeichelhaft.

Aber solange man über sie sprach, sprach man auch über Bonningtons.

»Beatrice«, sagte Mrs. Overton und überraschte Beatrice beim Frühstück, das sie am liebsten allein einnahm. »Das geht einfach nicht.«

Beatrice sah sich die kleine, aufrechte Gestalt an, die in ein weiches weißes Umschlagtuch gehüllt vor ihr stand. Dieses Tuch war nicht bei Bonningtons gekauft worden, aber es war einer Überlegung wert. Man mußte auch einen Posten dieses Luxusartikels auf Lager nehmen.

»Was geht nicht, Mrs. Overton?«

»Du bist jetzt seit zwei Monaten verheiratet, und du hast noch keine einzige Einladung gegeben. Das sind schlechte Manieren, meine Liebe. Du und William, ihr wart verschiedene Male zum Dinner aus . . .« (steife, scheußliche Angelegenheiten, bei denen Beatrice als Wundertier bestaunt wurde), »und du hast nichts unternommen, diese Einladungen zu erwidern.«

»Ich hatte keine Zeit. Ich nahm an, die Leute wüßten das. Wenn es Papa besser geht und er wieder selbst die Leitung übernehmen kann . . .«

»Wann soll das denn sein, nachdem du eine so eifrige Geschäftsfrau geworden bist?« Mrs. Overtons klare Stimme blieb absolut höflich. »Es tut mir leid, aber William und ich können nicht länger warten. Ich habe es übernommen, Einladungen für eine Soiree am Samstag in einer Woche zu verschicken.«

»In meinem Namen!«

»In deinem und Williams Namen natürlich, meine Liebe. Und mach dir wegen der Organisation nur keine Sorgen. Ich werde das übernehmen.« Sie sah auf eine Liste, die sie in der Hand hielt. »Ich habe die Marshes eingeladen, die Prendergasts, die Andersons, Lord und Lady Tyler, die Caxtons, Colonel und Mrs. Mainwaring. Sir Humphrey Bowles und diese hübschen Morrison-Mädchen. Du kennst sie alle.«

Die hübsche Laura Prendergast, dachte Beatrice. Hatte sie noch immer keinen Mann gefunden?

»Weiß William davon, Mutter?«

»Wir hatten es besprochen, aber noch keinen festen Termin ausgemacht.«

»Ist er – hat er dir gesagt, er langweile sich –« sie riskierte das Wort – »unglücklich?«

»Ein bißchen vernachlässigt, Liebe.«

»Aber es ist so wichtig, den Laden in Gang zu halten, um die Löhne zu zahlen, einfach alles. Ich dachte, er würde das verstehen.«

»Für eine kurze Zeit, gewiß. Aber nicht für dauernd. Das Leben hängt nicht einzig und allein vom Preis für französischen Brokat ab.«

»Wenn William unglücklich ist . . .«, murmelte Beatrice und ärgerte sich, daß Mrs. Overton ihre Besorgnis spürte.

»Wir wären das einzige Haus auf der Heath, das vor Weihnachten keine Party gäbe«, sagte Mrs. Overton mit liebreizendem Lächeln. »Das wäre beschämend, wenn nicht mehr.«

Endlich mit ihrem inzwischen ausgekühlten Kaffee allein, nagte Beatrice unmutig an ihrer Lippe. Wer, so dachte sie bitter, bezahlt denn diese ganze Festivität, den Champagner, der zweifellos bereits bestellt war, den kalten Lachs, den Truthahn, die Treibhauserdbeeren und den Spargel?

Aber dann riß sie sich zusammen. Solche Gedanken könnten ebensogut von Papa stammen. Sie waren ihrer nicht würdig, denn sie liebte ihren Mann. Mrs. Overton hatte vollkommen recht. Es war höchste Zeit, daß sie ihrer Pflicht als Gastgeberin nachkam.

Sie hätte sich ihre Gäste nur lieber selbst ausgesucht.

Aber wen? Miss Brown? Adam Cope, der seit neuestem kein Geheimnis aus seiner Bewunderung für sie machte? Adam Cope hätte sicherlich nichts gegen eine Geschäftsfrau als Ehegattin gehabt. Andere Freunde hatte sie nicht. Zuerst hatte sie ihren langen Traum von William gehabt, dann den von Bonningtons, und nun waren beide Träume Wirklichkeit geworden. Sie brauchte keine Freunde.

Eines stand fest, bei dieser Party im Musikzimmer würde sie sich nicht davonstehlen und ins obere Stockwerk flüchten. Diesmal würde sie im Mittelpunkt stehen, sie war die Gastgeberin, die Ehefrau. Sie würde glänzen.

William war erleichtert, daß sie es so gut aufgenommen hatte. Er war zuerst ein bißchen nervös gewesen, als seine Mutter ihm ihren Vorschlag unterbreitet hatte. Er fand, man müsse Beatrice fragen. Aber es hatte sich niemals eine Gelegenheit dazu ergeben. Sie war ja immer außer Haus.

Das stimmte nicht ganz, dachte Beatrice. Aber sie sagte nichts, sie war zu glücklich über Williams Zuneigung und Besorgnis. Er sagte, sie müsse das zimtfarbene Spitzenkleid tragen, das sie damals in Paris bestellt hatten. In Worths Salon in der Bond Street war letzte Hand angelegt worden, seitdem hing das Kleid unbenutzt in ihrer Garderobe.

In jener Nacht schneite es ein wenig. Einige der Damen waren bei der Ankunft ein wenig aufgeregt und sagten, die Pferde seien auf dem Eis ausgeglitten, es hätte beinahe Unfälle gegeben. Im oberen Stockwerk war Hawkins eifrig damit beschäftigt, gewärmtes Bier und Riechsalze herumzureichen.

Laura Prendergast war die erste, die heruntergelaufen kam, nachdem sie ihren Mantel abgelegt hatte. Sie war vollkommen in Weiß gekleidet und wirkte zerbrechlich und unwirklich. Eine Schneeflocke.

Williams Augen leuchteten vor Bewunderung. Er machte sich nicht einmal die Mühe, das zu verbergen. Schöne Frauen hatte er schon immer bewundert, und außerdem hungerte er nach Fröhlichkeit, wie seine Mutter sagte. Konnte das etwa eine gefährliche Situation sein für einen Mann, der in seine Frau nicht sehr verliebt war?

In diesem Augenblick beschloß Beatrice, ihre Beschäftigung in

Bonningtons Warenhaus zu reduzieren. Geld war wichtig, um ihren Mann mit Luxus überhäufen zu können, aber persönliche Aufmerksamkeit war möglicherweise noch wichtiger.

Sie konnte schon jetzt damit beginnen, indem sie bewies, daß sie eine gute Gastgeberin war.

Doch schon nach der ersten halben Stunde erlebte sie die Überraschung, daß ihre Gäste (verdammte aufgeblasene Hohlköpfe, wie Papa sagen würde), über sie hinwegsahen, von dem Haus Besitz ergriffen, als sei es ihres, als sei sie selbst taub und unsichtbar.

Das sei ihr eigener Fehler, versuchte sie sich einzureden. Sie hätte sich der Mühe unterziehen müssen, Williams Freunde besser kennenzulernen. Aber es war auch Mrs. Overtons Fehler. Es sah beinahe nach boshafter Absicht aus, diese arroganten Menschen einzuladen, die sich zu Bemerkungen hinreißen ließen wie etwa: »Das ist also Williams Braut! Wo habe ich Sie nur schon einmal gesehen?«

Nichts war einfacher, als derartigen Taktlosigkeiten zu begegnen. »Hinter der Ladentheke meines Geschäfts«, antwortete Beatrice einer dieser Damen. »Sind Sie nicht die Person, die die venezianische Spitze haben wollte? Sie wird auf der Insel Burano hergestellt, wissen Sie. Ich habe eine Sonderbestellung aufgegeben. Bitte denken Sie daran, in ein paar Wochen wieder nachzufragen.«

Schwieriger war es, mit Williams plötzlichem Verschwinden fertig zu werden. Sie durfte einfach nicht dauernd nach ihm Ausschau halten.

Sei höflich zu den Leuten, ermahnte sie sich, rede nicht über nichtssagende Dinge, sorge dafür, daß die Musik beginnt.

Bald darauf ertönten Weihnachtslieder. Und während die Gäste diese Abwechslung genossen, machte Beatrice sich auf die Suche nach William.

Sie fand ihn im Spiegelsaal, mit Laura Prendergast in den Armen.

Der hübsche, versponnene Raum, den einst ein anderer Verliebter aus der Generation der Overtons eingerichtet hatte . . .

Lauras schlanke weiße Gestalt und Williams dunkler Schatten flossen im Widerschein der flackernden Kerzen ineinander. Sie wirkten wie Gespenster. Ihr Kuß hatte nichts Gespenstisches.

Beatrice stand wie angenagelt, bis Williams Lachen, dieses kurze, zärtliche Lachen, sie aufweckte. Hastig trat sie auf den Gang zurück. Er durfte sie hier nicht finden. Wenn er glaubte, sie würde ihm nachspionieren, würde er ihr niemals verzeihen.

Ganz plötzlich erkannte sie, daß die Vergebung von ihr ausgehen mußte. Im Bruchteil einer Sekunde mußte sie ihre ganze Selbstzufriedenheit ablegen, sie mußte weise, weitblickend, beherrscht und geduldig werden.

An die Wand gepreßt, ihre Hände zu Fäusten geballt, schwor sie sich, niemals wieder während einer Party durch dieses Haus zu wandern. Langsam kämpfte sie den Aufruhr ihrer Gedanken nieder.

William hatte sie noch nie im Spiegelsaal geküßt. Aber sie hatte auch noch niemals ein romantisches weißes Kleid getragen und wie eine Schneeflocke ausgesehen. Es war auch besser, wenn sich ihre Umarmungen nicht im Schein der Kerzen im trüben Glas widerspiegelten. Sie hätten kaum sehr romantisch gewirkt.

Sie gab sich alle Mühe, vernünftig und realistisch zu sein. Man hatte ihr immer wieder gesagt, daß der Mann, den sie heiraten wollte, ein Lebemann sei. Sie hatte sich damit abgefunden und ihn trotzdem geheiratet. Nun durfte sie sich nicht beklagen.

Sie hatte nur gehofft, die Ehe habe ihn ruhiger werden lassen, ihn befriedigt. Waren die Umarmungen im Bett des alten Generals nicht genug?

Jetzt wußte sie, daß sie nicht genügten.

Im Augenblick konnte sie nichts anderes tun, als sich wieder einmal davonzustehlen. Nichts davon erwähnen. Niemals. Keine Anklage durfte jemals über ihre Lippen kommen. Sie durfte ihre Ehe nicht durch Streit und Anklagen zermürben.

Aber ihre liebliche Welt war erschüttert und rissig geworden. Sie war so zerbrechlich gewesen wie einer jener verräterischen Chippendalespiegel. Nun mußte sie die Scherben irgendwie zusammenkitten, die Risse übertünchen.

Als William am nächsten Morgen erwachte, hatte er einen rauhen Hals, und das Atmen kostete ihn Mühe. Beatrice war sich über den Grund im klaren. Er wurde jedesmal krank, wenn er sich aufgeregt hatte. Ihre Hoffnung, die Szene, die sie beobachtet hatte, sei nur ein flüchtiger Flirt gewesen, schwand jäh dahin.

William trauerte der hübschen Laura nach und bedauerte, daß er für sein ganzes Leben an eine so langweilige, reizlose Frau gebunden war.

»Es tut mir leid, Liebste, ich scheine mich erkältet zu haben. Das ist verdammt unangenehm für dich.«

»Für dich auch«, sagte Beatrice. »Du mußt heute im Bett bleiben. Ich werde nach einer Wärmflasche und einem heißen Getränk läuten. Nein, ich werde dir selbst etwas zu trinken machen. Ich traue Lizzi nicht recht, sie ist ein sehr dummes Mädchen.«

»Wirst du dich nicht verspäten? Laß Dixon nicht warten. Das neue Pony ist ein bißchen unruhig.«

»Ich werde heute morgen nicht ins Geschäft fahren«, sagte Beatrice.

»Weshalb nicht?«

»Weil ich mich lieber um meinen Mann kümmern möchte.« Sie fühlte, ob er Fieber hatte, dann küßte sie ihn leicht auf die Stirn. »Oder hast du etwas dagegen?«

William sah sie erst überrascht, dann schläfrig und zufrieden an.

»Du weißt, ich liebe es, umsorgt zu werden.«

Beatrice stellte verwundert fest, daß ihr etwas leichter ums Herz wurde. Eine geliebte Krankenschwester zu sein war besser als nichts. Es war wenigstens eine Krume, die sie vor dem Verhungern bewahrte.

»Und dann habe ich eine ausgezeichnete Idee. Weshalb müssen wir Weihnachten unbedingt in England verbringen? Du weißt, wie ungesund die Feuchtigkeit und der Nebel für deine Brust sind. Weshalb machen wir uns nicht auf die Suche nach der Sonne?«

William stützte sich auf den Ellbogen.

»Bea! Ist das dein Ernst?«

»Natürlich. Du weißt sehr gut, daß ich noch nie ein Weihnachtsfest im Ausland verbracht habe. Ich war überhaupt noch nie im

Ausland bis zu unserer Reise nach Paris, und ich habe es noch nicht gutgemacht, daß diese Reise so plötzlich enden mußte.«

»Das brauchst du doch nicht gutzumachen.«

»Ich brauche es vielleicht nicht, aber ich möchte es gerne«, sagte Beatrice ernst. »Ich habe diesen Entschluß letzte Nacht gefaßt. Ich habe so viel Zeit im Geschäft verbracht und dich dadurch vernachlässigt, und du warst so süß und hast dich niemals beklagt.«

Williams Augen wurden schmal.

»Was wird aus dem Geschäft, wenn wir fortgehen?«

»Oh, Papa geht es besser. Er ist beinahe wieder gesund. Mit den Angestellten, die Bonningtons jetzt hat, schafft er es sehr gut allein. Wo wäre also der beste Ort für deine Gesundheit, Liebling? Vielleicht Ägypten?«

»In Ägypten war ich noch nie«, sagte William lebhaft, und sie wußte, die Schlacht – nein, keine Schlacht, nur ein Scharmützel – war gewonnen.

»Aber noch eins«, sagte Beatrice später, als sie mit einer Tasse dampfend heißen Grogs an sein Bett trat, »wenn wir zurückkommen, so glaube ich, deine Mutter wäre viel glücklicher in einer eigenen Wohnung. Nachdem ich nun nicht mehr ins Geschäft gehen möchte, würden sich in einem Haus dieser Größe zwei Frauen dauernd auf die Füße treten.«

»Einmal hieltest du es für einen Palast.«

»Das war einmal.«

Er tätschelte ihr die Hand. Er war zutiefst egoistisch, ihr William, aber wenn es darum ging, ihn zu lieben, setzte ihr Verstand einfach aus.

»Ich verstehe, Liebste. Schwiegermütter können die Hölle sein. Ich hielt meine Mutter für besser als die meisten anderen, aber du siehst es mit den Augen einer Frau. Gut, wenn wir uns zwei Wohnungen leisten können . . . Ich glaube nicht einmal, daß die alte Dame was dagegen hat.«

Sie mußte dafür sorgen, daß ihre neuen Ideen in bezug auf das Geschäft zum Tragen kamen, sonst würde Papa über diese neuerliche Ausgabe wütend werden. Zuerst der Einspänner und das Pferd, dann die Reise nach Ägypten, dann ein kleines, geschmackvolles Haus für Mrs. Overton in einer vornehmen Gegend Londons. War Papa überhaupt schon gesund genug, die Leitung selbst zu übernehmen?

»Es ist eine Frage der Vorrangigkeit«, konnte sie sich erklären hören. »William ist das Wichtigste für mich. Für ihn kann ich selbst Bonningtons aufgeben . . .«

7

Geld war der Kernpunkt von Papas sämtlichen Briefen. Unter endlosem Murren hatte er schließlich die Reise nach Ägypten bezahlt, aber als es darum ging, für diese eitle, egoistische Blanche Overton ein Haus zu kaufen, hatte er einen Punkt gesetzt. Das mußten sie schon selber finanzieren. Wenn Bea so sehr daran lag, ihre Schwiegermutter loszuwerden, mußte sie ihren Mann dazu überreden, ein oder zwei Stücke aus dem Familienbesitz zu verkaufen. Ein paar Bilder, einige Möbelstücke. Einiges von dem Chippendale- oder Louis-XIV-Zeugs. Bei einer Auktion könnten sie einen guten Preis dafür herausschlagen.

Obwohl Mrs. Overton dagegen protestierte und ganz offen zugab, daß Williams Ehe letzten Endes dazu dienen sollte, die Familienerbstücke zu bewahren, kapitulierte sie recht schnell. Der Gedanke, ein eigenes Haus zu besitzen, gefiel ihr. Sie hatte ein kleines privates Einkommen, das würde ausreichen, um das Haus zu unterhalten. Sie fand ihre Schwiegertochter weder sympathisch noch standesgemäß, und Overton House war voller Erinnerungen an glücklichere Tage, als Caroline noch lebte.

Irgendwie fand sich also das Geld für ein kleines Haus am Hans Crescent in Knightsbridge. Beatrice ergänzte die benötigte Summe dadurch, daß sie stillschweigend den neuen Einspänner und das Pony verkaufte. Sie würden es nun nicht mehr brauchen, da sie ihre Tätigkeit in Bonningtons Magazin aufgegeben hatte.

Aber Papa mußte ihr versprechen, die neue Art der Schaufenstergestaltung beizubehalten. Sie war erfolgversprechend. Und

Adam Cope mußte größere Vollmachten bekommen. Er war ehrlich und tüchtig und verstand Beatrices Wünsche. Miss Brown konnte zwar ihren Rang beibehalten, aber man sollte sie ganz vorsichtig dazu zwingen, auch auf jüngere Frauen zu hören. Wenn Bonningtons den Titel eines Hoflieferanten bekommen wollte, und das war ihr Ziel, mußte man die richtigen Schritte in dieser Richtung unternehmen.

Schließlich sagte Papa gereizt: »Um Himmels willen, Mädchen, pack deine Sachen und verschwinde aus dem Land. Dann kann ich vielleicht beweisen, daß ich in der Lage bin, Bonningtons auch ohne die Hilfe deiner außerordentlichen Klugheit weiterzuführen.«

Trotzdem schwang in einem seiner Briefe, der zwei Tage nach Beatrices und Williams Ankunft in Luxor eintraf, ein triumphierender Unterton mit.

»Heute kam Prinzessin Beatrice mit einer Begleitdame unangemeldet herein und hielt sich ungefähr eine halbe Stunde hier auf. Ich habe der alten Brownie und Adam eingeschärft, sich nicht aufzuregen und sie genauso höflich und selbstverständlich zu behandeln wie alle anderen Kunden. Schließlich tätigte die P. nur einen lächerlich geringen Einkauf, ein paar Meter schwarze Litze. Ich glaube, sie sagte etwas von Aufputzen eines alten Kleides. Ich dachte immer, die aus dem Königshaus würden keine alten Kleider tragen, aber da hast Du's wieder. Aufgrund dieses Einkaufs werden wir uns wohl noch nicht als Hoflieferanten qualifiziert haben, aber es ist wenigstens ein Anfang und ich dachte, es würde Dich freuen, davon zu hören.«

Dann fügte er noch eine Fußnote bei: »Ich hab das Deiner Mutter berichtet und hoffte, es könnte ihr als gutes Beispiel dienen. Aber sie war nur ein bißchen entsetzt. Sagte, was wohl all die Armen tun sollten, wenn die Reichen ihre Kleider tragen, bis sie in Fetzen gehen. Wenn einige der Kleider, die Deine Mutter in letzter Zeit gekauft hat, einst im East End landen, wird es dort ein paar mächtig aufgeputzte Hausfrauen geben. Das Ergebnis wird große Aufregung sein. Wer tut also wem was Gutes?«

Beatrice beantwortete den Brief sofort. Sie saß in ihrem Hotelzimmer, die Rolläden waren der Hitze wegen heruntergelassen, und William lag dösend auf dem Bett.

»Lieber Papa,

das mit der Prinzessin sind wirklich interessante Neuigkeiten. Außerdem ist sie meine Namensschwester, glaubst Du nicht, daß das bedeutungsvoll ist? Du hattest ganz recht, kein Aufhebens von ihrem Erscheinen zu machen. Ich habe immer gehört, daß die königlichen Damen es nicht schätzen, wenn man ihnen besondere Aufmerksamkeit entgegenbringt, wenn sie ihre privaten Einkaufsbummel machen. Mein größter Wunsch wäre, daß die Prinzessin von Wales ihre Kinder in Bonningtons ausstaffieren läßt. Denn sie wird vielleicht Königin werden, und dann könnten wir uns um die Ehre bewerben, den Titel eines Hoflieferanten zu bekommen. Stell Dir vor, wenn wir die Bestellungen anläßlich der Heirat von Prinzessin Mary mit Prinz Albert bekommen würden! Ich weiß, das sind Zukunftsträume, aber alle großen Ereignisse haben einmal als Träume begonnen.

Seit wir hier sind, habe ich meine Augen offengehalten und nach einem vertrauenswürdigen Lieferanten für Perserteppiche Ausschau gehalten. Die Teppiche selbst sind von guter Qualität, die Händler allerdings weniger. William und ich halten die Ägypter keineswegs für ehrliche Leute, aber man muß bedenken, daß ihre Ansichten von Benehmen andere sind als die unseren, und es gibt schon ein paar ganz annehmbare Typen darunter. Ich kann William nicht ganz zustimmen, daß sie alle Schufte sind.

Wir haben einen Kamelritt zu den Pyramiden unternommen. Sehr unbequem. William konnte auf diesen scheußlichen schaukelnden Biestern viel besser reiten als ich. Ich war dankbar, wieder in unserem Hotel anzukommen, ohne mehr Schaden genommen zu haben, als ziemliche Schmerzen an einer unaussprechlichen Stelle meines Körpers.

William geht es prächtig, was beweist, wie klug es von uns war, den Winter hier zu verbringen.

Du hast es versäumt, mir in Deinem letzten Brief die Januarabrechnungen zu schicken. Ich nehme an, sie sind nicht gerade aufregend. Der Januar wird immer ein armer Monat bleiben, nachdem die Leute zu Weihnachten so ausgebefreudig gewesen sind. Aber bis wir zurückkommen, Ende März hoffe ich, wird das Geschäft mit Hochtouren auf eine ausgezeichnete Frühjahrssaison zusteuern.

Hast Du meinen Rat befolgt, in unseren Schaufenstern auf wichtige geschichtliche Ereignisse hinzuweisen? Wir sind hier ziemlich von allen Nachrichten abgeschnitten, aber ich bin sicher, es passieren zahlreiche wichtige Dinge im Empire. Wie steht's mit der Entwicklung in Afrika? In Indien ist auch immer irgend etwas los, es steht der Königin außerdem nahe.«

Anfang April kehrten sie nach England zurück. Beatrice war sehr glücklich, denn in letzter Zeit hatte sie doch Heimweh gehabt. William war weniger glücklich, denn er reiste leidenschaftlich gern.

Es stand außer Frage, daß Beatrice nur noch als Besucher in Bonningtons Magazin gehen würde. Sie erwartete ein Baby. Sie war selig und William auch. So sagte er wenigstens. Ihre Reisen waren erfreulich und anregend gewesen. Der dauernde Szenenwechsel hatte William vor Langeweile bewahrt. Was Beatrice betraf, so bestand bei ihr niemals die Gefahr, daß sie sich in Williams Gesellschaft langweilen könnte. Nur die heißen, staubigen Städte, der endlose Sand und der Schmutz außerhalb ihrer bequemen Hotels hatten sie etwas angestrengt. Außerdem war ihr gegen Ende der Reise ihrer beginnenden Schwangerschaft wegen ziemlich oft übel gewesen. Sie fand das Essen ungenießbar, und es war ihr gleichgültig, daß William sagte, sie würde niemals eine erfolgreiche Reisende werden, wenn sie die Gerichte des jeweiligen Landes nicht essen konnte.

Er war jedoch liebenswürdig und einsichtig und machte keine Einwände, als sie vorschlug, nach Hause zu fahren. Er wollte auf keinen Fall riskieren, das Baby zu gefährden.

»Wir werden nach Hause fahren und dich verwöhnen, Liebste«, sagte er, und sie liebte seinen zärtlichen Blick, mit dem er sie dabei ansah. Sie liebte ihn mehr als je zuvor. Es war beinahe hoffnungslos. Nein, nicht ganz. Denn es war unmöglich, daß zwei Menschen, die nicht wirkliche Freunde und Kameraden waren, unter so vielen mißlichen Bedingungen gut miteinander auskamen. Sie hatten Hitze und Sandstürme und gelegentlich verdammt unbequeme Betten gemeinsam überstanden. Auf Williams Seite war sicherlich eine gewisse Art von Liebe erstanden. Auf ihrer Seite war es einfach vollkommene Liebe.

William sagte, das Baby würde ein Junge werden, ein prächtiger, starker kleiner Bursche, der für eine glänzende Zukunft bestimmt war. Anders als sein Vater.

»Ich wäre glücklich, wenn er wie du wird«, sagte Beatrice. Selten ließ sie sich zu solchen Erklärungen hinreißen. Wenn sie sich ihrer Ehe jetzt auch sicherer war, scheute sie doch davor zurück, ihren flatterhaften Ehemann mit ihrer Zuneigung zu bedrängen.

Das Baby kam an einem frühen Sommermorgen in dem großen Bett mit den schlanken Chippendalepfosten zur Welt. Es war klein, aber gesund und wohl geformt.

Das einzige Störende bestand darin, daß es ein Mädchen war.

Als Beatrice kräftig genug war, um mit der Enttäuschung fertig zu werden, sagte sie, daß sie jetzt verstehen könne, wie ihr Vater ihretwegen empfunden hatte. Ein großer Unterschied war allerdings, daß sie ein Einzelkind gewesen war, während diese Tochter Brüder haben würde.

Die Geburt war nicht leicht gewesen, um nicht zu sagen die Hölle, das Baby hatte eine sehr schmerzhafte Reise in die Welt hinter sich. Als Beatrice den verformten Kopf sah, bat sie darum, William das Baby erst zu zeigen, nachdem sich sein Aussehen etwas gebessert hätte. Sie kannte Williams beinahe krankhafte Abscheu vor Häßlichkeit und Schmerz. Er hätte am liebsten daran geglaubt, daß der Storch die Kinder bringt. Reizende, rosige, vollkommen schöne Babies.

Er sah selbst sehr jung und liebenswert aus, als er sich über sie beugte und ihr versicherte, wie froh er sei, daß sie eine Tochter hatten.

»Es ist dein Vater, der dir die Leviten lesen wird, Liebste. Er glaubt, mit den Bonningtons ist etwas nicht in Ordnung, weil sie nur Mädchen hervorbringen können.«

»Aber bei den Overtons doch nicht, hoffe ich«, sagte Bea und strich liebkosend über sein Gesicht.

»Nun – solange wir's nicht beweisen können . . .« William lachte sein fröhliches Lachen und küßte ihre Finger. Er hatte auch ihre Stirn geküßt. Ihre Lippen nicht. Kaum verwunderlich, denn sie waren noch immer trocken, spröde und wund. Der geliebte William mochte weder wundgebissene Lippen noch Schmerzensschreie.

»Wann kann ich das kleine Wurm sehen?«

»In ein oder zwei Tagen. Ich möchte, daß du wartest, bis sie wirklich hübsch ist.«

»Einverstanden. Es tut mir leid, daß es so schlimm war, Bea.«

»Nicht so schlimm. Ich habe es schon vergessen.«

»Die Schwester hat mir gesagt, du warst großartig. Mein tüchtiges Mädchen.«

Tüchtig? Natürlich. Das war sie immer. Was sollten blumige Phrasen?

»William, geh und leg dich ein bißchen hin. Du siehst sehr müde aus.«

»Ich habe die ganze Nacht bei dir gewacht, Liebes.«

Keine blumigen Phrasen, nur diese einfache Tatsache. Das war mehr als genug, daß ihr Herz von wohliger Wärme durchströmt wurde.

Das Baby wurde Florence Alexandra genannt. Alexandra nach der Prinzessin von Wales, denn, so dachte Beatrice im stillen und nicht ohne eine gehörige Spur von Aberglauben, das würde ihnen Glück bringen. (Bonningtons war noch immer nicht die Ehre zuteil geworden, die Prinzessin zu seinen Kunden zu zählen.) Die Tauffeierlichkeiten wurden eine großartige Sache, denn William bestand darauf.

Beatrice argwöhnte, daß William lediglich einen Vorwand für eine Party suchte, aber das war verständlich. Er war viel mehr an Parties gewöhnt als sie.

Jetzt konnte sie nicht mehr den Laden oder ihre Schwangerschaft als Entschuldigung vorschieben, sie mußte damit beginnen, Dinner-Parties und Musikabende zu geben. Insgeheim graute ihr vor diesem Gedanken. Ihre Vorstellung von einem angenehmen, geruhsamen Abend bestand in einem behaglichen Dinner allein mit ihrem Mann, dann vielleicht die Beschäftigung mit Berichten aus dem Geschäft, während William an seinem Buch arbeitete.

Konnten sie ihre Abende nicht immer so verbringen?

Nein, natürlich nicht. Sie hatte ihre Figur wieder, und William hatte ihr ein paar elegante neue Kleider gekauft. Nun mußte sie fröhlich sein. Das war das Vorrecht ihrer Klasse.

Von Anfang an wurde die kleine Florence der Obhut einer Kinderschwester anvertraut, einer vernünftigen Person mittleren Alters, die ihr von Hawkins empfohlen worden war. Beatrice suchte das Kinderzimmer mehrmals am Tage auf, aber sie hatte keine Lust, länger dort zu bleiben. Kleine Babies waren uninteressante Geschöpfe, und William, der wieder Schwierigkeiten mit seiner Lunge hatte, beanspruchte sie ganz und gar. Nicht daß das Baby kein entzückendes kleines Ding gewesen wäre, wenn es auch nicht das gute Aussehen der Overtons geerbt hätte.

Mrs. Overton fand, die kleine Florence gleiche ganz ihrem Großvater. Das kleine Gesicht mit dem überlangen Kinn war ganz und gar der alte Bonnington. Sie empfand es als lächerlich und sehr unangenehm, daß ihr erstes Enkelkind wie ein Kaufmann aussah.

Manchmal schien es Beatrice, nicht einmal Haus Palace sei weit genug entfernt. Mrs. Overton gab elegante kleine Soireen in ihrem reizenden Salon – »gerade groß genug für eine Maus«, sagte sie heiter. Und obgleich von Beatrice erwartet wurde, daß sie an diesen Abendgesellschaften teilnahm, war William viel zu liebenswürdig, um darauf zu bestehen. Zu Weihnachten erleichterte er ihr die Situation, indem er sagte: »Ich weiß, du willst viel lieber bei dem Baby zu Hause bleiben. Ich werde dich entschuldigen.« Oder er bat sie, kein ausgiebiges Dinner richten zu lassen, da er gerne ab und zu im Club essen würde. Es sei nicht gut, wenn Eheleute einander dauernd auf die Füße steigen. Wie es der Zufall wollte, sei ein Verleger, ein Mitglied seines Clubs, sehr an seinem Buch interessiert. Das beweise wieder einmal, wie wichtig es sei, regelmäßig den Club zu besuchen.

Beatrice verdrängte den Gedanken, daß William sich manchmal allzu sehr gegen ihre Begleitung sträubte, und versuchte, sich mit Haushaltsdingen zu beschäftigen. Die Dienstboten waren jedoch nur zu gut geschult. Es gab äußerst wenig für Beatrice zu tun. Sie nähte nicht, sie spielte nicht Klavier, sie fertigte auch keine hübschen kleinen Aquarelle an. Natürlich konnte sie sich um das Baby kümmern, wenn es aufwachte, aber selbst da wurde sie von den eifersüchtigen Blicken des Kindermädchens verfolgt. Bei Nanny Blair begann sich die Schwäche aller guten Kindermädchen zu zeigen. Sie hatte von ihrem Schützling Besitz ergriffen.

So fragte sich Beatrice manchmal, wer in aller Welt sie eigentlich wirklich brauchte.

Laura Prendergast war verheiratet. Irgend jemand hatte ihr das gesagt. Allerdings erfüllte sie Williams häufige Abwesenheit nicht mit dem leisesten Mißtrauen. Sie war nur hin und wieder ein wenig traurig und trotzdem ängstlich darauf bedacht, keinerlei Vorwurf zu zeigen. Sie zog sich oftmals frühzeitig zurück und gab vor, bereits zu schlafen, wenn William nach Hause kam. Möglicherweise nutzte er das ein bißchen aus, denn er kam immer später nach Hause, und das schadete wiederum seiner Gesundheit. Aber was konnte sie tun? Sie konnte sich nicht in eine Nanny Blair verwandeln und ihn zu offensichtlich verhätscheln. Aber sicherlich mußte sie irgend etwas unternehmen, um ihm zu Hause die erwünschte Unterhaltung zu verschaffen. Nur was?

Das Problem erledigte sich jedoch mehr oder weniger von selbst, denn sie wurde wieder schwanger. Sie hörte auf, nach dem Geschäft zu sehen und sich über Williams Abwesenheit Gedanken zu machen, denn nun war es klar, daß sie ihn nicht mehr überallhin begleiten konnte. Sie nahm die Tatsachen einfach als gegeben hin und wartete auf ihren Sohn.

Das Baby würde es wohl nicht wagen, wieder eine Tochter zu werden!

Edwin William Overton wurde Ende November geboren, während ein widerlicher, dicker Nebel die Heide einhüllte, das Gartentor und selbst die Treppe zur Eingangstür unsichtbar machte und seinen Vater mit einem häßlichen Bronchialkatarrh niederstreckte. In diesem Jahr war wegen Beatrices Zustand kein Entfliehen in sonnige Gegenden möglich gewesen. Daher konnte in gewisser Weise Williams ernste Erkrankung als eine Art Tribut an seinen Sohn gelten.

Wer vermochte zu sagen, ob nicht selbst ein so unschuldiges Wesen wie ein neugeborenes Baby von Furcht und Besorgnis berührt werden konnte? Oder ob das arme Kind lediglich die Anfälligkeit seines Vaters geerbt hatte? Jedenfalls waren Edwins erste sechs Wochen ein einziger Kampf ums Überleben. Und als man endlich sicher sein konnte, daß er durchkommen würde, bekam sein Großvater, dieser unberechenbare alte Mann, einen zweiten Schlaganfall.

Da blieb gar nichts anderes übrig. Beatrice mußte ins Geschäft zurück. Sie sei niemals wirklich von dort weg gewesen, sagte William. Er war keineswegs ärgerlich, nur ein wenig gekränkt. Da er noch immer unter den Nachwirkungen seiner Bronchitis litt, mußte man ihm seine Gereiztheit gewiß vergeben.

Beatrice, selbst noch schwach nach dieser letzten Geburt (es schien, daß sie trotz ihrer angenehmen Rundungen nicht fürs Kinderkriegen gebaut war), versuchte, eine friedliche Regelung für die Haushaltführung zu treffen.

Nanny verlangte im Hinblick darauf, daß sie nun neben der kleinen ernsten Florence, die eben zu laufen anfing, noch ein zartes Baby zu versorgen hatte, eine Hilfsschwester. Jetzt war das Haus wirklich zu klein. Beatrice entschied, daß der Spiegelsaal in ein Kinderzimmer verwandelt werden müsse. Das war zwar schade, aber man konnte sich einen so nutzlosen, wenn auch charmanten Luxus nicht mehr leisten. Und mehr als das war er ja nie gewesen. Jetzt, mit einem Sohn im Haus, bot sich ihr die beste Entschuldigung, die ganze Kollektion Spiegel zu verkaufen und das Zimmer neu einzurichten. Sie wußte, insgeheim hatte sie schon lange auf diese Gelegenheit gewartet.

Mrs. Overton war außer sich und sagte das auch. Der Spiegel über dem Kamin hatte angeblich einst Marie Antoinette gehört. Sie, Mrs. Overton, habe immer in diesen Spiegel geschaut und geglaubt, das Gesicht einer längst dahingegangenen Königin blicke sie an. Im stillen dachte Beatrice, Blanche Overton habe sicherlich niemals ein anderes Gesicht gesehen, als ihr eigenes. Sentimentale Argumente verfehlten bei ihr jegliche Wirkung. Der Spiegelsaal verschwand und mit ihm die unliebsamen Erinnerungen.

Sowenig Mrs. Overton Beatrices Verhalten billigte, sosehr war sie mit ihrem Enkelsohn einverstanden. Sie fand ihn einfach entzückend, so viel hübscher als seine Schwester, ein wahrer Overton.

Genau das mochte der Grund sein, daß Joshua Bonnington müde seine Augen schloß, nachdem man ihm das Baby gezeigt hatte. Oder es war echte Schwäche, denn der letzte Schlaganfall war grausam gewesen. Joshua Bonnington konnte nicht mehr sprechen, seine rechte Seite war gelähmt. Er konnte sich nur mitteilen, indem er manchmal in fast unleserlicher Schrift etwas auf eine Tafel kritzelte. Man hatte einen Spezialisten von Harley Street hinzugezogen, aber auch dieser große Mann gab ihm nur noch wenig Hoffnung.

Beatrice war es ein Trost, daß ihr Vater wenigstens noch seinen Enkel gesehen hatte. Wenn er auch zu viel Ähnlichkeiten mit den Overtons in dem Baby sah und vermutete, daß der Kleine für eine militärische Karriere bestimmt sei, so hatte sie selbst doch sehr viel Freude an dem kleinen Edwin.

Beatrice nahm wieder ihre täglichen Besuche in Bonningtons Geschäft auf und fand darüber hinaus noch Zeit, Stunden an Papas Bett zu verbringen. Sie war niemals sicher, wieviel er hörte und ob er sich überhaupt an etwas erinnerte, aber sie berichtete ihm jede Kleinigkeit aus dem Geschäft und erzählte ihm von ihren Neuerungen in Overton House.

Wenn er nur sehen könnte, wie anheimelnd das neue Kinderzimmer geworden war, nachdem sie die schäbige Seidentapete hatte herunterreißen und die Wände in einem frischen Grün hatte streichen lassen. Vor dem Kamin lag ein roter Teppich. Ein Schaukelstuhl für Nanny und kleine Stühle und niedrige Tischchen für die Kinder sorgten für Gemütlichkeit. Es gab ein Puppenhaus für Florence und eine ansehnliche Sammlung kleiner Zinnsoldaten für

Edwin, wenn er einmal groß genug dafür sein sollte. Außerdem hatte sie Williams altes Schaukelpferd aus dem Speicher herunterbringen lassen.

Der Raum war zum Leben erwacht. Es gab keine alten Spiegel mehr, aus denen sie lauernde Gespenster anblickten, weder verstohlene Küsse noch heimliche Umarmungen widerspiegelten sich in trüben Glasscheiben.

Papa gab zu verstehen, daß er etwas auf seine Tafel schreiben wollte. Beatrice legte ihm die Kreide in die Hand, und er kritzelte: »Zwei Haushalte zu versorgen, Bea. Vergiß nicht, deine Mutter ist . . .« Er machte eine lange Pause. Dann schrieb er »extra« und setzte wieder ab. Beatrice glaubte, das Wort sollte »extravagant« heißen, doch das überstieg anscheinend Papas Möglichkeiten. Statt dessen behalf er sich mit »verschwenderisch wie dein Mann«.

Das war Papas letzte Botschaft an sie, denn in jener Nacht starb er.

Beatrice wußte, daß sie nun die beiden starken Männer verloren hatte, die für ihr Leben von Bedeutung gewesen waren. Papa und den alten General. Jetzt mußte sie selbst stark sein. So viele Menschen waren von ihr abhängig. William und die Kinder, Mama, all die Dienstboten und der gesamte Angestelltenstab von Bonningtons. Das war beinahe zuviel. Nein, sie konnte es schaffen.

Nachdem sie traurig von Papa Abschied genommen hatte, der in seiner ungewollten Erhabenheit im Sarg lag, ging sie allein nach Hause und betrat den Friedhof gegenüber Overton House. Die Eisengitter vor der Gruft der Overtons waren versperrt. Draußen zu stehen war etwas anderes, als vor einem Grab zu knien. Trotzdem redete Beatrice ernsthaft mit dem General, sie bat ihn um seine Hilfe, daß sie genug Mut aufbringen würde. »Sie und Papa, tut euch im Himmel zusammen, und helft mir«, ermahnte sie ihn eindringlich.

Es war ein kalter, grauer Februartag. Die Blutbuche und der Judasbaum streckten ihre kahlen Arme über die Backsteinmauer, die Overton House einschloß. Kein Lüftchen regte sich, kein

Vogelruf ertönte. An jenem leeren Nachmittag schien die Zeit stillzustehen.

Aber das war natürlich nicht der Fall. Beatrice hob plötzlich entschlossen ihren Kopf. William sollte heute abend aus Venedig zurückkehren, wohin er kurz nach Edwins Geburt geflüchtet war. Sie würde ihn selbst an Victoria Station abholen. Sie durfte nicht vergessen, die wärmste Decke mitzunehmen und eine mit heißem Wasser gefüllte Wärmflasche für seine Hände. Er würde nach der langen Reise sicherlich erschöpft sein und durfte sich bei der Rückkehr in dieses unmögliche Klima nicht gleich wieder eine neue Erkältung zuziehen. Und sie würde auch nicht zulassen, daß er am morgigen Begräbnis ihres Vaters teilnahm. Sie war es zufrieden, wenn er zu Hause war, wenn er mit seiner Anwesenheit das Haus zu neuem Leben erweckte und sie umsorgte.

8

Glücklicherweise war Mama nach Papas Tod nicht ganz allein. Sie hatte eine Gesellschafterin, eine dünne, verschüchterte Jungfer namens Miss Finch, die sie herumkommandieren konnte. Und sie hatte genügend Geld.

Sie sah ihre Enkelkinder gelegentlich ganz gern. Nanny Blair oder Lizzie fuhren die beiden in ihrem Kinderwagen die Heath Street hinunter und verbrachten eine ungemütliche halbe Stunde in Mamas dunklem, überfülltem Salon. Wenn das Baby schrie oder Florence unruhig wurde, wurden sie sofort weggeschickt.

Was Mama am meisten Spaß machte, waren Einkaufsbummel, sich fürs Dinner umzuziehen und die Abende nach einem viel zu reichhaltigen Essen beim Whist- oder Solitaire-Spiel zu verbringen, während sie die schweigsame Miss Finch mit weitschweifigen Monologen traktierte.

Sie hatte die Probleme der Witwenschaft weit erfolgreicher gelöst als Mrs. Overton mit ihrer gekünstelten Fröhlichkeit. Beatrice betete inständig darum, daß sie niemals derartige Probleme haben würde. Sooft William krank war oder infolge eines Schwächeanfalls so unendlich zerbrechlich wirkte, fuhr ihr die Angst wie ein Schwert mitten ins Herz.

Natürlich, ihr blieb noch immer Bonningtons. Anders als Mama und Mrs. Overton und die meisten anderen Frauen, war für sie das Leben außerhalb ihres Heims und ihrer Familie von Interesse.

Sie würde auch ihre Kinder haben.

Aber was wäre das alles ohne ihren geliebten, schmetterlingsgleichen Ehemann, ihre große Liebe? Ihr ganzes Leben gehörte ihm, ohne ihn wäre es wertlos.

In jenem Frühjahr kamen zwei Pfauentauben in den Garten und verbrachten die sonnigen Morgenstunden schnäbelnd und zwitschernd im Ginsterbusch vor dem Fenster der Bibliothek. William rief Beatrice, daß sie mit ihm zusammen die Vögel bewunderte. Er legte seinen Arm um ihre Taille, und Beatrice liebte die hübschen Geschöpfe, weil sie indirekt für diese Umarmung verantwortlich waren.

»Sie sind wie deine Schmetterlinge«, sagte sie.

»Gehören denn alle Schmetterlinge mir?«

»Bei ihrem Anblick muß ich immer an dich denken.«

»Wir sollten wieder einmal einen Tag auf der Heide mit unseren Schmetterlingsnetzen verbringen. Das haben wir schon so lange Zeit nicht mehr gemacht.«

»Ja, ich dachte, du hättest deine Begeisterung fürs Schmetterlingsfangen verloren.«

»Nicht im geringsten. Erst neulich habe ich mir meine Sammlung wieder angesehen. Eine Reise nach Madeira würde uns ein paar schöne neue Exemplare einbringen, weißt du. Weshalb reisen wir nicht?«

»Oh – nichts würde ich lieber tun. Aber geht das denn? Die Kinder . . .«

»Die nehmen wir mit.«

Schon schwand ihre frohe Erregung, sie wurde durch die Vernunft zum Schweigen gebracht.

»William, du bist doch der unpraktischste Mensch, den ich kenne! Denk nur an das Gepäck, Und Nanny Blair müßte mitkommen, vielleicht sogar auch Lizzie. Außerdem ist Edwin noch zu klein und zu zart für eine Reise.«

Sein Gesicht beugte sich zu ihr herunter. Zwischen seinen Augen stand eine steile Falte.

»Wenn ich der unpraktischste Mensch bin, so bist du gewiß der praktischste, liebste Bea!«

Er hatte sie losgelassen und war näher ans Fenster getreten, um die schnäbelnden Tauben zu beobachten. Sein Profil wirkte plötzlich seltsam traurig.

»Außerdem ist da natürlich noch Bonningtons«, sagte er.

»Ja«, antwortete Beatrice gelassen. »Obwohl mich das nicht gehindert hätte.«

»Sei ehrlich Bea. Im stillen doch.«

Widerstrebend gab sie ihm recht. So bald nach Papas Tod war die ungünstigste Zeit, um fortzugehen.

»William, begreif doch, ohne Bonningtons . . .«

»Würden die Kinder verhungern, und dein müßiger Ehemann wäre ein Bettler.«

»Liebling, übertreibe doch nicht so. Außerdem bist du nicht müßig, du bist andauernd mit deinem Buch beschäftigt. Es ist nur so kurz nach Papas Tod.«

Zwei Haushalte zu unterhalten . . . Jene Worte schienen in ihr Gedächtnis eingraviert.

»Ich verstehe vollkommen.« Williams Stimme war völlig ausdruckslos. »Wenn ich mit meinem Buch eine Menge Geld mache, können uns Damenkorsetts und all dieser Schnickschnack gestohlen bleiben, und wir können nach China oder Timbuktu reisen.«

»Ganz recht.«

»In der Zwischenzeit wäre es vielleicht möglich, einen Tag auf der Heide zu verbringen. Bonningtons wird dich wohl so lange entbehren können.«

»Mir ist jeder Tag recht, den du vorschlägst«, sagte sie eifrig.

»Aber ich muß nach Italien zurück, um meine Studien über Botticelli und Tintoretto abzuschließen. Das wird dir ja nichts ausmachen, denn die alten Meister langweilen dich ja ohnehin. Ich dachte daran, noch vor Beginn der Sommerhitze zu reisen.«

»Wenn es sein muß.« Sie wies den Gedanken an eine verfeinerte Art der Erpressung zurück und hoffte nur, die Enttäuschung sei nicht von ihrem Gesicht abzulesen. Sie fürchtete, er würde sie niemals mehr bitten, ihn ins Ausland zu begleiten.

Jetzt, da Kinder im Haus waren, fiel es Beatrice nicht mehr so leicht, das Haus um halb zehn Uhr zu verlassen, um ins Geschäft zu fahren. Es bedeutete, daß sie früher aufstehen und sehr vorsichtig sein mußte, um William nicht zu wecken, der seinen Schlaf brauchte. Teils aus Gesundheitsgründen, teils deshalb, weil er abends sehr spät zu Bett ging. Er war eine Nachteule, sie nicht. Sie lebte in der beständigen Angst, er könnte eines Tages in das angrenzende blaue Zimmer übersiedeln, in das er sich während des letzten Stadiums ihrer Schwangerschaft zurückgezogen hatte. Er würde das als ungemein feinfühlige Einrichtung hinzustellen wissen. Er brauchte ja schließlich nur eine Tür zu öffnen und ein Zimmer zu durchqueren, wenn er Lust hatte, zu ihr zu kommen. Sie wußte, daß viele Ehen, besonders unter der Aristokratie, auf diese Weise geführt wurden. Doch sie gehörte einer niedrigeren Schicht an, und sie schämte sich dessen nicht. Für sie gab es nichts Schöneres, als die Wärme und Geborgenheit seines Körpers neben sich zu spüren.

Es bereitete ihr besondere Freude, sein schlafendes Gesicht zu betrachten, nachdem Hawkins sie am Morgen geweckt hatte und sie leise aus dem Bett geglitten war. Manchmal war das Bad, das Hawkins für sie eingelassen hatte, kalt, wenn sie endlich aus ihren Träumen erwachte.

Nachdem sie gebadet hatte und angezogen war, blieb ihr allerdings keine Zeit mehr zum Träumen. Punkt Viertel vor acht stellte Annie ihr das Frühstück auf den Tisch im Eßzimmer. Sie hatte gerade genügend Zeit, um ihr Ei mit Schinken und die gedünsteten Nierchen zu essen und eine Tasse Kaffee zu trinken und einen Blick in die Morgenzeitung zu werfen, ehe sie ins Kinderzimmer ging.

Florence saß am Tisch und aß ihren Porridge (sie war ein sehr wohl erzogenes Kind), während Edwin in seinem hohen Kinderstühlchen umherzappelte und mit seinem Löffel gegen den Teller schlug.

»Er hat wieder seinen Koller, Ma'am«, pflegte Nanny Blair zu sagen. Er war ewig schlechter Laune, und niemand wußte, weshalb. Er war ganz bestimmt nicht verwöhnt. Dazu war Nanny viel zu streng. Er sei überreizt und habgierig, sagte sie. Alles wolle er für sich haben. Er brüllte einfach so lange, bis er es bekam. Doch wenn er dann lachte, sah er aus wie ein Engel. Miss Florence dagegen benahm sich wie ein Engel, sie war so ein stilles kleines Ding. Man bemerkte sie kaum.

Nach ihrem Morgenbesuch konnte Beatrice die Kinder beruhigt verlassen. Sie ging dann in die Küche hinunter und besprach mit der Köchin die Mahlzeiten. Sie gab die benötigten Lebensmittel heraus und erteilte den Hausmädchen Anweisungen, sie überzeugte sich davon, daß der Gärtner Tom und der blasse Küchenjunge Ted pünktlich erschienen waren. Dann stieg sie wieder die Treppe hinauf und konnte sicher sein, daß das Hauswesen reibungslos ablief, während sie im Geschäft war.

Sie hatte sich gegen eine Haushälterin gewehrt. Sie wollte für die Dienstboten eine wirkliche Herrin sein, keine jener hochmütigen und schlichtweg faulen Damen, die niemals ins Erdgeschoß ihrer Häuser hinabstiegen, sondern nur im Salon herumsaßen und selbst dann nach dem Mädchen läuteten, wenn es darum ging, ein Stück Kohle aufs Kaminfeuer zu werfen. Außerdem liebte sie ihr Heim und hätte gern selbst die Möbel und das Stiegengeländer poliert. Sie hoffte, sie würde niemals dazu gezwungen sein, ihre Zeit damit auszufüllen, Bücher zu lesen oder langweilige Besuche zu empfangen. Diese Art von Leben würde ihr wohl dank Bonningtons für immer erspart bleiben.

Sie trug sich bereits mit dem Gedanken, mehr Zeit im Geschäft zu verbringen, wenn William im Frühsommer diese geplante Reise tatsächlich antreten sollte. Sie konnte gut und gerne zehn Stunden dort verbringen. Es gab so viel zu tun und zu planen. Der Morgen war einfach zu kurz.

Beatrice war zugleich amüsiert und erfreut, als ihr zu Ohren kam, daß Bonningtons Magazin jetzt schon Bonningtons Empire genannt wurde und sie selbst als die Königin galt. »Ein bestimmtes Geschäft in der Edgware Road wird von einer ungewöhnlichen kleinen Frau regiert, Königin Bea«, hatte eine Zeitung geschrieben. Beatrice schickte den Zeitungsausschnitt William nach Florenz, und er antwortete, daß er hoffe, sie würde von ihrem Thron herabsteigen, wenn er nach Hause käme, denn er habe nicht die Absicht, den Prinzgemahl abzugeben. Hier in Florenz gelte er als englischer Lord und sei des öfteren Gast in wohlhabenden Florentiner Villen. »Alles was sie tun, hat Stil, da reichen wir nicht heran. Wein aus schweren Goldpokalen! Neulich wurde ich von einem Prinzen und einer Prinzessin in ihren kleinen, aber unwahrscheinlich hübschen Marmorpalast in den Toskaner Bergen eingeladen. Aber ich weigere mich noch immer, selbst Herrscher zu sein.«

»Kein Herrscher, sondern ein König«, schrieb Beatrice zurück. »Und bleibe bitte nicht mehr allzu lange im Exil.«

Allerdings hatte sie nicht viel Zeit, um sich einsam zu fühlen, außer des Nachts im Bett, wenn sie manchmal eine angsterfüllte Verzweiflung überkam und sie sich sagte, das Leben, das sie führte, sei widersinnig. Sie sollte in Italien bei William sein. Sie sollte ihn niemals aus den Augen lassen.

Nur würde er dann vielleicht wirklich den Wunsch verspüren, sie zu verlassen. Sie wußte um seinen Freiheitsdurst. Und außerdem, wer sollte den Kindern Schuhe kaufen, wenn sie müßig irgendwo herumsaß? Wer die Löhne der Dienstboten bezahlen, die Kutsche und die Pferde unterhalten, Mama jede Woche ein neues Kleid schenken?

Der Morgen brachte ihr jedesmal ihren gesunden Menschenverstand zurück, der Tag verlief in den üblichen Bahnen. Eine wichtige Veränderung hatte Beatrice während Williams Abwesenheit getroffen. Sie blieb beinahe den ganzen Tag über in Bonningtons Magazin und nahm den Lunch mit Adam Cope und Miss Brown. Sie saßen am ruhigsten Tisch unter einer Topfpalme im Restaurant und diskutierten eine oder eineinhalb Stunden lang über geschäftliche Dinge. Diese Besprechungen waren immer erfreulich produktiv. Der unverheiratete, neununddreißigjährige Adam Cope stellte das Gleichgewicht her zwischen Beatrices hochfliegenden Ideen und Miss Browns eher altmodischen Vorstellungen. Verglichen mit ihrem schillernden William, war Adam ein langweiliger, farbloser Mann, aber seine Fähigkeit, seine Ehrlichkeit und Loyalität waren Eigenschaften, die Beatrice zu schätzen wußte. Er hatte irgendwo in Bloomsbury eine Junggesellenwohnung, aber man fragte sich, ob er sie jemals benutzte, denn man sah ihn in Bonningtons Geschäft weder kommen noch gehen. Er war einfach immer da.

Miss Brown lebte mit einer alten Mutter in Doughty Street. Auch sie verbrachte sehr wenig Zeit zu Hause. Vielleicht war auch die alte Mutter zu aufreibend. Einmal war Beatrice als kleines Mädchen mit ihrer Mutter dort zu Besuch gewesen. Sie hatte in einem kleinen, vollgestopften und stickigen Raum gesessen und muffige Kekse gegessen, während Mrs. Brown erzählte, daß sie früher Mr. Charles Dickens in dem gegenüberliegenden Haus hatte ein und aus gehen sehen.

Beatrice war klug genug, um einzusehen, daß die ungelenke, altmodische Gestalt von Miss Brown in ihrem hochgeschlossenen schwarzen Kleid mit der Kameenbrosche am Hals eine Persönlichkeit darstellte und ein Teil von Bonningtons selbst war.

William kehrte im Spätsommer zurück, reiste aber gleich wieder nach Deutschland ab. Er wollte sich die gotischen Bauten ansehen, die er zwar für scheußlich, aber dennoch interesssant hielt. Er schrieb: »Prinz Wilhelm denkt noch immer an nichts anderes als ans Soldatenspielen – er hätte ein Overton werden sollen! Man sagt, er könne es nicht erwarten, bis sein Vater stirbt, so daß er auf den Thron kommt und Deutschland in eine Militärmacht verwandeln kann. Er wird darin von diesem alten Schlachtroß Bismarck unterstützt. Ich werde die Deutschen niemals mögen. Ihre Unempfindlichkeit ist verdächtig. Sie schlägt zu schnell in Begeisterungstaumel und Hysterie um. Nimm zum Beispiel Wagner. Und was die deutschen Frauen betrifft . . .«

Beatrice vermutete, daß dieser unvollendete Satz Geringschätzung ausdrücken sollte, aber William war sicherlich nicht ins Ausland gegangen, um die Frauen zu studieren. Oder etwa doch?

William verwandelte sich für sie allmählich in eine Person, die sie entweder an Victoria Station verabschiedete oder begrüßte. Die Begrüßung war natürlich erfreulicher, sie erspähte schon von weitem seine geliebte Gestalt und flog ihm entgegen. Ihr Verhältnis zueinander war wieder frisch und prickelnd. Das Zusammensein mit den Kindern, wenn sie abends um das Kaminfeuer im Kinderzimmer versammelt waren, war so herzerwärmend, daß es die Trennung ausglich.

Beatrices geheimer Plan, über Weihnachten nach Madeira zu reisen, fiel ins Wasser, denn Mrs. Overton wurde krank. Sie hielt sich tapfer und sagte, nur ihr dummes Herz benehme sich ein wenig schlecht. Sie mußte sich sehr in ihrer gesellschaftlichen Tätigkeit einschränken und durfte nur zwei oder drei Personen gleichzeitig empfangen. William und Beatrice und die Kinder sollten sie am Weihnachtstag besuchen, aber vielleicht würde es ihnen nichts ausmachen, wenn sie ihren Besuch sehr kurz gestalteten, denn die lieben Kleinen seien doch recht ermüdend. Wenn nur vielleicht William so lieb wäre, noch ein oder zwei Stunden länger zu bleiben, um ihr über die Stunden der Einsamkeit hinwegzuhelfen. Er könnte Beatrice ja dann später in einer Kutsche nachfolgen, nicht wahr?

Ob Beatrice wollte oder nicht, sie mußte Mrs. Overton bewundern, die in ihre auserlesenen Seidenschals gehüllt dasaß und so zerbrechlich und beinahe durchsichtig wirkte. Doch in ihren blaßblauen Augen stand ein verlorener Ausdruck. Sie mußte wissen, daß sie dem Tod nahe war. Aber bis zum Ende würde sie an den Richtlinien ihrer guten Erziehung festhalten. Sie würde freundlich sein, charmant, witzig und fröhlich und niemals die Todsünde begehen, jemanden zu langweilen oder ihrer Familie zur Last zu fallen.

Beatrice fuhr also mit Florence und Edwin nach Hause und verbrachte den Rest des Weihnachtstages mit Mama.

Nach dem Genuß von viel zuviel Truthahn und Plumpudding döste Mama beinahe den ganzen Nachmittag vor dem Kaminfeuer. Sie trug eines ihrer ausladenden, mit Rüschen und Spitzen versehenen Kleider und sah aus wie ein riesiges Sofa. Edwin schrie, wie er auch bei Mrs. Overton geschrien hatte, und Florence, die ein entnervend abweisendes Kind sein konnte, gab überhaupt keinen Ton von sich.

Es war kein besonders erfolgreiches Weihnachtsfest. Während des trostlos kalten und nebligen Januars begann William zu niesen und zu keuchen und sagte, er müsse in die Schweizer Alpen reisen. Es war keine lange Reise. Der Arzt hatte ihm versichert, daß seine Mutter noch viele Jahre leben könne, aber sollte wirklich eine Verschlechterung ihres Gesundheitszustandes eintreten, könnte er in weniger als vierundzwanzig Stunden zu Hause sein.

Beatrice erkannte die vertrauten Anzeichen. Der geliebte William haßte Krankheit, der Gedanke an den Tod entsetzte ihn. Er mußte einen Abstand zwischen sich und diesen Unannehmlichkeiten schaffen. Allerdings übertrieb er seine eigenen Krankheitssymptome nicht. Er keuchte, als würde er dauernd bergauf gehen.

An Victoria Station klammerte sie sich an ihn.

»Liebling, paß gut auf dich auf.«

»Das tue ich immer. Das weißt du doch.« Er wurde schon vergnügter. Der Lärm und das Gedränge von Victoria Station übten immer eine belebende Wirkung auf ihn aus. »Es tut mir leid, daß du einen so nutzlosen Burschen von Ehemann erwischt hast, Bea. Und du bist so eine Superfrau.«

Superfrau? Sollte das etwa ein Kompliment sein?

»Dann macht es dir wirklich nichts aus, daß ich eine Geschäftsfrau bin?«

»Es macht dich glücklich. Dann ist doch alles in Ordnung.«

Und befreit dich von jeglichem Schuldgefühl über deine Abwesenheit, dachte Beatrice. Dann bemerkte sie, daß ihm der beißende Rauch der Lokomotive zu schaffen machte, und sofort vergaß sie ihr Mißtrauen. Sie war nur mehr von Zärtlichkeit erfüllt.

»Liebling, knöpf deinen Mantel zu. Und geh nicht auf Deck ohne deinen Schal. Und versuch, im Zug zu schlafen.«

»Hör auf mit deinen Ermahnungen, Bea«, sagte William und war doch erfreut. Er war der liebenswerteste Kranke.

Die Pfeife des Stationsvorstehers ertönte. Er küßte sie flüchtig, seine Lippen fühlten sich kalt an. Sie fröstelte leicht. Es war ein bitterkalter Tag. »Arbeite nicht zu schwer, Bea. Küß die Kinder noch einmal von mir.«

Er stieg in den Zug und beugte sich hinaus, als er abfuhr.

»Auf Wiedersehen«, rief er. »Auf Wiedersehen, Liebste.«

Die schlanke Gestalt mit dem Überzieher wurde vom schmutziggrauen Rauch verschluckt, Beatrice blieb allein zurück, wie schon so oft. Macht nichts, sie würde kurz in Bonningtons vorbeischauen. Man war eben dabei, einen Posten Teppiche aus Persien und Samarkand auszupacken. Farbenprächtige, romantische Gebilde, teuer zwar, aber dennoch gut zu verkaufen. Sie konnte sich vorstellen, es wären fliegende Teppiche, die sie in die Schweizer Alpen zu einer zweiten Hochzeitsreise mit William bringen würden.

Sie hatten einander immer eine zweite Hochzeitsreise versprochen, doch jetzt, da sich William ihr im Bett immer weniger zuwandte (daran war gewiß nur seine schwache Gesundheit schuld, sagte sie sich immer wieder, wenn sie ruhelos und voller Sehnsucht dalag), betrachtete er Hochzeitsreisen wohl als etwas, dem sie längst entwachsen waren.

Wie mochte er seine Abende in jenen Luxushotels wohl verbringen, die er bevorzugte?

Ach, soll's.

Florence hatte ein neues Spiel erfunden. Sie packte einen Koffer, einen alten Korbkoffer von Nanny, und bestieg einen Zug. Sie war Papa, der ins Ausland reiste. »Auf Wiedersehen, Queen Bea. Auf Wiedersehen!« Wo hatte sie das bloß gehört?

Sie bewundert und verehrt ihren Papa, gestand Nanny Blair Lizzie. Aber das sei eher traurig, denn er nahm nicht allzuviel Notiz von ihr. Sie war zu still und in sich gekehrt und sah nichts gleich. Ein Verbrechen in *dieser* Familie. Master Edwin war ein anderes Kapitel. Er sah aus wie ein Engel, obgleich er sich selten wie einer benahm. Nannys ganze berühmte Erziehungskunst versagte bei diesem Kind, das andauernd schlimm war.

Nanny, die unter ihrem Versagen litt, führte düstere Reden von abwesenden Eltern und sagte, die Kinder hätten zu wenig Liebe. Gewiß, die Herrin war eine gute Frau, aber sie hatte zu viele andere Dinge im Kopf. Ein großes Geschäft zu führen, man stelle sich das vor! Wenn sie sich das so brennend gewünscht hatte, weshalb hatte sie sich dann so angestrengt, einen Mann und Kinder zu bekommen?

Entweder das eine oder das andere, aber nicht beides zugleich, dachte Nanny Blair und kündigte, um sich im Frühjahr eine neue Stellung zu suchen.

Noch vor Beginn des Frühjahrs starb Mrs. Overton ganz plötzlich. William mußte nach Hause eilen, um der bedrückenden Zeremonie beizuwohnen, bei der die Familiengruft geöffnet und ein weiterer schmaler Sarg in sein dunkles Gewölbe gesenkt wurde. Er war von Trauer überwältigt. Seine Augen waren rot vom Weinen. Er erklärte, seine Familie sei vom Tod verfolgt. Bea mußte ihm versprechen, niemals zu sterben. Die Kinder durften niemals sterben. In der Nacht nach dem Begräbnis lag er in ihren Armen, er klammerte sich an sie, als sei er ein kleiner Junge und sie seine Mutter. Gerade als sie glaubte, ihr Verlangen nicht länger ertragen zu können, liebte er sie mit einer nie zuvor erlebten Heftigkeit. Als wolle er einen verzweifelten Kampf gegen den Tod bestehen. Da sie endlich ihre eigene Leidenschaft nicht länger zu zügeln brauchte, kam sie ihm mit gleicher Heftigkeit entgegen, sie teilte seine höchsten Höhen und die gelöste Erschöpfung.

Es war eine bewegte und wunderbare Nacht, und Beatrice fand es völlig in Ordnung, daß sie in dieser Nacht ihr drittes Kind empfangen hatte. Auch William war dieser Meinung. Gemeinsam hatten sie einen Sieg über den Tod errungen. Dieses Kind mußte einfach bemerkenswert sein, schöner als Florence und beständiger als Edwin.

Leider hatte Beatrice im vierten Monat eine Fehlgeburt. Das erwies sich als großes Unglück, denn der Arzt erklärte William, es wäre unklug, wenn seine Frau versuchen wollte, weitere Kinder zur Welt zu bringen. Beatrice war wütend auf diesen blöden, altmodischen Arzt. Wenn sie ihr Leben aufs Spiel setzen wollte, war das ihre Sache. Sie wollte es aufs Spiel setzen. Denn wie sonst sollte sie William in ihr Bett zurückbekommen?

Er war durch die Fehlgeburt ohnehin erschüttert. Nun würde er sie für krank und unfraulich halten und jede Berührung mit ihr vermeiden. Er würde sich davor fürchten, eventuell schuld an ihrem Tod zu sein.

Wie sollte sie eine Ewigkeit voll einsamer Nächte ertragen? William plante wieder eine Auslandsreise, und diesmal bedeutete ihr das eine wirkliche Qual, denn nun fühlte er sich von Rechts wegen frei, die Gesellschaft anderer Frauen zu suchen. Selbst ihr Vorschlag, ihn zu begleiten, wurde zwar höflich, aber entschlossen zurückgewiesen.

»Liebe Bea, was sollte Bonningtons denn ohne seine Königin anfangen? Du kannst jetzt nicht aufgeben, Bea. Außerdem würdest du dich ohne deine Zahlen und deine Verkaufsberichte und all die schönen neuen Waren elend fühlen. Ich kenne dich, Bea, die ganze Zeit rechnest du im Geist Zahlen zusammen.«

Er nannte sie in letzter Zeit kaum mehr »Liebste«.

Aber sie hörte nicht auf, ihn zu lieben. Sie war unendlich glücklich, als Williams Buch endlich nach fünf Jahren fertig war und an einen bedeutenden Verleger verkauft wurde.

William, der den Verkauf seines Manuskripts als Beraubung empfand, beabsichtigte, die Zeit bis zum Erscheinen des Buches mit einer Reise nach Südamerika auszufüllen. Er wollte dort Schmetterlinge fangen. Wenn Bea sich einsam fühlte, würde vielleicht ihre Mutter gerne kommen, um bei ihr zu wohnen. Und da sich auch Nanny Blair entschlossen hatte zu gehen, wäre es zu überlegen, ob die Kinder jetzt nicht alt genug für eine Gouvernante seien.

Mama dauernd in Overton House, dachte Beatrice höchst angewidert. Mama, die sich dauernd überaß, mit ihren leeren Augen in den schönen Zimmern umherblickte, die Kinder verwöhnte, sich beklagte ... Wie konnte William einen solchen Vorschlag machen! Aber die Gouvernante war eine gute Idee. Darum wollte sie sich kümmern.

So verabschiedeten sie sich wieder einmal am Bahnhof, wieder an einem unfreundlichen Januartag, während gelblicher Nebel auf und nieder wallte und William husten mußte. Beatrice kämpfte mit den Tränen. Sie weinte niemals in seiner Gegenwart, da sie wußte, wie unangenehm ihm das war. Die Tränen eines jungen hübschen

Mädchens hätten ihm nichts ausgemacht, aber von seiner untersetzten vernünftigen Bea! Du lieber Himmel, nein! Außerdem, wenn sie anfinge zu weinen, würde sie auch schluchzen müssen, und das wäre dann wirklich peinlich. Die Leute konnten denken, er behandele sie schlecht.

»Was soll ich dir aus Rio schicken, Bea? Seide? Eingeborenenschnitzereien? Nein, lieber nicht, du wirst sonst nur den Wunsch haben, so etwas auch in Bonningtons zu verkaufen.«

Sie schüttelte den Kopf und zwang sich zu einem Lächeln. Dann fragte sie ängstlich: »Du wirst doch im Sommer zurück sein?«

»Ich werde im Juli zum Erscheinungstermin zurückkommen.«

»Soll ich eine Party arrangieren?«

»Du magst doch keine Parties.«

»Diese eine schon. Ich werde so stolz auf dich sein.«

Er küßte sie flüchtig auf Stirn und Lippen.

»Warte nicht bis zur Abfahrt des Zuges. Es ist so kalt. Dixon wird mit den Pferden Schwierigkeiten haben. Sag ihm, er soll bei Glatteis vorsichtig sein. Himmel, bin ich froh, diesem verwünschten Winter zu entkommen.«

Er winkte ihr im Gehen zu, sein Gesicht strahlte in der Vorfreude auf die Abreise. Sie hob die Hand als Antwort, steckte sie dann in ihren Muff zurück, drehte sich um und ging weg. Eine liebenswerte Gestalt in einem pelzverbrämten Mantel. Eine attraktive Person, mochten manche Männer denken. In ihren Augen schimmerten die ungeweinten Tränen, ihre Wangen waren von der Kälte gerötet. Je reifer sie wurde, um so mehr hatte sie an äußerer Haltung gewonnen. Ihr Blick war aufrichtig und ohne jede Koketterie. Sie strahlte eine gewisse Art von Autorität aus.

Aber ihr Ehemann hatte nichts von alldem bemerkt. Er war nur daran interessiert, so rasch wie möglich den Zug zu besteigen. Er hatte sie schon seit langer Zeit nicht mehr wirklich angesehen.

9

Seit einiger Zeit hatte Beatrice persönlich alle Leute geprüft, die sich um eine Stelle in Bonningtons bewarben. Angefangen vom niedrigsten Botenjungen bis zu den hochmütigsten Chefverkäufern, die schamlos von anderen großen Warenhäusern wie Whiteley, Debenham und Freedbody oder Swan und Edgar überwechseln wollten. Sie rühmte sich, gute Menschenkenntnis zu besitzen und eine gute Arbeitgeberin zu sein. Das junge Mädchen, das blaß und verschreckt vor ihr stand, brauchte keine Angst zu haben, wenn es seine Arbeit ehrlich und gut verrichtete. Sie würde für das Wohl des Mädchens sorgen, innerhalb und außerhalb des Geschäftes. Man wußte, daß sie sich selbst in der Behausung einer jungen Schneiderin umgesehen hatte, die jeden Morgen mit verweintem Gesicht und allen Anzeichen der Unterernährung zur Arbeit erschienen war. Sie kümmerte sich um die Adoption jedes unehelichen Kindes und stand der jungen Mutter bei. Derartige Vorfälle kamen allerdings höchst selten vor. Die Mädchen von Bonningtons Warenhaus standen in dem Ruf, anständige Mädchen zu sein.

Keine Abteilung des Geschäftes, nicht einmal der Packraum, war vor Miss Beatrices Erscheinen sicher. Sie schritt durch die Gänge zwischen den Pulten und Regalen, eine robuste, kleine Gestalt, deren Augen nichts entging. Nicht das jüngste Mädchen, das eine Borte entweder einen Zentimeter zu lang oder zu kurz abmaß, nicht der Kunde, dem man keinen Stuhl angeboten hatte, weder eine unabgestaubte Ladentheke noch ein nachlässig zur Schau gestellter Verkaufsgegenstand.

Die hält dich auf Trab, die Miss Beatrice, wurde jeder neue Angestellte gewarnt. Sie ist ein feiner Kerl; wenn du deine Arbeit ordentlich machst, schätzt sie das auch. Sie vergißt niemals, wer du bist und woher du kommst. Ihr Kopf muß zum Bersten voll sein von Informationen über Angestellte von Zahlen und Preisen, von allem, was im Britischen Weltreich vor sich geht.

Anläßlich des Todes von General Gordon in Khartum hatte man ein Schaufenster phantastisch gestaltet. Sogar in der Presse war darüber geschrieben worden, und Beatrice hatte sich sehr darüber gefreut. Seitdem hatte es ein indisches Schaufenster gegeben, ein afrikanisches und dann sogar ein australisches mit ausgestopften Känguruhs und anderen seltenen Tieren.

Aber der große Augenblick war gekommen, als die Prinzessin von Wales mit ihrer zukünftigen Schwiegertochter, der Prinzessin Mary von Teck, zum Einkaufen gekommen war. Beatrice empfing die königlichen Kunden am Eingang und geleitete sie persönlich durch alle Räume. Die junge Prinzessin bestellte drei Hüte und zwei Abendkleider, und die Prinzessin von Wales wählte ein paar französische Ziegenlederhandschuhe und einen Kaschmirschal. Miss Brown mußte sich nachher niedersetzen und zu ihrem Riechsalzfläschchen Zuflucht nehmen. Sie weinte vor Freude, als sei das ihr persönlicher Triumph gewesen.

Jedermann wisperte über den Titel eines Hoflieferanten, es war sicherlich beschlossene Sache, wenn der Prinz von Wales auf den Thron kam. Aber natürlich konnte die alte Queen Victoria noch jahrelang leben. Sie war noch keine siebzig.

Auch wenn es darum ging, neues Personal für den Haushalt einzustellen, vertraute Beatrice auf ihre Menschenkenntnis. Das Stellenvermittlungsbüro hatte fünf junge Frauen geschickt, die für den Posten einer Gouvernante in Frage kamen. Beatrice zögerte keinen Augenblick, als sie die fähigste unter ihnen auswählte.

Miss Mary Medway war neunzehn Jahre alt, einziges Kind ihrer Eltern und erst vor kurzem Vollwaise geworden. Mit vierzehn Jahren hatte sie ihre Mutter verloren und vor wenigen Monaten ihren Vater, einen Landarzt. Sie hatte eine gute Erziehung genossen und bis zum Tode ihres Vaters das Leben einer Dame geführt. Dann stellte sich heraus, daß seine Verhältnisse keineswegs in Ordnung waren und keinerlei Mittel zur Verfügung standen, um seine Tochter weiterhin standesgemäß zu erhalten. Er war liebenswürdig und hilfsbereit gewesen, erzählte das Mädchen Beatrice, aber seine Großzügigkeit den Armen gegenüber hatte seine eigene Tochter in Armut gestürzt.

Beatrice betrachtete das schlanke Mädchen in dem dunkelbraunen Musselinkleid. Miss Medway hatte hellbraunes Haar, das ihr

Gesicht in leichten Locken umrahmte, und einen ausdrucksvollen Mund. Ihre Augen standen voller Tränen. Sie war liebenswürdig und einfühlsam, und die Kinder, besonders die schüchterne Florence, würden bei ihr glücklich sein. Außerdem besaß sie ausgezeichnete Empfehlungen.

Es wäre ihr eine ungeheure Hilfe, sagte Beatrice, wenn sie ihre Stellung sofort antreten könnte.

»Aber Sie haben sich so rasch entschieden, Mrs. Overton!«

»Das tue ich immer«, sagte Beatrice. »Ich rühme mich, Charaktere sehr gut einschätzen zu können. Möchten Sie die Kinder kennenlernen?«

Die Kinder, besonders Florence, waren von Anfang an von Miss Medway begeistert. Selbst Edwin kapitulierte, als sie sich dafür einsetzte, daß er mit der berühmten Zinnsoldatensammlung seines Großvaters spielen durfte, die bisher hinter der Glasverkleidung des Chippendale-Bücherregals in der Bibliothek eingesperrt war. Mit vier Jahren sei Edwin nun doch sicherlich alt genug, die Soldaten in Reih und Glied aufmarschieren zu lassen und sie nicht zu verbiegen.

Unter Miss Medways Aufsicht kämpften also die Regimenter der Engländer, Franzosen und Deutschen in der Schlacht von Waterloo, die Russen marschierten auf, um Balaclava zu zerstören, und eine Abordnung von Sepoys in farbenprächtigen Uniformen stellte sich den britischen Rotrücken während des indischen Aufstandes. Edwin war trotz seines zarten Alters völlig gefesselt. Allerdings blieb unklar, ob er von dem uralten Kriegsspiel fasziniert wurde oder nur Freude an den hübschen kleinen Figuren hatte. Jedenfalls wäre sein Großvater mit seinem Enkel zufrieden gewesen.

Florence spielte mit ihren Puppen und hatte nichts gegen die Kriegsspiele einzuwenden. Sie war zwar ein wenig eifersüchtig, aber doch nicht zu sehr, denn Miss Medway fand immer noch Zeit, Kleider für ihre Puppen zu nähen. Und außerdem sagte sie ihr immer wieder, daß sie hübsch sei. Niemand hatte ihr je so etwas gesagt. Kleines Sauertöpfchen, nannte sie ihre Großmutter, und Mama seufzte, weil sich ihr langes, gerades Haar standhaft weigerte, sich auch nur ein wenig zu kräuseln, selbst nicht nach einer Nacht mit unbequemen, harten Lockenwicklern.

Und was Papa betraf, so wußte man, daß er lieber eine hübschere Tochter gehabt hätte, aber er war ja fast nie zu Hause.

Zum Erscheinungstermin seines Buches und zu der Party, die Mama zur Feier dieses Ereignisses arrangierte, kam er jedoch nach Hause.

Sein Buch schien ein »success d'estime« zu werden, was immer das auch bedeuten mochte. Und da hatte dieser kränkliche William Overton also doch seine Zeit nicht verschwendet und gänzlich auf Kosten seiner reichen Frau gelebt. Florence mit ihrer Gabe, bestimmte Dinge zu erlauschen, hatte die Bemerkungen aufgeschnappt. Sie liebte es, Gesprächsfetzen zu erhaschen, obwohl Mama sie einmal dabei erwischt hatte, wie sie an der Tür zum Salon gelauscht hatte. Sie hatte sie ernsthaft gescholten und ihr erklärt, daß es eine sehr häßliche Angewohnheit sei, an Türen zu lauschen, und gelegentlich für den Lauscher höchst schmerzlich.

Jedenfalls wußte Florence, was Papa Mama geschrieben hatte, bevor er ihr seine Ankunft mitteilte, denn Mama hatte den Brief Miss Medway laut vorgelesen. »Wer ist diese Musterperson im Kinderzimmer? Ich fürchte, du hast nur das falsche Wort gebraucht, und es ist wieder so ein Drachen wie Nanny Blair.«

Florence sagte: »Sie werden unseren Papa mögen, Miss Medway.«

»Glaubst du?«

»O ja. Er ist sehr hübsch.«

»Er kauft uns Geschenke«, sagte Edwin.

»So etwas nennt man Eigennutz«, sagte Miss Medway.

»Er kommt immer ins Kinderzimmer und spielt mit uns«, fuhr Florence fort. »Er sagt: ›Wie ihr gewachsen seid.‹ Und Mama kauft uns neue Kleider, wenn er nach Hause kommt, damit wir ihm gefallen. Sie bekommt auch ein neues Kleid, und Großmama bekommt sechs. Miss Brown sagt, über Großmamas Gurte kann man sich nur wundern.«

»Florence, ich glaube nicht, daß du so über deine Großmutter sprechen solltest.«

»Pferde haben Gurte«, verbesserte sie Edwin. »Ich habe gehört, wie Dixon gesagt hat, er muß die Gurte der Pferde enger schnallen. Muß Großmama ihre auch enger schnallen?«

Florence hatte keinen Sinn für Humor. Sie sagte ganz ernst: »Sei nicht so dumm. Dixon spannt sie ja nicht vor einen Wagen.« Und Edwin begann so laut zu kichern, daß Miss Medway scharf dazwischenfuhr: »Kinder! Das genügt jetzt. Kommt, und beginnt mit euren Leseübungen.«

Florence machte große Fortschritte im Lesen. Edwin war viel langsamer, was überraschte, denn er schien auf anderen Gebieten recht klug zu sein. Beide wollten sie jedoch ihrem Papa imponieren.

Der nächste Schritt war die Renovierung des blauen Zimmers. Papa hatte geschrieben, daß er schlecht schlafe und Mama nicht stören wolle. Deshalb würde er es vorziehen, wenn sie getrennte Zimmer benutzten. Sie wisse sicherlich sehr gut, wie sehr ihm die feuchte englische Luft zu schaffen machte.

Die Teppiche im blauen Zimmer wurden zusammengerollt und dann geklopft. Neue Vorhänge wurden aufgehängt und alles Holzwerk gewaschen. Dann ordnete Mama die farbenprächtigsten Exemplare aus Papas Schmetterlingssammlung in Glaskästen und hängte diese an die Wand. Sie bildeten einen prächtigen Blickfang. Das sagte Miss Medway. Florence hörte, wie Mama lachend erklärte, Papa hätte vielleicht keine solche Sehnsucht mehr, ins Ausland zu reisen, um Schmetterlinge zu fangen, wenn er hier die seinen jeden Tag anschauen könnte. Mama war während der Renovierung des blauen Zimmers sehr schweigsam gewesen, so, als hätte sie es lieber, wenn Papa wie früher immer in ihrem Bett schlafen würde. Aber das mußte doch sehr unbequem sein, dachte Florence. Würden sich zwei Erwachsene nicht andauernd puffen?

Als letztes ging Mama in einen Laden in der Bond Street namens Worth und bestellte ein Kleid für die Party. Und dadurch kränkte sie Miss Brown sehr. Waren ihre eigenen Schneiderinnen nicht mehr gut genug für sie? fragte Miss Brown beleidigt. Hielt sie sich für etwas Besseres als Prinzessin Mary?

Mama hatte Miss Brown zu gern, um ihr böse zu sein. Sie sagte, ihr Mann liebe eben die Schöpfungen von Mr. Worth, und sie wollte ihm gefallen. Und außerdem habe sie ein paar private Worte mit Mr. Worth' erster Schneiderin gesprochen. Möglicherweise könnte man sie dazu bewegen, zu Bonningtons überzuwechseln. Wäre das nicht ein Triumph?

»Sie denken immer an Bonningtons«, sagte Miss Brown halbwegs beschwichtigt.

»Und an meinen Mann«, antwortete Mama.

»Zwei Fliegen mit einem Schlag«, sagte Miss Brown. »Darin sind Sie geschickt, Miss Beatrice, nicht wahr?«

Das neue Kleid bestand aus weißer Spitze über rosarotem Taft. Es war tief ausgeschnitten, ein Wasserfall von Moosröschen ergoß sich über den ausladenden Rock.

Florence fand es himmlisch. Mama sah darin wirklich hübsch aus und gar nicht alt. Sie hatte neben Miss Medway in letzter Zeit ein wenig alt gewirkt, aber Miss Medway hatte für die Party nur ein schlichtes dunkelblaues Kleid, denn sie trug noch immer Trauer wegen ihres Papas. Mama würde also die Frau sein, die man am meisten beachtete.

Endlich kam der große Tag von Papas Ankunft. Mama hatte rosige Wangen und leuchtende Augen, sie kletterte in die Kutsche. Dixon schnalzte mit der Peitsche, und fort fuhren sie zu Victoria Station.

Die Kinder hatten noch niemals die Erlaubnis erhalten, Papa am Bahnhof abzuholen. Einmal hatte Florence darum gebeten, man hatte ihr jedoch freundlich, aber unmißverständlich gesagt: »Nein, Liebling, Mama möchte Papa wenigstens eine Stunde ganz für sich allein haben. Danach werden wir alle wie gewöhnlich zusammen vor dem Kamin im Kinderzimmer sitzen.«

»Ich möchte den Zug sehen«, hatte Edwin gewinselt, und Florence hatte ihn zurechtgewiesen: »Wenn du kein lieber Junge bist, wird Papa dir kein Geschenk mitbringen.«

Edwins geräuschvolles Weinen hatte sie davor bewahrt, selbst in Tränen auszubrechen.

Aber jetzt, da Miss Medway hier war, benahm sie sich nicht mehr so. Sie wollte lieb sein und geliebt werden. Mama hatte immer Papa gehabt, sie hatte nur die schreckliche Nanny Blair gehabt und Lizzie. Jetzt hatte sie Miss Medway, nun brauchte sie nie mehr ungezogen zu sein.

Sie und Edwin trugen ihre Sonntagskleider, sie fühlten sich unbehaglich und allzu ordentlich. Miss Medway, noch immer in ihrem adretten dunkelbraunen Hauskleid, hatte sich das Haar zurückgekämmt und mit einem schwarzen Samtband zusammengebunden. Das ließ sie fremd und irgendwie festlich erscheinen. Als Mama von Papa gefolgt ins Kinderzimmer kam und glücklich ausrief: »Hier ist er, Kinder. Hier ist Papa«, wußte Florence, daß Papa dieses Band in Miss Medways Haar sofort aufgefallen war. Er starrte es an und beachtete die Kinder kaum.

Florence machte das nichts aus. Sie war ein Kind, das keine Aufmerksamkeit erwartete, und sie war glücklich, daß Papa Miss Medway offensichtlich mochte. Das verlieh ihr ein Gefühl der Geborgenheit. Miss Medway würde nicht fortgehen und Papa vielleicht auch nicht mehr. Sie war nur darüber entsetzt, daß Edwin auf Papa losstürzte und lauthals nach seinem Geschenk verlangte.

Nanny Blair hätte ihn dafür sofort ins Schlafzimmer hinaufgeschickt.

Miss Medway tat es nicht. Es war Mama, die rügte: »Edwin! Wo sind deine Manieren? William, schimpf nicht mit ihm. Er ist so aufgeregt über deine Ankunft.«

»Um zu sehen, was in meinen Taschen ist, der kleine Racker«, sagte Papa und schwang Edwin hoch durch die Luft. »Donnerwetter, er ist ein hübscher kleiner Teufel. Und da ist ja auch Florence. Wie sie gewachsen ist!«

Es waren die gleichen Worte wie immer, außer dem Wort »Teufel«. Nanny Blair wäre entrüstet gewesen. Miss Medway preßte lediglich die Lippen aufeinander, als müsse sie ein Lächeln unterdrücken. Mama sagte: »Und das ist Miss Medway, William. Du erinnerst dich, ich habe dir von ihr geschrieben.«

»Ah, das Musterexemplar. Ich sehe, du hattest recht, nicht ich, Bea.«

Papa und Miss Medway schüttelten einander die Hände, und Papa sagte, er hoffe, sie sei hier glücklich. Sie sagte, ja, danke, sie sei sehr glücklich.

»Das ist prima. Weshalb setzen wir uns nicht alle um dieses gemütliche Kaminfeuer? Wir könnten hier Tee trinken, nicht wahr, Bea?«

Florence klatschte vergnügt in die Hände. Mama sah nicht ganz so glücklich aus. Vielleicht hatte sie den Tee bereits im Salon servieren lassen, um eine Weile allein mit Papa zu sein. Aber sie sagte, sie würde dem Mädchen läuten.

Alles in allem fand Florence mit dem Wissen ihrer sechs Jahre, dies sei eins von Papas glücklichsten Nachhausekommen. Vielleicht würde er niemals wieder verreisen.

Als er nach einer Stunde zusammen mit Mama das Kinderzimmer verließ, wandte sie sich neugierig an Miss Medway und fragte: »Finden Sie nicht, daß unser Papa ein schöner Mann ist? Stimmt es, was ich Ihnen gesagt habe?«

»Ja«, sagte Miss Medway träumerisch. »Er ist schön. Du hast mir die Wahrheit gesagt.«

10

So jung sie war, hatte Florence bereits erkannt, daß die Verwirklichung eines Wunsches nur selten die Erwartungen erfüllte. Das langersehnte Ereignis war niemals so wunderbar, wenn es endlich eintraf, wie man es erhofft hatte. Selbst das Glücksgefühl über Papas Heimkehr war in Enttäuschung und heimliche Tränen umgeschlagen, als sich herausstellte, daß seine Besuche im Kinderzimmer weniger den Kindern als vielmehr Miss Medway galten. Florence hatte so sehr gehofft, er würde sie nicht schon für zu groß halten, um auf seinem Schoß zu sitzen, wie sie es früher gelegentlich getan hatte. Aber natürlich war sie jetzt ein großes Mädchen von sechs Jahren und viel zu alt, um auf dem Schoß eines Herrn zu sitzen, und auch zu alt, um diese dummen Tränen zu vergießen.

Das schlimme sei, sagte Lizzie immer wieder, daß sie sich über alles zu sehr erregte. Ihr Gesicht wurde dann kalkweiß, ihr Magen verkrampfte sich, sie konnte nichts essen. So war es in gewisser Weise ganz gut, daß Papa so sehr mit Miss Medway beschäftigt war. Er wollte wissen, woher sie kam, wer ihre Familie war, wie es ihr gefiel, in Overton House zu wohnen und sich um seine Kinder zu kümmern. Niemand bemerkte, daß Florence klein und beinahe unsichtbar am anderen Ende des Tisches saß und keinen Bissen herunterbrachte.

Diese kleine Teeparty ging ohne Unglück vorüber, aber die große Party, die am Abend für Papa veranstaltet wurde, sollte nicht so glimpflich verlaufen. Florence erkannte das sofort, nachdem sie eine der Zuckerpflaumen gegessen hatte, die ihr Großmama gab.

Das Musikzimmer sah wunderschön aus, große Vasen mit Sommerblumen standen überall herum, alle Kerzen in den schimmernden Waterford-Kristalleuchtern brannten. Mama hatte zum Ausdruck gebracht, an diesem Abend dürfe kein einziges Gaslicht brennen. So waren Annie und Mabel schon seit Stunden mit Lichtputzschere und Kerzenanzündern beschäftigt gewesen. Die Stühle waren in Gruppen den Wänden entlang angeordnet, so daß in der Mitte des Raumes Platz zum Tanzen blieb.

Edwin, nicht im mindesten scheu, spazierte zwischen den Gästen umher und bedachte alle mit seinem engelsgleichen Lächeln, während Florence Zuflucht bei der Großmutter suchte und den heimtückischen Zuckerpflaumen.

Bald schon begann sich der Raum um sie zu drehen. Mama in ihrem wunderschönen Kleid, Papa, in dessen wohlfrisiertem Haar sich das Kerzenlicht spiegelte, Miss Medway bescheiden und unaufdringlich in ihrem dunklen Trauerkleid ... all diese vertrauten Gestalten verschwammen in einem erschreckenden Wirbel, und Großmama, eine riesige, raschelnde Gestalt über ihr, rief mit lauter Stimme: »Miss Medway! Bea! Kommt lieber her! Das Kind scheint krank zu werden.«

Das traf auf beschämende Weise zu. Florences unberechenbarer Magen hatte sich zusammengezogen und weigerte sich, die Zuckerpflaumen zu behalten. Glücklicherweise erreichte sie mit Hilfe von Miss Medway das Badezimmer gerade noch zur rechten Zeit.

Wenn man sich vorstellte, daß Unglück wäre auf dem schimmernden Parkettboden geschehen, über den die teuren Kleider der Gäste streiften! Niemals wieder hätte sie ihr Gesicht in der Öffentlichkeit zeigen können. Sie hätte darum gebeten, ins Kloster gehen zu dürfen, um den Rest ihres Lebens im Gebet zu verbringen. Vielleicht sollte sie das ohnehin tun, da ihr Magen niemals mitspielte und sie eine gesellschaftliche Niete war.

»Ich tue immer das Falsche«, weinte sie im Badezimmer, während Miss Medway ihr das Gesicht mit kühlem Wasser abwusch.

»Unsinn«, sagte Miss Medway. »Du wirst nur immer gleich zu nervös. Das gibt sich mit der Zeit.«

»Wirklich?« fragte Florence hoffnungsvoll.

»Natürlich. In höchstens zwei oder drei Jahren. Das verspreche ich dir.«

»Papa wird heute abend böse auf mich sein.«

»Kein bißchen. Er ist viel zu liebenswürdig. Viel zu liebenswürdig.«

Miss Medway wiederholte die Worte, als habe sie besondere Freude daran.

Und sie schien tatsächlich recht zu haben, denn kurz danach kam Papa ins Kinderzimmer, setzte sich zu Florence ans Bett, tätschelte ihr die Wange und sagte: »Das hätte schlimmer sein können, altes Mädchen. Mach dir keine Gedanken. Geht's dir jetzt wieder besser?«

Florence war von Dankbarkeit erfüllt und den Tränen nahe, obwohl Papa nur einen Augenblick blieb. Er nahm Miss Medways Arm und führte sie aus dem Zimmer.

»Schicken Sie Lizzie zu ihr«, hörte Florence ihn sagen. »Sie sollten sich nichts von dem Spaß da unten entgehen lassen.«

»Oh, aber kann ich das? Und ich glaube, es ist auch Zeit, daß Edwin ins Bett kommt.«

»Ist Lizzie nicht fähig, das zu übernehmen? Kommen Sie. Ich möchte, daß Sie sich amüsieren. Nebenbei, niemand hat mir bisher Ihren Vornamen gesagt.«

Miss Medways Stimme klang sehr leise, fast unhörbar.

»Mary.«

»Dann kommen Sie, Mary . . .«

Liebster Papa. Er wollte immer, daß alle Menschen glücklich sind. Er liebte das Glück. Er ist nicht für die Sorge geschaffen, hatte Mama einmal gesagt.

Später kam Mama an ihr Bett und beugte sich über sie. Sie sagte: »Florence, hättest du nicht ein bißchen vernünftiger sein können, als dich von Großmama mit Süßigkeiten vollstopfen zu lassen? Jetzt mußt du dafür büßen. Mach dir nichts draus, ich werde Papa bitten, für einen Augenblick hereinzuschauen.«

»Er war schon da«, sagte Florence schläfrig. »Mit Miss Medway.«

»Oh«, sagte Mama nach einer Pause und, wie es schien, von sehr weit her. »Ist Miss Medway nicht bei dir geblieben?«

»Papa ließ sie nicht. Ich glaube, er wollte, daß sie tanzt.«

Florences schwere Augenlider senkten sich, und in der Dunkelheit glaubte sie die Gestalten von Papa und Miss Medway zu sehen, die tanzend umherwirbelten, immer kleiner wurden, sich immer weiter entfernten, bis sie ganz verschwanden.

Ich muß morgen mit ihr sprechen, dachte Beatrice. Wenn eines der Kinder krank ist, ist es ihre Pflicht, bei ihm zu bleiben. Aber wenn William ihr befohlen hatte, nicht zu bleiben, natürlich nur aus reiner Freundlichkeit, mußte sie wohl gehorchen. Allerdings hätte er eher um das Wohl seiner Tochter besorgt sein müssen als um das von Miss Medway

Aber schließlich gab es jetzt keinen Spiegelsaal mehr, und Mary Medway war ein recht stilles kleines Ding, das auf William kaum einen Reiz ausüben dürfte. Außerdem war es eine so erfolgreiche Party, er hatte so viel Anerkennung gefunden. Kein Wunder, daß er wünschte, jedermann sollte an seinem Glück und seinem Triumph teilhaben.

Er hatte bewiesen, daß er kein Müßiggänger war. Er war jetzt eine Autorität in Kunstdingen. Er habe bereits Einladungen erhalten, vor verschiedenen Gremien zu sprechen, erzählte er Beatrice, nachdem die Gäste gegangen waren und sie allein im Musikzimmer saßen. Er beabsichtigte, die Kunstsammlung zu vervollständigen, die von seinen Vorfahren begonnen worden war.

Im Porzellanzimmer befand sich beklagenswert wenig englisches Porzellan, und die englischen Maler waren in ihrem eigenen Land schändlich vernachlässigt worden.

Es hatte sich herausgestellt, daß Miss Medway über beachtliche Kenntnisse in bezug auf Porzellan des achtzehnten Jahrhunderts verfügte.

»Wir waren im Porzellanzimmer, falls du dich gefragt haben solltest, wohin wir verschwunden waren«, sagte er in liebenswürdiger Unschuld. »Ich hoffe, du hast nicht geglaubt, ich würde unsere Gäste vernachlässigen.«

»Ich habe nur gedacht, Miss Medway hätte bei Florence bleiben sollen«, sagte Beatrice ruhig. »Das Kind hat eine unglückliche Veranlagung. Und Mama ist nicht davon abzubringen, daß man Kinder mit Essen vollstopfen soll. Aber es war eine nette Party, nicht wahr?«

»Phantastisch, Bea. Einfach phantastisch.«

Er hatte nicht gesagt, daß sie in ihrem neuen Kleid gut aussehe. Er hatte anscheinend auch nicht bemerkt, daß ihre Schultern sehr hübsch waren, obwohl er sie jetzt geistesabwesend berührte.

Seine Augen leuchteten. Er wirkte seltsam entrückt und doch glücklich.

»Man glaubt, das Buch wird gute Besprechungen bekommen. Nun, wir müssen Geduld haben.«

»Oh, ich bin sicher, sie werden gut sein«, sagte Beatrice begeistert. »Ich habe mich lange mit Mr. Aberconway unterhalten. Verleger sind doch nette Menschen!«

»Ich habe keine Ahnung, wie die übrigen sind, ein paar sind bestimmt Räuber. Aber ich garantiere dir, Aberconway ist in Ordnung. Worüber habt ihr gesprochen?«

»Ich schlug ihm vor, bei Bonningtons ein Sonderschaufenster über dein neues Buch zu machen. Ich dachte, wir könnten es mit Reproduktionen von einigen Bildern aufputzen, die du besprochen hast. Rembrandt, Fragonard, Tizian. Es würde ein hübsches Fenster geben.«

Zu ihrer Überraschung verdüsterte sich Williams Gesichtsausdruck.

»Ich wußte nicht, daß Bonningtons eine Buchabteilung besitzt.«
»Das haben wir nicht, aber . . .«
»Wie könnt ihr dann Bücher verkaufen? Außerdem verabscheue ich Reproduktionen großer Maler.«
»Aber, Liebling . . .«
»Nein, Bea. Dieses Mal komme ich ohne Bonningtons aus. Der Laden hat so wenig mit Kunst zu tun wie, entschuldige, seine Besitzerin. Gib's doch zu. Ich sage nur die Wahrheit. Museen und Kunstgalerien langweilen dich zu Tode.«

Beatrice war zutiefst verletzt. So hatte er noch niemals zu ihr gesprochen, als wäre sie ihm unerträglich. Vielleicht war ihr Vorschlag dumm gewesen. Er mußte gedacht haben, sie wolle ihm die Schau stehlen, wo sie doch nur mit ihm teilen wollte.

»Es tut mir leid, William. Vergiß es.«
»Du und dein toller Laden«, sagte er schon wieder etwas liebenswürdiger. »Ich und mein bescheidener Erfolg. Wir möchten nicht geheiligten Boden betreten.«
»Jetzt redest du Unsinn. Mr. Aberconway hielt die Idee nicht für so schlecht, aber es macht nichts. Kommst du jetzt zu Bett?«
Er gähnte. »Sofort. Ich bin müde, aber ich werde nicht schlafen können. Entschuldige, daß ich so undankbar erscheine. Ich verdiene es nicht, daß du so gut zu mir bist.« Er küßte sie, liebenswürdig und flüchtig, fast ohne ihre Lippen zu berühren. »Geh schon hinauf. Warte nicht auf mich.«

Sie zögerte, sie wollte ihm sagen, sie würde mit ihm zusammen aufbleiben, bis er bereit sei, schlafen zu gehen. Es war beinahe Morgen. Sie könnten im Garten spazierengehen und das Heraufdämmern des Morgens beobachten.

Aber am Ende sagte sie still gute Nacht. Sie handelte wie immer aus Intuition, aber jetzt war sie nicht mehr sicher, daß ihre Intuition richtig war.

Sie wußte, er würde in dieser Nacht nicht in ihr Bett kommen.

Seit neuestem hatte Beatrice wöchentliche Besprechungen aller Einkäufer angesetzt.

Die Einkäufer wurden ermutigt, eigene Ideen zu äußern.

Schließlich, wer kannte die Wünsche der Kunden besser als jene, die täglich mit ihnen zu tun hatten. Sämtliche Vorschläge wurden am runden Tisch besprochen, einige wurden angenommen, andere verworfen. Wichtige Neuerungen waren auf diese Weise durchgeführt worden. Beatrice geizte niemals mit Anerkennung, aber sie konnte es nicht vertragen, wenn man ihre Zeit mit hochfliegenden oder schlichtweg dummen Vorschlägen verschwendete.

Da jedermann dazu aufgefordert war, seine Meinung frei zu äußern, fragte sie sich, wer sich ihr wohl entgegenstellen würde, wenn sie heute morgen ihre neue Idee vortrug.

Wie sie sich hätte denken können, war es Adam Cope. Er hatte als einziger der Angestellten keine Angst vor ihr, und er mußte auch als einziger immer wieder davon überzeugt werden, daß jede Veränderung erwägenswert war. Alter verknöcherter Adam, immer ehrlich, immer anständig, immer anwesend. Loyalität. Diese Eigenschaft war vielleicht wichtiger als Brillanz.

»Ich setze voraus, Sie wissen um die Gewinnspanne bei Büchern, Miss Beatrice? Wir müßten große Posten verkaufen, um das Geschäft rentabel zu gestalten, und das bedeutete wiederum viel Platz. Außerdem kommen Bücher in unserem Firmenzeichen nicht vor.«

»Das könnte man ändern«, antwortete Beatrice. »Ich stelle mir einen Ladentisch im Erdgeschoß in der Nähe der Kurzwarenabteilung vor. Die Umschläge würden eine hübsche farbliche Note abgeben. Schließlich«, fügte sie sarkastisch ein, »haben wir ja Kunden, die lesen können.«

»Romane, Miss Beatrice?«

»Natürlich. Die Kunden, die im Laden umherspazieren, sind für gewöhnlich gelangweilte Frauen. Sie werden die neuesten Romane kaufen. Aber ich habe auch ernstere Werke im Auge. Wörterbücher, Reisebeschreibungen, Atlanten, Kunstbücher. Kinderbücher geben eine farbenprächtige Auslage ab. Und dann natürlich eine Anzahl religiöser Bücher, das sind Verkaufsschlager. Sie wissen alle, wie erfolgreich sich unsere Abteilung mit Trauerkleidung angelassen hat. Ich glaube, religiöse Bücher und Bibeln werden sich ebensogut verkaufen lassen.«

»Dazu braucht man eine Fachkraft«, sagte Miss Brown.

»Wovon es sicher eine ganze Menge geben wird. Ich kann mit dem Verleger meines Mannes sprechen. Ich bin sicher, er wird mir eine geeignete Person vorschlagen können.«

Sie war sich der geheimen Gedanken vollkommen bewußt, die sich hinter den höflichen Gesichtern abspielten. Wurde Miss Beatrices nüchterner Geschäftssinn vom Wunsch beiseite gefegt, ihrem Mann einen Gefallen zu tun? Aber weshalb sollten nicht auch Bücher ein Teil von Bonningtons Warenhaus sein? Sie verglich den Laden eben mit einem wohlgeordneten Haus, und jedes moderne Haus besaß eine Bibliothek.

»Ich habe vor, Handtaschen und Schirme weiter nach hinten zu verlegen und ein oder zwei Meter von den Kurzwaren wegzunehmen; Sie kommen doch mit weniger Platz aus, Miss Perkins, nicht wahr?«

»Meine Mädchen . . .«, begann Miss Perkins, doch dann hielt sie es für besser, dem Boss zuzustimmen. Trotz der Aufrichtigkeit, die bei den Zusammenkünften herrschte, widersprach niemand Miss Beatrice. Sie hatte so eine Art, ihre Vorschläge vernünftig klingen zu lassen, und meistens waren sie es auch. Außerdem besaß sie einen ungeheuer starken Willen. Niemand unterschätzte sie.

Miss Perkins fing an zu kichern. »Mein größtes Mädchen, Miss Oates, wird bald heiraten. Wir könnten vielleicht ein ziemlich kleines Mädchen einstellen, wenn sie uns verläßt. Ich muß sagen, dieses Mädchen ist das plumpeste Geschöpf, das mir jemals begegnet ist.«

Adam Cope, dessen Sinn für Humor ziemlich begrenzt war und der jede Äußerung für bare Münze nahm, stellte richtig: »Gewiß müssen wir weniger an die Verkäuferinnen als an die Waren denken.«

»Das, was wir bei Kurzwaren opfern, wird mehr als ausgeglichen durch den Verkauf am Bücherstand. Da bin ich ganz sicher. Wir müssen abwarten«, sagte Beatrice.

Einen Monat später wurde die Buchabteilung, ein kleiner farbenfroher Stand, eröffnet.

Es sei nur eine Vorahnung dessen, was einst daraus werden würde, sagte Beatrice. Aber es war ein Beginn. Und William war zu höflich, um nicht zur Eröffnung zu kommen, obgleich er enttäuschend wenig Begeisterung an den Tag legte. Schließlich war sein eigenes Buch vorrangig ausgestellt. Er hatte sich sogar lustlos dazu bereit erklärt, ein paar Exemplare zu signieren.

Beatrice war sich nicht ganz im klaren, ob er Publicity haßte oder nur Publicity in Bonningtons Warenhaus. Über die guten Besprechungen seines Buches in den Zeitungen war er jedenfalls höchst erfreut gewesen. Als sie ihm jedoch von ihrem Plan erzählte, hatte er gequält gesagt: »Aber warum, Bea? Warum denn? Es gibt eine Menge Buchhandlungen, in denen mein Buch verkauft werden kann.«

»Weil dies das Buch meines Mannes ist und ich ihn liebe«, antwortete sie. Eine einfache Feststellung, die er anscheinend als unangenehm und keiner Antwort würdig empfand.

Auch die Kinder waren bei der Eröffnung zugegen. Florence genoß jede Minute und besonders den Wirbel, den all die vornehmen und überspannten Damen Papas wegen machten. Papa sah allerdings ebenso unglücklich aus wie Edwin, wenn sich allzu viele Damen mit breitrandigen Hüten über ihn beugten, und war sichtlich erleichtert, als das vorüber war.

Später, als sie wieder mit Miss Medway im Kinderzimmer waren, gab es noch eine hübsche Überraschung.

Papa kam mit Geschenken. Etwas für jeden. Eine Puppe für Florence, Soldaten der Gordon Highlanders für Edwin und ein rotes Satinband für Miss Medway.

»Es wird Zeit, faß Sie etwas Fröhlicheres tragen«, sagte er. »Sie können nicht für immer trauern.«

Miss Medway errötete und sagte, Papa sei sehr freundlich.

Papa half ihr über die Verlegenheit hinweg, indem er leichthin sagte:

»Sie müssen verstehen, ich gebe das erste Geld aus, das ich jemals in meinem Leben verdient habe. Es ist ein bemerkenswert angenehmes Gefühl. Jetzt verstehe ich, weshalb es meiner Frau Freude macht zu arbeiten. Um des Vergnügens willen, all diese

Münzen klingen zu hören. Soll ich Ihnen das Band ins Haar binden?«

Miss Medway errötete noch tiefer und sagte, o nein, sie könne das sehr gut selbst.

»Sie werden es tun?«

»O ja. Bei passender Gelegenheit. Vielen Dank, Mr. Overton. Kinder, habt ihr euch bei eurem Papa bedankt?«

Edwin war höchst zufrieden mit seinen Soldaten, aber Florence ärgerte sich, daß ihr jedermann Puppen schenkte. Sie hatte bereits sechzehn. Niemals hatte sie jemand gefragt, ob sie diese Puppen überhaupt mochte. Sie sagten alle, Queen Victoria sei eine so große Puppenliebhaberin gewesen, sie habe sogar alle Kleider selbst genäht. Nanny Blair hatte Florence das Nähen beigebracht, bereits mit fünf Jahren war sie eine geschickte kleine Schneiderin. Was aber nicht bedeutete, daß sie den Rest ihres Lebens mit Nähen zubringen wollte.

Und wo war Mamas Geschenk?

Als sie Papa danach fragte, sagte er: »Sei nicht so neugierig.«

Florence zuckte innerlich zusammen. Der ungeduldige Ton in seiner Stimme hatte sie erschreckt, deshalb wagte sie nicht, das Thema nochmals anzuschneiden, als Mama glücklich und mit geröteten Wangen nach Hause kam.

Mama ging sofort ins Kinderzimmer, denn sie wußte, dort würde sie alle zusammen antreffen. Miss Medway hatte nicht lange abgewartet, um Papas Geschenk zu tragen. Sie hatte ihr dichtes, dunkles Haar mit dem roten Band hinten zusammengebunden. Sie sah ernst und sehr hübsch aus.

Mama entging niemals etwas. Sie bemerkte sofort Florences neue Puppe, Edwins Spielzeugsoldaten und das rote Band in Miss Medways Haar.

»Oh«, sagte sie, »hat hier jeder Geburtstag außer mir?«

Papa sprang auf und küßte sie auf die Wange.

»Es hat mir einen Heidenspaß gemacht, mein eigenes Geld auszugeben, Bea. Das erschien mir die beste Art der Feier zu sein. Und dich habe ich nicht vergessen.«

Er nahm Mamas Arm und führte sie aus dem Kinderzimmer hinaus, so konnte Florence das Geschenk nicht sehen.

Es war ein Perlenkollier, nach der neuesten Mode gearbeitet, die die Prinzessin von Wales eingeführt hatte. Es mußte eine Menge Geld gekostet haben.

Beatrice ärgerte sich über sich selbst, daß ihre Freude durch ihren praktischen Sinn getrübt wurde. Erstens war William unverantwortlich verschwenderisch, und zweitens schien dieses rote Band in Miss Medways Haar einen viel intimeren Charakter zu haben als dieses teure Perlenkollier.

Sie hatte das Gefühl, zu ersticken, als sie es sich um den Hals legte.

Aber sie bedankte sich herzlich und sagte, sie würde es am Abend tragen, obwohl man nur zu Hause esse.

Bevor William sie verließ, er blieb niemals lange in ihrem Zimmer, sagte sie unvermittelt: »Liebling, manchmal frage ich mich . . . ist Miss Medway wirklich die passende Gesellschaft für die Kinder?«

William blieb an der Tür stehen.

»Kommt mir erstklassig vor.«

»O ja, ich weiß, sie ist freundlich, aber vielleicht zu sanft? Ich meine, um mit Edwin fertig zu werden, der noch immer ein äußerst schwieriges Kind ist. Und vielleicht ist sie auch ein bißchen zu melancholisch, wozu sie ja natürlich allen Grund hat.«

»Dann ist es unsere Christenpflicht, sie aufzuheitern.«

»Mit roten Bändern?« stichelte Beatrice.

»Das ist eine Möglichkeit, Liebste.«

Liebste . . . Beatrices Herz tat einen Sprung. Wie lange war es her, daß William sie so genannt hatte?

Aber Perlen und Liebkosungen . . . Hatte er etwa ein schlechtes Gewissen?

Sie würde ihn nicht fragen, sie konnte es auch gar nicht, denn er war gegangen.

Das unangenehme an einer Gouvernante im Haus war, daß diese Frau mit am Tisch sitzen mußte. Die kritische und ihr feindlich gesinnte Mrs. Overton war schon schlimm genug gewesen. Dieses stille Geschöpf mit den niedergeschlagenen Augen war keinen Deut besser.

Wenigstens besaß sie so viel Anstand, beim Dinner das rote Band nicht zu tragen.

Bestimmt war Beatrices Mißtrauen nur das Ergebnis ihrer unbefriedigten Gefühle. William hatte sich immer zu fröhlichen, leichtherzigen, impulsiven Frauen hingezogen gefühlt. Jemand so Stilles wie Miss Medway konnte ihn nur deprimieren. Das Geschenk stellte nichts anderes als eine liebenswürdige Geste dar, wie er gesagt hatte. Es war nur der Versuch, sie aufzuheitern.

Man konnte sie nicht entlassen, denn dazu lag kein Grund vor. Und die Kinder, besonders Florence, liebten sie heiß.

Alles mußte so weitergehen wie bisher. Es machte Beatrice sehr glücklich, daß William erklärt hatte, er wolle Weihnachten zu Hause verbringen. Er fühlte sich bemerkenswert gesund, er hatte seit seiner Rückkehr aus Südamerika weder gehustet noch sich eine Erkältung zugezogen. Er wollte beweisen, daß er den Unbilden eines englischen Winters standhalten konnte.

So würde Weihnachten wenigstens einmal das Freudenfest sein, zu dem es bestimmt war.

Nur tief in ihrem Herzen war Beatrice unglücklich. William hatte es sich in dem blauen Zimmer so gemütlich gemacht, daß er selten in ihr Bett kam. Nach der Warnung des Arztes hatte er einfach Angst davor, sie könnte wieder schwanger werden. Das war alles.

11

Kurz vor Weihnachten brach eine Grippeepidemie aus. Die Hälfte von Bonningtons' Angestellten war krank. Miss Brown hatte sich gerade wieder erholt, als es Adam Cope erwischte, dann Miss Perkins und zwei andere Verkäuferinnen. Die übriggebliebenen erstickten fast in Arbeit. Beatrice hatte angeordnet, daß die Weihnachtsdekorationen so verschwenderisch wie üblich ausfallen sollten, wenn nicht sogar noch verschwenderischer, um gegen die nebligen Dezember anzukämpfen, gegen den Husten und die Erkältungen.

Die Streichholzverkäufer und andere ausgestoßene Bettler wurden hereingebeten, sie bekamen einen Teller heiße Suppe und ein Plätzchen zum Aufwärmen. Beatrice hatte einen kleinen Raum durch Vorhänge abteilen lassen. Sie wollte vermeiden, daß ihre Kunden ihre Großzügigkeit als Werbegag mißverstehen könnten.

Diese Einrichtung sprach sich allerdings im East End herum, und der tägliche Ansturm fröstelnder, zerlumpter Gestalten, einige davon fast noch Kinder, weitete sich zu einem Problem aus.

»Sie können den Laden nicht in ein Wohltätigkeitsinstitut verwandeln«, sagte Adam Cope brummig.

»Ich will, daß niemand weggeschickt wird«, antwortete Beatrice und stellte eigens eine freundliche Frau mittleren Alters ein, die das Essen an die Hungrigen austeilte. Es war ohnehin klar, daß diese Großzügigkeit nur bis Weihnachten dauerte.

Wie nicht anders zu erwarten, bemächtigten sich die Zeitungen dieser Geschichte. Zu Beatrices Verdruß erschien ein Artikel über »die unberechenbare Queen Bea und ihre Almosen für die Armen. Glaubt sie, die kindlichen Bettler von heute seien die Reichen von morgen? Oder schielt sie nach königlicher Anerkennung? Was auch immer ihre Motive sein mögen, man muß diesen Akt christlicher Nächstenliebe anerkennen, die Sorge für die Bedürftigen, in einer Zeit, in der wenige zuviel und sehr viele zuwenig haben.«

»Du bist verrückt, Bea«, sagte Mama und ließ sich schwerfällig auf einen der zierlichen, vergoldeten Stühle fallen. Die treu ergebene Miss Finch stand abwartend hinter ihr. »Was hätte dein Vater dazu gesagt?«

»Er wäre einverstanden gewesen«, sagte Beatrice und wußte natürlich, daß das nicht stimmte. O Gott, Bea, den Laden in ein Armenhaus zu verwandeln, hätte er gebrummt.

»Na, wennschon. Ich nehme an, du lädst mich für Weihnachten ein.«

Mit fortschreitendem Alter wurde Mama immer weniger vornehm. Eine bisher verborgen gebliebene Gefühlsroheit brach bei ihr durch.

»Natürlich, Mama. Du weißt doch genau, daß das beschlossene Sache ist.«

»Ich nehme an, diese Miss Medway wird mit uns am Tisch sitzen.«

»Gewiß, Mama, sprechen wir am Sonntag darüber. Ich habe jetzt gerade sehr viel zu tun.«

»Du bist verrückt«, sagte Mama noch einmal, und diesmal wußte Beatrice nicht, ob Mama damit den Schwanz von Bettlern meinte oder Miss Medway, die Waise ohne Familie, die ganz selbstverständlich dazu eingeladen wurde, mit ihren kleinen Schützlingen zusammen am Eßtisch zu sitzen. Es interessierte sie auch nicht. Man wußte neuerdings nie, welche Flausen Mama im Kopf hatte. Sie und diese Bohnenstange, die ihr überallhin folgte, erfanden einfach Dinge, um die Eintönigkeit ihres Lebens ein wenig aufzulockern.

Letzten Endes erwies sich Miss Medways Anwesenheit als Segen, denn am Weihnachtstag fühlte sich Beatrice elend, sie hatte Fieber und Kopfschmerzen. Sie wußte, nun hatte auch sie die Grippe. Wie ärgerlich! Glücklicherweise hatte sie wenigstens die letzte hektische Woche im Geschäft noch überstanden. Miss Medway sorgte in ihrer stillen Art dafür, daß alles im Haus festlich hergerichtet wurde. Sie und William und die Kinder hatten den Christbaum sehr hübsch geschmückt, dann hatten sie einen langen Spaziergang in die Heide gemacht und Stechpalmenzweige gesammelt, die jetzt die Halle und das Treppengeländer schmückten. Overton House wirkte so fröhlich wie schon lange nicht mehr. Es hätte das glücklichste aller Weihnachtsfeste werden können. Selbst Mama, die mit Truthahn und Plumpudding und Brandy beladen eintraf, war bester Laune. Und Miss Medway hatte endlich ihre Trauerkleidung abgelegt. Sie trug ein hübsches Kleid, in dem sie bezaubernd aussah. Sogar Florence war so glücklich, daß sie einmal keine Magenverstimmung davontrug.

Bea nahm das alles wie durch einen Schleier wahr. Ihr Kopf schmerzte unerträglich. Nach dem Dinner, bei dem sie sich lediglich zum Schein mit ihrem Essen beschäftigt hatte, entschuldigte sie sich und ging zu Bett. Niemand sollte sich ihretwegen Sorgen machen. Die Kinder durften länger aufbleiben, mit ihren Geschenken spielen und so viel Lärm machen, wie sie mochten.

Später hörte sie fröhliches Gelächter. Die Kinder hatten sich vermutlich ihre Papierhüte aufgesetzt. Nach einer Weile ertönten Weihnachtslieder, Miss Medways klarer Sopran erhob sich über die piepsigen Kinderstimmen und Mamas Gebrumm.

Bei den Klängen von »Stille Nacht« schlief sie ein. Sie erwachte im Dunkel der Nacht, ihr war heiß und unbehaglich. Sie fragte sich, ob wohl jemand nach ihr gesehen hatte. Oder hatte man sie ganz vergessen? Sie griff nach der kleinen Porzellanglocke neben ihrem Bett. Hawkins kam sofort, nachdem sie geläutet hatte.

»Wie fühlen Sie sich jetzt, Ma'am?«

»Miserabel. Würdest du bitte das Feuer im Kamin wieder anzünden, Hawkins? Und sag Annie, sie soll mir einen heißen Grog machen. Sie weiß, wie ihn mein Mann liebt, wenn er erkältet ist.«

»Es ist Mitternacht, Ma'am. Alles schläft. Ich werde selbst hinuntergehen und Ihnen etwas Heißes holen. Möchten Sie sonst noch etwas?«

»Nein, danke, Hawkins. Daß es schon Mitternacht ist!«

Hat jemand nach mir gesehen, wollte sie fragen. War mein Mann hier?

Aber er mußte sich von ihr fernhalten, er steckte sich allzu rasch an.

Hawkins war ohnehin schon in die Küche hinuntergegangen. Das Haus war still. Nein. Nicht ganz. Eine Bohle knarrte auf dem Gang vor ihrer Tür.

Ihr Herz schlug rascher. William kam, um nach ihr zu sehen. Sie mußte ihm verbieten, weiter als bis zur Tür zu kommen. Sie setzte sich im Bett auf, aber die Tür blieb geschlossen, nichts regte sich mehr.

Hawkins hatte sich geirrt, als sie sagte, alle schliefen schon. Oder das Haus knarrte nur, wie es alte Häuser oft tun.

Der bescheidene, aber doch zufriedenstellende Erfolg seines Buches hatte William eine gewisse Reife verliehen. Die reizvolle Jungenhaftigkeit, die Beatrice immer so beglückt hatte, war dahin.

Sie zeigte sich nur noch in den wenigen Stunden, in denen er mit den Kindern herumtollte. Aber diese Stunden waren sehr selten. Er war eigenartig still geworden, beinahe traurig.

Traurig weshalb? Über eine Ehe, die ihm noch immer gegen den Strich ging? Aber sie waren doch glücklich. Oder zumindest ebenso glücklich wie die meisten anderen Paare. Er hatte den ganzen Winter über nicht einmal den Wunsch geäußert fortzugehen. Er schien zu Hause sehr glücklich zu sein. Nur manchmal glaubte Beatrice einen verlorenen Ausdruck in seinen Augen wahrzunehmen.

Wenn sie nur miteinander reden würden, dachte Beatrice sehnsüchtig. Aber sooft sie den Versuch unternahm, eine ernsthaftere Unterhaltung zu beginnen, erstickte er sie schon im Keim durch seinen leichtfertigen Witz. Sie schätzte diesen Witz keineswegs, es war so eine Angewohnheit, die er sich seit neuestem zugelegt hatte.

Ihre alles beherrschende Liebe machte sie schon in kleinen Dingen ungeheuer empfindlich. So regten sich zum Beispiel Besitzansprüche, wenn sie ins Kinderzimmer trat und William dort antraf, der versunken zuhörte, wie Miss Medway den Kindern Märchen vorlas oder Chopin-Etüden auf dem Klavier spielte, das für Florence angeschafft worden war.

Außer Fingerübungen sollte Florence die Klavierwerke der besten Komponisten erlernen, sagte William, und es war offensichtlich, daß im Grunde er es war, der sich an Miss Medways Spiel erfreute. Sie schien eine recht gute Pianistin zu sein. Beatrice konnte sich kein Urteil erlauben, denn ihre eigene Musikkenntnis war nur sehr dürftig. Bedauernd stellte sie fest, daß auch das eine Barriere zwischen ihr und ihrem Mann darstellte.

Als das milde Licht des Frühlings den Abendhimmel überzog und Beatrice nach einem langen Tag in dem stickigen Laden im Garten umherging, um frische Luft zu schöpfen, kam es ihr so vor, als läge dauernd das melancholische Echo von Chopin-Balladen in der Luft und vermischte sich mit dem Abendgesang der Vögel. Krokus und Schneeglöckchen waren schon verblüht, der japanische Kirschbaum stand in voller Blüte, die Luft war süß und frisch, endlich befreit von den erstickenden Winternebeln.

Sie liebte Overton House und seinen stillen, umfriedeten Garten immer mehr. Manchmal stand sie am Morgen eine halbe Stunde eher auf, um über das taunasse Gras zu gehen und dem Gurren der Tauben und ihrem Flügelschlagen zuzuhören, das wie das Knattern gestärkter Tücher klang. In diesen Augenblicken war sie nicht einsam. Aber sie war sehr einsam am Abend, wenn William Miss Medways Märchenstunde oder Klavierspiel einem Spaziergang mit ihr im Garten vorzog.

Es sei so wunderbar, redete sie sich immer wieder ein, daß William nun schon so lange Zeit zu Hause war. Sein Glück ging ihr über alles. Daher verschloß sie sich absichtlich dem gelegentlich auftauchenden Mißtrauen. Es war außerdem völlig unbegründet. Denn Miss Medway war keine munter drauflosflirtende Laura Prendergast. Sie war im Gegenteil recht langweilig. Bei Tisch machte sie kaum den Mund auf. Sie bildeten ein trübseliges Trio, die Unterhaltung floß zäh und schwerfällig.

Beatrice beschloß, die Kinder in Internate zu schicken, sobald sie alt genug dazu waren. Dann wäre man endlich frei von der lähmenden Gegenwart einer Gouvernante. Und vielleicht würde William dann auch wieder mit ihr reden.

In der Zwischenzeit geschah etwas Unangenehmes.

Eines Abends kam sie ein wenig früher als sonst nach Hause und fand die Kinder allein im Kinderzimmer, wo sie fürchterlich miteinander stritten. Jedenfalls machte Edwin einen Riesenlärm, während Florence mit kalkweißem Gesicht dastand, eine Weidenrute in der Hand, und sich standhaft weigerte, seinen Befehlen zu gehorchen. Anscheinend spielten sie Zulukrieg, und Edwin wollte nicht der Zulukaffer sein. Ihm gefiel es viel besser, den englischen Kavallerieoffizier zu spielen, der die nur mit einer armseligen Weidengerte bewaffnete Florence niederschoß.

»Mama, es ist ungerecht, daß Edwin immer gewinnen soll. Warum kann ich nicht mal der Engländer sein?« rief sie zornig.

»Du kannst nicht reiten«, sagte Edwin ungeduldig.

»Das ist doch nur ein Spielzeugpferd, du dummer Junge«, antwortete sie und deutete auf sein hölzernes Steckenpferd.

»Kinder, Kinder, seid still!« befahl Beatrice. »Wo ist Miss Medway?«

»Sie hat sich hingelegt, weil sie Kopfschmerzen hat«, antwortete Florence. »Sie ist heute zu viel gegangen, daher kommt das.«

»Ach, wo seid ihr denn gewesen?«

»Papa hat uns auf die Heide mitgenommen, um Schmetterlinge zu fangen. Er sagte, es sei warm genug, die ersten könnten schon ausgeschlüpft sein. Aber dann mußten Edwin und ich beim Teich bleiben, weil wir zu viel Lärm machten.«

»Ganz allein?« fragte Beatrice.

»Nicht lange, Mama. Edwin war nur sehr schlimm, er hat sich die Füße naß gemacht. Er hat sie mit Schuhen ins Wasser getunkt! Und da wurde Papa sehr böse, und Schmetterlinge haben sie auch keine gefangen. Da sind wir wieder nach Hause gegangen.«

Florence wurde zu vorlaut, dachte Beatrice flüchtig. Dann wanderten ihre Gedanken zu jenen vergangenen Tagen – sie lagen weit zurück und waren so kurz gewesen –, als sie und William ihre kleinen, flatternden Opfer auf der Heide verfolgt hatten. Wie konnte er es wagen, das gleiche mit Miss Medway zu tun. Wie konnte er es wagen!

Sie zitterte vor Zorn. Sie läutete, und als Lizzie erschien, sagte sie scharf: »Lizzie, ich komme nach Hause und finde die Kinder hier allein.«

»Entschuldigen Sie, Ma'am. Ich war in der Küche damit beschäftigt, Tee zu machen. Ich dachte, Miss Medway sei bei ihnen.«

»Dann geh und bring den Tee herauf. Ich glaube, Miss Medway hat sich hingelegt. Sage ihr, ich möchte sie sofort im Frühstückszimmer sprechen. Kopfschmerzen hin oder her.«

»Mama«, sagte Florence zaghaft, nachdem sich die verwirrte Lizzie unter Verbeugungen zurückgezogen hatte. »Bitte, sei nicht böse auf Miss Medway. Es war Edwins Fehler, daß er seine Füße naß gemacht und seine Schuhe ruiniert hat. Er ist wirklich alt genug, um das besser zu wissen.«

»Vielleicht«, sagte Beatrice. Abwesend zerzauste sie Edwins Locken. Er war ihr hübscher Liebling. »Aber es war Miss Medways Fehler, euch allein zu lassen. Nun, Florence, schmoll nicht. Das ist eine sehr häßliche Angewohnheit. Hilf Edwin, seine Soldaten zusammenzupacken, damit Lizzie den Tee auf den Tisch stellen kann.«

»Aber ich darf sie ja nicht anfassen«, jammerte Florence, als Beatrice schon das Kinderzimmer verlassen hatte und mit entschlossenen Schritten den Gang entlang auf das Frühstückszimmer zuging.

Heute morgen hatte etwas über den Ehebruch des Führers der Irischen Partei, Charles Stewart Parnell, mit einer Frau namens Kitty O'Shea in der Zeitung gestanden. Zweifellos eine schrecklich intrigante Frau.

Weshalb mußte sie gerade in diesem Augenblick daran denken?

Zehn Minuten später stand Miss Medway vor ihr. Sie trug das züchtige, hochgeschlossene braune Kleid, in dem sie vor beinahe einem Jahr in Overton House angekommen war. Sie sah sehr jung und verletzlich aus, und sie hatte geweint. Ganz gewiß waren ihre Augen nicht von den Kopfschmerzen so rot.

Nach siebenjähriger Beschäftigung mit Männern und Frauen aller Altersstufen war Beatrice sehr gut in der Lage, die Schuld zu erkennen, wenn sie sich ihr so ungeschminkt offenbarte.

Einen Augenblick verlor sie beinahe den Mut. Wenn sie das nur hätte übersehen können, wenn sie alle drei nur so friedlich hätten weiterleben können wie in den letzten Monaten, wenn sie weiterhin so tun könnten, als sei nichts geschehen, als habe William seine Wanderlust endgültig überwunden und ziehe es vor, aus Liebe zu seinem Heim und zu seiner Frau zu Hause zu bleiben . . .

Aber sie hatte ihre Augen schon zu lange Zeit absichtlich geschlossen. Das erkannte sie in diesem Augenblick. Sie hatte die Anzeichen übersehen, und jetzt mußte sie für ihre Blindheit bezahlen. Leider würde Miss Medway nun das Haus verlassen müssen.

»Florence hat mir gesagt, daß Edwin ein Paar Schuhe im Teich auf der Heide kaputtgemacht hat, Miss Medway. Sind Sie sich darüber im klaren, daß er sich hätte ernsthaft erkälten können, ganz zu schweigen vom Ertrinken. Ich bin sehr unzufrieden mit Ihnen.«

Ihre Stimme war ruhig und beherrscht, aber mit einem eisigen Unterton, den die Angestellten in Bonningtons zu respektieren gelernt hatten. Sie schämte sich dennoch ihrer grimmigen Befriedigung darüber, daß die zarte Gestalt ihr gegenüber zu zittern anfing. Es war dumm zu glauben, sie könne den Kummer, der sie überwältigte, dadurch lindern, daß sie diese schlechte Frau quälte.

Schlecht?

Nicht einmal im Zorn konnte sie das wirklich glauben. Natürlich hatte sich der kleine Dummkopf in William verliebt. Da konnte sie vermutlich gar nichts dafür.

Aber hatte William sie ermutigt?

In dieser Frage lag die Wurzel ihres Leids.

Miss Medway hob ihre in Tränen schwimmenden Augen und blickte Beatrice tapfer ins Gesicht.

»Es tut mir leid, Mrs. Overton. Ich gebe zu, ich habe mir etwas zuschulden kommen lassen. Aber ich, wir dachten, den Kindern könnte in so kurzer Zeit nichts geschehen. Da war etwas . . .«

Dann war es mit ihrer Fassung vorbei, sie konnte nicht weitersprechen. Sie schlug die Hände vors Gesicht und schluchzte so verzweifelt, daß Beatrice alle Mühe hatte, ihr aufsteigendes Mitleid zu unterdrücken.

»Nun, ist ja schon gut, Miss Medway. Was auch immer geschehen ist, so schlimm kann es doch nicht sein. Ich nehme an, Sie haben sich in meinen Mann verliebt.«

Der gebeugte dunkle Kopf nickte heftig.

»Nun, deswegen kann ich Sie nicht allzusehr tadeln.« Beatrice klammerte sich an ihren Schmerz und ihren Zorn. »Ich selbst liebe ihn sehr, und ich habe immer gedacht, jedermann müsse ihn lieben. Sie sind auch nur ein Mensch, wie Sie mir sicherlich jetzt gleich selbst sagen werden. Aber natürlich bedeutet das, daß Sie gehen müssen. Sie wissen das, nicht wahr?«

»Ja, ich weiß das, Mrs. Overton. Natürlich.«

»Das unangenehme ist nur, Sie erwarten ein Baby«, hörte sich Beatrice in weiblicher Eingebung sagen. Jedes Wort brannte ihr in der Kehle wie Feuer.

»Nein! Das heißt – Sie sollten es nie erfahren. Ich wollte fortgehen, sobald ich etwas gefunden hatte. Nur heute auf der Heide, als ich es Wil . . . ich meine, Mr. Overton erzählte . . .«

Die zittrige Stimme verstummte ganz, und wieder erriet Beatrice scharfsinnig die fehlenden Worte. William hatte sich geweigert, sie gehen zu lassen. Er hatte gesagt, er würde mit seiner Frau sprechen.

Und ob er das würde!

»Mrs. Overton, können Sie mir jemals verzeihen?«

Beatrice übersah die verzweifelt flehenden Augen. Sie hatte genug von Gefühlen. In diesem Augenblick beschloß sie, niemals mehr sentimental zu werden, nicht einmal, wenn es ihren treulosen Ehegatten betraf.

»Nein. Ich bin überrascht, daß Sie mich das überhaupt fragen können.« Sie fuhr fort, mit seltsam spröder Stimme zu sprechen, als sei sie ein Richter, der von der Höhe seines Richterstuhls auf einen Angeklagten niederblickt.

»Aber Sie sind nicht die erste, der so etwas passiert. Ich hatte verschiedene Mädchen in meinem Geschäft, denen ich diskret geholfen habe, und ich werde vielleicht sogar Ihnen helfen, wenn ich meinen Zorn überwunden habe. Doch jetzt möchte ich Sie nicht mehr in diesem Haus sehen. Gehen Sie, und packen Sie sofort Ihre Sachen. Ich wünsche, daß Sie sich weder von den Kindern noch von meinem Mann verabschieden. Ich werde die nötigen Erklärungen abgeben.«

Wie zu erwarten, fiel das Mädchen natürlich in diesem Augenblick in Ohnmacht. Sie lag lang ausgestreckt auf dem türkisfarbenen Teppich, alle Farbe war aus ihrem Gesicht gewichen, die langen dunklen Wimpern bildeten scharfe Kontraste auf den blassen Wangen. In diesem Augenblick wurde sich Beatrice schmerzvoll der zerbrechlichen Schönheit bewußt, die für William so anziehend war. Doch wer wußte wirklich, wer der Verführer gewesen war? Ihr flatterhafter Ehemann oder dieses bescheidene, stille Geschöpf, das der Hauch der Unschuld umgab?

Das alte klassische Melodrama, dachte sie angeekelt, der Herr und die Dienstmagd. Vor allem durfte sie jetzt keines der Dienstmädchen rufen. Sie war sehr wohl in der Lage, mit einer Bewußtlosen fertig zu werden. Sie hatte immer ein Fläschchen mit Riechsalz in der Tasche.

Der scharfe Geruch brachte Miss Medway ins Bewußtsein zurück. Sie raffte sich auf und entschuldigte sich sofort für ihr dummes Benehmen.

»Ich bin sonst nicht zu schwach. Der heutige Tag war nur so schwer. Heute abend wollten wir es Ihnen sagen . . .«

Wir?

Beatrice hatte nicht die Absicht, ein Dreiecksgespräch zu führen. Sie würde mit William allein sprechen.

»Großer Gott!« rief sie im Ton von Papa.

Als Miss Medway bei diesem Ton zusammenzuckte, hatte sie sich schon wieder in der Kontrolle.

»Ich werde Ihnen Tee aufs Zimmer schicken lassen, Miss Medway, und danach werden Sie hoffentlich in der Lage sein, zu packen. Ich werde später zu Ihnen hinaufkommen und Ihnen mitteilen, wo Sie die Nacht oder die nächsten Tage verbringen können. Sehen Sie mich nicht so überrascht an. Ich bin kein Ungeheuer. Ich werfe niemanden auf die Straße, aus welchem Grund auch immer.«

Und der Grund war schwerwiegend, die Provokation ungeheuerlich. William und dieses Flittchen, nackt, die Kleider zu Boden geworfen, bei der Ausübung dieses zutiefst intimen Aktes der Ehe, den sie selbst so oft entbehren mußte. Die Vorstellung war so lebhaft, daß sie für einen Augenblick schreckliche Schwäche befiel. Sie fürchtete, gleich Miss Medway in Tränen auszubrechen.

Ich heiratete meinen Mann in der Absicht, mir seine Liebe zu erringen, aber es gelang mir nicht, wer trägt also die Schuld? wollte sie ausrufen.

Glücklicherweise hielt sie ihre Ehrlichkeit unter Kontrolle. Sie war immer stolz auf ihre Ehrlichkeit gewesen, aber von jetzt an würde sie klüger, scharfsinniger, verschlagener sein. Irgendwie würde es ihr gelingen, mit dieser erbärmlichen Situation fertig zu werden, ohne die Freundschaft ihres Mannes zu verlieren. Seine Liebe hatte sie ja nicht zu verlieren. Wenigstens wollte sie dafür sorgen, daß nicht alles von einer leichtfertigen Gouvernante zerstört wurde. Das wäre einfach undenkbar. Williams Leidenschaften waren vorübergehende Affären. Auch diese würde verblassen. Selbst die Schwierigkeiten mit dem Baby würden sich legen. Wenn nötig, wollte sie selbst für gute Adoptiveltern sorgen.

Aber Miss Medway mußte noch heute abend das Haus verlassen. Man sollte Dixon lieber eine Nachricht zukommen lassen, daß er die Kutsche bereithielt.

Sie sah, daß das Mädchen keinerlei Anstalten machte zu gehen, deshalb sagte sie scharf: »Kommen Sie, Miss Medway. Sie sind kräftig genug, um meinen Anweisungen nachzukommen. Gehen Sie jetzt, und fangen Sie an zu packen . . .«

»O nein, Bea. Einen Augenblick«, ertönte Williams Stimme von der Tür her. Wie lange stand er schon dort? Wieviel hatte er gehört?

»Mary wird dieses Haus nicht verlassen«, sagte er.

Mary! Das mußte der Augenblick gewesen sein, in dem ihr die ganze Schrecklichkeit der Situation bewußt wurde, denn sie fühlte nichts als lähmendes Entsetzen, als William neben Miss Medway trat und wie beschützend seinen Arm um ihre Schultern legte. Sein Gesicht strahlte voll liebender Zärtlichkeit. Niemals, dachte Beatrice bitter, hatte er sie so angesehen.

»Weshalb siehst du mich nicht so an?« rief sie aufweinend und wußte zugleich, daß sie in diesem Augenblick die Herrschaft über die Situation verloren hatte.

William sah sie voll tiefer Reue an, schließlich war er der liebenswürdigste Mann. Auch Miss Medway besaß die Unverschämtheit, sie mitleidvoll anzusehen. Jetzt, mit Williams Arm um ihre Schultern, fühlte sie sich stark.

Ein Funken von Überlegenheit blieb Beatrice allerdings noch. Sie konnte den Ehering an ihrem Finger drehen und, indem sie etwas von ihrer Selbstbeherrschung zurückgewann, sagen: »Miss Medway muß gehen, William. Das kannst du doch sicherlich nicht bestreiten.«

»Aber sie kann nicht, Bea. Sie erwartet mein Kind.«

»Na und?« sagte Beatrice kalt. »Diese unglückselige Situation ist kaum neu. Ich denke, damit kann man fertig werden.«

Sie erkannte plötzlich, daß William selbst erst heute von dieser Tatsache erfahren hatte. Das erklärte seine überschwengliche Zärtlichkeit. Seine erste Reaktion mußte sein, das Mädchen zu beschützen, das er ins Unglück gestürzt hatte. Und das würde er auch tun. Schließlich war er trotz allem ein Gentleman.

Allerdings viel zu sehr ein Gentleman, denn er schien zu beabsichtigen, Miss Medway zu heiraten.

Beatrice traute kaum ihren Ohren.

»Dann hast du also vor, Bigamie zu begehen?«

»Nein, Bea, stell dich nicht so dumm. Du weißt, daß ich dich bitten muß, dich von mir scheiden zu lassen. Ich wollte das heute abend tun, da Mary mir erst heute gesagt hat . . .«

»Und wovon willst du leben?« unterbrach ihn Beatrice und gab sich sehr interessiert.

»Oh, ich werde weiterschreiben. Aberconway hat mir bereits ein verlockendes Angebot für mein nächstes Buch unterbreitet.«

»Wenn man bedenkt, daß du für das erste sieben Jahre gebraucht hast«, murmelte sie. »Bietet er dir genug, daß du davon sieben Jahre lang leben kannst?«

»Sei nicht sarkastisch, Bea. Ich habe meine Tantiemen. Und ich werde noch andere Dinge tun. Du und die Kinder, ihr müßt natürlich in Overton House bleiben. Ich bin bereit, dir mein Besitzrecht zu überschreiben, damit du es für Edwin verwaltest.«

Einst war er zu dem Opfer bereit gewesen, ein einfaches junges Mädchen zu heiraten, das er nicht liebte, um sein wertvolles Heim zu retten. Welche Veränderung hatte diese nichtswürdige Gouvernante in ihm bewirkt?

Aber zurück zu den Tatsachen!

»Bei deinem Lebensstil, mein lieber William, wäre es dir nicht möglich, auch nur ein paar Monate, geschweige denn Jahre, zu existieren. Du wärst arm. Und das kann ich einfach nicht zulassen. Schließlich haben wir aus genau diesem Grund geheiratet. Hast du das vergessen? Wir beide haben einen Vertrag geschlossen. Und ich halte mich an Verträge, besonders an legale. Daher«, sagte sie abschließend, »wird es keine Scheidung geben.«

»Du sprichst unter Schockeinwirkung, Bea. Wenn du darüber nachgedacht hast . . .«

»Du hast meine Antwort jetzt«, sagte Beatrice.

»Aber Mary und ich lieben einander!«

Seine verheerende Aufrichtigkeit war beinahe unerträglich. Es war das erste Mal, daß sie ihn von Liebe sprechen hörte.

»Ich fürchte, dieses Gefühl würde unter den gegebenen Umständen nicht überleben. William, du mußt wirklich ein bißchen praktischer denken. Was ich über die Scheidung gesagt habe, ist mein Ernst. Du wirst doch einen Skandal vermeiden wollen und nicht etwas so Dummes tun, heute abend dieses Haus zu verlassen. Wir müssen wegen des Kindes Vorkehrungen treffen. Wann soll es kommen?«

»Irgendwann im September«, sagte Miss Medway schwach.

So hatten sie einander also an Weihnachten geliebt, während sie krank war. Ihre Fieberphantasie, daß die Bohlen im Gang unter nächtlichen Schritten geknarrt hatten, war alles andere als eine Wahnvorstellung gewesen.

Und wie oft war es seitdem geschehen?

»Dann haben wir noch fünf Monate«, sagte sie nüchtern. »Da Sie sehr zart sind, Miss Medway, ist es gut möglich, daß man noch zwei weitere Monate von Ihrem Zustand nichts bemerkt.«

»Ich weiß nicht, was du vorhast, Bea«, sagte William. »Aber dies ist mein Kind, und ich beabsichtige nicht, es aufzugeben. Und ich werde auch Mary nicht verlassen.«

Beatrice fiel der bockige Ton in seiner Stimme auf. Aber sie glaubte auch, ein tiefes Unbehagen unter seiner zur Schau gestellten Beharrlichkeit wahrzunehmen. Sie kannte ihn zu gut. Er haßte Schwierigkeiten. Er hatte immer den leichteren Weg bevorzugt. Sein besorgtes Stirnrunzeln ließ erkennen, daß er sich dessen wohl bewußt war, was vor ihm lag, wenn er an seinen noblen Vorsätzen festhielt.

Ein zurückgezogenes Leben mit einer Frau, die er nicht heiraten konnte, ein unehelich geborenes Kind. Armut, von seinen Freunden verlassen und aus seinem Klub ausgeschlossen, der dauernde Verzicht auf seine luxuriösen Auslandsreisen.

Ganz zu schweigen davon, daß er in fünf Jahren längst an Lungenschwindsucht gestorben sein konnte.

Sie konnte es einfach nicht zulassen, daß ihrem sanftmütigen, empfindlichen, geliebten, treulosen Mann all das zustieß. Sie würde um jeden Fußbreit kämpfen, und sie hatte alle Waffen in der Hand . . .

Außer der Liebe.

Sie mußte gewinnen, aber sie wußte, sie war bereit, beinahe jede Konzession zu machen, um seinen Schmerz zu lindern.

Tatsächlich hatte ihr logischer Verstand bereits erkannt, daß es nur einen möglichen Ausweg gab. Die Ungeheuerlichkeit erschreckte sie fast. Würde sie dazu fähig sein? Sie mußte rasch reden, bevor sie Mutlosigkeit überfiel.

»Jetzt hört mir mal beide zu. Dies ist eine bejammernswerte Situation, aber sie ist nicht aussichtslos. Es gibt einen Weg, um einen Skandal zu vermeiden und das Kind zu schützen. Du und ich, William, wir müssen das Kind adoptieren. Es muß *unser* Kind sein.«

Miss Medway war so still wie ein Geist, sie hörte nur zu. Aber Williams Kinn hob sich angriffslustig.

»Bea, du bist eine berühmte Organisatorin, das wissen wir alle. Aber du kannst nicht das Kind einer anderen Frau zur Welt bringen.«

»Natürlich nicht. Allerdings kann ich so tun als ob. Und es wäre nicht das erste Mal, daß so etwas geschieht.« (Allerdings gewiß nur bei Frauen, die ihre auf Abwege geratenen Männer trotz allem liebten.) »Als erstes müssen wir ins Ausland verreisen.«

»Wir?«

»Miss Medway und ich. Jeder weiß, daß ich komplizierte Schwangerschaften hatte. Es wäre nicht verwunderlich, wenn mein Arzt mir vorschlägt, die letzten drei Monate vor der Geburt in einer ruhigen Pension in der Schweiz oder in Italien zu verbringen. Das ist wirklich ganz einfach.«

»Bea, das kann nicht dein Ernst sein.«

»Oh, doch.« Traurig bemerkte sie seinen ungläubigen Blick.

»Du sprichst von Liebe. Auch ich spreche von Liebe. Wenn es

dich glücklicher macht, das Kind wird als ein Overton zur Welt kommen. Denn du mußt einfach einsehen, daß ich mich niemals von dir scheiden lasse.«

William antwortete nicht. Er stand stocksteif da, sichtlich von Zweifeln hin und her gerissen. Erst als Miss Medway in haltloses Schluchzen ausbrach, erwachte er wieder zum Leben. Zärtlich legte er seinen Arm wieder um sie und drückte seine Lippen in ihr Haar.

Er besaß weder Scham, dachte Beatrice wütend, noch achtete er ihre Gefühle. Nur die Gefühle dieser verkommenen Mary Medway mußten geachtet werden. Dieses Mädchen, das ihn mit einer roten Haarschleife verführt hatte, mit ihren Chopin-Balladen, ihrer sanften Stimme . . .

»Wenn ich heute abend dieses Haus nicht verlasse, wird auch Mary nicht gehen«, sagte William endlich ganz sanft.

Beatrice nickte.

»Einverstanden. Falls wir meinen Vorschlag ernsthaft in die Tat umsetzen wollen, wird Miss Medway noch weitere zwei Monate hierbleiben müssen. Sie braucht fülligere Kleider, ich auch. Wie schade, daß die Krinoline außer Mode ist. Sie war eine so wunderschöne Tarnung.«

»Sie wollen alles haben, Mrs. Overton! Alles!« brach es aus Miss Medway heraus.

»Ich kann Ihnen versichern, diese Situation wollte ich nicht«, antwortete Beatrice.

»Dann stell dich uns nicht in den Weg«, bat William. »Hab ein bißchen Erbarmen.«

»Erbarmen!« rief Beatrice aus. »Gott, das kann ich nicht mehr hören. Oder würdest du vielleicht ein altes Weib aus den Hintergassen von Paddington als Pflegemutter deines Kindes vorziehen?«

»Bea!«

»Nun, verdient ihr beide eine solche Bemerkung nicht? Ist sie nicht realistischer als hochfliegende Worte wie Erbarmen? Ich versichere euch, ich habe eine Menge Erbarmen mit Leuten, die es verdienen. Aber gerade jetzt ist es zuviel verlangt.«

Irgendwie mußte sie die lange Nacht durchstehen. Würde sie ihren Mann verlieren, oder halste sie sich nur noch ein weiteres, sehr unwillkommenes Kind auf?

Und was geschah mit der armen Mary Medway? In der Tat arm! Denn sie hatte die Verfehlung begangen, sie mußte dafür büßen.

Wer konnte schon William widerstehen, wenn er verführen wollte? Bei ihr, seiner Frau, hatte er seine Verführungskünste niemals anwenden müssen, denn sie war ihm immer allzu bereitwillig in die Arme gesunken.

Vielleicht lag darin ihr Fehler.

Aber irgendwann einmal, im Laufe der vielen Jahre, die noch vor ihnen lagen, würde er sich verzweifelt und voller Liebe ihr zuwenden. Die Zeit war ihre Verbündete.

Sie mußte sich an diese Wunschvorstellung klammern. Andernfalls wäre ihr Leben eine trostlose Wüste, null und nichtig, bankrott, nicht wert, daß man es weiterführte.

Um elf Uhr klopfte Hawkins an ihre Schlafzimmertür.

»Ich habe nicht geläutet«, sagte Beatrice.

»Nein, Ma'am, aber Annie sagte mir, Sie hätten Ihr Dinner kaum angerührt. Und da wollte ich mich erkundigen, ob Ihnen vielleicht nicht gut ist.«

»Ich hatte einen anstrengenden Tag, das ist alles, Hawkins. Ich glaube, ich sollte Ferien machen.«

»Oh, Ma'am, tun Sie das. Erst neulich haben wir unten gesagt . . .«

Beatrice unterbrach sie scharf: »Ich hoffe, ihr klatscht nicht herum.«

»O nein, Ma'am, wir haben uns nur Sorgen gemacht, weil Sie so schwer arbeiten.«

»Nun, dann wird es euch ja freuen, daß ich beabsichtige, ausgedehnte Ferien zu machen.«

»Ich freue mich so, Ma'am.«

»Es ist nur so eine Idee. Am Morgen denke ich vielleicht anders darüber.«

»Um Ihretwillen hoffe ich, daß Sie das nicht tun.«

Wie sollte Bonningtons drei Monate lang ohne sie auskommen?

Es mußte einfach gehen. Sie würde drei müßige Monate im Ausland verbringen und lange Briefe an Adam Cope, Miss Brown und diesen jungen James Brush schreiben, der so geschickt in Schaufenstergestaltung war. Sie würde ihm Anweisungen geben, ein aufwendiges Fenster mit Umstandskleidern zu gestalten. Haha! Er würde das allerdings auch ohne ihre Anweisung machen, denn wenn man schon auf die Geburt eines Kindes der königlichen Familie hinwies, so verdiente das Kind der Besitzerin von Bonnington mindestens die gleiche Aufmerksamkeit.

Und all dieser Wirbel würde wegen eines kleinen Bastards veranstaltet werden, der als Overton aufwachsen sollte und möglicherweise der erfolgreichste Militarist von allen wurde! Hätte der alte General ihre Handlungsweise gutgeheißen? Sie vermutete es. Strategie, würde er sagen. Aber gib dem Kind eine sorgfältige Erziehung. Lösch alle Schwächen aus, die es von dieser Gouvernante geerbt haben könnte.

Gegen Morgen glaubte Beatrice Klavierspiel zu hören, doch das mußte Einbildung sein, denn es dämmerte gerade. Abgesehen von diesem traumerfüllten Dahindösen, hatte sie die ganze Nacht wach gelegen.

Zur üblichen Zeit läutete sie nach Hawkins und reichte ihr einen Brief, den sie eben geschrieben hatte.

»Bitte Dixon, dies hier Mr. Cope zu übergeben«, sagte sie. »Ich gehe heute nicht ins Geschäft.«

»Sie sind krank, Ma'am?«

»Nein, Hawkins. Ich habe nur beschlossen, einen Tag zu Hause zu verbringen und mich um meine Garderobe zu kümmern.«

»Ihre Garderobe? Was ist daran nicht in Ordnung?«

»Nichts, außer daß ich den Eindruck habe, ich hätte etwas zugenommen. Ich will nachsehen, welche Kleider mir noch passen.«

Sie sah das Flackern in Hawkins' Augen und wußte, daß ihre versteckte Andeutung verstanden worden war. Binnen kürzester Zeit würde man im Souterrain darüber flüstern.

Herrgott, ich bin wie diese alte Tudor Queen Mary mit ihren eingebildeten Schwangerschaften und ebenso unglücklich ...

Doch ob sie die ganze Wahrheit vor den scharfen Augen von Hawkins verbergen konnte, war eine andere Frage.

Eine Stunde später klopfte William an ihrer Schlafzimmertür und bat mit einer Förmlichkeit, die ihrem Herzen eine weitere Wunde schlug, um die Erlaubnis, eintreten zu dürfen.

Er trat nicht an das Bett, in dem sie von Kissen gestützt saß und eben ihr Frühstück beendete. Er trat ans Fenster und wandte ihr den Rücken zu. Mit belegter Stimme fragte er: »Hast du mit dem ersten Akt bereits begonnen, Bea?«

»Je eher, um so besser. Ist es nicht in Ordnung?«

»Doch.« Er hielt den Kopf gesenkt, seine Stimme war kaum zu hören. »Mary hat mich schließlich überzeugt. Sie hat die ganze Nacht damit zugebracht. Sie sagt, es sei für das Kind. Sie weiß, du bist eine gute Mutter.«

»Und du bist ein guter Vater«, sagte Beatrice gelassen.

»Was zum Teufel spielt das für eine Rolle?«

»Eine große Rolle.« Sie hatte schreckliche Angst, er könnte anfangen zu weinen. »William, Mary hat recht. Dies ist die beste Lösung. Tatsächlich ist es die einzige Lösung, denn, das mußt du mir glauben, ich wäre sehr unglücklich, wenn eines deiner Kinder verlorenginge.«

»Oh, ich pfeife auf das Kind!« murmelte er. »Eines sollst du wissen, Bea, wenn es auch den Anschein hat, als würde ich Mary verlieren, so werde ich doch niemals aufhören, sie zu lieben.«

»Das glaubst du jetzt . . .«

Er hob den Kopf und wandte sich zu ihr um. Sie sah die Tränen auf seinen Wangen.

»Ich werde so denken bis an mein Lebensende. Ich liebe sie, Bea. Begreifst du die Bedeutung dieses Wortes nicht?«

»Doch. Ich begreife sie.«

»Nun, es ist etwas, wovon in Zukunft in diesem Haus nicht mehr viel vorhanden sein wird«, sagte er und verließ hastig das Zimmer.

12

Ihre unvermeidbare Intimität begann in ihrer Kabine an Bord des Kanalschiffes. Mit einem Seufzer der Erleichterung befreite sich Beatrice von ihren Kleidern und löste den Wulst, den sie um die Taille gebunden hatte. Augenblicklich fühlte sie sich leicht und schlank, als habe sie wirklich ein Kind geboren.

Miss Medway andererseits konnte ihre Zurückhaltung aufgeben und die Wölbung ihres Leibes zeigen, soviel sie Lust hatte. Während des letzten Monats hatte Beatrice darauf bestanden, daß sie das Haus nicht verließ, sie mußte weite Kleider und Umhänge tragen, um ihren verräterischen Zustand zu verbergen. Abgesehen von den Unterrichtsstunden, die sie Florence und Edwin morgens im Kinderzimmer erteilte, durfte sie ihr Zimmer nur abends zum Dinner verlassen (und das auch nur, um unter den Dienstboten keinen Klatsch entstehen zu lassen). Sie konnte sich damit beschäftigen, für das Baby zu nähen und zu stricken. Sie war eine ausgezeichnete Schneiderin, und Beatrice mußte zugeben, daß dieses Kind besser ausgestattet sein würde, als ihre eigenen es waren. Die Geschichte, die man Hawkins aufgetischt hatte und die an das übrige Personal weitergeleitet wurde, lautete dahingehend, Miss Medway hätte sich als derart nützlich erwiesen, daß sie Beatrice als Begleiterin in ihr ausländisches Exil ausgewählt habe.

Exil war ein seltsames Wort. Sie konnte das Erstaunen in Hawkins' Augen sehen.

»Jede Zeit, die ich von meiner Familie getrennt verbringe, bedeutet für mich Exil«, sagte sie.

Wieviel Hawkins ahnte, wußte sie nicht. Die gute Seele war so treu ergeben, daß es auch nichts ausmachte, wenn sie etwas ahnte, außer daß Beatrice niemals den Schmerz überwinden würde, müßte sie die Treulosigkeit ihres Mannes eingestehen. Niemand auf der Welt brauchte davon zu wissen.

Eine Person mußte sie allerdings ins Vertrauen ziehen. Miss Brown.

Niemand außer ihr konnte den Wulst anfertigen, den Beatrice um die Taille tragen mußte. Und niemand anderer durfte die

Verkleidung für Miss Medway zusammenstellen. Außerdem mußten für die Zeit ihrer Abwesenheit vom Geschäft Anordnungen getroffen werden, und nur Miss Browns Autorität konnte allfälligen Klatsch unter den Angestellten im Keim ersticken. Und außerdem wäre es Beatrice auch niemals gelungen, eine so alte Freundin zu täuschen.

»Diese kleine Schlampe«, hatte sie gezischt, als sie die schreckliche Geschichte erfahren hatte. »Oh, arme Miss Beatrice!«

Sie sagte niemals ein Wort gegen William. Eine Tatsache, die Beatrice dankbar verzeichnete. Was sie allerdings im stillen dachte, war eine andere Frage. Sie hatte niemals einen Hehl daraus gemacht, daß ihr kein Mann wert erschien, Miss Beatrice zu besitzen. Sie hatte überhaupt keine allzu hohe Meinung von den Männern, und diese Episode bewies, wie recht sie hatte.

Die vergangenen acht Wochen waren die längsten und schwierigsten in Beatrices Leben gewesen. Eines hatte Beatrice schon vor langer Zeit erkannt: die einzige Möglichkeit, mit seelischen Gleichgewichtsstörungen fertig zu werden, war pausenlose Beschäftigung, und wenn es sich auch nur um die simpelsten Dinge handelte. Und obgleich sie ihre Zeit im Geschäft einschränken mußte, damit man ihr das Märchen von der angegriffenen Gesundheit auch glaubte, füllte sie die langen Stunden zu Hause damit aus, genaue Pläne für Bonningtons Zukunft auszuarbeiten, Rechnungen auszustellen, Kleider zu sortieren, sie führte lange Gespräche mit der Köchin und den Gärtnern, sie empfing die Damen, die sich um den Posten einer Gouvernante bewarben. Diesmal mußte es ein einfaches, schlichtes Mädchen sein. Ein gutes, zurückhaltendes, unansehnliches Geschöpf, das William schon vom Aussehen her langweilte. In dieser Beziehung mußte sie vorsichtig sein, obwohl sie sicher war, William würde sich niemals wieder in eine so heikle Lage bringen.

Er war nur zu weich. Sie hatte ihm die Sache mit Miss Medway bereits verziehen und ihn das auch wissen lassen.

»Wenn ich aus Italien zurückkomme, wird alles wieder so sein wie früher«, hatte sie in der etwas forschen Art gesagt, hinter der sie ihre Gefühle zu verbergen pflegte.

»Kaum.« Er sprach seit neuestem fast nicht mir ihr, aber er mußte diese ihm offensichtlich unwillkommene Großzügigkeit wenigstens zur Kenntnis nehmen.

»Doch, bestimmt, denn ich habe niemals aufgehört, dich zu lieben«, sagte sie ernst. Sein verhärmtes und verstörtes Aussehen erfüllte sie mit Angst.

Er verzog die Lippen, doch er lächelte nicht.

»Wirklich nicht? Eines Tages wirst du mir das vermutlich alles vorhalten.«

»Würde dir das etwas ausmachen?«

»Ich weiß nicht.« Seine Stimme klang tonlos. »Vermutlich schon. Ich liebe es, geliebt zu werden. Das ist ja das Unglück.«

Das war wenigstens ein Hoffnungsschimmer, an den sie sich klammern konnte.

Florences und Edwins Gejammer war ein anderer wunder Punkt.

»Mama, Miss Medway will nicht mehr mit uns auf der Heide spazierengehen. Warum nicht?«

»Weil Lizzie sehr gut in der Lage ist, das auch zu tun.«

»Aber wir möchten lieber Miss Medway haben, Mama. Edwin haßt Lizzie. Und ich auch.«

»Ihr müßt einfach versuchen, mit ihr auszukommen, Schätzchen, denn Miss Medway wird mit mir nach Italien reisen.«

»Aber *warum*? Warum bist du so häßlich zu uns?«

Florence entwickelte sich zu einem immer und ewig nörgelnden Kind. Beatrice mußte sie scharf anfahren, und dann tat es ihr wieder leid, wenn sie das blasse, verschlossene Gesichtchen ansah. Sie lief Gefahr, sich auch noch die Tochter zur Feindin zu machen.

Für all das war diese falsche, hinterlistige Gouvernante verantwortlich!

Als sie endlich von ihrem Gepäck umgeben in der Halle stand, überwand sich William zu einem höflichen Abschiedsgruß. Seine Lippen hatten kaum ihre Wange berührt. Welcher Art sein Abschied von Miss Medway gewesen war, wußte sie nicht.

Er hatte nicht mehr gelächelt seit jenem Tag, an dem er sich mit dem einverstanden erklärt hatte, was er einen unheimlichen Plan nannte. Sein verstörtes Aussehen hatte sich verstärkt, in seinen Augen lag eine tiefe Traurigkeit, die Beatrice erschauern ließ.

Aber er konnte sich doch nicht so sehr in dieses schweigsame, blasse Mädchen verliebt haben! Das war unmöglich. Sie mußte einfach recht behalten.

Sie erzählte allen Leuten, er fühle sich nicht wohl, seine Lunge mache ihm wieder zu schaffen und er müsse wahrscheinlich den Winter im Ausland verbringen. Bis dahin würde er aber bei den Kindern bleiben, bis sie nach ihm schickte, damit er sie mit dem neuen Baby nach Hause bringen konnte.

Es war für alle eine schwere Zeit, aber sie würde vorübergehen. In drei Monaten würde Florence ihre unglückliche Zuneigung zu Miss Medway überwunden haben. Bei Edwin war sie ganz sicher, denn er war kein gefühlvolles Kind. Und William würde manchmal wieder lächeln, wenn er entdeckt hatte, daß das Leben nicht zu Ende war.

Der Lago Maggiore war ein herrlicher See. Jetzt im Frühherbst lag bis zum Sonnenaufgang dichter Nebel über der Wasseroberfläche, doch dann glitzerte er in strahlendem Blau. Und die Borromäusinseln flimmerten in der Hitze des Tages wie dunkelgrüne Edelsteine. Beatrice und Miss Medway wohnten in einer kleinen, einfachen, aber recht gemütlichen Pension am Ufer. Sie hatten ihre Namen vertauscht. Das Baby würde nach seiner Geburt als ein Overton registriert werden. Beatrice hatte ihren Ehering abnehmen müssen und Miss Medway mußte einen tragen. Sofort nach der Ankunft hatte sie einen schmalen goldenen Reif zutage gefördert. Beatrice fragte nicht, woher sie ihn hatte. Sie wollte nicht daran denken, daß William ihn an diesen schmalen, zarten Finger gesteckt haben könnte. Obwohl das vermutlich der Fall war.

Man hatte einen Arzt gefunden, der ausreichend Englisch sprach und über angenehme Manieren verfügte. Er hatte Miss Medway sofort eine nahrhafte Diät verordnet. Er sagte, die Patientin sei viel zu dünn und zu zart für die Mutterschaft. Ihr englischer Arzt habe wohl daran getan, sie in ein schönes, sonniges Land zu schicken, wo sie sich erholen und zu Kräften kommen konnte. Er für seinen Teil würde dafür sorgen, daß sie ein gesundes und kräftiges Kind zur Welt bringe.

Beatrice versuchte in ihrer schonungslosen Ehrlichkeit sich über ihre Gefühle klarzuwerden. Wollte sie ein kräftiges, gesundes Kind? Wäre ihr ein totgeborenes nicht lieber gewesen? Falls es ungewöhnlich zart sein sollte, würde sie um sein Leben kämpfen?

Sie bemühte sich, diese unangenehmen Gedanken aus ihrem Geist zu verbannen, aber der Ausdruck in Miss Medways großen, hellen Augen zeigte ihr, daß sie sich verraten hatte. Sie wußte auch um das tiefe, verzweifelte Elend der jungen Frau, die sich allerdings nach ein oder zwei Wochen in der wohltuenden Sonne etwas gefaßt zu haben schien. Sie liebte es, allein Spaziergänge zu unternehmen oder allein im Garten zu sitzen. Einmal hatte sie ohne Beatrices Wissen einen Bootsmann angeheuert und sich zur Isola Bella fahren lassen, jener Insel mit dem berühmten Garten, der einst auch für eine einsame, geliebte Frau angelegt worden war. Als sie zurückkam, erzählte sie von den weißen Pfauen, der Statue des Einhorns, von den kleinen spitzen Zypressen und den Eukalyptusbäumen, von den Mönchen in ihren braunen Kutten, vom Frieden. Es gab dort eine Art von Schmetterlingen, die sie noch niemals gesehen hatte. Sie hatten schwarze Flügel mit einem weißen Saum.

Sofort wünschte sie, sie hätte die Schmetterlinge nicht erwähnt. Ein Funken von Angst glomm in ihren Augen auf. Aber Beatrice sagte ganz ruhig: »Ich hätte sie gerne gesehen. Vielleicht komme ich das nächste Mal mit Ihnen.«

Sie suchten die gegenseitige Gesellschaft nicht. Das erzwungene Beisammensein während der Mahlzeiten war genug. Die endlosen Wochen zogen sich in lähmender Langeweile dahin. Beatrice war nicht fähig, ihren Haß auf dieses unglückliche Geschöpf aufrechtzuerhalten. Sie war von Natur aus nicht nachtragend. Das Mädchen hatte einen tragischen Fehler begangen. Sie war auch aufrichtig, denn sie schrieb keine Briefe und bekam auch niemals welche.

Das Paket mit Briefen war immer an Mrs. William Overton adressiert, und obwohl es natürlich Miss Medway ausgehändigt wurde (der angeblichen Mrs. Overton), reichte sie es sofort an

Beatrice weiter und zog sich dann zurück, damit Beatrice in Ruhe ihre Briefe lesen konnte. Miss Medway hielt sich streng an die Abmachungen, und dafür wurde sie von Beatrice respektiert.

Aber was hatte William dazu bewogen, sich in dieses sanfte, stille Mädchen zu verlieben? Er, der immer das Auffällige, Spritzige und Witzige bewundert hatte? Dies war die Frage, die Beatrice quälte. Und war es Einbildung, oder sah Miss Medway sie wirklich manchmal mitleidig an? Sie hoffte, sich das nur einzubilden, andernfalls würde die steife Unterhaltung, die sie beim Lunch oder Dinner führten, gänzlich verebben.

Miss Medway war es, die Mitleid verdiente. Sie war es, die William verloren hatte.

Beatrice wußte nicht, wie sie die endlosen Tage verbringen sollte. Sie las, schrieb zahlreiche Briefe und schmiedete Pläne für Bonningtons. Eines Tages mietete sie eine Kutsche und fuhr nach Como, um die Seidenfabriken zu besuchen. Sie wollte sich erkundigen, ob man italienische Seide importieren könnte, die zwar teuer, aber weitaus besser war als jene, die sie von Macclesfield in Cheshire kaufte. Auch Lederwaren und Schuhe könnte man importieren. Eine Auslandsabteilung mit Luxusgegenständen aus den verschiedensten Ländern? Der Gedanke belebte sie. Sie mußte sofort deswegen an Adam schreiben. Sie vermißte das Geschäft sehr. Es war ihr unentbehrlich geworden, beinahe wie eine Droge.

Die Nacht auswärts, das Geschäftliche, das sie voll in Anspruch genommen hatte, und ein paar Stunden ohne Miss Medways Gesellschaft hatten sie aufgeheitert. Bei ihrer Rückkehr in die Pension fand sie auch Miss Medway heiterer vor, obgleich der verschleierte Blick ihrer Augen auf kürzlich vergossene Tränen schließen ließ.

Sie hatte einen Brief aus England erhalten! William hatte sein Wort gebrochen und an seine verlorene Liebste geschrieben.

Mühsam hielt sie ihre Stimme unter Kontrolle.

»Und was haben Sie gemacht, während ich weg war?«

»Oh, ich war wieder auf der Isola Bella. Ich saß den ganzen Morgen im Garten und habe den Pfauen zugeschaut. Die Sonne schien, es war so friedlich. Ich bin sicher, dieser Friede ist gut für das Baby.«

»Pfauen sind eitle Geschöpfe. Vielleicht wird das Baby dadurch auch eitel.«

Mary lächelte schwach. »Bestimmt nicht. Aber ich habe mich gefragt, ob ich das Recht zu dem Vorschlag habe, daß das Kind den Namen einer Blume bekommen soll. Falls es ein Mädchen wird. Auf diesem hübschen Fleckchen gibt es so viele Blumen. Finden Sie nicht, Azalea wäre sehr hübsch?«

Zu anspruchsvoll, dachte Beatrice. Und was gibt dir plötzlich so romantische Gedanken ein?

»Wollen wir nicht lieber warten, ob es ein Junge oder ein Mädchen wird? Ist Post aus England gekommen?«

Ein kaum merkliches Zögern. »Ja. Es sind Briefe für Sie da.«

Und für dich, dachte Beatrice und war sich ihrer Sache ganz sicher. Mein lieber, weichherziger Mann hat dir ewige Liebe geschworen, und das genügt dir im Augenblick, um davon zu leben, du romantischer kleiner Dummkopf!

Irgendein edler Impuls hielt sie davon ab, weitere Fragen zu stellen. Mußte sie ihr denn alles mißgönnen, selbst den Namen einer Blume für das unerwünschte Kind? In ein paar Wochen würde sie Mary Medway für immer Lebewohl sagen. Da konnte sie sich schon ein wenig großzügig zeigen.

»Wenn Sie mich jetzt entschuldigen wollen. Ich möchte meine Post lesen.«

Florence schrieb in ihrer kleinen, ordentlichen, unkindlichen Schrift:

»Edwin und ich mögen Miss Sloane nicht. Ich muß dir leider mitteilen, daß er sie gegens Schienbein gestoßen hat. Gestern ging ich in Papas Arbeitszimmer, und er hat geweint. Lizzie sagt, ich habe mir das nur eingebildet, weil Männer nicht weinen.«

Beatrice tauchte ihre Feder in die Tinte und schrieb an Miss Brown:

»Ich habe eine Anzahl Seidenballen bestellt, die im Frühjahr geliefert werden. Es ist beste Qualität, und wir müssen sie für Hochzeitskleider anbieten und für Abendkleider zu Gartenparties.« Wie immer wirkte die Arbeit wie eine Art Betäubungsmittel und ließ das geliebte, verstörte Gesicht mit den rotumränderten Augen in der Bibliothek ein wenig in den Hintergrund treten.

Er konnte einfach nicht so tief verletzt sein, das paßte nicht zu ihrem lieben William mit seinen kurzlebigen Flirts. Er war einfach gelangweilt und einsam, weil er bis zu ihrer Rückkehr allein mit den Kindern zu Hause sein mußte.

»Liebste Florence, mein lieber Edwin«, schrieb sie, »Ihr müßt Miss Sloane gehorchen, ob Ihr sie nun mögt oder nicht. Tröstet Papa, wenn er sich einsam fühlt . . .«

Sie dachte lange Zeit nach, ehe sie den dritten Brief begann:

»Mein geliebter William,
ich habe Como besucht, um unter anderem einige Einkäufe zu machen. Und ich habe mich über eine Agentur mit einer deutschen Bankiersfamilie in Verbindung gesetzt, die in Zürich wohnt und eine englische Gouvernante sucht. Die Auskünfte waren ausnehmend gut, ich werde noch heute an diese Familie schreiben. Sorge dich also nicht länger um Miss Medways Zukunft. Wir kommen sehr gut miteinander aus, aber ich vermisse Dich und die Kinder mehr, als ich sagen kann . . .«

Die Kerze flackerte unter dem Luftzug, der durchs offene Fenster hereinkam. Hoch über dem See segelte der Mond am Himmel dahin, und zweifellos starrte Miss Medway ihn an, verloren in ihrem traurig-romantischen Traum. Sie war offensichtlich ein Mensch, der beim Traum vom Unerreichbaren aufblühte, andernfalls wäre sie doch niemals so dumm gewesen, sich in eine solche Situation zu bringen.

Beatrice schloß die Läden an ihrem Fenster, die Kerze brannte ruhig.

Sie mußte jetzt ihren nächsten Brief schreiben, an Herrn Günter Wassermann in Zürich, Vater von drei Kindern und äußerst wohlhabend.

Wenn sich nur dieses langweilige Baby ein bißchen beeilen würde!

Ihr Wunsch schien erhört worden zu sein, denn zwei Wochen später setzten die Wehen ein. Es war eine lange und schwierige

Geburt, und in einem gewissen Stadium fürchtete der aufgeregte italienische Arzt, er würde Mutter und Kind verlieren. Aber schließlich trat er triumphierend aus dem Krankenzimmer und schrie: »Bella, bella bambina!« Wenig später ging Beatrice hinein und sah das Kind in seiner Wiege neben dem Bett seiner Mutter.

Es war sehr klein, mit einem winzigen Gesichtchen und ein Mädchen. Es war geboren worden in der sanften Schönheit eines italienischen Abends, während die Sonne im See versank.

»Es ist keine Azalee«, sagte Beatrice mürrisch. Es gehörte jetzt ihr, sagte sie sich. Sie mußte anfangen, es zu lieben. Aber es war ja nicht schwer, ein Baby liebzuhaben. »Eher ein Gänseblümchen.«

Mary setzte sich auf, um das Baby anzuschauen. Einen Augenblick ließ sie sich gehen, ihr blasses, erschöpftes Gesicht leuchtete auf, und da erkannte Beatrice mit scherzhafter Deutlichkeit, weshalb sich William in sie verliebt hatte. So mußte sie ihn angesehen haben.

»Nennen Sie sie Daisy, wenn Sie wollen«, sagte sie sanft.

»Ja, das werde ich wohl tun. Das ist auch einfacher für Florence und Edwin. Bei Azalea würden sie sich ja die Zungen abbrechen.«

Ihre Stimme klang zu kühl, zu praktisch für dieses abgedunkelte Zimmer, in dem eben eine Tragödie zu Ende gegangen war. Aber das Leben ging weiter und hoffentlich ohne weitere derartige Tragödien.

Und eines Tages würde William dieses verklärte Strahlen auf einem Gesicht ganz vergessen haben.

Als er sie drei Wochen später in Mailand traf, war Mary bereits nach Zürich abgereist. Beatrice hatte eine junge Französin, Mademoiselle Laurette, engagiert, um für das Baby zu sorgen. Sie sollte mit ihnen nach England kommen. Alles war bereits geregelt. William hatte keinen Grund, so überrascht dreinzuschauen. Wußte er denn nicht, was für eine famose Frau er hatte?

Und auch der Name des Babys war bereits entschieden.

»Daisy? Ist das nicht ein bißchen gewöhnlich?«

Er hatte bereits mehr Zeit damit zugebracht, in das Körbchen hineinzuschauen, als es Beatrice recht war. Weder bei Florence noch bei Edwin hatte er ein derartiges Interesse gezeigt, aber damals war er jünger und vielleicht noch nicht so reif für die Vaterschaft gewesen.

»Ihre Mutter war damit einverstanden. Ich hoffe, du glaubst nicht, ich sei zu herzlos gewesen, William.«

Sicherlich wußte er ihre Großzügigkeit zu schätzen. Oder hielt er sie etwa nicht für großzügig? Als er keine Antwort gab, stellte sie selbstzufrieden fest: »Ich bin sicher, nicht viele Ehefrauen hätten sich so gut benommen wie ich. Das Baby wird ordentlich erzogen, und Miss Medway ist in die Welt hinausgezogen, ohne ihren guten Ruf verloren zu haben.«

Aber vielleicht ihr Herz? Beatrice mußte die schlanke, traurige Gestalt, die am Bahnhof von Mailand den Zug bestiegen hatte, in ihr Unterbewußtsein zurückdrängen. Jetzt war sie froh, daß William sie nicht ansah, denn sie fürchtete, in seinen Augen allzu große Trostlosigkeit zu entdecken. Er war in den letzten drei Monaten erschreckend gealtert. Der letzte Schmelz der reizvollen Jungenhaftigkeit war dahin.

Als er endlich sprach, war es nicht, um ihre Großzügigkeit zu loben. Er sagte nur: »Ich bin über diese deutsche Familie nicht glücklich. Du weißt, ich habe die Deutschen nie gemocht.«

Sie unterdrückte ihre Entrüstung.

»Wenn Miss Medway nicht zufrieden ist, braucht sie ja nicht zu bleiben. Aber es ist ein Start. Ich habe ihr eine gute Stellung besorgt, wie ich es versprochen hatte.« Ihre Stimme klang kühl und gekünstelt heiter. »Jetzt müssen wir unsere Rolle spielen und Miss Daisy Overton eine gute Erziehung zuteil werden lassen.«

13

Florence wollte nicht glauben, daß Mama ein neues Baby mit nach Hause brachte, obwohl Edwin ihr sagte, das sei wahr. Sogar ein italienisches Baby. Das war komisch. Würde es anders aussehen als ein englisches Baby? Florence vermutete, schon, denn Lizzie sah so seltsam drein.

»Unschuldiges kleines Wurm«, nannte es die Köchin, und Lizzie warf ihren Kopf in die Höhe und sagte: »Unschuldig!« in einem so verächtlichen Ton, als sei das Baby in irgendein Verbrechen verwickelt.

»Warum mußte sie denn dann ins Ausland gehen, um es zur Welt zu bringen?« fragte sie.

»Um sich in der Sonne zu erholen, wie Sie sehr gut selbst wissen«, sagte die Köchin. »Sie hatte genug Schwierigkeiten mit den anderen beiden. Aber das war natürlich noch vor Ihrer Zeit.«

Lizzie schnaubte und sagte: »Für mich wirkt sie recht gebärfreudig.«

»Der Anschein trügt oft.«

»Das bezweifle ich. Aber warum konnte sie denn nicht nach Harrogate oder nach Bath oder sonst 'nem zivilisierten Ort hingehen und dem armen Tropf wenigstens die Chance geben, als Engländer geboren zu werden?«

»Was ist denn an den Italienern nicht in Ordnung? Die sind schon richtig. Opernstars und so.«

»Ich war noch nie für die Ausländer«, sagte Lizzie und wirbelte herum, als habe sie Augen im Hinterkopf. »Miss Florence! Master Edwin! Was macht ihr hier unten? Ihr schlimmen Kinder! Zurück ins Kinderzimmer, aber schnell! Wirklich«, seufzte sie, »sie sind kaum noch zu ertragen, seit sie gehört haben, daß ihre Mutter zurückkommt. Und diese Miss Sloane ist mehr als nutzlos. Sagt sie doch, Master Edwin hätte sie in die Hand gebissen. So was! Er kann einen zwar zur Verzweiflung bringen, aber er ist doch kein wildes Tier!«

Florence, die sich lange genug herumgetrieben hatte, um auch noch diesen Informationsfetzen aufzuschnappen, schlich ins Kinderzimmer zurück. Sie hatte noch immer nicht erfahren, was sie so gerne erfahren wollte. Würde Miss Medway mit Mama zusammen zurückkommen?

Wenn das so war, dann würde die schreckliche Miss Sloane gehen, und Edwin würde nicht mehr so viel weinen. Seit Miss Medway mit Mama nach Italien gegangen war, hatte er sich in ein schreckliches Schreibaby verwandelt. Nicht nur, weil er Miss

Sloane nicht mochte, sondern weil er Miss Medway geliebt hatte. Florence ging es ähnlich. Aber niemand hatte sie nach ihrer Meinung gefragt, als man beschlossen hatte, daß Miss Medway Mama zum Lago Maggiore begleiten sollte. »Wer ist Matschore?« hatte Edwin weinerlich gefragt, und Florence war wütend geworden: »Sei doch kein solcher Blödian. Das ist kein Mensch, sondern eine Gegend.«

Kinder, hatte Florence erkannt, wurden niemals um ihre Meinung gefragt, wenn es um wichtige Entscheidungen in ihrem Leben ging. Sie mußten sie einfach erdulden und konnten nur gelegentlich häßliche Worte gebrauchen wie »Blödian«. (Sie hatte gehört, daß die Köchin den Metzgerburschen so genannt hatte.) Selbst wenn man dafür einen Klaps bekam, war es noch immer eine befriedigendere Art, die Sorgen zu erleichtern, als zu weinen.

Sie vermutete, Papa erging es genauso. Er mußte Mama sehr vermissen. Einmal, als er ein paar Tage krank gewesen war, hatte er in seinem schmalen Bett im blauen Zimmer ganz vereinsamt ausgesehen. »Wie ein Mönch«, hatte sie Annie murmeln gehört.

Trotz seiner Einsamkeit schien er nicht allzu begeistert, als Mamas Brief ankam, in dem sie ihm mitteilte, sie hätten eine kleine Tochter, und ihn bat, sie nach Hause zu holen.

»Bei diesem Wetter über den Kanal zu fahren«, hatte er gebrummt. »Weshalb konnte das Kind nicht zu einer passenderen Zeit ankommen?«

Niemand hatte gesagt, weshalb Miss Medway Mama nicht bei der Heimreise behilflich sein konnte. Und auch nicht, wieso dieses arme, ausländische Baby anscheinend so unwillkommen war.

»Wenn ich zu euch nach Hause komme«, hatte Mama an Florence und Edwin geschrieben, »werden wir alle zusammen wieder sehr glücklich sein. Ich hoffe, ihr seid brav gewesen und habt Papa Gesellschaft geleistet, solange ich weg war.«

Beinahe wie mit einem Nachsatz hatte der Brief geendet: »Ich werde euch eine kleine Schwester mitbringen, ihr müßt lernen, sie zu lieben.«

Warum *lernen*, hatte sich Florence gefragt. Ein Baby liebte man doch ganz selbstverständlich.

Papa war vor einer Woche nach Italien abgereist. Heute nachmittag um halb vier Uhr sollte er mit Mama und dem Baby am Victoria Station ankommen. Dixon würde sie abholen. Dixon sagte, sie würden etwa eine Stunde später zu Hause ankommen. Mit den schnellen Grauschimmeln, die Papa gekauft hatte, könnte man's sogar in weniger als einer Stunde schaffen, vorausgesetzt, es war nicht zu großer Verkehr auf der Straße, und vorausgesetzt, die Herrin wollte nicht auf dem Heimweg bei Bonningtons haltmachen.

Das würde sie kaum wollen mit einem kleinen Baby und nach der langen ermüdenden Reise, sagte die Köchin. Aber Dixon meinte, mit der Herrin wüßte man nie. Nach dreimonatiger Abwesenheit würde sie vielleicht das Geschäft ebenso gern wiedersehen wie ihre Kinder.

»Wenn auch nur das kleinste in einem der Fenster nicht in Ordnung ist, wird's ihr auffallen. Und ich kann dann sehen, wie ich die Pferde bändige, während sie hineingeht und denen die Hölle heiß macht. Das ist ja das ganze Unglück, wenn man mich fragt«, fügte er düster hinzu. (Welches Unglück, fragte sich Florence, und dabei wurde ihr ganz elend.) »Und noch was, sie wird sich noch heute abend die Rechnungen heraufschicken lassen, komme, was da will. Man kann's ihr nicht mal übelnehmen, oder? Diese zwei Klepper müssen schließlich auch noch bezahlt werden.«

»Das ist einfach unnatürlich, eine Frau, die ganze Zeit im Geschäft«, murrte die Köchin. »Aber wenn der Herr . . ., wenn die Dinge anders wären, als es den Anschein hat . . . aber jetzt ab mit Ihnen, Dixon. Hier herumzuklatschen! Es ist zu unsicher. Diese Miss Florence hat Ohren, die durch eine sechs Fuß dicke Wand hindurch hören können.«

Es war keine sechs Fuß dicke Wand, es war ein offenes Fenster, dachte Florence verächtlich, und jeder konnte hören, was gesprochen wurde. Sie wollte davonschlüpfen, ehe Lizzie sie fand, aber es war schon zu spät. Lizzie fauchte sie an und schimpfte mit ihr, daß ihre Schärpe unordentlich und ihre Finger schmutzig wären.

»Schon wieder haben Sie gelauscht, Miss Florence. Sie werden alle Neuigkeiten noch früh genug erfahren, ohne auf den Klatsch hören zu müssen.«

Aber das war ja der Jammer. Nichts würde sie erfahren. Niemand sagte ihr jemals etwas. Man warf ihr nur ein paar Krumen hin, und sie mußte dann versuchen, sie zusammenzufügen und irgendeinen Sinn daraus zu entnehmen. Der Grund, weshalb sie lauschte, war nur, um zu erfahren, ob ihre liebe Miss Medway zurückkommen würde. Noch immer hatte sie auf diese Frage keine Antwort bekommen.

Um halb fünf Uhr, beinahe auf die Sekunde genau, fuhr die Kutsche vor. Florence schrie von ihrem üblichen Ausguck am Kinderzimmerfenster her »Sie sind da! Sie sind da!« und raste wie der Blitz die Treppe hinunter. Miss Sloane rief ihr hiflos nach, sie solle sich wie eine Dame benehmen. Edwin war nur langsamer, weil er noch kleinere Beine hatte, aber beide Kinder waren an der Tür, als sie sich öffnete und Mama hereinkam, gefolgt von einer fremden Frau, die das in Decken eingehüllte Baby trug. Papa bildete den Schluß. Er trat langsam und fast widerstrebend durch die Tür.

Mama trug ihr vertrautes flaschengrünes Reisekostüm. Vielleicht war ihr Gesicht ein bißchen weniger rosig und fröhlich als sonst, aber Florence fiel das kaum auf, denn sie stellte zutiefst enttäuscht fest, daß es nicht Miss Medway war, die das Baby trug.

»Nun, Kinder«, sagte Mama, »wie gut ihr aussieht. Florence, du bist ja beinahe zehn Zentimeter gewachsen. Und Edwin, mein Baby? Bist du glücklich, daß die Mama wieder da ist? Laurette, zeigen Sie den Kindern das Baby.«

Die junge Frau schlug gehorsam die Decken auseinander und enthüllte das kleine, vom Schlaf zerknitterte Gesichtchen.

Es sah eigentlich nichts gleich, dachte Florence. Nicht mal so interessant wie eine ihrer Puppen. Nach dem unpersönlichen Ton zu schließen, in dem Mama mit der Frau gesprochen hatte, die sie Laurette nannte, schien sie das gleiche zu empfinden. Als ob Babies unwichtiger seien als alles andere.

Doch zu ihrer Überraschung schien Papa ganz anders zu empfinden. Er sah mit einem verträumten Ausdruck auf das kleine

Gesicht nieder, als ob er dieses blaßrosa verknitterte Ding bereits liebhätte. Hatte er wohl genauso ausgesehen, als sie und Edwin so klein waren, fragte sich Florence. Sie wünschte, sie könnte sich daran erinnern. Denn jetzt nahm er kaum Notiz von ihnen.

»Oh, die Kinder, natürlich«, pflegte er zu Miss Medway zu sagen. »Die müssen ja vermutlich mitkommen.«

Miss Medway hatte ihnen einmal erklärt, er fand, sie machten zu viel Krach und würden dadurch den Schmetterling stören, den er fangen wollte. Aber auch wenn sie sich an einen stillen Platz auf der Heide setzten und Picknick machten, pflegte er zu sagen: »Könnt ihr beiden nicht irgend etwas finden, womit ihr euch beschäftigen könnt? Geh und such Vogelnester, Edwin. Florence, möchtest du nicht ein paar Blumen für deine Mutter pflücken?«

Er sei kein Mann, der sich viel aus Kinder machte, hatte die Köchin einmal gesagt, als Florence sich ihr anvertraut hatte. Viele Männer waren so. Wenn sie erst eine junge Dame war, dann würde Papa sehr stolz auf sie sein.

Auch wenn sie gar nicht hübsch war, hatte sich Florence sehnsüchtig gefragt.

In ihren Augen war dieses neue Baby gar nicht hübsch, aber Papa sah aus, als würde er damit viel mehr Geduld haben als mit ihr.

Natürlich würde das Baby viel schreien, aber er würde sich dann einfach außer Hörweite in seinem Arbeitszimmer einschließen. »Ein sehr egoistischer Mann, der Herr. So charmant er auch ist, und alles.« Das war auch so eine Bemerkung der Köchin.

»Und was geht in unserem kleinen Köpfchen vor?« sagte Papa scherzend zu Florence. »Ist das Baby nicht goldig?« fuhr er fort. Anscheinend glaubte er, irgend jemand müsse sprechen. »Sie ist wie ein kleines Kätzchen. Ach, Bea, wäre das nicht ein besserer Name für sie? Kitty.«

»Sie hat schon einen Namen«, sagte Mama.

»Wie heißt sie, Mama?« fragte Florence eifrig.

»Daisy. Papa fand das ein bißchen zu einfach, aber da kann ich ihm nicht beipflichten. Ein paar sehr schöne Frauen heißen Daisy. Die Prinzessin von Pless. Die Comtesse of Warwick. Es ist keineswegs ein Dienstbotenname, wie Papa zu glauben scheint.«

Da geschah etwas Seltsames. Papas Augen füllten sich mit Tränen. Rasch wandte er sich ab und sagte mit belegter Stimme: »Du mußt müde sein nach der Reise, Bea. Warum gehst du nicht hinauf?«

Dann begann das Baby zu weinen, und Mademoiselle Laurette rief mit recht seltsamen Akzent: »Sie ist 'ungrig, Madame. Und müde. Wo ist Milch? Und ihr Bett?«

»Die Wiege! Die Wiege!« rief Florence. »Wir haben sie rausgeholt.«

Mama öffnete den Mund, schloß ihn aber wieder, ohne etwas zu sagen. Anscheinend wollte sie dagegen protestieren, daß das Baby in die Wiege gelegt wurde, aber Papa sagte bestimmt: »Sie meinen die Familienwiege, Laurette. Ich glaube, bereits vier Generationen meiner Familie haben darin geschlafen. Florence, zeig Laurette den Weg zum Kinderschlafzimmer.«

Florence war froh, etwas zu tun zu haben. Sie führte Laurette ins Kinderschlafzimmer und an die Wiege, die Lizzie bereits hergerichtet hatte. Dabei dachte sie vorübergehend nicht mehr an Mamas seltsames Benehmen und an Miss Medways Abwesenheit.

Mademoiselle Laurette hatte ein ausdrucksloses, gelbliches Gesicht. Dazu trug sie noch einen äußerst unkleidsamen Hut. Sie sah müde und überanstrengt aus, aber sie war nicht zu müde, um Florence neugierig anzustarren und zu bemerken, daß sie sich die Tochter vom M'sier Overton kleiner und hinreißender vorgestellt hatte, wenn Florence verstand, was sie meinte.

Florence verstand nur zu gut. Sie strich sich ihr langes, glattes Haar hinter die Ohren zurück und sagte feindselig, das Baby sei auch nicht besonders hübsch.

»Ah, aber Sie wissen nicht viel von Babies, Mademoiselle. Dies hier wird eine Schönheit werden. Diese Mademoiselle Kitty!«

Mademoiselle Laurette, die ganz offensichtlich Papa lieber hatte als Mama, brach in perlendes Lachen aus.

»Werden Sie hierbleiben?« fragte Florence besorgt.

»Bleiben! Mon Dieu, nein! Ich bin nur gekommen, um bei der Reise zu 'elfen. Ich werde Mademoiselle Bébé in deiner Obhut zurücklassen, Mademoiselle Florence. Wie ist das, eh?«

Florence sah auf das Baby nieder, das ganz friedlich in seiner Wiege lag, und da begann sich etwas in ihrem Herzen zu regen. Eine Ahnung von Erwachsensein und Mutterschaft. Das war ihre kleine Schwester. Es war ihre Pflicht, auf sie aufzupassen und sie zu beschützen. Edwin zum Beispiel, der große, ungehobelte Bursche durfte nicht in ihre Nähe kommen. Es würde ihr Spaß machen, ihr hübsche Kleider anzuziehen. Mama würde die Kleine zu Bonningtons bringen, und alle Angestellten würden sich bewundernd um sie versammeln. Miss Brown würde die hübschesten Babykleidchen hervorholen. Florence würde den Kinderwagen schieben. Sie fand, es müsse eigentlich ganz hübsch sein, eine kleine Schwester zu haben.

»Wird sie Kitty heißen?« fragte Florence Mademoiselle Laurette, und Mama, die unbemerkt hinter sie getreten war, antwortete mit kühler, sachlicher Stimme: »Nein, Florence, sie wird Daisy heißen. Das ist schon beschlossen.«

»Und wird Miss Medway zurückkommen, um mir beim Aufpassen zu helfen?« fragte Florence impulsiv und erwähnte schließlich doch den geliebten Namen.

Aber das war ein Fehler gewesen, denn Mamas Gesicht wurde ganz starr, und sie sagte kalt: »Nein, Florence, sie wird nicht zurückkommen. Und ich glaube, ich bat dich bereits einmal ihren Namen völlig aus deinem Gedächtnis zu streichen. Sie hat jetzt andere Kinder, um die sie sich kümmern muß, und ihr habt Miss Sloane. Später werde ich mir über eure Fortschritte im Unterricht berichten lassen.«

»Aber, Mama . . .«

»Still, Fräuleinchen! Du hast gehört, was ich gesagt habe.«

14

Die Heimreise hatte Beatrice genügt, um zu bemerken, daß William bereits jetzt ganz närrisch mit dem Baby war.

Für Florence und Edwin hatte er niemals viel mehr als ein

höfliches väterliches Interesse gezeigt. Aber mit diesem neuen Kind machte er ein Theater wie eine Frau. Beatrice fürchtete, das auf die Dauer nicht ertragen zu können. Ihr wurde klar, wie viele Schwierigkeiten ihr noch bevorstanden.

Aber sie würde sie meistern. Sie besaß die nötige Geduld und, wie sie hoffte, auch die nötige Klugheit.

Die unmittelbare Krise war vorüber. Und alles in allem war es sehr gut gegangen.

Es war herrlich, wieder daheim zu sein. Als sie zu ihrem Zimmer hinaufstieg, ließ sie die Hand über das polierte Stiegengeländer gleiten. Dann blieb sie einen Augenblick stehen, um in die Halle mit dem schwarz-weiß gefliesten Fußboden, den Vasen mit leuchtenden Herbstblättern und Chrysanthemen, den gepflegten Möbeln und den guten Bildern an den tapezierten Wänden hinunterzublicken. Sie erlaubte sich einen Augenblick lang, das Gefühl des Besitzens zu genießen.

Seit ihrem ersten Besuch in diesem Haus war sie einen langen, erfolgreichen Weg gegangen. Sie hatte bewiesen, daß man bekommen konnte, was man sich heftig genug wünschte. Allerdings mußte man dafür bezahlen, und es war ein wenig beunruhigend, daß der Preis ständig stieg. Aber sie würde niemals Bankrott machen. Sie kannte ihre Widerstandskraft und war fest entschlossen, sich niemals geschlagen zu geben.

Sie würde die Freude nicht schmälern, die William an dem Baby hatte. Es war sogar möglich, daß sie selbst einmal diese Freude teilte. Allerdings bezweifelte sie das.

Ihr unmittelbarer Wunsch bezog sich darauf, wieder einen Mann zu haben und mit dem Unsinn der getrennten Schlafzimmer Schluß zu machen.

Aber die Erfüllung dieses sehnlichen Wunsches erforderte ein wenig Zeit und Takt. Voläufig gab es eine Menge Arbeit im Geschäft. Bei ihrem Besuch am Nachmittag (müde von der Reise und mit einem ungeduldig im Wagen wartenden William) war sie nur schnell hinein- und wieder herausgeeilt. Doch selbst in jenem kurzen Augenblick war ihr aufgefallen, daß die Auslagen ein bißchen lieblos wirkten, zwei älteren, gutgekleideten Kunden waren keine Stühle angeboten worden, ein junger Verkäufer beim Handschuhstand war unordentlich frisiert, der moosgrüne Teppich war staubiger und wies mehr Fußabdrücke auf, als dies am frühen Nachmittag der Fall sein durfte.

Ihre Augen waren nach der langen Abwesenheit vielleicht kritischer. Aber es war offensichtlich höchste Zeit, daß sie wieder zurückkam. Morgen früh würde Adam Cope sie in ihrem Büro aufsuchen und ihr die vollständige Liste der Verkaufsabläufe des vergangenen Vierteljahres vorlegen, und später würde sie eine Generalversammlung aller Verkäufer und Einkäufer einberufen. Sie wünschte, daß man etwas von der italienischen Seide auspackte und in Anbetracht des nahen Weihnachtsfestes gut sichtbar ausstellte. Sie hoffte, der junge Mr. Brush habe ein paar gerissene Vorschläge für die Gestaltung der Weihnachtsschaufenster. Und zweifellos gab es eine Menge Angestelltenprobleme.

Es war gut, zu Hause zu sein. Schon bald würden sie und William viel mehr Gesprächsstoff haben als auf der Reise. Außerdem war sie viel zu beschäftigt, um sich einsam zu fühlen. Gelegentlich kam ihr zum Bewußtsein, daß sie im Gegensatz zu gleichaltrigen Frauen keine Freundinnen hatte. Das kümmerte sie jedoch nicht über Gebühr. Sie hatte ihre Familie, den ihr treu ergebenen Angestelltenstab von Bonningtons, Hawkins, die, wenn nötig, ihren bohnenstangengleichen Körper als Schutzwall vor ihre Schlafzimmertür legen würde. Was sollte sie mit klatschenden Freundinnen anfangen? Das langweilige Leben, das ihre Mutter führte, schreckte sie ab.

»Dieses Baby schlägt nicht dir nach, Bea«, hatte Mama in ihrer ungeschminkten Art gesagt. »Die Kleine wird eine Schönheit.«

»Ja, sie gleicht William«, antwortete Beatrice ruhig.

Das stimmte. Die glänzenden braunen Augen waren ein Ebenbild von Williams Augen. Und auch den Charme hatte sie von ihm. Schon mit zehn Wochen strahlte das Baby übers ganze Gesicht, wenn sich ein Bewunderer über seine Wiege beugte. Und Bewunderer gab es zu viele.

Florence rückte immer mehr in den Schatten. Die Jahre würden vergehen, und eines Tages, das stand fest, würde Miss Daisy Overton ihre ältere Schwester ausstechen.

»Wir werden dem Problem begegnen, wenn es sich stellt«, murmelte Beatrice bei sich selbst in den einsamen Nachtstunden, wenn Zweifel sie befielen. Manchmal fragte sie sich, ob es nicht besser gewesen wäre, das Baby nach der Geburt von Fremden adoptieren zu lassen.

Und William zu verlieren?

Doch hatte sie ihn nicht bereits verloren, hinter den fest geschlossenen Türen zum blauen Schlafzimmer?

Geduld, sagte sie sich immer wieder. Ich bin im Recht. Ich *muß* einfach im Recht sein.

Charles Stewart Parnell, von einer Frau zugrunde gerichtet, war tot. Der junge Wilhelm von Preußen, ein Neffe des Prinzen von Wales, saß auf dem Thron von Deutschland. Das erfüllte William mit Unbehagen. Er traute dem jungen Mann nicht. In einem Land, das körperliche Tüchtigkeit über alles stellte, mußte der junge Prinz so große Anstrengungen unternehmen, damit man seinen verkrüppelten Arm vergaß, daß sein Charakter darunter litt. Er war zu ehrgeizig, er bewunderte das alte Schlachtroß Bismarck zu sehr.

Allerdings schien er für seine Großmutter, Queen Victoria, noch immer einige Zuneigung zu empfinden. Das arme Ding, fast völlig steif vor Rheumatismus, hatte ihre geliebte jüngste Tochter, Prinzessin Beatrice, an einen gutaussehenden Ehemann verloren. Bonningtons hatte eine hektische Zeit hinter sich, in der es die Hochzeitsgäste auszustaffieren galt.

Die neue italienische Seide war ein großartiger Erfolg gewesen, und es wurde gemunkelt, daß die elegante Prinzessin Louise kommen würde, um sie sich anzusehen und ein Kleid zu bestellen. Die alte Queen bezog all ihre Umhänge von diesem Kleinkrämer in Windsor, sie war auch zu alt und zu uninteressiert an Kleidern, um ihren Geschmack jetzt noch zu ändern. Aber es wurde wiederum gemunkelt, sie habe einige der Hochzeitsgeschenke von Prinzessin Beatrice aus italienischem Leder und venezianischem

Glas sehr bewundert und sich danach erkundigt, wo man sie bekommen könne.

Beatrices Auslandsabteilung bewährte sich also. Jetzt plante sie mit Mr. Brushs Hilfe ein Theaterschaufenster, das diese erfolgreichen Operetten von Mr. Gilbert und Mr. Sullivan zum Thema hatte. Der »Mikado« gab eine prächtige Szenerie für den Farbenrausch orientalischer Seidenstoffe, für Kimonos, Porzellan und Jade ab. Selbst William konnte seine Bewunderung nicht versagen. »Du entwickelst dich zu einer Künstlerin, Bea«, sagte er, und ihre Freude stand in keinem Verhältnis zu diesem Kompliment.

»Ich verdiene den Erfolg, nicht wahr?«

»Das tust du.«

»Sollten wir dann nicht einen Abend im Theater verbringen, um zu feiern?« Sie hatte aus einem Impuls gesprochen, und jetzt überlegte sie ganz schnell. Sie würde das wunderschöne Worth-Kleid tragen, das schon zu lange im Schrank hing. Und diesmal würde William es bemerken, da keine Rivalin seine Aufmerksamkeit auf sich zog.

»Guter Gedanke«, sagte William liebenswürdig. »Weshalb nehmen wir Florence nicht mit? Sie ist doch jetzt alt genug, um länger aufbleiben zu können, oder?«

»Vermutlich«, antwortete Beatrice widerwillig, die Aussicht auf einen Abend zu zweit entschwand. Und Florence hatte diese unglückliche Veranlagung, vor Aufregung krank zu werden. Aber wenn es William Freude machte, seine älteste Tochter dabeizuhaben, mußte ihm dieser Wunsch erfüllt werden. Beatrice genügte es, daß er überhaupt zugestimmt hatte.

Schließlich weitete sich der Theaterabend zu einer Familienparty aus, denn Mama fand plötzlich, sie würde auch gerne ins Theater gehen, und das bedeutete zugleich die Anwesenheit dieser treuergebenen und todlangweiligen Miss Finch.

Es war nicht genau das, was Beatrice beabsichtigt hatte. Wenn man jedoch bedachte, daß William die meisten Abende außer Haus in seinem Club verbrachte, war es besser als gar nichts.

Sie nahmen eine Loge und kamen gerade rechtzeitig dort an, ehe sich der Vorhang hob. Florence durfte sich auf einen der vergoldeten Stühle an der Brüstung setzen, damit sie freien Ausblick auf die Bühne hatte.

Sie war unendlich glücklich. Schon lange war sie der Meinung, sie sei nun alt genug, um einen Abend außer Haus zu verbringen. Ihr Glück wurde dadurch noch erhöht, daß Edwin zu Hause bleiben mußte. Sie versprach ihm herablassend, sie würde ihm nachher ihr Programm zeigen.

Sie trug ein weißes, mit winzigen Rosenknospen besticktes Kleid, dazu ein blaues Samtcape. Ihr langes, feines Haar sah auf diesem Cape sehr hübsch aus. Sie hatte soeben die aufregende und sehr weibliche Entdeckung gemacht, daß man hübsch wurde, wenn man sich hübsch fühlte.

Alle sagten, Miss Daisy würde Miss Florence einmal um Nasenlänge schlagen, aber das spielte an diesem Abend keine Rolle. Florences Triumph war vollkommen. Das Baby lag schlafend in seiner Wiege, und Florence schwelgte in der Vorstellung, das schönste Kind von London, ja der ganzen Welt zu sein.

Sie saß auf der Stuhlkante, ganz versunken in den Anblick ihrer Umgebung: die Damen mit bloßen Schultern und funkelnden Juwelen, die Herren im Abendanzug. Und doch war niemand schöner als Mama in ihrem Spitzenkleid. Selbst Papa lächelte glücklich, wie schon lange nicht mehr.

Großmama raschelte im Hintergrund herum. Jedesmal, wenn sie sich bewegte, knirschte es geheimnisvoll, als ob ihre Knochen brechen würden (Lizzie hatte gesagt, das sei nur ihr Korsett). Sie aß Schokolade aus einer Schachtel, die ihr Miss Finch hinhielt. Florence war verboten worden, auch nur ein einziges Stückchen zu essen, aus Angst vor unliebsamen Folgen. Großmama war vermutlich ganz froh darüber, daß sie die ganze Schachtel für sich hatte. Je älter sie wurde, um so gieriger schlang sie alles in sich hinein und sagte freiheraus, sie könne alles essen, wonach sie Lust hätte. Es war nur schade, daß sie ausgerechnet im Theater dieser Lust frönte, denn die schmatzenden Geräusche, die sie dabei von sich gab, wirkten sehr störend. Aber als sich schließlich der Vorhang hob und sich die strahlende Szene vor Florences Augen ausbreitete, nahm sie nichts anderes mehr wahr. Sie war wie in

Trance. Sie wußte, an diesen Abend würde sie sich ihr ganzes Leben lang erinnern.

Und doch sollte das Glück dieses Abends nur kurz dauern.

Denn in der ersten Pause sagte Großmama plötzlich: »Diese Miss Medway, ich dachte, du hast gesagt, sie sei bei einer Familie in Deutschland, Bea?«

»In der Schweiz, Mama.«

»Nun, das ist sie nicht. Ich habe sie heute morgen in Flask Walk gesehen.«

Mama wandte sich hastig nach ihr um.

»Du mußt dich geirrt haben.«

»Oh, nein, mit meinen Augen ist noch alles in Ordnung. Nicht wahr, Miss Finch?«

»Ja, Ihre guten Augen sind bemerkenswert.«

»Sie war dort in diesem braunen Kleid und mit einem winzigen Bißchen von einem Hut auf dem Kopf. Sie hat sich immer ordentlich gekleidet, das muß ich sagen. Ich hatte den Eindruck, sie käme von Overton House. Hat sie euch besucht?«

»Nein!« Mamas heiseres Flüstern jagte Florence einen Schauer den Rücken hinunter. »Du hast dich geirrt, Mama. Miss Medway ist in Zürich. Sie ist doch in Zürich, William?«

Statt zu antworten, tat Papa etwas Ungewöhnliches. Er stand auf und verließ die Loge. Er schloß die Tür ganz leise hinter sich, als wolle er niemanden stören.

»Was habe ich denn bloß gesagt?« beklagte sich Großmama. »Wirklich, Bea, William ist unwahrscheinlich empfindlich. Er ist doch nicht etwa krank?«

Ehe Mama antworten konnte, hob sich der Vorhang wieder, der Zauber des Spiels nahm Florence ganz gefangen. Papa würde etwas versäumen. Wenn er sich nicht mit der Rückkehr beeilte, wäre das ganze Stück für ihn verdorben. Als er nicht zurückkam, war es zumindest für Mama verdorben und auch für Florence, denn sie konnte sich nicht mehr auf den Szenenablauf konzentrieren. Ihr Feingefühl sagte ihr, daß etwas ganz und gar nicht in Ordnung war. Papa blieb verschwunden, und Mama saß verkrampft da und umklammerte mit beiden Händen ihren Fächer.

Abgesehen von diesen geheimen Ängsten erfüllte Florence die Erregung, daß Miss Medway vielleicht wirklich wieder zurückgekommen war.

Wenn sie in der Nähe von Overton House gewesen war, weshalb hatte sie dann nicht einfach geläutet und war hereingekommen? Hatte sie zu große Angst vor Mama aus einem geheimnisvollen Grund, der Florence und Edwin nicht erklärt worden war? Aber falls das zutraf, weshalb kam sie dann überhaupt in die Nähe von Overton House?

Als nach Beendigung des zweiten Akts die Lichter wieder angingen, sagte Mama ganz ruhig: »Entschuldigt mich einen Augenblick. Florence, bleib bei Großmama.« Und dann verließ auch sie die Loge.

Bestimmt war sie hinausgegangen, um nach Papa zu sehen.

»Männer!« murmelte Großmama. »Egoistische Schufte! Finch, ist in dieser Schachtel keine Erdbeerschokolade mehr? Na, ich hoffe, die beiden kommen wenigstens rechtzeitig zurück, ehe die Lichter wieder ausgehen.«

Mama kehrte allein zurück. Sie sagte zu Florence: »Papa hat sich nicht wohl gefühlt. Er hat einen Wagen genommen und ist nach Hause gefahren. Wir müssen bis zum Ende des Stückes warten, sonst verpassen wir Dixon.« Sie sagte das in einem Ton unterdrückter Ungeduld, als fürchte sie, der dritte Akt würde ewig dauern.

»Wieso weißt du, daß Papa krank ist?« flüsterte Florence.

»Der Portier sagte mir, er hätte einen Wagen rufen lassen. Er hat uns eine Nachricht hinterlassen.«

Doch Florence merkte sehr wohl, wenn jemand nicht die Wahrheit sagte. Sie wußte, Papa war nicht gegangen, weil er krank war. Er war fortgegangen, um Miss Medway zu suchen. Im Dunkeln. Und nun waren sie beide verschwunden.

»Sie ist übermüdet, sonst nichts«, sagte Mama, als sie Lizzie die schluchzende Florence übergab. »Die Aufregung war zuviel für sie. Bringen Sie sie zu Bett, und geben Sie ihr heiße Milch. Es war ein Fehler, sie mitzunehmen. Sie ist noch immer zu jung fürs Theater.«

Kein Wort darüber, daß Papa verschwunden war. Kein Wort darüber, daß Dixon mit vier Damen zurückgefahren war und daß Papas Sitz leer geblieben war. Florences Kehle war vom vielen Weinen wie zugeschnürt. Sie brachte keinen Ton heraus. Und sie hatte ohnehin viel zu große Angst vor der Frage, ob Papa zu Hause sei oder ob sein Schlafzimmer ebenso leer war wie sein Sitz in der Kutsche.

Würde Papa mit Miss Medway fortgehen? Aus Angst davor mußte Florence so viel weinen. Denn sie wußte schon seit langer Zeit, daß Mama es nie erlauben würde, daß Miss Medway jemals wieder in dieses Haus kam.

Schon bald nach Mamas Rückkehr aus Italien mit dem neuen Baby hatte Florence die Sprache einmal darauf gebracht, doch die Antwort war vernichtend gewesen.

»Florence, ich bitte dich und Edwin, diesen Namen nie mehr zu erwähnen.« Dann hatte Mama etwas ruhiger hinzugefügt: »Es tut Miss Sloane doch weh, wenn ihr sie immer daran erinnert, daß euch eine andere Gouvernante besser gefallen hat. Macht keine so entsetzten Gesichter. Solche Dinge geschehen nun einmal im Leben. Menschen kommen und gehen.«

Der beruhigende Ton konnte den Schreck über Mamas vorangegangene scharfe Worte nicht auslöschen. Florence schloß, daß Miss Medway etwas ganz Schlimmes getan haben mußte. Allerdings schien Papa darüber anders zu denken, sonst hätte er sich doch heute nacht nicht auf die Suche nach ihr gemacht.

Würde er jemals zurückkommen?

Florences Tränen sickerten in ihr Kissen. Sie hörte das Rascheln von Lizzies gestärkter Schürze, das Zischen des kleinen Spirituskochers, als die Milch gewärmt wurde. Beruhigende, vertraute Laute, bei denen ihre schmerzenden Augen zufielen.

In den frühen Morgenstunden knallte die Tür zum blauen Zimmer zu. Die Dienstboten waren schon vor langer Zeit zu Bett geschickt worden. Nur Beatrice lag schlaflos und hörte das beruhigende Zuschlagen.

Wie Florence hatte auch sie sich davor gefürchtet, daß William für immer verschwunden sei.

Drei Uhr morgens war nicht die Stunde der Klugheit. Angst und Kummer beherrschten Beatrice.

Sie klopfte an Williams Tür, leise, erst, dann lauter.

»William, ich bin es. Ich hoffe, deine Tür ist nicht abgesperrt.«

Mit ungeduldiger Stimme rief er: »Um Himmels willen, natürlich nicht.«

Sie trat ein und sah, daß er am Schreibtisch saß und etwas schrieb. Eigentlich hatte sie ihn fragen wollen, wo warst du, was hast du getan, aber statt dessen schlüpften ihr die Worte heraus: »Was schreibst du da?«

»Einen Brief.«

»Um diese Zeit?«

Er trug noch immer seinen Abendanzug. Er sah todmüde und hohlwangig aus. In seinen Augen stand ein Ausdruck brennender Entschlossenheit.

»Er ist an ein Hotel in Rom.«

Er reichte ihr gleichgültig das Blatt Papier, so daß sie die Anschrift sehen konnte: »An den Direktor, Grand Hotel . . .« Der unausgesprochene Gedanke, daß es kein Brief an Mary Medway war, schwebte zwischen ihnen.

»Willst du fortgehen?«

»Ich habe es vor.«

»Vielleicht ist das eine gute Idee.«

Was sollte sie sagen, während seine Augen sie voller Schmerz ansahen?

»Mama kann sich auch getäuscht haben, weißt du«, sagte sie.

Er nickte leicht. Dann sagte er beinahe unhörbar: »Sie wird wegen des Babys gekommen sein. Wenn sie überhaupt zurückgekommen ist. Sonst würde sie ihr Wort bestimmt nicht brechen.«

»Sie hat kein Recht, das Baby auch nur anzusehen«, schrie Beatrice wütend.

Er trat aus dem Schein der Lampe, so daß sein Gesicht im Schatten lag und sein Ausdruck nicht zu erkennen war.

»William, du mußt sie vergessen!«

»Verlang doch nicht das Unmögliche, Bea. Alles andere habe ich bereits getan.«

»Nur weil sie dich darum gebeten hat. Nicht meinetwegen. Und auch nicht deinetwegen.« Die bitteren Worte der Eifersucht waren ausgesprochen, und es schien, als wolle er niemals darauf antworten.

Aber er antwortete, nach langem Schweigen. Und da wünschte sie, er hätte nicht gesprochen, denn er verletzte sie unerträglich.

»Ich dachte, du kennst die Liebe«, sagte er.

Sie kannte sie, fürwahr. Aber das war eine andere Art als die seine, die starke, duldsame Art, die nichts gemein hatte mit dieser romantischen Versponnenheit, unter der er litt. Nichts weiter war es, eine romantische Zuneigung, die durch die Trennung verstärkt wurde.

Er durfte sie nicht für ein gefühlloses Monstrum halten. Sie handelte nur zum Besten aller. Die Zeit, diese schwerfällige, zähflüssige alte Zeit würde es beweisen. Wenn sie nur erst zehn Jahre älter wären.

»Es wird am besten sein, wenn du eine Zeitlang verreist, Liebster«, sagte sie zärtlich.

Eine Woche später reiste er ab, und am darauffolgenden Tag erzählte Hilda, das neue Kindermädchen, Lizzie, daß eine junge Frau das Baby eingehend betrachtet hatte, als sie mit dem Kinderwagen die Heath Street entlanggefahren war. Die Frau war stehengeblieben und hatte in den Kinderwagen hineingeschaut, und Baby, der kleine Engel, hatte sie angelacht. Aber alle bewunderten Miss Daisy ja. Das war nichts so Ungewöhnliches, als daß man der Herrin davon berichten müßte.

Hätte sie es doch getan! Vielleicht hätte dann alles Folgende vermieden werden können.

Zwei Tage später schob Hilda, begleitet von Lizzie, Florence und Edwin, den Kinderwagen in die Heide, wo sich um das gestreifte Zelt eines Kasperltheaters eine kleine Menschenmenge versammelt hatte.

Fasziniert von den kleinen zappelnden Puppen drängten sich die Kinder nach vorn. Edwin klatschte begeistert in die Hände. Als das Stück zu Ende war, wollte er bleiben, um noch mehr zu sehen. Er quiekte auf, als Lizzie ihn fortzog.

»Du kleines Ungeheuer, du«, sagte sie gut gelaunt.

Florence, die sich am Rande der Menge aufhielt, dachte, Edwin hätte wieder aufgeschrien, aber diesmal war es Hilda.

»Heilige Mutter Gottes!« schrie sie mit sich überschlagender Stimme. »Das Baby ist weg!«

Es stimmte. Der Kinderwagen war leer, als sei die kaum drei Monate alte Daisy herausgeklettert und davongelaufen.

Hilda war nahe daran, hysterisch zu werden, aber Lizzie bewahrte die Ruhe und konnte schnell denken. Am Rand der Menge entdeckte sie einen Polizisten. Sie boxte sich zu ihm durch und berichtete ihm ihre ungewöhnliche Geschichte.

»Die Zigeuner haben das Baby gestohlen!« keuchte sie. »Kommen Sie schnell, Wachtmeister.«

»War das Kind denn unbeaufsichtigt?« fragte der Polizist, als er den Kinderwagen betrachtete, das gemütliche Nestchen aus Decken, die kleine Vertiefung im Kissen, wo Daisys Kopf gelegen hatte.

»Wir haben uns nur das Kasperltheater angeschaut«, sagte Lizzie. »Wir haben dem Wagen vielleicht fünf Minuten den Rücken zugewandt.«

»Anscheinend lange genug«, sagte der Polizist. »Und wieso kommen Sie darauf, daß es Zigeuner waren, die Ihr Kind gestohlen haben?«

»Es ist nicht mein Kind, Wachtmeister. Es ist Miss Daisy Overton von dem großen Haus in der Heath Street. Ich bin nur das Kindermädchen. Und das sind Miss Florence und Master Edwin. Sie werden Ihnen sagen, daß wir Miss Daisy vor fünf Minuten noch hatten. Und es sind doch immer Zigeuner, die Babies stehlen, oder?«

»Nicht unbedingt, Madam.«

Lizzie kicherte spitz, weil er sie ›Madam‹ genannt hatte. Der Polizist scheuchte die Menschen weg, die sich neugierig um sie versammelt hatten.

»Zurücktreten, bitte. Hat jemand von Ihnen irgend etwas Verdächtiges wahrgenommen, etwa eine Person, die sich mit dem Baby aus diesem Wagen da davongemacht hat?«

Florence glaubte, ein schwaches, weit entferntes Lachen zu hören, wie ein Echo vom Kasperltheater her. Dann trat ein alter Mann vor, abgerissen und schmutzig, und sagte, er hätte eine junge Frau gesehen, die ein Baby trug. »Eine nette, saubere junge«, sagte er. »Aber 's hat so ausgesehen, wie ihr eigenes Baby, so hat sie's abgedrückt.«

»Wohin ist sie gegangen?«

Der alte Mann streckte einen unwahrscheinlich schmutzigen Finger aus.

»Zur Stadt.«

Die kalte Wintersonne schien durch einen Nebelschleier auf die unschuldige Heide. Florence fröstelte, ihre Füße waren eiskalt. Hilda hatte ihre Hysterie überwunden, aber sie konnte noch immer nicht sprechen. So blieb es der glotzäugigen, aber bemerkenswert gefaßten Lizzie, die Kinder nach Hause zu bringen.

Der Polizist selbst schob den Kinderwagen. Das sah sehr dumm aus, so ein großer Mann mit einem Polizeihelm auf dem Kopf, der einen leeren Kinderwagen schob. Er sagte, er würde ihn aufs Revier bringen. Er oder einer seiner Kollegen käme dann nach Overton House hinüber. Lizzie sollte den Eltern der Kinder mitteilen, daß sie sich zur Verfügung halten sollten.

»Der Herr ist im Ausland«, sagte Lizzie. »Die Herrin ist im Geschäft.«

»Dann holen Sie sie nach Hause, gute Frau.«

Dixon sagte, er würde mit den feurigen Neuen wie der Teufel fahren. Miss Daisy gestohlen! Das war kaum zu glauben. Wer war da unachtsam gewesen, Lizzie oder Hilda, oder alle beide?

Aber wer rechnet schon damit, am hellichten Tag ein Baby zu verlieren. Die Köchin und Hawkins hatten so etwas noch nie gehört.

»Das können keine Zigeuner sein. Das bildet sich Lizzie nur ein. Es handelt sich um geplante Kindesentführung«, sagte Miss Sloane, die sich in solchen Dingen auszukennen schien. »Man wird Lösegeld verlangen. Das ist zwar kein reiches Haus, wie das des Grafen von Devonshire, aber für eine Menge Leute ist es sehr reich.«

Miss Sloane hatte, was die Köchin mißbilligend einen »Anflug von Sozialismus« nannte, was immer das auch sein mochte.

Florence wurde durch ihre tauben Finger und Zehen vom Nachdenken abgelenkt. Sie wollte nur um die süße, verschwundene Daisy weinen, obwohl das keinen Sinn hatte, wie ihr Miss Sloane in ihrer trockenen, unsympathischen Art erklärte.

Das erste, was Mama sagte, als sie aus der Kutsche stürzte und ins Haus rannte, war, daß man nicht an Papa telegrafieren solle. Jedenfalls jetzt noch nicht. Daisy würde sicherlich innerhalb weniger Stunden gefunden werden, und dann hätte sich Papa für nichts und wieder nichts aufgeregt.

Dann schloß sie sich lange Zeit mit zwei Polizeibeamten in der Bibliothek ein, und als sie herauskam, sagte sie zu den in der Halle versammelten Dienstboten mit kühler Stimme: »Wir brauchen uns keine zu großen Sorgen zu machen. Wir sind vollkommen sicher, daß Daisy bei ihrer . . . bei dieser Frau in guter Obhut ist. Wir glauben nicht, daß es sich um eine Kindesentführung für Lösegeld handelt. Es ist wohl eher die Tat eines unausgeglichenen Menschen.«

»Warum hat diese Frau *unser* Baby genommen?« fragte die Köchin verständnislos.

»Das arme Ding ist möglicherweise kinderlos. Einige Frauen werden dadurch ein bißchen seltsam. Es ist sehr schön von Ihnen allen, daß Sie sich Sorgen machen, aber jetzt geht an eure Arbeit zurück. Ich habe volles Vertrauen zu unserer Polizei. Das Baby wird noch vor heute nacht zurück sein.«

Sie war erregt, trotz ihrer vorgetäuschten Ruhe. Auf ihren Wangen glühten rote Flecken, ihre Augen hatten einen unangenehmen starren Blick. Sie bemerkte Florence und Edwin, denn sie sprach mit ihnen, aber Florence wußte, alles, was sie wirklich sah, war diese Frau, die mit Daisy in den Armen davonrannte.

»Miss Sloane, bringen Sie die Kinder ins Kinderzimmer, und lesen Sie ihnen etwas vor, oder machen Sie Spiele mit ihnen. Lizzie, Sie gehen auch. Zünden Sie die Lichter an. Es wird bald dunkel sein.« Ihr schauderte sichtbar, als stelle sie sich die kleine Daisy vor, die in der nebligen Dunkelheit draußen war. Dann nahm sie Florences Hand und führte sie Miss Sloane entgegen. »Lauf, Liebling. Tu, was ich gesagt habe.«

Ihre Hand war eiskalt gewesen, wie die einer Toten. Wie die von Großmutter Overton, die Florence auf Anordnung von Nanny Blair hatte anfassen müssen, bevor der Sarg geschlossen wurde.

Fieberschauer schüttelten sie. Sie begann zu schluchzen und sagte mit lauter, gequälter Stimme, sie wolle Miss Medway wiederhaben, es sei gemein, daß Miss Medway fortgegangen sei. »B-Baby wäre n-nicht gestohlen worden, w-wenn Miss M-Medway da wäre«, stotterte sie zähneklappernd.

»Sei still!« Florence sprang entsetzt zur Seite, als Mama sie anschrie. Gehorsam schwieg sie. »So ein Unsinn!« sagte Mama. »Geh sofort ins Kinderzimmer.«

Später kam Dr. Lovegrove in das vom Kaminfeuer erhellte Kinderzimmer. Wer es wohl angezündet hatte? Er befühlte Florences Stirn und sah sich das Schlachtfeld an, mit dem Edwin gespielt hatte. Mit seiner tiefen, jovialen Stimme sagte er: »Ich glaube, ein paar Beruhigungsmittelchen sind für euch zwei Grünschnäbel das richtige. Zwei von diesen Tabletten in einem Glas Milch, Lizzie. Dann werden sie was Schönes träumen.«

»Und Baby?« fragte Florence zitternd.

»Oh, Baby hat man wiedergefunden, wußtest du das nicht? Es geht ihm ausgezeichnet.«

Es war Mitternacht vorbei, doch Beatrice saß noch immer in der Bibliothek und mühte sich mit dem Brief ab, den sie an William zu schreiben hatte.

Liebend gern hätte sie die ganze schreckliche Geschichte vertuscht, aber das war unmöglich. Der Polizist hatte gesagt, ihr Mann müsse nach Hause kommen. Man würde ihn vermutlich bei der Gerichtsverhandlung brauchen.

Gerichtsverhandlung!

Junge Frau der Kindesentführung in verbrecherischer Absicht angeklagt . . .

Sie hatte dagegen protestiert, sie hätte das Kind nur für eine Nacht, nur für ein paar Stunden haben wollen. Sie wollte es zurückgeben, ohne ihm etwas zuleide zu tun. Nein, sie hatte keine eigenen Kinder. Sie war unverheiratet.

Mary Medways verzweifelte Augen in einem beinahe durchsichtigen weißen Gesicht schoben sich immer wieder zwischen Beatrice und den Brief, den sie schreiben wollte.

Selbst unter diesen fürchterlichen Umständen hatte sich Mary an ihren seltsamen Ehrenkodex gehalten. Sie hatte weder William verraten noch ihrem Kind das Schandmal der Illegitimität aufgebrannt.

Beatrice erriet, daß sie durch Einsamkeit und Sehnsucht einfach zerrissen war. Ihr Verstand hatte ausgesetzt.

Aber in der Stille der Bibliothek, während das Feuer bereits zu Asche heruntergebrannt war, griff Beatrice entschlossen nach der Feder. Sie preßte die Lippen zusammen. Hier war kein Platz für Sanftmütigkeit und Milde. Das Mädchen war schlecht, eine Verbrecherin, vielleicht sogar gefährlich.

Sie mußte einer entsprechenden Institution übergeben werden, schon um sie selbst vor künftigen kriminellen Handlungen zu schützen.

Daisy hatte glücklicherweise keinen Schaden genommen, nur eine Mahlzeit übersprungen. Als man sie fand, hatte sie vor Hunger ärgerlich gebrüllt.

»Die Polizei hat bemerkenswert schnell herausgefunden, wohin Mary Medway unser Baby gebracht hat«, schrieb sie an William. »Man hatte sie beobachtet, wie sie den Downshire Hill hinunterrannte und in einem Häuschen am Ende der Straße verschwand, in dem sie ein Zimmer bewohnte. Mehrere Leute hatten sie bemerkt, denn es ist ungewöhnlich, daß eine Frau mit einem Baby im Arm rennt. Sie verhielt sich nicht so klug, wie man das von ihr hätte erwarten können, aber das ist bei ihrem gegenwärtigen Zustand kaum verwunderlich. Sie schien die Absicht zu haben, Daisy für eine Weile bei sich zu behalten. Das ist alles sehr traurig, und es tut mir unendlich leid, daß ich dir diesen Schmerz nicht ersparen kann. Aber es wird alles bald vorüber sein . . .«

Natürlich war das nicht der Fall. Diese Wunde schien niemals heilen zu wollen.

Mary Medway wurde zu achtzehn Monaten Gefängnis in Holloway verurteilt, bei guter Führung konnte das Urteil auf ein Jahr verringert werden.

Zeitweise war sie also aus dem Weg, sagte Beatrice sich, und sie mußte den Wunsch unterdrücken, sie wäre für immer fort. Nach Australien oder sonstwohin verbannt.

Denn außer Daisy war niemand mehr der gleiche seit jenem verhängnisvollen Tag auf der Heide.

Durch nichts würde sich Florence von jetzt an dazu bewegen lassen, ein Kasperltheater anzuschauen, sie hatte sogar Angst, auf die Heide zu gehen, und klammerte sich an Lizzie wie mit Saugnäpfen. Sie war noch nie ein sehr mitteilsames Kind gewesen, aber jetzt schien sie sich von allen zurückzuziehen. Selbst auf das unschuldige Baby war sie eifersüchtig. Weshalb hatte man nicht sie gestohlen, fragte sie, sondern ein neues Baby, das Miss Medway überhaupt nicht kannte?

Edwin, der sich noch nie um Disziplin gekümmert hatte, wurde im gleichen Maß zügelloser, in dem Florence stiller wurde. Er mußte in nächster Zukunft auswärts in eine Schule geschickt werden. Mit sieben Jahren war er kein bißchen zu jung, wie sein Vater sagte. Außerdem hinkte er in seinen Leistungen nach, und man hoffte, er würde auf einen Lehrer besser hören als auf Miss Sloane. Er konnte jetzt noch kaum lesen. Allerdings sagte Lizzie, er gehe mit den Augen so nahe ans Blatt, als würde er schlecht sehen.

William mußte sich nach der Gerichtsverhandlung im Old Bailey, die nur ein paar Stunden gedauert hatte, die ihm allerdings wie eine Ewigkeit erschienen waren, mit einer schweren Erkältung niederlegen, die sich dann zu einer Lungenentzündung verschlimmerte. Er war schwer krank, und im Delirium rief er immer wieder: »Laßt sie nicht diese Treppen hinuntergehen!«

Beatrice wußte nur zu gut, was er meinte. Er hatte mit ansehen müssen, wie Mary Medway nach dem Urteil die Treppe hinunterging, die von der Anklagebank zum Zellengang führte.

Ihr war ein gerechtes Urteil widerfahren. Ein ausgezeichneter Verteidiger hatte ihr zur Seite gestanden, Beatrice wußte, daß er von William bestellt und bezahlt worden war, aber sie erwähnte nichts davon.

Sie hatte nicht einmal etwas dagegen, denn auch sie wollte absolut gerecht sein.

Die Pflege ihres Mannes, die Bemühungen, ihn ins Leben zurückzurufen und ihm ein klein wenig von seiner alten Fröhlichkeit wiederzugeben, waren eine so umfassende Aufgabe, daß Beatrice keine Zeit zum Grübeln blieb. Sonst hätte sie Mary Medway vielleicht verflucht für all das Unglück, das sie über ihr Heim gebracht hatte.

Und doch mußte sie sich mit der ihr eigenen unbequemen Ehrlichkeit fragen, ob einzig und allein Miss Medway schuld an dem Unglück trug.

War die Saat nicht schon damals gelegt worden, als sie selbst so willig und optimistisch in eine Vernunftehe getreten war, deren möglichen Erfolg sie durch ihre zu großen Besitzansprüche, zu großes Vertrauen, ihren zu großen Edelmut ruiniert hatte? War sie eine Frau, die sich voll und ganz einer Karriere als Geschäftsfrau hätte widmen sollen? War ihr starkes und entschlossenes Wesen eher dazu angetan, Liebe zu töten als sie zu erwecken? Mußten unter ihrer Willensstärke selbst unschuldige Kinder leiden?

Diese Gedanken waren zu verheerend, um daran glauben zu können. Sie durfte einfach nicht daran glauben.

Was war mit ihrem Verständnis, ihrem Takt, ihrer Geduld? Sie war nicht nachtragend, und sie beklagte sich niemals über ihre Einsamkeit. Waren das alles Qualitäten, die einen Mann einfach nicht ansprachen?

Sie mußte eine Bestandsaufnahme ihrer Gefühle machen, so wie sie eine Bestandsaufnahme in Bonningtons machte. Unerwünschte Charaktereigenschaften mußten ausgemerzt werden, wertvollere kultiviert. Sie mußte sich in die Art von Frau verwandeln, auf die Williams romantischer, empfindsamer Geist reagierte.

Wenigstens schien William nichts gegen ihre Nachtwachen an seinem Bett einzuwenden zu haben. Wofür sie unendlich dankbar war. Einmal streckte er seine Hand aus und umklammerte die ihre mit einem heißen, trockenen Griff. Vermutlich war er noch immer im Delirium, obwohl er ihren Namen murmelte. Aber ihr natürlicher Optimismus erwachte. Sie nahm das als Zeichen dafür, daß er sie nicht wirklich haßte. Das war schon etwas. Unter den gegebenen Umständen war es tatsächlich eine ganze Menge.

15

Nur ein Jahr nach der Trauer um den vorzeitigen Tod Prinz Alberts, der mit Prinzessin Mary von Teck verlobt gewesen war, schmückte sich Bonningtons mit Flaggen und Fahnentüchern. Man hatte beschlossen, Prinzessin Mary mit Alberts jüngerem Bruder George zu verheiraten, und die hübsche, phlegmatische junge Dame hatte sich ohne große Schwierigkeiten damit einverstanden erklärt.

Die außergewöhnliche Situation behagte Bonningtons ungemein. Man hatte nicht nur eine Menge Trauerkleider, Zylinder, schwarze Schleier usw. verkaufen können, sondern sah sich jetzt noch der unvergleichlich angenehmeren Aufgabe gegenüber, die Hochzeitsgäste auszustaffieren.

Es war Hochsommer und genau das richtige Wetter für königliche Festlichkeiten. Die Bäume im Hyde Park prangten in sattem Grün, der Rasen sah aus wie schimmernde Seide. Es war ein herrlicher Sommer für Rosen. Eine Abordnung von Bonningtons war an diesem Tag schon sehr früh auf und brachte Hunderte von Blüten vom Covent-Garden-Blumenmarkt, um damit die Eingangshalle zu dekorieren. Beatrice hatte in der Hauptsache weiße Rosen bestellt. Als Symbol für Reinheit, Jungfräulichkeit, Unschuld und so weiter, obwohl man sich fragte, ob die Prinzessin über ihren zweiten Versuch, in die englische Königsfamilie einzuheiraten sehr entzückt war.

Beatrice hatte nicht die Absicht, das Geschäft zu verlassen, um sich der Menschenmenge anzuschließen, die den Weg des königlichen Hochzeitszuges säumte. Doch sie empfand ein gewisses Mitgefühl mit der zurückhaltenden scheuen Braut. Sie hätte ihr gerne gesagt, daß auch eine Vernunftehe sehr gut gehen könne, vorausgesetzt, man bringe genügend Geduld und Selbstaufopferung auf. Und, aber das brauchte kaum eigens betont zu werden, eine tiefe und dauerhafte Liebe.

Florence und Edwin hatten die Erlaubnis erhalten, sich den Hochzeitszug anzusehen, vorausgesetzt, daß Miss Sloane und Lizzie sie begleiteten und niemals aus den Augen ließen. Baby war natürlich noch viel zu klein dazu, obwohl es in bemerkenswert kurzer Zeit sowohl laufen wie auch sprechen gelernt hatte.

Beatrice wußte nicht, was William vorhatte. Er war in letzter Zeit so verschlossen, und trotz all der kleinen Unterhaltungen, die sie für ihn arrangierte (sie selbst hatte es noch immer nicht gelernt, Vergnügen in ihrer Rolle als Gastgeberin zu empfinden, und stand die Dinnerparties und musikalischen Soireen nur Williams wegen einigermaßen gut gelaunt durch), trug er ein leicht gequältes Verhalten zur Schau.

»So romantisch«, murmelten die Damen. »Aber weshalb so traurig?«

Wenigstens würde es im Leben von Prinzessin Mary von Teck keine Mary Medway geben, dachte Beatrice. Es war jedenfalls zu hoffen.

Denn selbst ein Gefängnisaufenthalt nahm einmal ein Ende, und dann mußte man wieder ständig auf der Hut sein, ständig auf Daisy aufpassen, ständig nach einer schlanken, dunkelhaarigen Gestalt Ausschau halten, die sich in den Straßen außerhalb Overton House herumtrieb.

Beatrice konnte ihre Ängste nicht mit William besprechen, denn es war unmöglich geworden, mit ihm über etwas anderes als über die nebensächlichsten Dinge zu reden. Nicht, daß er nicht höflich und zuvorkommend gewesen wäre, doch hinter seinem sanften Lächeln und seinem liebenswürdigen Gesicht verbarg sich nichts als Leere.

Sie wußte, er war am glücklichsten, wenn er Daisy auf seinen Knien schaukeln konnte. Das war ihr privater Schmerz, gegen den sie machtlos war. Sie konnte doch nicht auf ein Kind eifersüchtig sein. Sie versagte es sich auch, sich über Williams häufige Abwesenheit von zu Hause Gedanken zu machen, für die er niemals eine Erklärung abgab. Er war im Klub, hatte einen Spaziergang in der Heide gemacht, eine Kunstausstellung besucht, seinen Verleger getroffen, erzählte er gelegentlich. Er hatte ein neues Buch in Arbeit und trieb Nachforschungen in der Bibliothek oder im British Museum.

Mit anderen Worten, er lebte sein eigenes Leben, wie sie das ihre.

Das letzte Viertel des neunzehnten Jahrhunderts brachte dem Mittelstand großen Wohlstand. Die Baumwollmühlen in den Midlands, die Kohlenbergwerke, die Eisen- und Stahlwerke von Wales warfen ansehnlichen Profit ab. Immer mehr Menschen hatten Wagen und Dienstboten, Landhäuser und teure Garderoben. Es waren die Neureichen, denen in den modernen Läden Rechnung getragen wurde. Natürlich gab es hin und wieder Streiks in den Mühlen oder Bergwerken, Aufstände irgendwo in dem weiten, ungeordneten Empire der alten Queen oder einen Krieg an seinen Grenzen, bei dem manches zerstört wurde. Aber im Augenblick war alles in Ordnung, und die Sonne konnte friedlich auf die Pracht und Herrlichkeit eines wichtigen Ereignisses am Königshof scheinen.

Da an einem solchen Tag nur wenig im Geschäft zu tun war, verbrachte Beatrice ihre Zeit nutzbringend in den Kellerräumen, wo sie die Waren inspizierte. Sie liebte es, sich um alles zu kümmern. Sie ging zwischen den vollgestopften Regalen hin und her, eine untersetzte kleine Gestalt, die zur Rundlichkeit neigte. Falls sie noch weiter zunehmen wollte, würde sie in ein paar Jahren große Ähnlichkeit mit Queen Victoria haben. Queen Bea. Um die dreißig war sie jetzt viel attraktiver, als sie mit zwanzig gewesen war, sie war selbstsicherer geworden und hatte bewiesen, daß man trotz ihrer ungewöhnlichen Fähigkeiten weiblich bleiben konnte.

Adam Cope hielt sie für eine bemerkenswerte Frau. Sie war ein Phänomen in der modernen Gesellschaft, eine erfolgreiche Geschäftsfrau und zugleich Ehefrau und Mutter.

Kein beliebtes Phänomen unter den Männern, die ihr zum Vorwurf machten, sie habe eine neue und gefährliche Methode eingeführt und ihre Geschlechtsgenossinnen verraten.

Nur ihr eigener Mann schien demgegenüber gleichgültig zu sein. Aber er hatte ja sein Schäfchen im trockenen, nicht wahr? Und er war schließlich ein extravaganter, träger Bursche, der immer das Beste von allem haben wollte.

Wenn man den Gerüchten glauben durfte, pflegte er seine eigene Art von Vergnügen.

Anscheinend hing er noch immer den verträumten Ansichten seiner Jugendzeit nach, mit einem entscheidenden Unterschied. Jetzt bevorzugte er eine andere Art von Frauen. Mit anderen Worten, sein Geschmack hatte sich verschlechtert. Häufig wurde er in den verrufenen Gegenden von Balham und Wandsworth gesehen, wohin er allein mit seinem schnellen Pferd und dem offenen Wagen fuhr, statt eine Kutsche mit Kutscher zu nehmen. Das sprach doch für sich selbst, oder etwa nicht?

Er wollte allein sein, er konnte keinen vertrauten Angestellten brauchen, der über sein Reiseziel Bescheid wußte.

Auch seine Frau durfte davon nichts erfahren. Ihr waren noch nicht einmal die Gerüchte zu Ohren gekommen. Niemand war bereit, ihr etwas zu sagen. Teils aus Freundlichkeit, teils weil William Overton so unendlich elend wirkte.

Aber irgend jemand würde es ihr eines Tages sagen, wenn sie nicht selbst darauf kam.

Nun, die Ehe war schließlich von Anfang an ungut gewesen, und niemand hielt sie für besonders glücklich.

Am Ende dieses Sommertages brachte Beatrice ein riesiges Rosenbouquet nach Hause. Die Blüten waren durch die Hitze nur leicht schlaff.

Sie würde sie in einer Vase auf dem Dinnertisch arrangieren, und vielleicht würde der Hauch von Festlichkeit William weniger zurückhaltend und verschlossen stimmen.

Bei ihrer Heimkehr erwartete sie ein Brief. Annie sagte, er sei durch einen Boten abgegeben worden. Die Adresse war mit schwerfälliger, männlicher Schrift geschrieben, und Beatrice wußte, woher er kam, obwohl ihr die Schrift unbekannt war. Sie riß ihn auf und entnahm ihm ein dickes Blatt Papier.

Liebe Mrs. Overton,

hiermit informiere ich Sie davon, daß die Gefangene Medway heute vormittag um elf Uhr entlassen worden ist. Sie baten mich, Sie von dieser Tatsache in Kenntnis zu setzen, was hiermit geschieht.

Ich habe die Ehre, Madam, Ihr ergebener Diener zu sein,

J. J. Browne
Gouverneur des Frauengefängnisses von Holloway.

»Ist irgend etwas nicht in Ordnung, Ma'am?« fragte Annie.
Beatrice zerknüllte den Brief in ihrer Hand.
»Doch, Annie. Nur eine geschäftliche Unannehmlichkeit. Sagen Sie der Köchin, sie soll das Dinner eine halbe Stunde später servieren lassen. Der Herr wird vielleicht später kommen . . .«
Oder vielleicht überhaupt nicht . . .
Denn sie war beinahe sicher, den Grund für viele auswärts verbrachte Stunden zu kennen. Wäre sie William gefolgt, hätte sie festgestellt, daß er alle vierzehn Tage oder sogar wöchentlich das Holloway-Gefängnis aufsuchte.

Sie war ihm jedoch nicht gefolgt, und sie hatte auch keine Fragen gestellt.

Aber so konnte es einfach nicht weitergehen.

Als um acht Uhr dreißig das Dinner serviert wurde, ging sie ins Eßzimmer. Sie aß allein und sah zu, wie aus dem Strauß weißer Rosen ein Blütenblatt nach dem anderen auf die polierte Tischplatte fiel. Als William eine Stunde später eintrat, saß sie noch immer dort.

Er setzte sich, wirkte müde und abgespannt und sagte rasch, sie brauche nicht zu läuten, denn er wolle nichts essen.

»Bitte dräng mich nicht«, sagte er mit seltsam tonloser Stimme, »ich weiß, wann ich essen kann und wann nicht.«

»Aber Liebling, was ist denn? Bist du krank?«

Wie immer hatte die Sorge um ihn ihre Eifersucht zum Schweigen gebracht. Sie sah seine Lippen an, weil sie so blaß waren, und nicht, weil sie vielleicht vor kurzer Zeit erst geküßt worden waren.

»Nein, nicht ich bin krank, Bea. Es ist . . .« Seine Lippen bebten heftig. »Sie stirbt, verdammt, sie stirbt!«

»Wer?« sagte Beatrice und wußte, was er antworten würde.

»Mary natürlich. Wer sonst? Sie haben sie heute entlassen, denn sie wollten nicht, daß sie im Gefängnis stirbt. Das hätte sie in Schwierigkeiten gebracht. Da haben sie sie einfach hinausgeworfen, und sie kann kaum gehen.«

»Oh, William, wie schrecklich! Können wir denn gar nichts tun?«

»Sie stirbt an Schwindsucht. Sie weiß es schon seit Monaten. Und ich auch. Ich habe sie jede Woche besucht.«

»Ich weiß.«

Sein verstörtes Gesicht fuhr in die Höhe.

»Du weißt es?«

»Macht ja nichts. Ich wußte es eben. Oder ich habe es erraten.«

»Aber du hast nichts gesagt.«

»Hätte ich das tun sollen? Ich dachte, du seist der Ansicht, ich hätte mich schon genug eingemischt.«

»Aber ich habe dir niemals die Schuld gegeben. Nur mir selbst. O Gott, das ist alles so hoffnungslos!«

»Hoffnungslos für die arme Mary Medway, wenn das wahr ist, was du mir sagst. Wo ist sie jetzt?«

»Ich habe sie in ein kleines Pflegeheim gebracht. Es wird von Nonnen geführt. Sie scheinen freundlich zu sein. Es ist ohnehin nicht für lange Zeit. Höchstens ein paar Wochen noch. Vielleicht schon morgen. Es war dieses verdammte Gefängnis, die Kälte und die Feuchtigkeit und das schlechte Essen. Ich habe seit Monaten darum ersucht, sie freizulassen. Jetzt haben sie sie freigelassen, aber jetzt ist es zu spät.«

»William . . .«

Er zuckte zusammen, als sie um den Tisch herumging und auf ihn zutrat. »Rühr mich nicht an, Bea!«

Sie erstarrte vor Schreck und Ärger. Sie war nicht seine Feindin.

Sie war nur unendlich bekümmert über seinen Schmerz und zutiefst und wahrhaft entsetzt über die Tragödie dieser jungen, sanften Frau, die so früh sterben mußte. Und doch durchströmte sie ein schreckliches Frohlocken. War sie schlecht und herzlos, daß sie in einem solchen Augenblick grenzenlose Erleichterung empfand? Es schien ihr, daß Gott diese tragische Geschichte auf die einzig mögliche Weise beendete.

Wenn sie tot war, würde William um sie weinen können und sie dann vergessen. Als Tote war sie so viel leichter zu vergessen denn als Lebende.

16

Für den Rest von Florences Kindheit (sie betrachtete sie als vorüber, als sie zwölf Jahre alt wurde) war Papa die meiste Zeit verreist. Und das war nicht gut, soweit es Edwin betraf, denn er hatte in der Vorbereitungsschule immer häufiger Schwierigkeiten. Florence hörte, wie Miss Sloane zu Lizzie sagte, er brauche die feste Hand seines Vaters. Und Lizzie antwortete: »Ja, auf seinem Hinterteil, der kleine Teufel.«

Florence wußte, daß Edwin das Internat haßte und sich nur so schlecht benahm, weil er unglücklich war. Einmal wäre er wegen Betrugs beinahe von der Schule gewiesen worden. Doch der Rektor entschied sich schließlich für eine Tracht Prügel, und Edwin konnte, sehr zu seiner Enttäuschung, bleiben. Im stillen hatte er gehofft, rausgeworfen zu werden.

Später sagte Mama, der eigentliche Grund für diese mildernden Umstände sei ein ärztliches Attest gewesen. Es hatte sich herausgestellt, daß Edwin kurzsichtig war und deshalb noch nie hatte richtig klar sehen können.

Das war auch der Grund für seine ungewöhnliche Langsamkeit im Lernen gewesen. Niemand hatte etwas geahnt. Der arme Junge mußte immer blinzelnd auf eine verschwommene Tafel schauen und konnte sich nur durch Schwindel durch seine Examen schmuggeln.

Jetzt mußte er eine Brille tragen, und das war schlimm. Nicht allein deshalb, weil sein hübsches Gesicht darunter litt, sondern weil es das Ende seiner angestrebten Karriere in der Army bedeutete. Er hatte sich so sehr gewünscht, Soldat zu werden.

Als er in seinen letzten Schulferien nach Hause kam, hatte er all seine zerschundenen und schäbigen Zinnsoldaten in Schachteln verpackt und sie in das Kabinett zu der berühmten Sammlung seines Großvaters gestellt. Die Brille hatte ihm ein völlig verändertes Aussehen gegeben. Sie schien sogar seine Persönlichkeit verändert zu haben. Ein eulenhafter, kleiner Junge, so stand er schweigend da und blickte auf die Regimenter von Großpapas Grenadieren, Husaren, die französischen Kürassiere, die russischen Bärenfellmützen, die schottischen Hochländer, die Gordon Highlanders, die indischen Sikhs mit ihren Turbanen und die vierschrötigen Ghurkas, auf die Schlachtrosse, die Artillerie . . .

Edwin hatte zweimal im Jahr mit diesen auserlesenen Kostbarkeiten spielen dürfen. An seinem Geburtstag und am Weihnachtstag. Er sagte, er würde niemals wieder damit spielen. Er hatte die Soldaten satt.

Florence begriff, wie schwer es sein mußte, einen Traum aufzugeben, aber Edwin brauchte nicht gar so traurig zu sein. Jetzt konnte er in Bonningtons eintreten und Mama helfen. Aber gerade das schien er zutiefst zu verabscheuen. Irgendwo, vermutlich in dieser blöden Schule, hatte er gehört, daß Gentlemen keine Kaufleute wurden, und Edwin war drauf und dran, sich in einen entsetzlichen Snob zu verwandeln.

Außerdem konnte er sowieso nicht rechnen. Jetzt, da er ordentlich sehen konnte, holte er im Lesen rasch auf, aber er hatte kein Talent für Zahlen. Und er hielt Kaufen und Verkaufen für die langweiligste Sache der Welt.

Er war jetzt ein großer Schuljunge und kam sich schrecklich bedeutend vor. Er hielt es nicht einmal für nötig, die wunderschönen Schaufensterauslagen zu betrachten, die man für das diamantene Jubiläum der Queen gestaltet hatte.

Mama hatte Tausende von Pfund für Kleiderpuppen ausgegeben, welche die Bewohner des ausgedehnten Königreichs darstellten. Indische Maharadschas mit glitzernden Juwelen, Krieger aus Südafrika und der Goldküste, Maoris aus Neuseeland, kleine braune Malaien aus Singapore, Ägypter vom Suezkanal und ebenholzfarbene Eingeborene aus Britisch-Westindien. Die Zeitungen nannten es ein »tour de force«, und es erschienen sogar Bilder von Mama.

Edwin erzählte Florence, daß er deswegen in der Schule schrecklich ausgelacht wurde.

»Du solltest stolz sein!« schrie Florence.

»Aus einer Kaufmannsfamilie zu stammen?« sagte Edwin verächtlich. »Wenn du's wissen willst, ich wurde ausgelacht, weil meine Mutter arbeiten muß.«

»Na und? Ich werde auch einmal arbeiten.« Florence dachte nicht im Traum daran. Alles, was sie wollte, war ein Mann und eine Menge Kinder.

»Das wirst du wahrscheinlich auch müssen«, sagte er unfreundlich. »Wer will dich schon heiraten.«

Florence mußte sich beherrschen, daß sie ihm nicht die Haare ausriß. Doch sie war jetzt schon zu alt für derartige Dinge. Aber Edwin war wirklich ein Ekel. Wer wollte ihn wohl heiraten?

Als Papa entschied, Edwin sollte erst nach Winchester, dann nach Oxford gehen und später ins Foreign Office eintreten, schien Edwin weniger unglücklich zu sein, daß ihm die Gefahren und der Ruhm des Soldatenlebens versagt bleiben sollten.

Florence war dankbar dafür, daß sie ihre kleine Schwester hatte, die sie umsorgen konnte. Die zarte, leichtfüßige, kapriziöse und fröhliche Daisy erweckte mütterliche Gefühle in ihr. Da Mama so viel außer Haus war und genausowenig Zeit hatte für Daisy wie seinerzeit für Florence und Edwin, beschloß Florence, Daisys Erziehung zu übernehmen. Sie beaufsichtigte, tadelte und bewunderte sie. Und es machte ihr nicht einmal etwas aus, daß Papa seine jüngste Tochter ganz offensichtlich seinen beiden anderen Kindern vorzog, denn wer konnte einem so reizenden Geschöpf widerstehen?

Da Florence mit Beginn ihres Teenageralters linkisch, scheu und schwierig wurde und Edwin sich während seiner Ferienaufenthalte immer unnahbarer und hochnäsiger zeigte, war es kein Wunder, daß die kleine Miss Daisy von jedermann geliebt wurde. Und verwöhnt, außer von Mama und seltsamerweise von Miss Brown, die Miss Beatrices Kinder sonst zärtlich liebte. Aber Miss Brown wurde mit zunehmendem Alter immer komischer. Lebhafte kleine Kinder regten sie auf.

Es stimmte, alle Türen öffneten sich für Miss Daisy Overton. Selbst ihr Vater kam zu jedem ihrer Geburtstage nach Hause, gleichgültig, wo er sich gerade aufhielt oder ob es seine Arbeit oder seine Gesundheit zuließen. Miss Daisy, das kleine ausländische Baby, wie sie von den Dienstboten noch immer genannt wurde, brachte es fertig, ihren Vater wie ein Magnet nach Hause zu ziehen.

Es war bitter, einem Kind dankbar sein zu müssen, dachte Beatrice mehr als einmal.

»Das ist dein eigener Fehler, Bea«, sagte ihre Mutter brummig. »Du verbringst einfach zu viel Zeit im Geschäft. Das ist unnatürlich für eine Frau. Schau mich an, ich habe kaum das Haus verlassen, als dein Vater noch lebte.«

Und wurdest so langweilig und fad, daß sich Papa Nacht für Nacht nur noch mit seinen Rechnungsbüchern beschäftigte ...

»Ich muß eine Menge Leute erhalten, Mama«, sagte Beatrice sanft. »Ich muß sowohl für hundertundfünfzig Angestellte sorgen als auch für meine Familie. Wir schicken Edwin nach Winchester und Oxford, wußtest du das? Und Florence muß in die Gesellschaft eingeführt werden. Sie wünscht sich das so sehr. Sie ist da sehr konventionell.«

»Und ein sehr gutes Ding.«

»Es ist nur schade, daß sie nicht besser aussieht. Man kann nur hoffen, daß sie sich noch stark verändert, bis sie siebzehn ist. Ich glaube, die Queen verfällt jetzt zusehends. Es wäre hübsch, wenn sie noch so lange lebte, daß Florence ihr vorgestellt werden könnte, nicht wahr?«

»Ich glaube kaum, daß es ihren Lebensabend allzusehr beeinträchtigen würde, wenn sie deiner Tochter nicht ansichtig wird. Aber ich freue mich, daß ihr Florence das gönnt. Ich war immer enttäuscht darüber, daß du nach deiner Heirat der Königin nicht vorgestellt wurdest. Aber damals brauchte dich dein Vater im Geschäft, und da bist du dann auch geblieben. Nimmst du eigentlich zu, Kind? Du siehst langsam aus wie ein Nadelkissen.«

»Ich habe noch immer Taillenweite 61.«

»Gut, gut, laß dich nicht gehen, Liebes. William würde das nicht schätzen.«

Als ob er jemals ihren üppigen Busen und ihre runden Hüften bemerkt hätte, ihre schmale Taille und ihre reine Haut! Einige Männer bemerkten es wohl. Nun, da sie eine Persönlichkeit geworden war, stieg die Anzahl ihrer Bewunderer. Man betrachtete sie nicht mehr als Eindringling in die Männerwelt, sondern als kluges, geistvolles Geschöpf, als amüsante Exzentrikerin. Die allgemeine Meinung war, daß dieser träge Overton-Bursche eine bessere Partie gemacht hatte, als er verdiente.

Zusätzlich zu diesen Komplimenten, die Beatrice auf Umwegen zu Ohren kamen, hatte sie neulich das größte aller Komplimente erhalten. Bonningtons war endlich zum Hoflieferanten ernannt worden!

Jetzt durfte das königliche Wappen über der Eingangstür angebracht werden. Der Augenblick, in dem dies geschah, war einer der stolzesten in Beatrices Leben. Sie wünschte nur, Papa hätte das noch erleben können.

Sie wünschte auch, William wäre da. Aber William war in Italien. Er hätte ohnehin kein allzu großes Interesse bekundet. Leider interessierte sich auch Edwin nicht dafür. Er hielt das für eine Kaufmannsangelegenheit, die ihn nichts anging.

Aber Daisy klatschte begeistert, sie hatte ein unfehlbares Gespür für Hochstimmung und freudige Ereignisse. Und Florence sagte, ihre beste Freundin, Cynthia Fielding, sei sehr beeindruckt.

William gratulierte schriftlich. Er sagte, er sei sehr glücklich für sie, er verstehe ihre Befriedigung, ein angestrebtes Ziel erreicht zu haben, und er käme zu Daisys Geburtstag nach Hause. Er fühle sich ausgezeichnet, sein neues Buch mache Fortschritte, und er beabsichtige, den Winter zu Hause zu verbringen.

Sechs Jahre waren seit dem Tod von Mary Medway vergangen.

An seinem ersten Abend zu Hause sagte William schüchtern, er finde das blaue Zimmer doch ziemlich kühl, die Nordlage sage ihm nicht zu. Vielleicht sollte er doch wieder seine Hälfte des Ehebettes einnehmen. Falls Beatrice keine Einwände hätte.

Einwände!

Beatrice brach vor Überraschung in Lachen aus.

»Hoffentlich hast du nichts dagegen, denn Mama sagt, ich sehe aus wie ein Nadelkissen. Nicht so stachelig, aber genauso rund.«

»Ein reizendes Nadelkissen, meine Liebe«, erwiderte er und lächelte verschmitzt. Noch immer lag eine leise Traurigkeit in seinen Augen, die sie rührte.

Beatrice wußte, sie mußte sich neckisch geben, sonst wäre sie von ihren aufbrechenden Gefühlen überwältigt worden. Sie war so erfüllt von Mitleid für seine verhaltene Traurigkeit, von dankbarer Liebe und Überraschung und Freude und nicht zuletzt von lange zurückgehaltenem Verlangen.

Aber sie hatte sich so weit in der Gewalt, ihn nicht mit Liebesworten zu beladen.

»Allerdings nur, wenn das königliche Wappen nicht auch über dem Bett hängt«, sagte er.

»Komm und sieh selbst.«

Leichtfüßig wie ein Mädchen eilte sie vor ihm die Treppe hinauf. Nicht einmal Daisy konnte leichtfüßiger sein.

Aber im Schlafzimmer, im Dunkeln, sagte er nur: »Ich bin so allein, Bea«, und sie wußte, sie hatte noch einen langen Weg vor sich.

Aber es war keine unüberwindliche Distanz mehr. Er war aus eigenem, freiem Willen zu ihr zurückgekehrt. Er lag wieder in ihren Armen und er empfand körperliches Vergnügen an ihr. Sie verfügte noch über genügend Klarheit, um auch das zu bemerken.

17

»Mein Vater ist nicht sehr kräftig«, erzählte Florence ihrer Freundin Cynthia Fielding. »Er muß oft in Ländern mit milderem Klima sein. Aber das paßt recht gut, weil er so viel in ausländischen Museen und Kunstgalerien Studien macht. Er schreibt ein Buch über die Kunst des Mittelalters. Er arbeitet schon ewig daran. Er sagt immer, er haßt es, ein Buch zu beenden. Ein Buch ist für ihn wie ein Kind. Aber das ist wirklich eine prima Sache, denn dann ist er beschäftigt, während meine Mutter im Geschäft ist.«

»Du hast vielleicht Glück, daß du all deine Bettwäsche und die Tischwäsche umsonst bekommen kannst.«

»Meinst du? Ja, wahrscheinlich. Nichtswürdige Handelsgeschäfte!« Florence kicherte. »Jetzt rede ich schon wie Edwin, den ich eigentlich verachte, weil er ein solcher Snob ist. Cynthia, du kommst doch zu meinem Ball?«

»Natürlich, wenn du mich einlädst . . .«

»Ich dachte nur . . . weißt du, ein paar Leute rümpfen die Nase, weil wir nur Kaufleute sind. Aber Overton House ist schon seit Generationen in Papas Familie, und die meisten der Overtons waren sehr geachtete Leute. All diese Generäle und Admiräle mit ihren Auszeichnungen. Das gleicht doch ein bißchen aus, oder nicht? Mama sagt, es hat hier keinen Ball mehr gegeben, seit meine Tante Caroline gestorben ist. Sie war erst siebzehn. Man sagt, sie wäre eine große Schönheit geworden. Daisy wird wahrscheinlich wie sie, ich nicht.«

»Du bist ein richtiges Plappermaul, Flo«, sagte Cynthia.

»Nur wenn ich jemanden gut kenne«, seufzte Florence. »In Gesellschaft bin ich wie gelähmt, denn ich weiß, man vergleicht mich unwillkürlich mit Daisy, und da schneide ich schlecht ab. Wie in aller Welt soll ich's bloß anstellen, wenigstens an meinem eigenen Ball Erfolg zu haben?«

»Soll ich Desmond mitbringen?«

»Deinen Bruder? Willst du wirklich? Das wäre eine große Hilfe, denn Mama beklagt sich dauernd darüber, daß ich nicht genügend junge Männer kenne.«

»Desmond sieht nicht besonders aus. Keiner von uns Fieldings, wegen unserer großen Nasen.« Das war überhaupt einer der Gründe für Cynthias Freundschaft mit Florence, ihr Mangel an Schönheit. »Aber in Uniform sieht er ganz passabel aus. Sein Regiment rückt in Kürze nach Indien aus, das ist das einzige Übel.«

»Ich glaube, er ist ein ziemlicher Frauenheld.«

»Desmond! O nein, er hat *Ideale*, was Frauen anbelangt: Ist das nicht zum Totlachen? Aber er ist erst neunzehn, und das Leben im Regiment wird ihn von diesem Unsinn schon kurieren, sagt Papa.«

»Ich bin der Meinung, das ist überhaupt kein Unsinn. Ich finde das nett.«

»Ideale zu haben? Die Frauen, die sich danach richten müssen, denken wahrscheinlich anders darüber. Deine Mutter zum Beispiel. Dein Vater sieht irrsinnig romantisch und idealistisch aus.«

Florence runzelte die Stirn. Sie gab sich Mühe, vollkommen ehrlich zu sein.

»Ich glaube nicht, daß Papa Mama auf ein Podest stellen würde. Ich meine, sie ist so praktisch veranlagt, und sie war bestimmt niemals hübsch. Papa muß sie wegen ihrer guten Eigenschaften geheiratet haben. Und natürlich wegen ihres Geldes.«

Florence hatte einmal gehört, wie eine Kundin zu ihrer Freundin sagte: »Wenn du sie dir ohne all das Geld vorstellst, könnte sie ebensogut die Köchin von irgend jemandem sein.« Und Florence wußte instinktiv, daß die beiden von Mama sprachen.

»Alle sagen, Daisy wird einmal nur deshalb geheiratet werden, weil sie so schön ist«, fuhr Florence ziemlich mißgelaunt fort. »Bei mir kann's nur des Geldes wegen sein.«

Sie hoffte, Cynthia würde ihr widersprechen, aber die sagte nur: »Wie steht's mit deinem Bruder?«

»Ach, der war immer ein ganz hübscher kleiner Junge, aber seitdem er Brillen trägt, hat er sich verändert. Er ist launisch und hat dauernd Schwierigkeiten. Er gibt das Geld aus wie Wasser, sagt Mama. Er liebt schöne Anzüge und Waffen. Waffen sind schrecklich teuer. Er hat einen Schulfreund, dessen Eltern besitzen in Schottland einen Schießplatz. Dort geht er hin. Er meint, der

Armee würde es noch leid tun, daß sie auf einen solchen Schützen verzichtet, er sei ein Meisterschütze trotz seiner schlechten Augen. Er könnte leicht ein paar Deutsche zusammenschießen.«

»Weshalb Deutsche?«

»Weil Papa sagt, eines Tages wird es Krieg mit den Deutschen geben. Aber das sagt er immer. Er sagt, Bismarck und jetzt der Kaiser haben aus Deutschland eine Militärnation gemacht, und selbstverständlich braucht eine Militärnation auch einen Krieg. Ganz einfach um seine Stärke zu beweisen.«

»Aber gegen England?«

»Vermutlich. Sie werden sich den stärksten Gegner aussuchen. Es wäre ja kein besonderer Ruhm, mit irgendeiner unbedeutenden Macht fertig zu werden.«

»Ich wußte gar nicht, daß du dich so für Geschichte interessierst.«

»Papa sagt, die Länder müssen Vorsorge treffen, nicht Nachsorge.«

»Dann muß Desmond aus Indien zurückkommen, um uns zu verteidigen«, sagte Cynthia obenhin. »Desmonds Kommandant sagt, wir werden in Südafrika Ärger bekommen wegen der Diamantenminen. Wäre es nicht ein Jammer, alle unsere schönen Diamanten an diese scheußlichen Holländerinnen zu verlieren, Buren oder was das sind. Dir und mir stehen sie viel besser.«

»Mir nicht«, sagte Florence. »Ich werde nur eine kleine Perlenkette bekommen, wenn Mama all die Rechnungen von Edwin bezahlt hat.«

»Ich habe da eigentlich weniger an deine Eltern gedacht, die dir Diamanten kaufen sollen.«

Florence wurde rot.

»Oh, das ist wahrscheinlich etwas anderes.«

»Nur, rechne nicht zu sehr mit Desmond. Er sagt jetzt schon, er kann kaum seine eigenen Rechnungen begleichen.«

Florence errötete noch tiefer.

»Mach dich nicht über mich lustig. Ich kenne deinen Bruder ja nicht einmal.«

Florence hatte noch einen anderen Kummer. Es war eine

Schande, daß Mama Miss Brown die Wahl ihres Ballkleides anvertraut hatte.

Miss Brown war so alt, mindestens sechzig, und obwohl Mama immer wieder betonte, daß sie als Leiterin der Modeabteilung mit der neuesten Mode Schritt halten müsse, war sie hoffnungslos stur und altmodisch in ihren Vorstellungen darüber, was junge Mädchen tragen sollten.

Aber da Miss Brown eine der wenigen Menschen war, denen Florence herzliche Zuneigung entgegenbrachte, erklärte sie sich mit dem Kleid einverstanden, das man ihr schließlich vorlegte. Organdy, natürlich weiß, mit gelben Rosenknöspchen und einem ganz dezenten Ausschnitt.

Das Kleid sei kindisch, sagte Florence zu Cynthia. Einfach süß, sagte Hawkins. Genau das richtige für eine Debütantin, sagte Mama. Papa gab keinerlei Kommentar. Vielleicht mußte er an Mamas frühere Kleider denken.

Daisy war ein Fall für sich. Sie erklärte plötzlich, sie würde das Kleid, das Miss Brown für sie ausgewählt hatte, nicht tragen. Weißer Musselin mit einer rosa Schärpe. Ein Babykleid, sagte sie angewidert. Sie würde es einfach nicht anziehen.

Daisy setzte für gewöhnlich ihren Willen durch. Diesmal jedoch sah es so aus, als würde ihr das nicht gelingen. Mama stellte sich auf Miss Browns Seite und sagte, Daisy würde entweder das weiße Musselinkleid anziehen oder überhaupt nichts. Wenn sie ihr Benehmen nicht änderte, dürfte sie überhaupt nicht zu Florences Ball herunterkommen. Daisy, die es sogar verstand, anmutig zu weinen, verbarg ihr Gesicht in ihrem Taschentuch und flüsterte, daß Mama sie nicht liebhätte. Sie hätte schon immer gewußt, daß man sie nicht liebe.

Das schien Florence eine große Unverschämtheit zu sein, denn Daisy war jedermanns Liebling, sie wurde bis zum Überdruß verwöhnt.

Trotzdem wendete sich Daisy beleidigt ab. Wenn Mama sie liebhätte, würde sie sich darum kümmern, ob sie glücklich sei. Wie konnte sie mit einem solchen Baby-Kleid glücklich sein? Schließlich war sie zehn Jahre alt.

Schließlich verlor Mama die Geduld und befahl ihr, in ihr Zimmer hinaufzugehen und nicht eher herunterzukommen, bis sie sich so weit unter Kontrolle hatte, um sich bei Miss Brown für ihre Ungezogenheit zu entschuldigen. Laut schluchzend rannte Daisy davon, kam aber nach zehn Minuten an der Hand ihres Vaters wieder herunter.

»Wir machen einen Einkaufsbummel«, verkündete er. »Keine Widerrede, Bea. Diese junge Dame hat einen ganz bestimmten Geschmack in bezug auf ihre Kleidung, und ich finde, das sollte man unterstützen. Ihr werdet in Kürze das Ergebnis bewundern können. Sie auch«, und dabei machte er eine spöttische kleine Verbeugung zu Miss Brown hin.

»Wirklich«, seufzte Mama, als sich die Eingangstür hinter den beiden geschlossen hatte, »dieses Kind wird verdorben. Ihr Vater ist zu sehr in sie vernarrt.«

»Das habe ich bemerkt«, sagte Miss Brown beleidigt. »Aber ich bin der Ansicht, Miss Beatrice, für eine wichtige Angelegenheit sollten Ihre Kinder von Bonningtons gekleidet sein . . .«

»Ach, sind Sie doch bloß still«, sagte Mama und verlor die Beherrschung. »Schließlich bin ich auch von Worth angezogen worden.«

»Er wird sie doch bestimmt nicht zu Worth bringen!«

»Ich sagte, sie sollen still sein. Wenn mein Mann Lust dazu hat, geht es Sie nichts an, Miss Brown. Jetzt machen Sie kein solches Gesicht. Wir sind sehr zufrieden mit Florences Kleid, nicht wahr, Liebling?«

Wenn sie sich so angestellt hätte, wäre man dann auch mit ihr zu Worth gegangen, fragte sich Florence. Nein, sicherlich nicht, denn bei ihrer eckigen Figur und ihrem nichtssagenden Gesicht wäre das hinausgeschmissenes Geld gewesen. Daisy dagegen würde wie ein Engel aussehen.

Na, sie war jedenfalls zu Organdy und gelben Rosenknöspchen verdammt, während Daisy mit aufregenden Päckchen nach Hause getrippelt kam, in denen sich ein bodenlanges, rosenholzfarbenes Taftkleid, dazu passende Schuhe und hinreißende weiße Seidenhandschuhe befanden, die ihr bis zum Ellbogen reichten.

Drei Wochen später fand die Party statt, und Beatrice dachte, es sei die schönste, die sie jemals in Overton House erlebt hatte.

Es war ein vollkommener, milder Hochsommerabend. Die Türen des Musikzimmers standen zur Terrasse hin weit offen. Lampions hingen in verschwenderischer Fülle in Spalieren und Bäumen. Bei Einbruch der Dunkelheit wurden vom Gärtner und seinem Gehilfen die Lichter angesteckt. Es sah aus, als hingen Dutzende kleiner gelber Monde im dunklen Grün.

Das Musikzimmer war voller Rosen und Rittersporn, und den Tisch im Eßzimmer, auf dem ein auserlesenes kaltes Buffet prangte, schmückten Girlanden von Stechwinde und Wicken.

Das ganze Haus wurde nur von Kerzen erleuchtet, denn Beatrice hatte gesagt, das sei romantisch. Im stillen fand sie jedoch, das milde Licht sei vorteilhafter für Florence, die in den letzten Tagen vor Aufregung ein paar Pfund abgenommen zu haben schien.

So viel hing für sie von diesem Ball ab. Es sollte die Feuerprobe dafür sein, ob sie auf Männer anziehend wirkte oder nicht. Oder wenigstens auf einen Mann. Wenn sie diese Probe nicht bestand, würde sie eine miserable Saison haben. Edwin mußte versprechen, mindestens sechsmal mit ihr zu tanzen, falls sich herausstellen sollte, daß sie nur wenig Partner bekam, und auch Papa sollte sich um sie kümmern.

Daisy hatte überschwenglich ausgerufen: »Oh, Florence, du bist wunderschön! Du bist ehrlich wunderschön!« und man konnte nur hoffen, daß Florence entweder so viel Verstand besaß, sie nicht ernstzunehmen, daß ihr das sichtlich übertriebene Lob wenigstens ein bißchen Selbstvertrauen gab.

Daisy selbst flatterte in ihrem hübschen, aber unpassenden Erwachsenenkleid herum und strahlte vor Liebenswürdigkeit, was die meisten unwiderstehlich fanden. Sie setzte als selbstverständlich voraus, daß man sie bewunderte, eine Tatsache, die Beatrice als unendlich bitter empfand. Es war schlimm, daß selbst an diesem Abend die kleine Hexe Florence die Schau stahl. Vielleicht geschah es unbeabsichtigt und in völliger Unschuld, schließlich war sie ja noch ein Kind und konnte kaum wissen, was sie tat. Aber die Tatsache blieb.

Beatrice hatte dieser Frau versprochen, ihr Kind großzuziehen. Sie hatte ihr nicht versprochen, es zu lieben.

Die Kapelle spielte einen Walzer, das Parkett war überfüllt, und Beatrice war hinausgegangen, um frische Luft zu schnappen. Es war eine bewegende Nacht, ob sie es nun wollte oder nicht. Dieser erste Ball ihrer Tochter, einer Overton, in dem alten Haus! Ihr, dem einstigen unerwünschten Eindringling, hatte sich endlich wenigstens ein Teil ihres Traums erfüllt.

Die Erfüllung war vollkommen, als William zu ihr trat. Hatte sie sich danach nicht einst gesehnt, nach Williams Hand auf ihrem Arm, als sie im Halbdunkel durch den Garten schlenderte?

»Alles scheint gutzugehen, Bea. Florence ist hingerissen von diesem jungen Kavalleristen.«

»Desmond Fielding?«

»Heißt er so? Ich kann mich an Dutzende seiner Art erinnern, als ich noch ein kleiner Junge im Punjab war. Viel zu hellhäutig für dieses Klima. Sie leiden höllisch. Wurden krebsrot vor Sonnenbrand oder weil sie zuviel tranken, oder sie starben am Fieber.«

»Ich muß schon sagen, das sind reizende Aussichten für den armen Leutnant Fielding.«

»Nur Tatsachen. Aber wie die Dinge liegen, ist es wahrscheinlicher, daß er in Südafrika enden wird. Wir stehen dort kurz vor einem Krieg.«

»William! Nicht heute abend!«

»Oh! Bin ich ein Pessimist?«

»Nur, was den Kaiser und Krüger anbelangt.«

»Nun, ich fürchte, es ist alles wahr. Aber das heute abend ist doch eine prima Sache, nicht wahr? Dank dir.«

»Ach, mein Verdienst ist das keineswegs. Dir gehört das Haus, der Hintergrund, die Atmosphäre der Hochgeborenen. Mein Verdienst ist nur das trübe Geld.«

»Aber das ist genauso wichtig wie die Atmosphäre, meine Liebe.«

»Vielleicht. Florence scheint sich gut zu halten, nicht wahr?«

»Überraschend gut. Und Daisy bricht rundherum alle Herzen.«

»Das macht nur dieses unpassende Kleid, das viel zu alt für sie ist. Ich glaube, einige der jungen Männer halten sie für einen Teenager.«

William kicherte.

»Ich habe tatsächlich einen von ihnen gehört, wie er ihr ewige Treue schwor.«

»Doch nicht im Ernst! Das kleine Luder. Ich muß Lizzie rufen. Es ist Zeit, daß sie Daisy zu Bett bringt.«

»Unsinn, laß das Kind sich doch amüsieren. Sie hat diesen bezaubernden Hang zur Fröhlichkeit, gerade so, als ob sie . . .«

»Ob sie was?«

William zog seine Hand von ihrem Arm zurück und trat beiseite.

»Nichts, meine Liebe. Haben wir nicht Glück mit dem Wetter? Nebenbei, ich glaube, dieser junge Fielding wird bald zum Baron ernannt.«

»Ich weiß!« Beatrice lachte kurz auf.

»Weshalb lachst du?«

»Ich habe nur eben daran denken müssen, was mein Vater dazu sagen würde.«

»Daß er gelebt hat, um Großvater einer Adligen zu werden? Also wirklich, ihr Frauen mit euren Hirngespinsten! Soviel ich weiß, hat der junge Mann bis jetzt nur ein paarmal mit Florence getanzt. Wollen wir hineingehen und zusehen, ob wir noch Erdbeeren bekommen, bevor unsere Gäste alles aufgegessen haben?«

Beatrice nahm frohgestimmt seinen Arm. Sie vergaß Florence und dachte nur mehr daran, daß ihr Traum Wirklichkeit geworden war. Bei einer eleganten Party in Overton House führte William Overton sie zum Supper.

»Gehen Sie auf viele Parties, Miss Overton?« fragte Desmond Fielding.

»Nein, nicht zu sehr vielen.«

»Ich bin sicher, Sie werden es doch tun. Können wir diesen Tanz auslassen? Setzen wir uns irgendwohin, wo es kühl ist. Vielleicht auf die Treppe.«

»Es ist ziemlich heiß.«

»Heiß! Es ist erstickend. Ich kann mir nicht vorstellen, wie ich es in Indien aushalten soll, besonders in einer Uniform.«

»Lassen Sie das bloß nicht meinen Großvater hören.« Florence deutete auf die Reihe der Ahnenporträts, die über ihnen im Treppenhaus hingen. »Es ist der dort ganz oben. Mein Vater sagt, er war ein eifriger Streiter für die Tradition. Mein Bruder wollte sein wie er, aber er kann nicht in die Armee wegen seiner schlechten Augen.«

»So ein Unglück! Allerdings weiß ich nicht recht. Ich könnte es recht gut in England aushalten. Darf ich Sie etwas fragen, Miss Overton? Würden Sie mir schreiben, wenn ich im Ausland bin? Ich wäre sehr froh, wenn Sie es täten.«

»Aber Sie kennen mich ja kaum.«

Er legte seine Hände auf die ihren, und sie begann zu zittern. Innerlich zitterte sie schon die ganze Zeit, seit sie das erste Mal mit Leutnant Fielding getanzt hatte. Sein schmales, langes Gesicht und sein höfliches Benehmen hatten großen Eindruck auf sie gemacht. Und was noch wichtiger war, er schien sie ernsthaft zu bewundern. Der Erfolg war, daß sie wirklich ungewöhnlich reizvoll und vielleicht sogar wirklich hübsch aussah.

Wie schön, daß Cynthia einen Bruder hatte, wie schön, daß er zu ihrem Ball gekommen war. Doch wie traurig, daß er England schon so bald verlassen mußte, aber wie wunderbar, daß er sie gebeten hatte, ihm zu schreiben. Wollte er das wirklich, oder machte er jedem Mädchen, das er kennenlernte, den gleichen Vorschlag?

»Ich habe das Gefühl, Sie schon lange zu kennen, Miss Overton. Sie machen so einen aufrichtigen Eindruck.«

»Tatsächlich?«

»So denken Sie bitte an mich, wenn ich mich dort drüben versengen lasse, und schicken Sie mir gelegentlich ein paar Zeilen. Ich werde die ganze Zeit an Mädchen wie Sie denken müssen, kühl und elegant und englisch.«

Mädchen! Ihr Mißtrauen war also berechtigt.

»Sie sammeln also weibliche Briefpartnerinnen, Leutnant Fielding?« sagte sie spröde.

»Nein, Sie Gänschen. Ich schwöre Ihnen, Sie sind die einzige, die ich gebeten habe, mir zu schreiben.«

»Ich werde Ihnen auch schreiben, wenn Sie wollen, Leutnant«, ertönte plötzlich Daisys Stimme. Sie spähte durchs Treppengeländer. Ihre Augen glitzerten schalkhaft.

»Daisy, du kleines Miststück!« rief Florence aus. »Hast du uns zugehört?«

»Nur, als Leutnant Fielding dich ein Gänschen genannt hat. Ich wollte, ich hätte mehr gehört.«

Der junge Mann lachte schallend.

»Stellen Sie mich bitte vor, Miss Overton. Wer ist dieses bemerkenswerte Geschöpf?«

Florence unterdrückte ihren Ärger. So gern sie Daisy hatte, in diesem Augenblick kam sie ihr so ungelegen wie nur möglich.

»Es ist meine Schwester, Leutnant Fielding, Miss Daisy Overton.«

Daisy trat an der Fuß der Treppe und verneigte sich höflich. Leutnant Fielding sagte: »Das ist ein sehr freundliches Angebot, daß Sie mir schreiben wollen, Miss Daisy. Ich nehme es gerne an.«

»Sie ist nur ein Schulmädchen«, fuhr Florence etwas barsch dazwischen.

»Aber ich bin sicher, sie schreibt entzückende Briefe. Sie beide gleichen einander nicht ein bißchen, nicht wahr?«

Daisy zeigte ihre Grübchen und sagte: »Florence ist die gute und ich bin die schlechte.«

»Nun, das ist ein schöner Ausgleich«, sagte Leutnant Fielding, und Florence, die durch Daisys Keckheit aus dem Gleichgewicht geworfen war, riet:

»Sie dürfen sie nicht ernstnehmen, Leutnant. Sie ist eine große Spötterin. Und ist es eigentlich nicht Zeit für dich, hinaufzugehen, Daisy? Es ist beinahe Mitternacht.«

»Papa sagt, ich darf aufbleiben, bis es zwölf schlägt. Wie Aschenbrödel.«

»Sie sind kein Aschenbrödel«, sagte Leutnant Fielding.

In Daisys strahlendem Gesicht zeigten sich wieder die beiden Grübchen.

»Bedeutet das, daß ich niemals einen schönen jungen Prinzen haben werde?« fragte sie mit gespielter Enttäuschung.

»Ich glaube, Sie werden sogar sehr viele haben. Vielleicht hätte ich selbst auf Sie gewartet, wenn ich nicht vorher Ihre Schwester kennengelernt hätte.«

»Oh, wie schade!« Das kleine Luder war wirklich zu vorlaut! »Aber ich verzeihe Ihnen, wenn Sie mir versprechen, in sieben Jahren auf meinen ersten Ball zu kommen. Sieben Jahre! Oje, glauben Sie, wir werden alle so lange leben?«

»Ich habe es zumindest vor, Miss Daisy, und sei es auch nur darum, um auf Ihren Ball zu kommen.«

Daisy lachte glockenhell. »Das ist einfach wundervoll. Nun habe ich schon acht Männer. Wen soll ich denn noch fragen?«

Sie trippelte davon, und Florence rief aus:

»Sie ist wirklich unverbesserlich. Ich muß mich für sie entschuldigen.«

»Aber was! Die moderne Generation. Sie ist drauf und dran, ein kokettes junges Mädchen zu werden. Ich wette, Sie sind nicht kokett, Miss Overton?«

Er legte seine Hand wieder auf die ihre, und ihr Glücksgefühl kehrte zurück.

»Nein, das bin ich nicht. Fürs erste bin ich viel zuwenig schlagfertig und dann, glaube ich, bin ich zu ehrlich.«

»Ich mag Ehrlichkeit. Die ist heutzutage ein bißchen selten, wissen Sie?«

»Ich werde Ihnen schreiben, wenn Sie es wollen, Leut . . .«

»Desmond.«

»Desmond«, sagte Florence mit bewundernswert ruhiger Stimme. »Und jetzt glaube ich wirklich, wir sollten wieder in den Ballsaal zurückgehen.«

Seine Lippen berührten nur ihre Wange. Es war nur ein Hauch von einem Kuß, und später konnte sie sich nur daran erinnern, wie unerwartet sanft sein Schnurrbart sich auf ihrer Haut angefühlt hatte.

Man konnte es überhaupt kaum einen Kuß nennen, und doch setzte es diesem Abend die Krone auf. Noch lange nachher hegte und pflegte sie die Erinnerung daran.

Sie brauchte etwas, was sie hegen und pflegen konnte, denn die

Geschichte hatte auch ihre Nachteile. Für den Rest der Saison zeigte Florence nicht das geringste Interesse an den jungen Männern, die sie kennenlernte. Sie ging auf Lunch-Parties, Tanztees und Bälle, sah immer abwesend und verträumt aus in der Absicht, jedem hoffnungsvollen Bewunderer zu zeigen, daß ihre Gefühle bereits anderweitig vergeben waren.

Tatsächlich gab es aber keine anderen Bewunderer, denn ihre abweisende Haltung wirkte von vornherein entmutigend, und ohne die belebende Heiterkeit war ihr eckiges Gesicht mit der zu langen Nase schlicht und einfach langweilig und unschön. Sie unternahm auch keinerlei Anstrengung, etwas attraktiver auszusehen, und brachte dadurch ihre Eltern und Miss Brown zur Verzweiflung.

»Florence, Liebling, dieser junge Mann in Indien . . .«, sagte Mama. »Du hast ihn nur einmal getroffen. Du kannst dich doch nicht in ihn verliebt haben.«

»Warum nicht? Du hast gesagt, du hättest dich in Papa verliebt, als du ihn zum erstenmal gesehen hast.«

Mama biß sich auf die Lippen. »Das war etwas ganz anderes. Er war schließlich nicht im Begriff, auf Jahre hinaus in ein fremdes Land zu verschwinden. Begreifst du nicht, daß du deine ganze Jugend vergeudest?«

»Das macht mir nichts aus.«

»Und dabei weißt du nicht einmal, ob er es ernst meint.«

»Er schreibt mir«, sagte Florence, jedoch ohne die Absicht, diese kostbaren Briefe vorzuzeigen. Sie war ein sehr verschlossenes Mädchen. Außerdem war Desmond nicht gerade ein begnadeter Briefschreiber. Sie mußte zwischen den Zeilen lesen, war aber ganz sicher, daß sie verstand, was er ausdrücken wollte.

»Er schreibt auch an Daisy«, stellte Mama fest.

Das war ein großer Unterschied. Desmonds Briefe an Daisy waren nichts anderes als Geschichts- und Geographieunterricht. Er erklärte einem Schulmädchen ein fremdes Land und seine Gebräuche.

»Florence, Liebling, bedenke doch, daß er vielleicht nur Heimweh hat, daß er romantisch veranlagt ist und sich nur deshalb an deine Ballnacht erinnert, weil er wußte, daß er England und alles, was er liebte, verlassen mußte. Du hast mir erzählt, daß er unmittelbar darauf nach Indien gesegelt ist.«

»Ja, Mama, das stimmt. Und ich habe versprochen, ihm zu schreiben und auf ihn zu warten . . .«

»Du hast mir nie erzählt, daß du versprochen hast, auf ihn zu warten!«

»Ich habe es mir selbst versprochen. Ich habe es gelobt.«

»Oh«, sagte Mama. »Das war bestimmt recht dumm. Ziemlich voreilig.« Sie überlegte eine Weile. »Wenn du dich weiterhin so benehmen willst, müssen wir uns wohl nach einer Beschäftigung für dich umsehen. Ich will nicht, daß du die ganze Zeit zu Hause herumhockst und brütest. Ich halte nichts von müßigen jungen Frauen.«

»Flor, Desmond ist in gewisser Weise schrecklich blöd«, sagte Cynthia. »Bist du sicher, daß du ihn liebst?«

»O ja.«

»Eine Menge Mädchen verlieben sich in eine schneidige Uniform, weißt du. Viele dieser Gardeoffiziere sind ohne Uniform so gut wie unsichtbar. Und außerdem richtige Schafsköpfe.«

»Ich bin viel zu vernünftig, um mich in eine Uniform zu verlieben«, antwortete Florence. »Ehrlich, Cynthia.«

»Du bist eine Gans. Nach nur einer Begegnung!«

»Zwei.« Ohne jemandem etwas davon zu sagen, war Florence zum »Waterloo Station« gegangen, als Desmonds Regiment den Zug nach Southampton bestieg. Er hatte sich sehr gefreut, sie zu sehen, aber er hatte sie nicht noch einmal geküßt. Es war schließlich hellichter Tag und viel zu öffentlich. Aber er hatte ihre beiden Hände genommen und ihr tief in die Augen geblickt und gesagt, es sei ganz reizend, daß sie gekommen sei, um sich zu verabschieden. Und sie würde ihm doch bestimmt schreiben, nicht wahr? Und eines abwesenden Freundes nicht überdrüssig werden. Freund, hatte er gesagt. Nicht Geliebter. Aber es genügte ihr.

»Eine Begegnung oder zwei, was soll's. Ich finde, du bist viel zu romantisch«, sagte Cynthia. »Es war Desmonds letzter Ball in

England, weißt du, und die Männer in meiner Familie neigen zu Sentimentalität. Mein Vater sagt, das sei das Vorrecht eines Soldaten. Aber man darf dem nicht allzuviel Bedeutung beimessen.«

»Darf man nicht«, sagte Florence kühl. »Ich beabsichtige zu warten und zu sehen.«

Es ist verdammt heiß, und es wird noch schlimmer. Sogar während der Parade wandern meine Gedanken zu kühlem grünem Gras und Mädchen in weißen Kleidern, wie Du in jener Nacht, als wir uns kennenlernten. In Gedanken kommst Du mir jetzt wie ein Engel vor . . .«

Florence verschloß die Briefe in einer Schublade ihres Schreibtischs und versteckte den Schlüssel. Jeder einzelne bedeutete für sie eine Kostbarkeit.

»Letzte Nacht fand in der Offiziersmesse ein Ball statt, eine Menge Soldatenfrauen und Schwestern kamen, einige davon waren sehr hübsch, aber dieses Klima zerstört ihr Aussehen in kürzester Zeit. Mir ist es viel lieber, Dich in England zu wissen, wo Dein gutes Aussehen bewahrt bleibt . . .«

Bewahrt . . . Ein ziemlich unglückliches Wort, denn sie war jetzt einundzwanzig und offiziell noch immer ohne Anbeter. Die alte Queen war letztes Jahr gestorben. Aber Florence hatte glücklicherweise noch die Ehre gehabt, dieser untersetzten, unendlich hoheitsvollen, schwarzgekeideten alten Dame mit dem kleinen blitzenden Diadem auf ihrem Spitzenhäubchen im vergangenen Sommer in einem Salon des Palastes vorgestellt zu werden. Sie war die Tochter von William Overton Esquire, dessen Vorfahren für ihre Verdienste von ihrer Monarchin ausgezeichnet worden waren. Kein Wort darüber, daß ihre Mutter eine Geschäftsfrau war und jener neumodischen Generation arbeitender, kluger Frauen angehörte, die die Queen zutiefst verabscheute.

Eine alte Tante von Papa war wie eine Motte aus einem efeuumrankten Landhaus herausgeschlüpft und hatte Florence begleitet. Falls sie lange genug lebte, würde sie auch Daisy begleiten. Daisy, so verkündete sie mit ihrer brüchigen Stimme, sei ein reizendes Ding und würde bei ihrer Vorstellung ziemliches Aufsehen erregen. Was nützte es Florence mit ihrer langen Nase und ihrem abwesenden Liebhaber, daß sie einer alten Königin kurz vor deren Tod noch vorgestellt worden war?

Mama, die immer Florences Partei ergriffen hatte, vielleicht um etwas auszugleichen, daß Papa Daisy so sehr verwöhnte, sagte, sie hätte Tante Sophie noch nie vorher gesehen und hoffe, sie auch nicht wiederzusehen. Alter gäbe einem schließlich nicht das Recht, unhöflich zu sein. Florence solle ihr keine Aufmerksamkeit schenken. Trotzdem sei es ein Jammer, daß diese Briefe aus Indien einen so lähmenden Einfluß auf ihr gesellschaftliches Leben ausübten.

»Aber ich will dir keine Vorhaltungen machen, Florence, denn ich habe deinen Papa auch lange geliebt, ehe wir heirateten. Ich weiß, was es heißt, zu warten. Ich glaube, wir sind einander allzu ähnlich.«

»Aber das Warten hat sich doch gelohnt, nicht wahr, Mama?« fragte Florence eindringlich.

»O ja. Ja.« Nicht die kleinste Unsicherheit lag in Mamas Stimme. Sie war klar und fest, und deshalb wunderte sich Florence über die gemurmelte Einschränkung: »Das Schlimme ist nur, du entdeckst, daß du es dein ganzes Leben lang tust.«

»Was meinst du, Mama? Du und Papa, ihr habt einander doch. Worauf wartest du denn jetzt?«

»Warten? Es wird wohl zur Gewohnheit.« Dann fügte sie mit warmer, fester Stimme hinzu: »Ja, ich habe deinen lieben Papa. Und wenn Desmond ein nur halb so guter Mann ist, dann lohnt es sich, auf ihn zu warten. Aber ich glaube, es ist besser, wenn du ins Geschäft eintrittst, Florence, und ein bißchen von Miss Browns Arbeit lernst. Sie könnte Hilfe gebrauchen. Sie wird alt.«

»Aber Mama, ich wäre zu nichts nütze, denn mein einziger Wunsch ist, zu heiraten.«

»Wir werden ja sehen«, sagte Mama freundlich.

18

Wie befürchtet, brach in Südafrika zwischen den Buren und den Engländern der Krieg aus. Beatrice sagte in ihrer nüchternen Art: »Wir können unseren Soldaten nicht dadurch helfen, daß wir weinen. Also hissen wir eine Menge Flaggen. Sie sollen jeden Tag wehen, bis der Krieg vorüber ist.«

Wenn ein paar unfreundliche Kritiker auch meinten, Bonningtons gebärde sich wie ein Außenposten des Britischen Imperiums, so fand im allgemeinen diese Art von Patriotismus doch Zustimmung. Ein einziges Mal mußte die Flaggenausstellung jedoch abgenommen werden. Das war, als Queen Victoria starb. Eine Woche lang versank Bonningtons in tiefste Trauer. Die Schaufenster wurden mit schwarzem und purpurrotem Krepp verhängt, jeder Angestellte trug eine schwarze Armbinde, und in Abständen ertönte Trauermusik aus einem Grammophon, das diskret hinter den weißen Blumen in der Eingangshalle versteckt war. Der junge Mr. Jones aus der Herrenmodenabteilung wurde daneben postiert und mußte es regelmäßig aufziehen, sonst winselte es melancholisch vor sich hin.

Es war, als ob Ihre Majestät von Bonningtons aus beerdigt werden sollte, sagte Mr. Jones im stillen. Man erwartete beinahe, den Sarg irgendwo zwischen den kränklichen weißen Blumen zu entdecken.

Ob das gut sei fürs Geschäft, fragte er keck.

»Prestige«, antwortete Beatrice. Und das war ebenso wichtig. Sie mochte es, wenn die jüngeren Angestellten ihre Meinung äußerten. Sie vergaß diejenigen nie, die intelligente Fragen stellten. Man mußte die Jugend ermutigen. Miss Brown würde sich bald zurückziehen müssen. Das arme alte Ding knirschte in sämtlichen Gebeinen. Und Adam bekam schon graue Schläfen. Auch sie selbst würde nicht für immer dasein, so unglaublich das auch klingen mochte. Sie hatte gehofft, Edwin würde seine Meinung ändern und sich für das Geschäft interessieren, aber er zeigte keinerlei Anzeichen dafür. Ganz im Gegenteil, er machte kein Geheimnis aus seiner Verachtung. Vielleicht hatte er Angst, was seine Freunde dazu sagen würden. Allerdings schien er nicht viele Freunde zu haben.

Edwin verursachte bei Beatrice einiges Unbehagen, obwohl er in Oxford hart arbeitete und noch immer den Wunsch hatte, zum Foreign Office zu gehen, falls diese anspruchsvolle Institution ihn überhaupt haben wollte. Er sagte, ihm gefiel der Gedanke, im Ausland zu leben.

Aber ganz offensichtlich würde er mit seinem Gehalt im Ausland niemals auskommen. Sein kostspieliger Geschmack hielt an, und dauernd kamen Rechnungen von seinem Schneider, seinem Schuhmacher, seinem Büchsenmacher und seinen Klubs (er gehörte jetzt bereits zweien an, und das war genau einer mehr als nötig, sagte Beatrice).

Bis jetzt hatte Beatrice ohne viele Einwände bezahlt. Sie hatte Edwin gegenüber ein schlechtes Gewissen. Die unangenehmen Nachrichten über seine Augen waren gerade zu der Zeit eingetroffen, als sie völlig mit den Schwierigkeiten befaßt war, welche diese unglückselige Miss Medway verursacht hatte. Sie konnte damals an nichts anderes denken, als William vor seiner Dummheit zu retten und ihre Ehe zu bewahren. Gewiß, Edwin tat ihr leid, aber er war jung und würde sich mit dem Verzicht auf eine militärische Karriere abfinden. Das Leben hielt viele Alternativen für ihn bereit. Für sie dagegen gab es keine, wenn sie ihren Ehemann verlieren sollte.

Zurückschauend erkannte sie jetzt, daß Edwin sich damals von ihr abgewendet hatte. Das war eine traurige Tatsache, aber er würde sie verstehen, wenn er selbst älter war und die Erfahrung einer alles überwältigenden Liebe gemacht hatte.

Außerdem war es dumm, zu glauben, der Junge hätte irgendwelchen seelischen Schaden genommen. Er war nur unmitteilsam und verschlossen geworden, aber wurden so nicht alle Jungen, nachdem sie zur Schule gingen und fanden, sie seien nun ihrem Elternhaus und ihrer Kindheit entwachsen?

Nicht nur Edwin enttäuschte sie. Florence lebte noch immer in ihrem Tagtraum über diesen schattenhaften jungen Mann in Indien, obwohl sie sich schließlich dazu hatte überreden lassen, in Miss Browns Abteilung einzutreten und sich ein bißchen in Mode zu versuchen. Miss Brown meinte, sie habe eine gute Hand für modische Dinge. Nur fehlte ihr jegliches Interesse. Sie hoffe, acht Kinder zu bekommen, erzählte Miss Brown Beatrice hilflos.

So bleib es allein Daisy überlassen, ihre Jugend zu genießen.

Beatrice empfand es als höchst unfair, daß ausgerechnet dieser kleine Kuckuck alle Voraussetzungen dafür mitbrachte. Sie sah blendend aus, besaß ein sonniges Gemüt, Schlagfertigkeit, Talent für Musik und gewiß auch Talent für den Tanz, denn sie bewegte sich sehr graziös. Dieses Kind hatte alles und wurde zudem von ihrem Vater und von den meisten Dienstboten schändlich verwöhnt. Von ihrer Gouvernante allerdings nicht, denn seit Miss Medway hatte Beatrice darauf besonderes Augenmerk gelegt.

William hatte sein zweites Buch herausgebracht, und wieder fand es die begeisterte Zustimmung der Kritiker. Seine Gesundheit war noch immer ein Grund zur Sorge, aber zu Beatrices Freude verbrachte er weniger Zeit im Ausland. Er ließ es recht gerne geschehen, von seiner Frau umsorgt zu werden, und wenn das auch nicht gerade die idealste Beziehung zwischen einem Ehemann und seiner Frau darstellte, so war Beatrice doch beinahe sicher, daß William nicht mehr ohne sie auskommen konnte. Sie hatte ihm eine milde Form der Gefangenschaft aufgezwungen.

Gefangenschaft? Nein, das war ein grausamer Ausdruck. Häuslichkeit, Abhängigkeit war besser. Eine annehmbare Form der Abhängigkeit, die allen Ehemännern als die bequemste Art des Zusammenlebens empfohlen werden sollte.

William war noch immer ein gutaussehender Mann, und er flirtete noch immer oberflächlich mit hübschen Frauen. Beatrice übersah das großzügig. So war ihr William eben. Sie hatte niemals seinen Geist einengen wollen.

Aber sie wünschte, dieser gewisse Schatten würde aus seinen Augen verschwinden. Einst hatte er die strahlendsten Augen gehabt.

Sie freute sich, daß er sich wieder für Schmetterlinge interessierte. Er beabsichtigte, ein Buch über europäische Schmetterlinge und Motten zusammenzustellen. Er liebte es, Daisy auf lange Exkursionen mitzunehmen, und sie beschränkten sich nicht nur auf die Heide. Sie fuhren mit dem Zug in die Grafschaften Sussex, Surrey und Kent und kehrten sonnenverbrannt und glücklich mit ihren Trophäen nach Hause.

Er sagte, Daisy sei die beste Begleiterin, die er jemals hatte. Sie war selbst ein Schmetterling, wenn sie leichtfüßig über das kurze Gras eilte mit Wangen so rosig wie die Flügel des Monarch (Danaus plexippus). Und noch mehr, sie konnte die schrecklichen lateinischen Namen ebensogut zitieren wie ihr Vater.

Sie pflegte sie auch in ihren monatlichen Briefen an Captain Fielding (er war befördert worden) aufzuführen, einfach um die Seite auszufüllen. Schon längst hatte sie ihr Versprechen bedauert, das sie damals an Florences Ball abgegeben hatte, als sie noch ein Kind war. Aber Florence bestand darauf, daß eine Dame ihr Versprechen hielt.

Dann wollte sie eben keine Dame sein, murrte Daisy. Das schien ja eine recht langweilige Angelegenheit zu werden.

Die Briefe, die Captain Fielding zurückschrieb, waren voll von Informationen über die Eingeborenen und die Dörfer und das Klima. Briefe an ein Schulmädchen. Hatte er nicht begriffen, daß einige Jahre vergangen waren und sie allmählich dem Schulmädchenalter entwuchs? Schließlich war sie vierzehn.

Papa wenigstens hielt sie nicht mehr für ein Kind. Wenn sie auf eine ihrer Exkursionen gingen, nahm er einen Picknickkorb mit, der Köstlichkeiten wie »foie gras« und Rotwein enthielt. Er erlaubte Daisy, ein kleines Glas Rotwein zu trinken, und wenn sie an heißen Tagen daraufhin einschlief, erwachte sie einige Zeit später davon, daß Papa sich über sie beugte und sie mit einem Ausdruck ansah, den man nur als verliebt bezeichnen konnte.

Liebster Papa! Sie war froh, daß er gesagt hatte, sie brauche nicht in eines dieser stickigen Mädcheninternate zu gehen. Sie sollte als Individuum aufwachsen, um so einmalig zu werden wie ihre Mutter.

Sofort nachdem er das gesagt hatte, schien er es schon zu bereuen. Aber es stimmte schon, denn Mama, adrett und kühl und ehrfurchtgebietend, war einsame Spitze. Ganz so wollte Daisy allerdings nicht werden. Sie wollte romantische Abendkleider tragen und wie ein Schwan dahingleiten. Sie käme ganz auf ihre Großmutter Overton heraus, sagte Mama, und ob sie wüßte, wie ihr Großvater Overton sie genannt hätte? Ein hübsches Blumensträußchen. Aber das war nicht als Kompliment gedacht. Er hielt solche Frauen für eitel und ohne Tiefe, sie verloren rasch an Anziehungskraft.

Wer wollte schon *Tiefe*, fragte Daisy. Sie bemerkte die Mißbilligung in Mamas Augen. Diese Augen wurden immer seltsam frostig, wenn sie auf ihr ruhten. Das beunruhigte sie immer, aber jetzt vergoß sie deswegen keine heimlichen Tränen mehr. Sie nahm es einfach als Tatsache hin, daß Mama sie aus irgendeinem Grund nicht mochte. Vielleicht kam es daher, daß Papa sie zu sehr liebte. Mama war vermutlich nur eifersüchtig. Es war schon seltsam, daß man auf die eigene Tochter eifersüchtig sein konnte. So etwas würde Daisy niemals passieren. Ihr Mann würde sie unendlich verehren und den Kindern kaum jemals Beachtung schenken. Außerdem wollte sie sowieso keine Kinder haben. Außer, sie verehrten sie auch. Sie konnte nie genug Liebe bekommen. Sie wollte, daß das Leben sie mit Liebe überschüttete, wie der Sonnenschein, wie Musik, wie der Duft eines Sommergartens.

»Das Leben ist aber nicht so, Daisy«, stellte Miss Sloane klar. »Aber ich weiß schon, Sie werden mir keinen Glauben schenken. Sie werden es selbst erfahren und dann nicht dafür gerüstet sein.«

Bald darauf fanden die Siegesfeierlichkeiten anläßlich des gewonnenen Krieges über die Buren statt.

Mit der Thronbesteigung des party-närrischen König Edward nahm das Geschäft einen tollen Aufschwung. Bonningtons Modeabteilung wurde überschwemmt mit Bestellungen für Morgentoiletten, Nachmittagskleider, Ballkleider, Kleider für Ascot und Henley, für Badminton und Eton, für Derby und Goodwood und für die daran anschließenden Parties, nicht zu reden von vollständigen Aussteuern, die die Damen für Wochenenden auf dem Land benötigten. Die Flut überwältigte Miss Brown. Sie wackelte umher, und ihr alter, dünner Körper schien in der Mitte auseinanderzubrechen. Gegen ihren Willen mußte sich Florence immer mehr mit der Leitung der Abteilung befassen. Und sie konnte sich gegen die Faszination nicht wehren, die der allgemeine Tumult des Kaufens und Verkaufens auf sie ausübte. Sie liebte den Kontrast zwischen dem arbeitsamen, chaotischen Getriebe in den

Werkstätten und der feierlichen, von Teppichen gedämpften Atmosphäre der Verkaufsräume. Hier saßen die wohlhabendsten Kundinnen auf kleinen Couches und nippten Sherry oder Champagner, während hervorragend geschulte Verkäuferinnen die neuesten Modelle vorführten. Florence hatte das Talent ihrer Mutter geerbt. Doch füllte sie nur die Zeit aus, wie jedermann wußte.

Captain Fielding konnte jeden Tag in England eintreffen. Tatsächlich jeden Tag!

Florence war jetzt dreiundzwanzig, und Desmond war etwas mehr als fünf Jahre weg gewesen. Er mußte mittlerweile fünfundzwanzig sein und sicher begierig zu heiraten. Würde er sie noch immer bewundern? Fürs erste wäre sie mit seiner Bewunderung völlig zufrieden. Mit der Zeit würde daraus Liebe werden. Sie selbst konnte es kaum erwarten, ihm ihre Liebe zu gestehen. Nach all diesen Briefen hatte sie das Gefühl, ihn durch und durch zu kennen, seine Redlichkeit, sein Pflichtbewußtsein, seinen Mut (obwohl er gelegentliche Augenblicke der Schwäche offen zugab), seine Ideale, die Ergebenheit für eine Frau einschlossen. Und mehr noch, es hatte ihm nichts ausgemacht, daß sie in Bonningtons arbeitete. Das würde sie vor Dummheiten bewahren, haha, während er fort war. Aber so etwas durfte sie natürlich nicht ernstnehmen. Selbstverständlich sei sie dazu bestimmt, einst die Frau eines Glückspilzes zu werden.

Natürlich meinte er, daß er dieser Glückspilz wäre. Oder nicht? Florence mit ihrem Mangel an Selbstvertrauen und ihrem guten Gespür hatte Augenblicke des Zweifels zu überwinden. Sie tat es dadurch, daß sie sich keine Ruhe und keine Zeit zum Brüten gönnte. Sie flog wie ein erregter Besenstiel hin und her, sagte Papa. Aber die Aufregung bekam ihr gut. Ihre Augen glänzten, und zum erstenmal in ihrem Leben zeigte sich auf ihren Wangen eine leichte Röte.

Und eines Nachmittags betrat Captain Fielding ohne vorherige Anmeldung Overton House. Er wurde von einer völlig verwirrten Hilda eingelassen, die später in den Dienstbotenräumen im Erdgeschoß erzählte, er habe so hübsch und schlank ausgesehen, und als er hörte, daß Miss Florence im Geschäft und nur Miss Daisy anwesend sei, habe er gesagt, er würde gerne eine Stunde bei Miss Daisy warten, bis Florence nach Hause käme. Was konnte Hilda also anderes tun, als ihn zu Miss Daisy ins Musikzimmer zu führen?

Miss Daisy hatte eben eines ihrer französischen Lieder gesungen. Sie war ja so gut in Französisch. Aber als der junge Herr zu sprechen anfing, hatte sie mitten im Ton aufgehört, war aufgesprungen und hatte sich ihm in ihrer impulsiven Art in die Arme geworfen.

Ein wenig später läutete sie und bestellte Tee.

»Wir werden ihn hier trinken, Hilda«, sagte sie. Sie saß in einem der Korbstühle in der Nähe der Flügeltür, und Captain Fielding hatte ihr gegenüber Platz genommen. Sie sahen aus wie aus einem Gemälde. So romantisch, sagte Hilda.

Tee und Pflaumenkuchen und heiße Scones und Erdbeermarmelade. Der Captain, soeben aus Indien zurückgekehrt, mußte einen richtigen englischen Tee bekommen, hatte Miss Daisy gesagt. Sie hatte so eine Art, jedermann für sich einzunehmen, ihm das Gefühl zu geben, als habe sie nur auf ihn gewartet. Jeder, der sie kannte, wußte, daß ihre Freundlichkeit einem warmen Herzen entsprang. Trotzdem, je eher Miss Florence nach Hause kam, um so besser, dachte Hilda.

Als Florence beim Nachhausekommen die fast unglaubliche Neuigkeit erfuhr, stürzte sie mit ungewohnter Hast ins Musikzimmer.

Dort hatte man inzwischen Tee getrunken, und Captain Fielding saß gemütlich in seinen Sessel zurückgelehnt und erzählte Daisy von irgendeiner Begebenheit. Daisy lauschte mit ungeteilter Aufmerksamkeit, doch als sie Florence erblickte, sprang sie mit einem freudigen Ausdruck auf.

»Flo, Schatz, wir haben auf dich gewartet. Captain Fielding dachte schon, du würdest überhaupt nicht mehr kommen.«

Florence streckte ihre Hand aus, die Captain Fielding mit herzlichem Druck ergriff. Eine plötzliche lähmende Scheu machte es ihr beinahe unmöglich, ihn anzusehen. Sie bemerkte nur, daß er schlanker war, als sie ihn in Erinnerung hatte, und daß sich sein üppiger Schnurrbart weiß gegen seine von der Sonne gerötete Haut abhob.

»In Schwarz?« sagte er und sah sie überrascht an. »Tragen Sie etwa Trauer?«

»O nein. Das ist meine Arbeitskleidung. Ich war im Geschäft.«

»Im Geschäft?«

»Ich habe es Ihnen doch geschrieben. Ich fand es so langweilig, nichts zu tun.«

»Ach ja, natürlich. Sie haben den ganzen Tag Knöpfe und Nadeln und Bänder verkauft. Wie amüsant.«

»Sie haben uns Ihre Ankunft nicht mitgeteilt.«

»Nein. Unser Schiff lief ein paar Tage früher ein. Ich wollte Sie überraschen, Miss Overton.«

»Florence«, berichtigte sie. All jene Briefe, die mit »Meine liebe Florence« begannen, und jetzt sprach er zu ihr, als sei sie eine Fremde.

Vielleicht war er ebenso scheu wie sie. Sie vergaß immer, daß auch andere scheu sein konnten.

»Florence, natürlich. Aber wäre es sehr unhöflich, wenn ich sage, daß Sie mir in Schwarz nicht gefallen? Alles, was Sie sagen, klingt so traurig.«

»Ich werde mich sofort umziehen. Sie können doch zum Dinner bleiben, nicht wahr?«

»Das hatte ich eigentlich nicht vor. Ich wollte nur vorbeisehen . . .«

»Oh, Sie müssen bleiben, bitte. Mama und Papa würden Ihnen niemals verzeihen . . .«

»Und wie ist es mit Ihnen?«

Florence wollte gerade antworten, daß auch sie es ihm nicht verzeihen würde, als sie merkte, daß er zu Daisy sprach.

»Selbstverständlich, Captain Fielding. Wir alle erwarten Sie.«

Daisy brachte es fertig, Florence einen kurzen Seitenblick zuzuwerfen, ein kurzes Heben der Augenbraue, der Schimmer eines Augenzwinkerns. Florence kannte diesen Hilferuf nur zu gut. Das blöde Mädchen bändelte mit jedem an und wußte dann nicht mehr, wie sie sich aus der Schlinge ziehen sollte.

»Captain Fielding hat mir aufregende Geschichten aus Indien erzählt, Flor. Sicher möchte er sie dir auch erzählen.«

»Ich muß sagen, Miss Daisy ist eine ausgezeichnete Zuhörerin«, sagte Captein Fielding begeistert. »Wenn ich zum Dinner bleibe, Miss Daisy, werden Sie mir dann versprechen, mir noch einmal etwas vorzusingen?«

»Sie sind sehr freundlich«, murmelte Daisy wie eine Erwachsene. »Kann ich Mama und Papa sagen, daß wir einen Gast zum Dinner haben, Florence?«

Sie war aus dem Zimmer geschlüpft, ehe Florence antworten konnte, und Desmond sagte bewundernd: »Wirklich, ich kann kaum glauben, daß sie so groß geworden ist.«

»Sie ist noch nicht einmal aus dem Schulzimmer raus«, sagte Florence leicht eingeschnappt.

»Nun, das täuscht.«

»Sie ist noch keine sechzehn.«

»Sie wird einmal eine Schönheit werden. Sie ist es jetzt schon.«

»Ja, sie sieht von unserer Familie am besten aus.«

Captain Fielding nagte an seinem Schnurrbart, als er begriff, wie tolpatschig er sich benahm.

»Verzeihen Sie mir, das war nicht sehr höflich. Ich habe zu lange außerhalb der Gesellschaft gelebt. Sie sehen auch sehr reizend aus. Abgesehen von diesem deprimierenden Kleid, bitte entschuldigen Sie. Gehen Sie sich umziehen. Ich bin in der Zwischenzeit hier sehr zufrieden. Ich werde in den Garten gehen. Ein bißchen englische Luft einatmen. Gott, tut das gut, wieder zu Hause zu sein.«

»Wirklich?« fragte Florence begierig. Er hatte gesagt, sie sehe reizend aus . . .

»Ganz gewiß. Und ich glaube nicht, daß ich wieder ins Ausland versetzt werde. Außer es gibt Krieg, natürlich. Ich habe also die Möglichkeit, mich hier niederzulassen.«

Obgleich sie ungeduldig darauf brannte, wieder hinunterzukommen, verbrachte Florence eine volle Stunde damit, sich fürs Dinner anzuziehen. Sie lieh sich Hawkins von Mama aus, damit sie ihr das Haar frisierte und die etwa zwanzig Knöpfe im Rücken ihres neuen, austerfarbenen Spitzenkleides zumachte, das sie eigens für Desmonds Rückkehr hatte anfertigen lassen. Natürlich hatte sie in Schwarz scheußlich ausgesehen. Sie würde es niemals mehr in seiner Gegenwart tragen.

»Eine einfache Frisur kleidet Sie am besten, Miss Florence«, sagte Hawkins.

»Aber ich will keine einfache Frisur. Ich will eine auffallende. Ich kann mir vorstellen, daß Captain Fielding die Nase voll hat von einfachen, altmodischen Frisuren. Die Damen in Delhi hatten wohl kaum eine Hawkins, um sich frisieren zu lassen.«

Hawkins preßte die Lippen zusammen. »Es paßt nicht zu Ihnen, die Schmeichlerin zu spielen, Miss Florence.«

»Bin ich so langweilig, daß ich eine einfache Frisur tragen muß und nicht einmal soviel weibliche Eigenschaften haben darf wie das Talent zu schmeicheln.«

»Ich meine nur, es ist immer besser, sich selbst treu zu bleiben.«
»O nein, ganz und gar nicht. Das ist eine arge Täuschung.«

Hawkins trat zurück und betrachtete Florences schlanke, elegante Erscheinung in dem neuen Kleid. Es könnte noch was aus ihr werden, wenn sie einmal dreißig war. Trotzdem . . .

»Sie sehen aus, als wollten Sie zum Buckingham-Palast, Miss Florence. Ob das passend ist für ein stilles Dinner zu Hause . . .«

»Diesmal soll mich Daisy nicht in einem Worth-Kleid ausstechen, Hawkins. Das ist es.«

Obgleich Daisy ein schmuckloses Musselinkleid trug, das sehr gut zu ihrer Jugend paßte, hatte sie es für richtig gefunden, ihr Haar hochzustecken. Ohne Erlaubnis natürlich. Die Erwachsenenfrisur hatte sie völlig verwandelt. Sie sah genauso aus, dachte Florence erschrocken, aber wider ihren Willen voller Bewunderung, wie sie in Captain Fieldings Vorstellung erst in zwei Jahren aussehen mochte. Aus ihrem schimmernden Haarknoten ringelten sich ein paar Locken über ihre Ohren und den Ansatz ihres schlanken Halses. Sie sah einfach umwerfend aus.

Da war es kaum verwunderlich, daß Captain Fielding kaum ein Auge von ihr zu wenden vermochte, geschweige denn die großen

Anstrengungen bemerkte, die Florence unternommen hatte, um ihre unvorteilhafte Erscheinung zu verbessern.

Mama war sichtlich böse auf Daisy. Papa dagegen schenkte ihr, wie konnte es auch anders sein, sein zustimmendes Lächeln und sagte ziemlich nachdenklich, seine jüngste Tochter könne es anscheinend kaum erwarten, erwachsen zu werden.

Edwin, der von seiner Arbeit in Whitehall zurückkam, ignorierte seine beiden Schwestern völlig. Er wollte mit Captain Fielding über sein Lieblingsthema sprechen, über die Armee und den Krieg.

Er fragte ihn, ob er Lust hätte sich nach dem Dinner seines Großvaters Sammlung von Modellsoldaten anzusehen, der er selbst nun noch einige Exemplare hinzuzufügen beabsichtige.

»Ich habe heute ein Dutzend Modelle aus Meißner Porzellan aufgegabelt. Sie waren unglaublich billig.«

»Welches Regiment?« fragte Captein Fielding.

»Was nennst du billig?« fragte Mama mißtrauisch.

»Ein obskures preußisches, und ich nenne hundert Pfund für eine Sammlung von 1740 spottbillig.«

Florence wußte, daß Edwin diese Mitteilung absichtlich bei Tisch gemacht hatte, denn Mama konnte in Gegenwart von Gästen keinen Wirbel veranstalten. Er war entweder sehr klug oder sehr feige, vielleicht ein bißchen von beiden.

Florence folgte der Unterhaltung nur mit halbem Ohr. Sie dachte über ihre Familie nach, daß Papa in seinem Samtjackett und mit der Silberkrawatte sehr distinguiert und vornehm aussah, daß Daisy bestimmt in ihrer Saison die Debütantin des Jahres werden würde, daß Mama im stillen sowohl Daisys kokettes Benehmen als auch Edwins Extravaganzen mißbilligte, daß sie hingegen niemals aufgebracht war, wenn Papa ein neues Bild kaufte oder seiner Porzellansammlung ein neues Stück hinzufügte. Doch sie war eben auf die gleiche Weise in Papa vernarrt, wie Papa in Daisy vernarrt war.

Und ich, dachte Florence und hatte Mühe, ihre plötzlich aufsteigenden Tränen zu unterdrücken, war nur einmal in meinem Leben schwärmerisch verliebt, nur eine ganz kurze Zeit, in eine Gouvernante namens Miss Medway, die vermutlich noch einmal nach Overton House zurückgekehrt ist, um Daisy zu stehlen. Und nun ist Daisy dabei, ob wissentlich oder unwissentlich, Desmond zu stehlen. Und darin macht sie gute Fortschritte, denn er kann kein Auge von ihr wenden. Er hört weder Edwin noch mir zu, nicht einmal Mama und Papa. Sein gutes Benehmen ist dahin. Er läßt sich durch meine fünfzehnjährige Schwester zum Einfaltspinsel machen. Und ich sitze hier wie eine Kleiderpuppe in dieser blödsinnigen, übertriebenen Aufmachung und in dem Kleid, das ich nie mehr tragen werde.

Auf Captain Fieldings besonderen Wunsch sang Daisy nach dem Dinner noch einmal. Nachdem sie geendet hatte, herrschte einen Augenblick tiefe Stille, dann erinnerte sich Captein Fielding mit großer Anstrengung an seine Manieren und fragte Florence höflich, ob sie auch singen würde.

»Ich habe keine Stimme«, sagte sie. »Ich bin völlig unmusikalisch.«

»Florence hat andere Gaben«, sagte Mama.

»Natürlich. Ich weiß. Sehr richtig.«

»Und es ist höchste Zeit, Daisy, daß du jetzt hinaufgehst«, sagte Mama.

»Oh, Mama . . .«

»Kein Wort mehr, Fräuleinchen. Tu, was ich dir sage. Und nimm all diese Nadeln aus deinem Haar und bürste es ordentlich.«

»Bea . . .«, begann Papa, der Daisys unglückliches Gesicht sofort bemerkt hatte. Er fand oft, Mama sei zu hart gegenüber Daisy. Aber konnte er denn nicht begreifen, daß Mama dadurch, daß sie Daisy auf ihren Schulmädchenstatus herabholte, nur das Unheil zu verhindern versuchte, das an Florence geschah? Wenn es nicht schon zu spät war . . .

19

Es war zu spät. Captain Fielding hatte entedeckt, daß er an Florence immer nur wie eine Schwester gedacht hatte, als er ihr all diese Briefe schrieb. Das war ihm erst jetzt klargeworden. Obwohl er sie grenzenlos bewunderte und mochte, so war es doch Daisy, die er liebte.

Genauer gesagt, er war geblendet von Daisy, aber da er wußte, er würde mindestens noch zwei Jahre auf sie warten müssen, hatte er genügend Zeit, sich über seine Gefühle klarzuwerden, nicht wahr?

Schließlich sei ja zwischen ihm und Florence niemals die Rede von Heirat gewesen. Ihre Briefe waren ihm in dem fremden Land Trost und Milde, aber er hatte schon von jeher die Absicht gehabt, bis zu seiner Rückkehr zu warten, wie sich seine Gefühle für sie gestalteten.

Daher war er doch kein gemeiner Schuft. Nicht wahr, das sei er doch nicht, fragte er ängstlich. Es täte ihm außerordentlich leid, sollte Florence ihn für einen gemeinen Kerl halten, er könnte sich niemals genug dafür entschuldigen. Und sie müsse doch zugeben, sie habe in ihren Briefen niemals eine Andeutung von Liebe gemacht, sie könne sich deshalb bestimmt nicht von ihm hintergangen fühlen. Es sei einfach ein unglücklicher Zufall, daß sie eine so bezaubernde Schwester habe.

»Ach, hören Sie endlich auf, sich reinzuwaschen«, unterbrach ihn Florence wütend. Sie hatte diese Szene vorausgeahnt und sich gefragt, ob sie Ärger oder Tränen wählen sollte. Es zeigte sich, daß Tränen keineswegs am Platz waren. »Ich nehme an, Sie können nichts dafür, daß Daisy Sie verführt hat.«

»Nicht verführt!« rief Captain Fielding aus.

»Ach, seien Sie doch kein solcher Tugendheld!«

Captain Fielding blieb der Mund offenstehen.

»Ich muß sagen, Miss Overton, Sie haben sich verändert!«

»Ja, über Nacht«, antwortete Florence kalt.

In seinen Augen sah sie Erleichterung darüber, daß er einer eventuellen Heirat mit einer derartigen Schreckschraube entkommen war.

»Flo, das ist *furchtbar*!« weinte Daisy. »Ich liebe Desmond überhaupt nicht. Um ehrlich zu sein, ich finde ihn allmählich entsetzlich langweilig. Er folgt mir überallhin wie ein Schatten! Ich bitte dich, er hat sogar die Nerven, mir mitzuteilen, er würde zwei Jahre auf mich warten!«

Daisys hübsches, gerötetes Gesicht ließ Florence kalt. Im September wurde sie sechzehn, und da war sie schließlich alt genug, um zu wissen, was sie angestellt hatte. Dauernd hatte sie Desmonds Gesellschaft gesucht, mit atemlosem Interesse allem gelauscht, was er von sich gab, sich für ihn angezogen, ihm vorgesungen und für ihn Klavier gespielt, die ersten Rosenknospen für sein Knopfloch gepflückt . . . Falls sie dieses Benehmen für reine Unschuld hielt, war es höchste Zeit, daß man sie eines Besseren belehrte.

»Warum hast du dann seinetwegen dein Haar hochgesteckt? Weshalb hast du für ihn gesungen? Warum hast du ihn verführt?«

»Ver-verführt?!« Das Wort schockierte sogar Daisy, die sich immer so fortschrittlich gab. »Aber das habe ich doch nicht! Ich habe nur mit ihm gesprochen und ihn unterhalten, wie jeden anderen Menschen auch.«

»Wie jeden Mann, meinst du. Weshalb hast du dein Haar hochgesteckt?«

»Oh, immer die alte Geschichte. Es war einfach eine Laune. Ich habe es satt, noch immer im Schulzimmer zu sitzen. Ich bin viel zu alt dafür. Und außerdem hast du dich fein gemacht, und ich kann es nun mal nicht ausstehen, wenn man mich übergeht. Du und Edwin, ihr wart immer so viel älter als ich. Ich *hasse* es, die Jüngste zu sein.«

»Aber du warst nicht zu jung, um mit Des . . . mit Captain Fielding zu flirten. Ich habe euch beobachtet. Im Musikzimmer. Im Garten. Früher gab es hier einen Spiegelsaal, in dem die Leute miteinander zu flirten pflegten, hast du das gewußt? Das wäre genau der richtige Ort für euch beide gewesen.«

Durch das Fenster sah Florence auf den blühenden Judasbaum. Seine rosigen Blüten wirkten wie warme Feuerzungen an den kahlen Zweigen.

Sie zischte: »Du Judas!«

»Flo!« Daisys Stimme bebte. »Du siehst furchtbar aus. So hast du mich noch nie angesehen. Ich dachte . . .«

»Was dachtest du?«

»Daß du mich liebst.«

»Ja, das war einmal.«

Daisy schlug die Hände vors Gesicht. Kleine Schluchzer erschütterten sie.

»Ich kann nichts dafür, ich möchte, daß alle mich lieben.«

»Warum mußt du so gierig sein? Alle lieben dich doch.«

»Nein, Mama nicht.«

»Aber natürlich liebt sie dich. Sei doch nicht so hysterisch.«

»Ich bin nicht hysterisch. Das ist gemein.«

»Nun, jedenfalls bist du irrsinnig verwöhnt. Man hat dich verwöhnt, seit du als Baby einmal gestohlen wurdest. Sogar diese Frau wollte dich haben, siehst du. Mama sagt, sie hat immer die Pfauen in diesem italienischen Garten bewundert, ehe du geboren wurdest. Deshalb bist du so eitel. Ich glaube nur, du bist einfach egoistisch, und es ist höchste Zeit, daß du einsiehst, welchen Schaden dein gedankenloses Benehmen anrichtet.«

»O Flo, Liebling!« Daisy weinte verängstigt auf. »Du sprichst, als hätte ich dein Leben zerstört.«

»Das hast du auch.« Florences Stimme war kalt und tonlos. »Wußtest du nicht einmal das?«

Auch Beatrice erinnerte sich an den Spiegelsaal, als sie in die Bibliothek ging, um William zu suchen. Ihre Gedanken waren dieselben wie die von Florence. Man konnte zwar einen Raum zum Verschwinden bringen, aber man konnte anscheinend die sich immer wiederholenden Gewohnheiten der Menschen nicht auslöschen.

Dieses Haus verwandelte sich langsam in ein Museum, dachte sie angewidert. Da waren diese lächerlichen, teuren Porzellansoldaten, die Edwin nur gekauft hatte, um einer bereits überladenen Sammlung von Spielsachen noch ein paar Stücke hinzuzufügen.

Der reizende kleine Guardi, den William neulich gekauft hatte, war etwas anderes. Er sah entzückend aus, wie alles, was William anschaffte. Er hatte einen so guten Geschmack, es war völlig in Ordnung, daß er die Overton-Sammlung vervollständigte. Sie selbst liebte es, ihm Geschenke zu machen, und freute sich, wenn sich herausstellte, daß sie einen guten Griff getan hatte.

Heute jedoch empfand sie William, der sich hingebungsvoll über seine Schmetterlingssammlung beugte, als nervenaufreibend. Er vergrub sich zu sehr in seinen Schätzen. Die Schmetterlinge waren tot, die Bilder waren tot, Edwins Soldaten waren aus Porzellan und würden niemals ihre Waffen erheben und ihre Musketen abfeuern. Es war unrecht, so besessen von leblosen Dingen zu sein. Es kam ihr wie eine Flucht aus einem unglücklichen Leben vor.

So gesehen konnte man Daisys zwar gedankenloses, aber doch ungemein lebensbejahendes Verhalten beinahe als positiv empfinden. Außer, daß auch sie in gewisser Weise ein Gespenst war. Trotzdem verstand William nicht, was Beatrice meinte, als sie ungestüm ausrief:

»Ich glaube, diese Frau ist noch immer im Haus.«

»Welche Frau, Liebe?«

»Mary Medway. Wer sonst?«

Noch immer sträubte sie sich dagegen, diesen Namen auszusprechen.

William schien ihn auch nicht gerne zu hören, denn er wurde sehr still, und seine Augen bekamen diesen undurchsichtigen Blick. Damit versuchte er den Schmerz zu verschleiern, den er nach all diesen Jahren noch immer empfand.

»Wenn du auf Daisy anspielst, dann nenne sie auch Daisy.«

Die wiederauflebende Pein quälte auch Beatrice.

»Mir scheint, sie wird wie ihre Mutter. Sie hat das Glück der armen Florence zerstört.«

William hob behutsam einen Schmetterling mit der Pinzette hoch. Die ausgebreiteten Flügel waren staubig geworden. Er sah Beatrice nicht an.

»Sie kann nichts dafür, daß sie viel hübscher als Florence ist. Es ist ungerecht, sie deswegen zu tadeln.«

Genauso, wie man Mary Medway nicht tadeln durfte?

»Ich fürchte, du bist viel zu nachsichtig mit ihr, William. Sie will immer im Mittelpunkt stehen, gleichgültig, ob das auf Kosten von Florence geschieht. Jetzt hat sie zwei Herzen gebrochen, Florences und das von Captain Fielding.«

»Was, auch das von Fielding?«

»Du müßtest wissen, daß sie keine tieferen Gefühle für ihn hegt. Sie ist außerdem noch viel zu jung. Sie hat sich einfach nur amüsiert. Sie muß lernen, daß sie das nicht auf Kosten anderer Menschen tun kann.«

»Ich habe diesen jungen Mann immer für einen langweiligen Kumpan gehalten«, sagte William.

»Florence nicht. Sie hat seinetwegen fünf Jahre verschwendet. William, willst du mir bitte zuhören?« Er schien ihr hinter seiner undurchsichtigen Fassade zu entschwinden.

»Ich höre, meine Liebe. Ich bin mir über Florences Unglück vollkommen im klaren. Aber sie ist jung genug, um das zu überstehen, und du solltest bedenken, daß dieser Captain Fielding bewiesen hat, wie unbeständig er ist. Vielleicht war es Florences Glück, daß sie ihm entkommen ist.«

»Nicht, wenn sie keine Chance mehr hat, zu heiraten.«

»Oh, komm, Bea, wo sie unter Bonningtons Dach so wohl geborgen ist.«

»Falls du damit andeuten willst, daß ich ihr einen Ehemann kaufen könnte . . .«

William trat zu ihr und lächelte sie gewinnend an.

»Ich mache nur Spaß, Bea. Aber du mußt zugeben, es gehört zu deinen Fähigkeiten, einen Ehemann zu kaufen.«

»Nur wenn der Mann bereit ist, sich kaufen zu lassen«, fauchte sie und verlor die Geduld.

Sie war über ihre Worte entsetzt, aber William hatte sie verdient. Denn seine Sticheleien waren alles andere als Scherz. Sie ließ sich durch die sanfte Stimme nicht täuschen, mit der diese verletzenden Worte ausgesprochen worden waren.

Er wollte jedoch nicht streiten. Er stritt niemals. Er haßte diese Art von Gefühlsausbrüchen.

»Und was ist es, was du im Fall von Daisy planst? Deshalb bist du doch gekommen, um mir das zu sagen?«

»Ja, richtig, ich habe an eine Schule in Paris geschrieben, die mir empfohlen wurde und wo die Disziplin sehr streng sein soll. Ich denke, ein oder zwei Jahre dort sind das beste für Daisy.«

»Ist ihr Vater nicht wichtig genug, um über einen so einschneidenden Schritt unterrichtet zu werden?«

»Ich unterrichte dich jetzt. Aber du mußt einsehen, es ist wirklich wichtig, daß Daisy für eine Weile fortkommt. Florence muß eine Chance bekommen. Sie hat ihre ganze Jugend an diesen treulosen jungen Mann weggeworfen.«

»Sie ist so verbohrt«, wandte William schwach ein.

»Eine Schwester wie Daisy zu haben, ist nicht gut für sie. Du weißt, daß niemand Florence beachtet, wenn Daisy im selben Raum ist.«

»Wenn ich mit Daisy spreche . . .«

»Nein. Das hat keinen Sinn. Sie kann nichts dafür. Es ist einfach ihre Art.«

»Sie hat eben nichts von dir, Bea, das ist das Übel.«

»Wenn du damit sagen willst, sie sollte mehr gesunden Menschenverstand haben«, sagte Beatrice schroff, »dann muß ich dir zustimmen. Aber sie kann eben nicht gegen ihre Natur an, abgesehen davon, daß sie sich anstrengen könnte, ihre Fehler zu korrigieren. Und ich fürchte, in dieser Richtung tut sie sehr wenig.«

»Sie glaubt immer, du liebst sie nicht.«

»Unsinn!« Das schien eine sehr schmerzliche Unterhaltung zu werden. »Sie wird genauso behandelt wie Edwin und Florence. Ich habe sie aufgezogen, wie ich versprochen habe, und ich werde dafür sorgen, daß sie einen guten Start hat. Sie kann nach ihrem Pariser Jahr in die Gesellschaft eingeführt werden. Aber wenn sie sich dann noch immer so unmöglich benimmt, will ich nichts mehr mit ihr zu tun haben. Ich meine das im Ernst, William. Denn dies alles ist weit mehr, als man von mir erwarten darf.«

Als ich mir einen Ehemann kaufte . . .

William hatte sich wieder seinen Schmetterlingen zugewandt.

»Ich kann mich nicht erinnern, daß dich irgend jemand darum

gebeten hätte, Bea. Ich habe alles, was wir taten, gewissermaßen als Befehl aufgefaßt. Sozusagen vom kommandierenden Offizier.«

Seine Augen flackerten boshaft. Sein Spott war grausam.

»Es war die einzige Lösung«, schrie sie. »Und hör endlich auf, mich ins Unrecht zu setzen.«

»Tu ich das, Liebste? Es tut mir leid. Ich dachte, wir hätten das alles längst überwunden. Du hast mich mit deinen überstürzten Plänen einfach verärgert. Es wäre mir lieber gewesen, du hättest mich wenigstens dazu eingeladen, sie mit dir zu besprechen. Du weißt, ich werde Daisy sehr vermissen.«

»Natürlich weiß ich das«, sagte Beatrice, jetzt ängstlich darauf bedacht, alles wiedergutzumachen. Wenn er sich entschuldigen konnte, konnte sie es auch. »Aber du kannst nach Paris gehen und sie besuchen.«

»Ja, das kann ich.« William wurde sofort lebhafter. Er stellte sich bereits die zukünftigen Freuden vor. »Ich kann sie in die Oper führen. Sie herzeigen.«

»Um Himmels willen, nicht herzeigen. Was diese junge Dame braucht, ist ein bißchen Verborgenheit.«

»Nun, du mußt doch zugeben, daß sie nicht zu übersehen ist, außer wir stecken sie in ein Kloster. Wie hat sie selbst diesen Vorschlag denn aufgenommen?«

»Bis jetzt weiß sie noch nichts davon.«

»Dann erlaube mir, ihr die Nachricht zu überbringen. Ich kann den Schock etwas mildern, wenn ich ihr die Annehmlichkeiten einer meiner Lieblingsstädte schildere.« Dann fügte er höflich hinzu: »Es ist schade, daß wir selbst nie mehr dahin zurückgekommen sind. Du hast überhaupt nichts gesehen als diesen Laden, nicht wahr? Bon Marché.«

Typisch, hätte er noch hinzufügen können. Aber er unterließ es. Und das war gut, denn er hatte bereits viel zuviel gesagt. Es schien so lange her zu sein, daß er geweint hatte »Ich bin so einsam«. Damals hatte sie geglaubt, der Sieg sei ihr sicher.

»Fühlen Sie sich nicht wohl, Ma'am?« fragte Hawkins am Abend.

Beatrice saß vor ihrem Ankleidetisch und preßte ihre Finger an die Schläfen.

»Ich habe ein wenig Kopfweh. Das paßt gar nicht zu mir, nicht wahr, Hawkins?«

»Nein, Ma'am. Sie sind in diesem Haus diejenige, die immer stark ist.«

Zu stark. Lag darin die Wurzel des Übels?

»Wir haben beschlossen, Miss Daisy nach Paris zur Schule zu schicken, Hawkins.«

»Nun, das wird ihr aber guttun. Sie werden glücklicher sein, wenn sie aus dem Haus ist.«

So weit war Hawkins noch nie gegangen. Manchmal hatte sie zweideutige Bemerkungen gemacht, aber dies jetzt war eindeutig. Hatte sie von Anfang an die Wahrheit gekannt, oder war sie nur, wie Miss Brown, gegen Daisys Charme immun?

»Sagen Sie mir, was Sie damit meinen, Hawkins.«

»Sie nimmt zu viel von der Zeit ihres Vaters in Anspruch. Das ist nicht recht. Und die arme Miss Florence steht immer im Schatten. Das ist ungerecht, denn sie hat alle Ihre guten Eigenschaften.«

»Und Daisy nicht?«

»Sie wissen, daß Sie Ihnen nicht im mindesten ähnlich ist, Ma'am.«

Das war alles, was gesagt wurde.

Aber Hawkins hatte den Kern getroffen. Denn es war sicherlich viel besser, wenn das Haus von Daisys lebhafter, störender Gegenwart befreit war. Wenn auch vielleicht langweiliger.

Anfang September reiste sie in Begleitung ihres Vaters und mit unzähligen Koffern nach Paris ab. Nur Florence wußte, daß sie sich in letzter Zeit jeden Abend in den Schlaf geweint hatte, denn sie glaubte, sie sei in Ungnade gefallen und ihre Mutter habe sie für immer fortgeschickt. Aber da sie beim Abschied wieder ihr strahlendes Lächeln aufsetzte, verhärtete sich Florences Herz aufs neue. Menschen wie Daisy brauchte man nicht zu bemitleiden. Außerdem beabsichtigte Papa, in Paris zu bleiben, bis sie sich eingelebt hatte.

Wenn Papa zurückkam, war Edwin an der Reihe, England zu

verlassen. Er hatte eine Berufung an die Britische Botschaft in Berlin erhalten. Edwin war höchst erfreut darüber. Er bewunderte die Tüchtigkeit der Deutschen im Umgang mit Waffen. Er hoffte, die Kruppschen Eisen- und Stahlwerke in Essen besichtigen zu können. Und auch seine Kunst in einer der berühmten deutschen Sportarten, nämlich dem Wildschweinjagen, erproben zu können.

Komisch, diese Lust der Overtons am Töten, dachte er. Papa steckte Nadeln in Schmetterlinge, er selbst schoß Vögel vom Himmel. Dann sein Großvater, der General, und noch ein paar streitbare Vorfahren . . . Das machte sie zu einem rechten Mörderpack, falls man Papa mit seinen Schmetterlingen für voll nahm. Insgeheim hielt Edwin ihn für ein Milchknäblein mit seiner angegriffenen Gesundheit und seinen harmlosen akademischen Beschäftigungen. Und er war sehr erleichtert, daß Papa, der die Deutschen noch immer als zu unzivilisiert empfand, nicht vorhatte, seinen Sohn auf einer seiner ersten Auslandsreisen zu begleiten. Edwin hatte schon sehr früh erkannt, daß es besser war, auf eigenen Füßen zu stehen. Die Liebe, insbesondere die elterliche Liebe, war eine sehr unzuverlässige Sache.

Trotzdem machte er seiner Großmutter Bonnington einen Abschiedsbesuch in ihrem düsteren Haus, in dem die Vorhänge kaum jemals zurückgezogen wurden. Man konnte nicht behaupten, daß Liebe oder auch nur Zuneigung Edwin in dieses seltsame Behausung trieben. Seine Motive waren ganz anderer Art. Er wußte, er war Großmamas Liebling. Sie war nicht reich. Sie besaß nur dieses scheußliche Haus, ein bißchen Schmuck und eine Menge abscheulicher Kleider. Ihr Einkommen bezog sie aus Bonningtons Warenhaus, das würde bei ihrem Tod versiegen.

Aber das Haus würde einen anständigen Preis erzielen, und Edwin hoffte stark, es einmal zu erben. Als Schuljunge waren seine Besuche hier immer mit einem halben Sovereign belohnt worden, und als er nach Oxford ging, hatten sich diese Beträge erheblich erhöht.

Großmama war ein feiner Kerl, wenn es darum ging, einem Burschen auszuhelfen. Da konnte er ihr schon hin und wieder einen Besuch abstatten und sie mit ein paar Schulbubenstreichen unterhalten, an denen sie großen Spaß hatte. Auf seine Art mochte er das alte Schreckgespenst recht gern, und außerdem gefiel es ihm, daß sie ihn einen lieben freundlichen Jungen nannte. Wenig genug Leute sagten das von ihm. Mit seinen Schwestern konnte er nicht reden, mit seinen Eltern noch weniger. Er hatte schon vor langer Zeit bemerkt, daß Mama selbst dann nur auf Papas Schritte lauschte, wenn sie ihm einen Gutenachtkuß gab. Nicht einmal Großmama wußte, wie einsam er war.

Aber Berlin und die neuen Freunde, die er dort finden würde, und das Wildschweinjagen würden alles verändern. Er wollte diese Offiziere mit den Schmissen im Gesicht kennenlernen.

Ohne die Behinderung durch seine schlechten Augen könnte er ebensogut sein wie sie. Und wenn er eines Tages in nicht zu langer Zukunft das Geld aus dem Hausverkauf hatte, könnte er gut mithalten. Es war beschämend, immer um Geld aus Bonningtons Schatzkammern bitten zu müssen. Schließlich brauchte er einen Ausgleich für die Tatsache, daß seine Mutter eine Ladenbesitzerin war.

Florence hatte ihre Arbeit bei Bonningtons weitergeführt. Es blieb ihr gar nichts anderes übrig, denn wie konnte ein verlassenes junges Mädchen ins Gesellschaftsleben zurückkehren? Sie hätte dort niemandem mehr in die Augen sehen können.

Deshalb blieb sie da, wo sie es noch konnte. In der Damenmodenabteilung, die sie zu führen beabsichtigte. Die alte Miss Brown hatte nichts dagegen, denn sie stand von jeher auf Kriegsfuß mit der zweiten Bewerberin um diesen Posten, Miss Saunders, die Beatrice einst von Worth hergeholt hatte und die scheel auf alles blickte, außer auf das ansehnliche Gehalt, das man ihr zahlte.

Miss Florence hatte wirklich Talent, sagte Miss Brown. Wenn sie ihre ungeteilte Aufmerksamkeit der Modeabteilung zuwandte, wie sie es jetzt beabsichtigte, konnte sie Wunder wirken. Die Geschäfte mußten mit der Zeit gehen. Miss Brown hörte auf zu leugnen, daß ihr die neue Mode nicht gefiel, daß ihrer Ansicht nach die Frauen zuviel Busen und Bein zeigten, daß ihr Herz nicht mehr bei der Sache war.

Sie würde demnächst nach Hause gehen und sich aufs Sterben vorbereiten.

20

Am Ende des Geschäftsjahres erklärte Adam Cope befriedigt, daß der Umsatz auf zwanzigtausend Pfund gestiegen sei. Schuld daran war in erster Linie die Beendigung des Krieges in Südafrika. Die Menschen fühlten sich wieder sicher. Sie hatten einen vergnügungssüchtigen König, und sie wollten seinem Beispiel folgen. Zumindest war das die Richtschnur für die meisten von Bonningtons Kunden. Beatrice war versucht zu übersehen, daß neunzig Prozent der Londoner Bevölkerung nicht in der Lage waren, in einem anspruchsvollen Geschäft einzukaufen. Nun, für sie gab es weniger teure Läden. Bonningtons wechselte, da es Hoflieferant geworden war, mehr und mehr von praktischen Gegenständen zu Luxusgegenständen über. Papa hätte diese Entwicklung mit Besorgnis betrachtet. Er hielt die Reichen niemals für gute Zahler. Doch Florence, die einen sicheren Instinkt für Qualität und einen erstaunlich starken Willen entwickelte, versuchte, einige ihrer extravaganten Ideen durchzusetzen. Beatrice beobachtete dies mit gemischten Gefühlen.

»Halte Gebrauchsgegenstände auf Lager«, hatte Papa immer gesagt, »da gehst du nie fehl.« Russische Zobelpelze waren kaum Gebrauchsgegenstände. Sie verlangten eine aufwendige Auslage, und wenn man sie an Mitglieder der Aristokratie verkaufte, mußte man ziemlich lange auf das Geld warten, denn die Herrschaften gingen sehr sparsam mit ihren Scheckbüchern um.

Adam Cope sah dieses Problem auf die gleiche Weise. Er und Beatrice hatten immer ähnliche Meinungen. Aber er versuchte gerecht zu sein, als er mit seiner leblosen Stimme zu bedenken gab: »Damenmoden haben sich ausgezeichnet entwickelt, und wir müssen Miss Florence da einiges zugute halten. Eigentlich war ich dagegen, Pelze in unser Sortiment aufzunehmen, doch ich bin glücklich, daß ich mich geirrt habe.«

»Wenn wir für uns in Anspruch nehmen, eine junge Dame von Kopf bis Fuß einzukleiden, brauchen wir Pelze«, sagte Florence ruhig. Seit einiger Zeit durfte sie an den Besprechungen der höheren Angestellten teilnehmen. Beatrice war noch immer dagegen. Sie fand, Florence sei zu jung und zu unerfahren. Aber sie mußte eingestehen, daß Florence bereits eine Menge erreicht hatte. Und, um ganz gerecht zu sein, sie selbst war auch nicht älter gewesen, als sie als jungverheiratete Frau in Bonningtons Warenhaus eintrat.

»Ich stimme bis zu einem gewissen Grad mit Miss Florence überein«, erklärte Adam Cope. »Aber ich bin nicht sicher, ob diese Übereinstimmung auch Zobelpelze mit einschließt.«

»Wen ziehen wir an, Mr. Cope? Debütantinnen oder Hausmädchen?« fragte Florence.

Beatrice nickte widerwillig. Anfangs hatte sie Florences Motto »Von Kopf bis Fuß« nicht gutgeheißen, aber Florence hatte darauf bestanden, daß keine modebewußte junge Dame vollständig gekleidet sei ohne Pelze irgendwelcher Art, Biber, Fuchs, Persianer, Feh, Hermelin, selbst einfaches Kaninchen. Und für die wenigen Wohlhabenden natürlich Zobel.

Also wurde ein Salon für Pelze eingerichtet. Er war ausgelegt mit einem rauchblauen Teppich und mit bequemen Couches möbliert, auf denen die Ehemänner oder Verlobten sitzen und Champagner trinken konnten, während Florence selbst die luxuriösen Pelze vorführte. Es war lange her, seit sie im Palast gewesen war, um vor der alten, plumpen Dame mit dem kleinen glitzernden Diadem in einen Hofknicks zu versinken.

Das war wahrlich nichts als Zeitverschwendung gewesen, sagte sich Florence. In dieser neuen Zeit fühlte sie sich wirklich glücklich. Sie war eine Bonnington, keine Overton. Ihr Geschäftsinteresse erwachte mehr und mehr, und sie hatte so viele berauschende Ideen. Jetzt eben war ihr ein brillanter Einfall gekommen.

Alle waren ganz verrückt nach dem Russischen Ballett, seit Karsavina im »Coliseum« getanzt hatte. Man munkelte, daß im nächsten Jahr Serge Diaghilevs Ballett nach Covent Garden kommen würde. Weshalb sollte man dann nicht eine Ausstellung russischer Kunst und Kultur bereit haben? All diese bizarren und wunderbaren Dinge, wie Ikonen, edelsteingeschmückte Trinkbecher und verzierte Kästchen, die in den Werkstätten des berühmten Juweliers Fabergé hergestellt wurden, Holzschnitzereien und

Möbel. Vielleicht konnte man einen Geiger anstellen, der Hintergrundmusik von Tschaikowski spielte.

»Das wäre umwerfend«, sagte Florence, und ihre Augen begannen zu leuchten. Ob sie gleich mit den Vorbereitungen beginnen könnte?

Adam Cope wurde mit zunehmendem Alter ein rechter Pfennigfuchser. Beatrice sah, wie er die Lippen aufeinanderpreßte.

»Fabergé! Aber das ist der Juwelier der Zarin. Nur Kaiserinnen können sich seine Sachen leisten.«

»Dann lassen wir eben Imitationen anfertigen«, entgegnete Florence sofort. »Ich dachte nicht an eine Ausstellung. Alles soll zu kaufen sein, Gemälde, Ikonen, Holzschuhe, Pelze, Brokate. Aber ich sehe nicht ein, weshalb wir nicht auch wirklich echten Schmuck haben sollten. Wir wollen doch nicht den Anschein erwecken, als könnten wir uns das nicht leisten. Findest du nicht auch, Mama?«

»Laß dich nicht so hinreißen, Florence. Es könnte etwas werden, es kann genausogut danebengehen. Ich gebe zu, man könnte ein wunderbares Schaufenster damit machen, und Mr. Brush würde sich die Finger danach lecken. Nun, Adam, ich denke, wir sollten Florence erlauben, ihre Ideen auszuarbeiten. Sie soll die Möglichkeiten prüfen und die Kosten errechnen. Dann können wir uns noch einmal darüber unterhalten. Aber überstürze nichts, Florence, plane alles sorgfältig.«

»Wir könnten all diese wunderbaren Farben verwenden, Violett, Scharlachrot, Knallgelb, aus denen die Kostüme des Balletts gemacht sind«, sagte Florence träumerisch. »Dagegen wird Mr. Liberty und sein William-Morris-Zeug recht langweilig aussehen.«

So hätte sie für Captain Fielding aussehen sollen, dachte Beatrice. Nun, es war schon etwas, daß sie überhaupt zu dieser strahlenden Begeisterung erwacht war.

Papa wäre begeistert gewesen. Er hätte gelacht und ausgerufen: »Guter Gott! Nun hast du doch noch eine Bonnington zustande gebracht, Bea.«

Es war lange her, seit sie sich von diesen wäßrigen Gilbert-und-

Sullivan-Operetten hatte beeinflussen lassen, dachte Florence. Was für ein dummes, einfältiges Geschöpf war sie doch gewesen. Bereit, all ihre Gefühle an die vergänglichsten und nutzlosesten Dinge zu verschwenden. Sie wußte es jetzt besser. Niemals wieder würde sie sich gestatten, so verletzlich zu sein. Man konnte sich schließlich mit allen Lebenslagen abfinden. Kaufen und Verkaufen war faszinierend. Sie liebte es, den Menschen ihren Willen aufzuzwingen, quengeligen alten Witwen, zaghaften Töchtern, dummen aufgeputzten Frauen . . . In gewisser Weise nahm sie Rache für ihre eigene Unfähigkeit in der Gesellschaft. Sie hatte ihren Platz im Leben gefunden. Wenn sie geheiratet hätte, wäre sie vielleicht eine schreckliche Ehefrau geworden.

Nicht, daß sie deswegen Daisy und Desmond Fielding vergab. Die Pflege dieses geheimen Hasses hatte sie zu der herben Persönlichkeit gemacht, die sie jetzt war. Sie stritt sich andauernd mit Mama, die alt und daher altmodisch wurde. Und die immer eine erbärmliche Mutter gewesen war, gleichermaßen mit Papa und Bonningtons beschäftigt. Welche Chance hatten da ihre Kinder?

Edwin war darüber besonders wütend. Seit er in Berlin lebte, korrespondierte er häufig mit Florence. Sie hatten eine gegenseitige Mitteilsamkeit entwickelt, die ihnen als Kinder fremd war. Er begann nun, ihre Schwierigkeiten mit Daisy zu verstehen, und sie erkannte, wie sehr er vom Leben enttäuscht worden war.

»Ein glücklicher Mensch ist viel zu egoistisch«, schrieb sie, und er antwortete:

»Es hat mich immer gewundert, wieso Mama eine so oberflächliche Tochter wie Daisy haben konnte. Sie schlägt vollkommen unserem Vater nach, und den habe ich schon immer für ein Milchbübchen gehalten, obwohl er nicht für seine schlechte Gesundheit kann. Wie sehr wünschte ich, Großvater Overton wäre unser Vater gewesen. Je mehr ich vom Kaiser höre und je öfter ich ihn sehe, um so mehr bewundere ich ihn. Er hat das Unglück über seinen verkrüppelten Arm völlig überwunden, das gleiche wird wohl auch mir gelingen. Ich meine, daß ich meine schlechten Augen irgendwie durch etwas anderes ausgleichen kann. Das Leben in Berlin ist schrecklich aufregend. Ich kenne ein paar Leute, die den deutschen Militarismus gar nicht schätzen, doch ich finde ihn inspirierend und großartig. Ich wäre liebend gern ein Mitglied der militärischen Elite. Aber ich kann nur bewundernd zusehen. Sag niemandem etwas davon, Flo, man könnte es mißverstehen. Ich bin britisch bis ins Herz, aber ich glaube wirklich, wir sind entsetzlich schwerfällig und erkennen die Dinge erst, wenn man sie uns unter die Nase hält. So zweifle ich zum Beispiel nicht daran, daß der Krieg, den Papa immer prophezeit hat, ausbrechen wird. Aber eher gegen Rußland oder Frankreich als gegen England. Wenigstens hoffe ich das, denn ich könnte es nicht ertragen, wenn Deutschland geschlagen würde. Wenn Du nur die Militärparaden Unter den Linden sehen könntest. Ich muß Dir ein Geheimnis anvertrauen. Ich habe von einem Duell her einen Schmiß auf meiner Wange. Für mich bedeutet dies das vollkommene Zeichen der Mannbarkeit.

Es war wirklich ein Mißgeschick für Dich, diese Geschichte mit Desmond Fielding und den Machenschaften Deiner kleinen reizenden Schwester. Aber doch auch wieder Glück für Dich und Deine Pläne für Bonningtons. Mach eine Menge Geld. Wir können's brauchen. Ich nehme an, daß Du Mama davon überzeugen kannst, daß mein Gehalt und ihre Zuwendungen für den Lebensstil, den man hier von mir erwartet, lächerlich unzureichend sind? Wenn sie nicht erhöht, muß ich an Großmama schreiben, und Gott weiß, wie lange es braucht, bis der Gedanke in ihren alten Kopf einsinkt.«

Geld. Der steigende Profit mußte wie immer in Anschaffungen und Waren angelegt werden. Dieser gerissene Amerikaner, Gordon Selfridge, baute ein großes Warenhaus in der Oxford Street. Er beabsichtigte, den alteingesessenen Geschäften durch auffallende und extravagante Werbung die Kundschaft wegzuschnappen.

Bonningtons hatte weder den Wunsch noch die Möglichkeit, sich mit Mr. Selfridge zu messen. Sie mußten bleiben, was Beatrice mit Adams und Miss Browns Hilfe aus Papas Mischmasch-Geschäft gemacht hatte. Ein Haus mit Geschmack und Qualität für die obere Gesellschaft und mit dem Ruf, die besten Schaufensterauslagen in ganz England zu haben. Man sagte, sie würde nur noch von den Geschäften der Place Vendôme und der Rue de Rivoli übertroffen. Selbst William mußte das zugeben. Er sagte, das alles käme von jenem Spaziergang am Hochzeitsmorgen!

Sollte also Mr. Selfridge ruhig seine Werbetrommel rühren und seine weiten Räume mit Neugierigen füllen. Bonningtons würde auf seinem alten Weg weitergehen und seine Kundschaft behalten. Doch schien Florences russische Ausstellung gerade zur rechten Zeit gekommen zu sein. Dieser Punkt ging an Florence, und man konnte nur hoffen, daß ihr der Triumph nicht zu Kopf stieg.

Die Einnahmen durften einfach nicht fallen, denn Beatrices Familie wurde immer kostspieliger. An ihrem Schreibtisch im Frühstückszimmer ging Beatrice immer wieder die Abrechnungen durch. Williams Zuwendung hatte der steigenden Preise wegen erhöht werden müssen. Man mußte ihm seine kleinen Extravaganzen lassen. Er hatte einen Instinkt für Farben, was auch seine wunderschöne Schmetterlingssammlung bewies. Diese Sammlung war als Erbstück gedacht. Doch für wen? Für diesen keinen Kuckuck Daisy?

Edwin hatte in Berlin seinen aufwendigen Lebensstil auch nicht geändert. Anscheinend mußte er elegante Dinner-Parties mit den besten Speisen und dem teuersten Wein geben, um Karriere zu machen. Zu diesen Parties lud er einflußreiche Leute ein, nicht nur Mitglieder der Botschaft, sondern auch Deutsche. Jene smarten jungen Offiziere, die er so bewunderte, und ihre Freundinnen. Zweimal hatte er bereits eine Baronin Thalia von Hesselmann erwähnt, aber das konnte auch bloß Edwins Angewohnheit sein, wohlklingende Namen einfließen zu lassen.

William wollte, Beatrice sollte Edwin fallenlassen. Er sei jetzt erwachsen genug, um für sich selbst aufzukommen. »Laß ihn nicht wie mich werden«, sagte er. »Ich habe immer auf deine Kosten gelebt.«

»Das ist etwas ganz anderes. Außerdem arbeitest du so schwer an deinen Büchern, das ist schließlich eine weitreichende Anlage. Wenn nur Edwin auch so arbeiten würde.«

»Vielleicht wird er eine reiche Frau heiraten«, Williams Stimme hatte wieder diese Spur von Ironie. »Ich würde es ihm empfehlen.«

»Wirklich?« Ihre allzu eifrige Antwort blieb unbeachtet. Sie sah sein sanftes Lächeln. Er hatte zu gute Manieren. Einfach zu gut.

Florence hatte abgesehen von ihren aufwendigen Ideen im Geschäft nur wenig persönliche Bedürfnisse. Zu wenige. Wenn sie nicht im Laden war, führte sie ein unnatürlich stilles Leben. Sie hatte darum gebeten, daß das ehemalige Kinderzimmer, der Spiegelsaal (wie schade, daß Mama in Unkenntnis ästhetischer Werte ihn zerstört hatte), in ein Wohnzimmer für sie umgewandelt wurde. Dort verbrachte sie ihre freie Zeit, meist allein. Sie war zu jung, um ein so ernstes und trauriges Leben zu führen. Beatrice bezweifelte, ob sie jemals erfahren würde, was ihre Tochter dachte und fühlte. Hatte sie es jemals gewußt?

Und Daisy in ihrer Schule in Paris war eine weitere Sorge. Im Einverständnis mit ihrem Vater verlangte sie eine Menge teure Extras, wie Musikstunden, Kunstunterricht, Reit- und Tanzstunden und eine bemerkenswert umfangreiche Garderobe für ein Schulmädchen. Das war nötig wegen der Theaterbesuche, der Oper und der Dinnerparties, und rein zufällig waren alle anderen Schülerinnen Töchter von Millionären! »Daisy durfte doch nicht von ihnen ausgestochen werden, nicht wahr?«

»War das überhaupt möglich?« erwiderte Beatrice.

Diese Schulgeschichte schien sich zu einer nicht enden wollenden Festlichkeit für William und seine Lieblingstochter auszuweiten. Dauernd verschwand er für ein paar Tage nach Paris und bat die Schulleiterin (die er offensichtlich mit seinem Charme eingewickelt hatte), Daisy zu erlauben, ihn zum Preis des Arc de Triomphe in Longchamps zu begleiten, Sarah Bernhardt in einem neuen Stück anzuschauen, im Bois de Boulogne zu reiten oder bei Maxim zu speisen.

Daisy war siebzehn, bald achtzehn. Bald würde sie nach Hause kommen müssen.

Beatrice schämte sich, daß sie sich vor diesem Tag fürchtete. Sie wollte, sie könnte Daisy anschauen, ohne ihre Mutter zu sehen.

Aber das war unmöglich. Das Vorurteil und der Schmerz waren zu tief und unauslöschlich.

William erwartete, daß Daisys Einführung in die Gesellschaft im Stil verflossener Zeiten vor sich ging, das war klar. Es würde Bälle geben, Parties, Soireen, die alte Tretmühle, die Florence boykottieren würde und bei der sie selbst wieder einmal Freude heucheln müßte. Und zum Schluß möglicherweise eine teure Hochzeit.

Zu allem Überfluß war Mama jetzt eine halbe Invalidin und brauchte außer Miss Finch eine Krankenschwester. Die Rechnungen aus dem Haus in der Heath Street stiegen ins Astronomische. Mama weigerte sich, die Dienstboten oder die Geschäftsleute zu bezahlen. Sie hob all ihr Geld für den lieben Edwin auf, der sich keinen Pfifferling um sie scherte. Sie hatte sich außerdem von Bonningtons das teuerste weiße Satin-Nachthemd schicken lassen, das vorrätig war. Es war für ihr Begräbnis bestimmt. Sie hatte nicht die Absicht, wie ein Dienstmädchen im Sarg zu liegen.

Das war alles zuviel für eine einzige Frau, dachte Beatrice. Gab es eine andere Frau in England, die so viel auf ihren Schultern tragen mußte?

Overton House zum Beispiel mit seiner inzwischen zweihundert Jahre alten Vergangenheit, erforderte umfangreiche Dachreparaturen. Wochenlang hatten die Arbeiter damit herumgetrödelt, und William mußte seine Arbeit wegschließen und sich nach Paris begeben, um den Umtrieben im Haus zu entfliehen.

Miss Sloane war gegangen, und auch die französische Mademoiselle war nicht mehr da, die man unbedingt für Daisy einstellen mußte, ehe sie auf die Schule nach Paris ging. Hohes Alter hatte Dixon gezwungen, seinen Dienst aufzugeben. Ein junger Mann, Johnnie Greaves, hatte seinen Platz eingenommen, doch William sprach davon, sich der Kutsche zu entledigen und statt dessen eines der neumodischen Autos zu kaufen. Wenigstens würde man das nicht zu füttern brauchen, wenn es nicht arbeitete.

Lizzie war als Hausmädchen geblieben. Auch die Köchin beabsichtigte zu bleiben, solange sie noch ein Ei zur Zufriedenheit aufschlagen konnte. Overton House war ihr Heim. Hawkins war das dritte Dienstmädchen, das sich ein Leben irgendwo anders als in Overton House oder mit einer anderen Herrin nicht vorstellen konnte. Sie war ein bißchen jünger als Miss Brown und wesentlich rüstiger. Und das war gut, denn Miss Browns Tage waren gezählt. Über kurz oder lang würde sie sich in dem dunklen, einsamen Haus in der Doughty Street ins Bett legen und sich mit ihrer Bronchitis herumquälen, die sie nicht loswerden konnte.

Natürlich würde sie eine ansehnliche Pension erhalten, aber vermutlich würde sie nicht lange davon Gebrauch machen können. Auch andere Pensionen mußten gezahlt werden. Beatrice weigerte sich, einen treuen Angestellten zu vernachlässigen, der entweder zu alt oder zu krank war, um noch arbeiten zu können. Diese Menschenfreundlichkeit könnte noch ein schlimmes Ende nehmen, wendete Florence ein. Wenn man schon Pensionen zahlen wollte, sollte man dazu übergehen, vom monatlichen Gehalt einen Teil abzuziehen und auf ein Konto zu legen. Über Jahre hinweg würde sich daraus eine hübsche Summe ergeben, auf die man im Alter zurückgreifen konnte.

Nun, das Geld hatte in Beatrices Leben schon immer eine große Rolle gespielt. Sie hatte diese Tatsache einst akzeptiert. Jetzt durfte sie sich nicht beklagen, wenn sie mehr und mehr an Bedeutung gewann. Sie wurde nur mit der Zeit ein wenig müde. Sie würde höchstens noch zehn Jahre so weitermachen können. Aber was sollte sie tun ohne ihr Leben im Geschäft?

William wollte sie nicht Tag für Tag zu Hause haben. Ihre Gegenwart wäre nur störend und langweilig. Er fand, die Nächte seien genug, wenn sie Seite an Seite in dem großen Bett lagen. Allerdings gab es genug Nächte, in denen er nicht da war, vor allem jetzt, wo er sich in Paris so viel um Daisy kümmern mußte. Sie berührten einander nicht oft, wenn sie im Bett lagen. Sie waren wohl nun auch schon ein bißchen zu alt für derartige Dinge, nicht wahr?

Beatrice hatte schon vor langer Zeit gelernt, zufrieden zu sein mit dem, was sie hatte, Williams geliebten, vertrauten Körper neben sich, seinen Atem, manchmal seine Hand in der ihren, manchmal ein bißchen schläfrige Unterhaltung. Seine Gesundheit war jetzt schon über Jahre hinweg erstaunlich gut, aber er sah noch immer sehr gebrechlich aus. Im Schlaf verliehen die eingefallenen Wangen und der kleine Spitzbart mit den Silberfäden seinem Gesicht etwas leicht Eselhaftes.

Im Spätherbst zeigte sich, daß Großmama nun doch im Sterben lag. Sie fragte immer wieder nach Edwin. »Wo ist er, Bea? Jagt er wie sein Vater in Europa den Frauen nach?«

»Mama!«

Der große Berg unter den Bettüchern erhob sich in einem traurigen Versuch, zu kichern.

»Habe ich etwas Unrechtes gesagt? Tut mir leid. Dein Vater hat nie an mich gedacht, wenn er ans Geschäft denken konnte.«

Dann schien sie zu phantasieren. »Beatrice! Da war doch ein Vogel . . .«

»Was meinst du? Miss Finch?«

»Nein, nein, nein. Ein Kuckuck. Ich weiß es. Die alte Brownie weiß es auch. Verschwiegen wie ein Grab, die alte Brownie.«

Daisy, dachte Beatrice. Sie hatte es also immer gewußt. Armes altes Ding. Werden meine Kinder einmal genausowenig über mich wissen, wenn ich im Sterben liege, wie ich über meine Mutter?

»Möchtest du einen Schluck Wasser, Mama? Ein bißchen Bouillon?«

»Nichts. Nichts mehr auf dieser Welt.« Das gespenstische Kichern erschütterte wieder die schweratmende Brust. »Welche Erleichterung. Das ganze Essen, was man sich in den Magen stopft und das dann wieder herauskommt. Blödsinnige Dinger, Körper. Bin froh . . .« Sie hörte auf zu sprechen und schien zu schlafen. Ein paar Augenblicke später öffnete sie die Augen und sagte mit unerwartet normaler Stimme: »Bea, dein Vater hat immer gesagt, Geld macht alles möglich. Nun, es hat Edwin und Flo hervorgebracht und vermutlich auch diese abscheuliche Daisy. Auf andere Weise, he? He, Bea? Aber erwarte nicht . . .«

»Was soll ich nicht erwarten, Mama?« fragte Beatrice und beugte sich über das plötzlich eingefallene Gesicht.

»Erwarte nicht, daß es dich vor Schwierigkeiten bewahrt. Sag das Edwin.«

»Edwin wird morgen hier sein. Du kannst es ihm selbst sagen.«

»Jedenfalls, als Joshua anfing, Geld zu machen, hielt ich das für prima.« Mama starrte Beatrice mit ihren blaßgrauen Augen an. »Aber es macht dich nicht glücklich. Hast du das herausgefunden, Bea?« Ein ängstlicher Ausdruck huschte über ihr Gesicht. »Laß es Miss Finch nicht hören. Ich habe es vor ihr geheimgehalten, daß ich Dienst . . . Dienstmädchen war.« Das verhaßte Wort wollte ihr kaum über die Lippen kommen. Noch ehe sie es richtig ausgesprochen hatte, entschlief sie.

Ein langer Atemzug, und dann war nur noch dieser riesenhafte Körper übrig, dem es niemals ganz gelungen war, den Hunger, die Armut und die Demütigungen zu vergessen.

Auch ich werde einmal ein Gespenst in mir haben, dachte Beatrice, als sie die starren Augen sanft zudrückte. Aber jeder mußte letzten Endes sein Totenbett mit einem Gespenst teilen. Das der armen Mama war wenigstens unschuldig, ein Teil ihrer selbst. Keine andere Frau . . .

21

Das Testament sollte nach dem Begräbnis verlesen werden, wenn Edwin aus Deutschland und Daisy aus Paris angekommen waren. Beatrice bat darum, dies im Salon von Overton House vorzunehmen. Sie konnte die düstere Atmosphäre in Mamas Haus nicht ertragen. Sie hatte dieses Haus immer gehaßt, und im Halbdunkel eines nebligen Novembertages mußte es einfach unaussprechlich sein.

Ein großes Feuer brannte im Kamin ihres eigenen Wohnzimmers. William, der nicht zum Begräbnis gegangen war, denn es war ein so kalter grauer Tag, und am Friedhof holte man sich für gewöhnlich am leichtesten eine Lungenentzündung, saß in seinem Lieblingssessel. Er war in letzter Zeit auffallend gealtert. Aber er war noch immer der bestaussehende Mann, den Beatrice je gekannt hatte.

Als Mr. Thorpe, der Rechtsanwalt, erschien, beobachtete Beatrice ihre Kinder, anstatt auf den Inhalt von Mamas Testament zu lauschen.

Das Haus für Edwin, der Schmuck (scheußliche Jet-Ketten und Halbedelsteine, die Florence verabscheuen würde) für Florence. Ein Pfund für die Köchin, fünf Pfund für das Hausmädchen. Die unglückliche Miss Finch bekam eine Stola aus Straußenfedern, einen Fächer aus Schildpatt und zehn Pfund und heuchelte darüber auch noch Freude. War die echt? Gab es wirklich Frauen, die so bescheiden sein konnten? Wie auch immer, es sah ganz so aus, als müsse man Miss Finch einen Platz in Overton House einräumen. Wenigstens würde sie niemandem zur Last fallen.

Daisy war im Testament überhaupt nicht erwähnt. Mama schien ihre Existenz vollkommen übersehen zu haben.

Edwin trug jetzt ein Monokel. Beatrice schätzte den hochmütigen Ausdruck keineswegs, den er dadurch bekam. Aber der arme Junge hatte ja seine Brille immer schon gehaßt. Zweifellos verlieh ihm das Monokel mehr Selbstvertrauen. Er war eigentlich ein ansehnlicher junger Mann. Aber fremd, verschlossen, unerreichbar.

Selbst die Nachricht von der ansehnlichen Hinterlassenschaft seiner Großmutter hatte nicht mehr als ein kleines, befriedigtes Lächeln auf sein Gesicht gezaubert. Was stimmte mit ihm und Florence nicht? Fehlte ihnen die natürliche Wärme oder Liebe für ihre Großmutter oder ihre Eltern?

Daisy war die einzige, die offensichtliche Freude über Edwins Glück zeigte. Als Florence die scheußlichen viktorianischen Schmuckstücke erhielt, verzog sie ihr Gesicht zu einer lustigen, angeekelten Grimasse. Sie hatte keinerlei Enttäuschung darüber gezeigt, daß ihr eigener Name überhaupt nicht erwähnt worden war. Aber in dieser französischen Schule brachte man ihnen ja gute Manieren bei. Sie sah sehr ergriffen und demütig aus in dem schwarzen Kleid, das man in aller Eile bei Bonnningtons für sie angefertigt hatte.

»Ich denke, wir nehmen etwas Wein, Liebster«, sagte Beatrice an diesem Abend vor dem Dinner. »Zum erstenmal seit langer Zeit ist die ganze Familie wieder beisammen. Trauern wir nicht zu sehr um Mama. Ihr wäre es nicht recht.«

»Sie war Daisy gegenüber nicht fair«, sagte William.

»Ja, vermutlich nicht. Aber Daisy hätte diesen scheußlichen Schmuck genausowenig gemocht wie Florence. Alles, was ich jetzt sagen kann, ist, daß Edwin hoffentlich die Erbschaft nicht zu schnell durchbringt. Ich glaube, du solltest mit ihm über diese Gesellschaft reden, in die er da in Berlin geraten ist.«

»Welche Gesellschaft? Er hat mir nichts davon erzählt.«

»Ja, weil du Vorurteile gegen die Deutschen hast und er sie mächtig zu bewundern scheint.«

»Dann hat er einen recht zweifelhaften Geschmack.«

»Vielleicht. Ich würde etwas Mosel vorschlagen, du nicht auch? Der ist nicht zu schwer für die Mädchen. Und wirklich, William, Daisy kommt sehr gut aus, ohne daß Mama an sie gedacht hat. Das verletzt ihren Stolz nicht. Sie ist nicht so empfindsam wie Florence.«

Aber sie war es. Allerdings würde sie das niemals jemand wissen lassen. Lächle! sagte sie zu sich selbst in ihrem Zimmer. Lache! Sei fröhlich! Selbst in diesem schrecklichen schwarzen Kleid. Ich frage mich, ob wohl das Hausdach einstürzen würde, wenn ich in einem hübschen Kleid herunterkäme. Falls jemand außer Papa es überhaupt bemerkte. Florence haßt mich noch immer, Edwin war schon immer viel zu sehr mit sich selbst beschäftigt, um meine Existenz wahrzunehmen, und Mama mag mich sowieso nicht. Sie hat mich noch nie gemocht. Ich glaube, insgeheim hatte sie damals, als ich aus meinem Kinderwagen gestohlen wurde, gehofft, man würde mich nicht wiederfinden. Die Frau, die mich genommen hat, muß mich wirklich sehr gern gehabt haben.

Vor sich hin murmelnd steckte sich Daisy ihr üppiges braunes Haar hoch. Wie immer schlüpften einzelne Locken aus den Haarnadeln und ringelten sich an ihrem Hals entlang oder fielen ihr ins Gesicht. Sie wünschte, sie wäre wieder in Paris. Nein, doch nicht. Außer, Papa wäre ebenfalls dort, um Madame mit einer Schachtel ihrer Lieblingsbonbons zu bezirzen, worauf er ohne weiteres die

Erlaubnis erhielt, Daisy auszuführen. In Madames Schule war es todlangweilig. Einige der Schweizer und deutschen Schülerinnen waren richtige Hexen. Natürlich hatte es da diese kurze Liebesgeschichte mit dem gutaussehenden Gärtner Antoine gegeben. Sie hatte ihm Briefchen im Treibhaus und im Erdbeerbeet hinterlassen, und er hatte ihr mit leidenschaftlichen Briefchen geantwortet. Aber nachdem sie entdeckte, daß er eine Frau und zwei kleine Kinder hatte, war alles zu Ende. Der falsche Kerl! Aber er bewunderte sie noch immer aus der Ferne, mit brennenden Augen. Doch ihr Herz war seinetwegen ganz gewiß nicht gebrochen.

Eines Tages würde es brechen. Sie sehnte sich danach. Das gehörte einfach zum Leben. Sie würde dann romantisch werden und schwermütig und mit leiser Stimme von ihrer verlorenen Liebe reden. Ganz gewiß würde sie nicht so herb und trocken werden wie Florence.

Aber für immer wollte sie natürlich auch nicht unglücklich sein. Es herrschte wahrlich kein Mangel an gutaussehenden und faszinierenden Männern. Einer von ihnen würde sie wahrhaft lieben, dann wäre die geheime, quälende Einsamkeit für immer aus ihrem Herzen verschwunden.

Und niemand würde sie mehr daran erinnern, daß einst eine fette, egoistische alte Frau vergessen hatte, daß sie eine Enkelin namens Daisy hatte.

Es war schrecklich, vergessen zu werden. Es war, als existiere man überhaupt nicht.

Zehn Minuten vor sieben klopfte sie an die Tür zu Florences Zimmer.

»Darf ich reinkommen? Bist du angezogen?«

Ein Murmeln antwortete ihr von drinnen. Dann japste Florence: »Was tust du in diesem Kleid?«

Daisy blickte von Florences tailliertem Schwarzen – sie sah darin aus wie ein verkohlter Stecken – zu ihrem eigenen schlüsselblumengelben Voile-Kleid.

»Großmama hat sich nicht an mich erinnert, weshalb sollte ich mich also an sie erinnern?«

»Es ist eine Sache des Anstands. Was wird Mama sagen, oder die Dienstboten? Es wird sofort überall im Umlauf sein . . .«

»Daß Miss Daisy Overton auf dem Grab ihrer Großmutter tanzte? Nun, sie hat es verdient. Ich kann's außerdem auch nicht ertragen, so ganz schwarz und traurig zu sein. Du weißt das. Ganz nebenbei, dadurch, daß ich ein gelbes Kleid trage, verhindere ich ja schließlich nicht Großmamas Flug in den Himmel. Weshalb nimmt man eigentlich immer an, daß die Leute in den Himmel kommen?«

»Weich nicht vom Thema ab. Wenn du in diesem Kleid hinuntergehst, wirst du allein gehen müssen.«

»Auch gut. Mir macht das nichts aus. Obwohl ich glaube . . .« Daisy kam ihr plötzlich mit ausgebreiteten Armen entgegen. »Flo, willst du mir denn *niemals* verzeihen?«

»Ich vergesse nicht, wer du bist, wenn du das meinst.«

»Aber ich bin doch die gleiche, die du einmal geliebt hast. Ich war Captain Fielding gegenüber nur höflich und menschlich. Ich konnte nichts dafür, daß er mich lieber mochte als dich.«

»Du hättest dich ihm nicht an den Hals zu werfen brauchen. Du hast dich nur amüsiert. Das ist es, was ich dir nicht verzeihen kann.«

»Ich hab mich in meinem Schulzimmer so gelangweilt. Und schließlich habe ich doch nur für ihn gesungen und Klavier gespielt.«

»Und seine Hand gehalten und ihm tief in die Augen gesehen und geflüstert und gekichert.«

»Nicht gekichert!« schrie Daisy wütend. »Ich kichere nicht. Und auch alles andere habe ich nicht getan. Ich meine, nicht ernsthaft. Ich habe nur herumprobiert. Hast du deine weiblichen Reize nicht auch ausprobiert, als du sechzehn warst?«

»An wem?« sagte Florence eiskalt. »Captain Fielding ist der einzige Mann, der mich jemals angesehen hat. Aber du, die du ihn nicht geliebt, ja nicht einmal besonders gemocht hast, konntest nicht widerstehen, herumzuprobieren, wie du das nennst.

Und jetzt«, endete Florence dramatisch, »bin ich eine Verkäuferin!«

»Oh, Flo, du bist immer so übertrieben leidenschaftlich. Ich kann nichts dafür, daß ich hübscher bin als du.«

»Aber du hättest dich ein bißchen zurückhalten können. Wirst du Captain Fielding wiedersehen?«

»O Himmel, ich hoffe nicht!« rief Daisy impulsiv aus. »Aber wahrscheinlich werde ich auf Bällen in ihn hineinrennen.«

Florences blaßblaue Augen ruhten voller Verachtung auf Daisy.

»Herzlos, gedankenlos, oberflächlich, grausam. Und da erwartest du, daß ich dir verzeihe. Das Leben kann auch nicht für Miss Daisy Overton so einfach sein, nur weil sie hübsch und charmant ist. Was du brauchst, Mädchen, ist ein Schluck von deiner eigenen Medizin.«

Nach dieser unfreundlichen Bemerkung rauschte Florence aus dem Zimmer. Mit ihrem hochgesteckten Haar sah sie aus wie eine jener geschlechtslosen Verkäuferinnen in den Pariser Haute-Couture-Salons. Was für eine Frau hätte sie wohl für Captain Fielding abgegeben? Vielleicht war Bonningtons und Kleiderverkaufen genau das richtige für sie, dachte Daisy und war beruhigt. Sie war ihrer jahrelangen Schuldgefühle ohnehin schon überdrüssig geworden.

Papa war immer dazu zu bewegen, sich auf ihre Seite zu stellen. An diesem Abend sagte er beifällig, sie habe einen Sonnenstrahl an den Tisch gebracht, und schnitt damit Mamas mißbilligende Bemerkung ab, die sie gerade auf den Lippen hatte. So saß sie also glücklich in ihrem gelben Kleid am Tisch und versuchte, ein wenig fröhliche Konversation zu machen. Edwin stimmte mit ein. Er besuchte in Berlin ja viele schicke Dinnerparties und besaß einige Erfahrung in gepflegter Tisch-Konversation. Er erzählte mit wachsender Begeisterung von deutschen Gepflogenheiten und von den Leuten, die er kannte. Der Name Baron und Baronin von Hesselmann tauchte immer wieder auf.

»Wer ist dieser Baron von Hesselmann?« fragte Papa.

»Ein Mitglied der Aristokratie, Vater.«

»Das nahm ich an.«

»Er ist ein enger Freund der Krupps. Und außerdem Ulanenoffizier.«

»Kavallerie?«

»Ja, Vater, natürlich.«

»Dein Vater kennt sich in deutschen Regimentern nicht so gut aus«, mischte sich Mama ein.

»Aber die Ulanen sind berühmt, Mutter. Sie sind vorzügliche Reiter und Fechter. Die meisten von ihnen haben Schmisse.«

»Ich werde niemals begreifen, daß das einen Mann verschönern soll«, sagte Florence.

»Das tut es aber, da kannst du sicher sein. Es verleiht einem einen Hauch von Tapferkeit und Wagemut. Die Frauen lieben das.« Edwin betastete liebevoll seinen eigenen glatten Schmiß. »Jedenfalls, was ich noch von den Krupps sagen wollte, Vater ... Baron von Hesselmann sagt, er wird für den nötigen Mut und Kampfgeist sorgen, wenn Krupp für die Waffen sorgt.«

»Wofür?« fragte Papa, als sei er nicht ganz gescheit.

»Wenn es zum Krieg kommt, natürlich. Früher oder später werden sie dazu gewungen sein. Der Kaiser ist ganz besessen vom Schlieffenplan. Und er liebt Militärmusik. Die Truppenparade Unter den Linden ist sehenswert.«

»Ich sehe lieber unsere eigene Garde die Mall hinunterparadieren«, sagte Papa steif. »Ich kann nicht verstehen, wieso du die Deutschen für besser hältst, Edwin.«

»Ich habe nicht gesagt, daß ich sie für besser halte, Vater.«

»Diese Schmisse«, murmelte Daisy. »Hat der Baron auch welche? Hat sich die Baronin deshalb in ihn verliebt?«

»Wieso weißt du, daß sie in ihn verliebt ist?«

»Ich weiß es nicht. Ich kenne sie ja nicht. Ich frage nur. Ist sie auch hübsch? Ich meine, ohne Schmisse, natürlich.«

Edwins Monokel war ihm aus dem Auge gefallen. Da er es an einer schwarzen Kordel um den Hals trug, fiel es nicht weit, aber er errötete tief, als er es wieder ins Auge klemmte. Ohne das Monokel konnte er kaum über den Tisch sehen, er mußte schielen. Anscheinend hatte er das Selbstvertrauen nötig, das ihm das Getue mit dem Monokel verlieh.

»Thalia von Hesselmann ist sehr attraktiv«, sagte er so ungezwungen wie möglich.

»Für eine Deutsche, nehme ich an«, sagte Papa.

»Vater, du bist ein bißchen ungerecht.«

»Das hoffe ich, mein Junge.«

»Sie ist auch sehr loyal. Sie trägt noch immer diesen eisernen Schmuck, den die deutschen Frauen im Austausch gegen ihren echten während des Französisch-Preußischen Krieges bekamen. Ich muß sagen, er sieht an ihr wunderbar aus.«

»Die eiserne Jungfrau«, murmelte Papa. »Daisy, noch ein bißchen von der Sherry-Speise? Ich glaube, die Köchin hat sie eigens für dich gemacht. Bea, meinst du nicht, wir könnten Daisy bis Weihnachten hierbehalten? Sie scheint mir nun ziemlich vollkommen zu sein.«

»Außer daß es ihr an dem nötigen Respekt für ihre Großmutter mangelt«, sagte Mama und konnte nun endlich ihrer Mißbilligung Ausdruck verleihen. »Nun, wir werden sehen. Wir müssen Tante Sophie vom Land hereinholen, um mit ihr Daisys Saison zu besprechen. Wenn sie das überhaupt noch auf sich nehmen kann. Man darf nicht vergessen, sie ist schon eine recht betagte Dame.«

»Oh, es braucht nichts anderes als eine Saison, um Tante Sophie zu verjüngen. Sie wird mit fliegenden Fahnen hier aufkreuzen. Man sagt, Queen Alexandra ist ein bißchen förmlich.«

»Das kommt nur daher, daß das arme Ding taub ist. Florence, du wirst dich um Daisys Garderobe kümmern, da mit Miss Brown nicht zu rechnen ist.«

»O nein!« schrie Daisy. »Ich meine, von der eigenen Schwester angezogen zu werden . . .«

»Florences Geschmack ist makellos. Sie hat bereits viele Empfehlungsschreiben, darunter zwei von Herzoginnen.«

»Sie wird mich scheußlich herrichten«, schimpfte Daisy.

»Vielleicht«, sagte Florence.

Papa sah von einem zum anderen. Doch er sagte nur: »Das wäre unmöglich. Vielleicht könnten wir ein oder zwei Dinge von Worth nehmen, Bea? Nur zur Auswahl.«

»Ich werde das Haus verkaufen.« Edwin war wie immer völlig mit seinen eigenen Gedanken beschäftigt.

»Das Haus? Oh, du meinst Großmamas Haus?« sagte Mama

unsicher. »Ich denke, du solltest dir das reiflich überlegen, Edwin. Findest du nicht auch, William? Es ist eine hübsche Geldanlage.«

»Ich werde den Erlös anlegen. Nachdem ich meinen Schneider und ein oder zwei andere Dinge bezahlt habe.«

»Edwin ist volljährig, Bea. Wir können ihm nichts befehlen, wie immer wir auch darüber denken mögen.«

Mamas Augen hatten ihren gedankenvollen, aber stahlharten Ausdruck.

»Dann muß er begreifen, daß wir ihn jetzt nicht mehr finanzieren. Wenn du in Zukunft Schulden hast, so ist das deine Angelgenheit. Dein Vater und ich haben eine Menge für dich getan.«

»Verstanden, Mutter. Verstanden.«

»Ausgezeichnet. Und jetzt . . .« Mama war an diesem Abend eifrig wie eine Biene, »laßt uns entscheiden, was mit Miss Finch geschehen soll.«

»Oh, die wird sich in eine Mauerritze einfügen«, sagte Papa leichthin.

»Ich fürchte, genau das hat sie immer getan. Es wäre nett, wenn wir sie ein bißchen glücklicher machen könnten.«

»All diese Angestellten von Bonningtons, Bea, denkst du ebenso viel an ihr Glück wie an ihr Gehalt?«

»So gut ich kann. Und Miss Finch verdient etwas Besseres als Mamas Ungehobeltheit. Florence und Daisy könnten sie sich als eine Art Zofe teilen.«

»Ich brauche keine Zofe. Ich kümmere mich selbst um meine Kleider«, sagte Florence geradeheraus. »Wenn ich Miss Browns Nachfolgerin im Geschäft werden soll, brauche ich auch keine anderen Vergünstigungen als sie.«

»Arme alte Brownie«, sagte Mama. »Es scheint, sie hat ein bißchen Schwierigkeiten mit dem Herzen. Auch um sie müssen wir uns alle kümmern.«

In dieser Nacht rückte William auf Beatrices Seite in dem großen Bett hinüber und wartete darauf, daß sie ihn umarmen sollte. Das tat sie voller Glück und Liebe. Sie wußte, was ihn quälte. Er haßte den Tod, nicht nur den Tod der armen Mama, sondern jegliche Art von Abschied aus dieser Welt. Tage- oder wochenlang wurde er von den Gedanken an düstere, kalte Friedhöfe verfolgt.

Auch sie haßte das alles. Aber nichts, was ihr ihren Mann in die Arme trieb, konnte gänzlich hassenswert sein.

Daher waren ihre Gedanken halb schmerzlicher, halb glücklicher Art, als sie in dem warmen Bett lag, auf den Wind draußen lauschte und auf Williams sanften Atem an ihrer Brust. Sie hatte ihren Kummer von heute abend schon beinahe vergessen, als sie beobachten mußte, auf welche Art ihre Kinder erwachsen wurden.

»Aber du wirst mit mir kommen!« zischte Florence und packte Daisy am Arm. »Woher hast du denn Angst?«

»Ich hasse Krankheit. Die Gerüche.«

»Es ist nur menschlich, daß du sie besuchst. Sie kennt dich, seit du ein kleines Baby warst.«

»Aber sie hat mich nie gemocht.«

»Red keinen solchen Unsinn! Komm jetzt!«

So wurde Daisy also in das dunkle, kleine Zimmer gezerrt, in dem Miss Brown lag.

»Miss Florence . . . Miss Daisy . . .«

»Wir haben Ihnen Narzissen mitgebracht«, sagte Florence.

»Ah! . . . Zurück aus Paris . . .«

»Sie meinen Daisy? Sie ist schon lange vor Weihnachten zurückgekommen. Erinnern Sie sich nicht?«

»Natürlich . . . Erster Ball . . .«

»Nächsten Monat«, sagte Daisy und zwang sich dazu, nahe ans Bett zu treten und auf das abgezehrte Gesicht in den Kissen hinunterzulächeln. So ein schmales Bett. So ein einsames Bett.

Aber Mr. Charles Dickens pflegte im gegenüberliegenden Haus aus und ein zu gehen. Das waren Lichtblicke im Leben von Mrs. Brown und ihrer Tochter. Jeder auf dieser Welt hatte etwas, was für ihn einen eigenen Wert besaß, beruhigte sich Daisy selbst. Sie allerdings wollte etwas mehr haben als Charles Dickens.

»Was . . .?«

»Blaßgelb für den Ball«, beantwortete Florence die unausgesprochene Frage. Sie fügte allerdings nicht hinzu, daß dieses blaßgelbe

Seidenkleid aus Worths Salon kam und nicht von Bonningtons.

»Ich hoffe, Sie fühlen sich bald wieder besser, Miss Brown«, sagte Daisy mit all ihrer natürlichen Wärme.

»O ja . . . ich werde . . .«

Ehe die Mädchen wieder gingen, gelang ihr noch ein weiterer halb ausgesprochener Satz.

»Ihre Aussteuer . . . Miss Daisy . . .«

»Alles zu seiner Zeit«, sagte Daisy fröhlich. »Ich bin noch immer vollkommen frei.«

Wie schade, daß es im Himmel keine Hochzeiten gab, dann hätte Miss Brown mit der Zusammenstellung von Aussteuern für alle Ewigkeiten eine hübsche Beschäftigung gehabt.

»Man muß ihre lebenslange treue Ergebenheit für Bonningtons anerkennen und ihr bei ihrem Tod den größten Respekt zollen«, sagte Mama.

»Das war wenigstens eine gesparte Pension«, sagte Papa, aber er meinte es nicht unfreundlich. Er überwand sich sogar, zu Miss Browns einfachem Begräbnis zu gehen.

Das sei nun das Ende eines Zeitalters, sagte Mama traurig.

Jetzt war die Gelegenheit, die Schneiderwerkstätten zu modernisieren und die Verkaufsräume hübscher und farbiger zu gestalten, sagte Florence. Die alte Brownie war zu ihrer Zeit ganz in Ordnung, aber diese Zeit war schon lange vorüber, und alle Einrichtungen waren hoffnungslos veraltet und unschick.

Unschick war ein Wort, das Florence aufgebracht hatte und das sie häufig benutzte. Es paßte so gut zu ihr.

22

Zum Glück für Daisy starb König Edward VII. im Jahr vor ihrer Einführung in die Gesellschaft, ihre Saison wurde also nicht durch Trauer überschattet. Die Krönung des neuen Königs, George V., würde das folgende Jahr zu einem strahlenden Jahr machen. Genau der richtige Rahmen für Daisy.

Edwin schrieb, der Kaiser habe seiner Kaiserin ein Dutzend Hüte zum Geburtstag geschenkt. Wie schade, daß er nicht in London lebte, er wäre ein ausgezeichneter Kunde für Bonningtons gewesen. Doch auch ohne seine Unterstützung gedieh Bonningtons Warenhaus.

Beatrice hatte vor, die Pferde zu verkaufen, mit Ausnahme des Ponys, das William gerne anspannte, und einen sehr imposanten Daimler anzuschaffen, mit dem sie und Florence täglich ins Geschäft fahren konnten. Daisy verbrachte ihre Zeit in einem Durcheinander von Organdy und Chiffon, von Hütchen und Nachmittagskleidern, von Einladungen zu Parties und Bällen. William erklärte seine Absicht, während der ganzen Saison in England zu bleiben, und schien sich zu Hause sehr glücklich zu fühlen.

Beatrice und Florence fuhren im Daimler in die Stadt, befestigten ihre Hüte mit langen Seidenschals und beschlossen, eine neue Warengattung auf Lager zu nehmen, die sie »Auto-Garderobe« nannten.

Der junge Chauffeur Bates trug eine adrette graue Uniform und eine ebensolche Mütze, sehr verschieden von dem langen Kutschermantel des armen alten Dixon, der dazu bestimmt gewesen war, seine Knöchel auf dem Kutschbock warm zu halten. Bates interessierte sich nicht für Pferde. Er war ein Mann dieses alarmierenden neuen Zeitalters, das für Beatrices Geschmack allzusehr von lärmenden, stinkenden Maschinen geprägt wurde. Allerdings mußte sie zugeben, daß der Daimler schneller und bequemer war als die altmodische Kutsche. Florence hatte darauf bestanden, daß man mit der Zeit ging oder sie, wenn möglich, sogar überholte. Ihr gefiel es, wenn sie mit ihrer Mutter an einem Frühlingsmorgen die Edgware Road hinunterbrauste. Miss Bea und Miss Florence von Bonningtons. Sollte dieser amerikanische Eindringling Selfridge ruhig denken, sie machten sich Sorgen wegen seines teuren Elefanten von einem Geschäft. Zugegeben, er hatte eine Menge Kunden. »Aber nicht unsere«, sagten sie selbstzufrieden.

Dieser fremdartige, begabte Russe, Serge Diaghilev, würde im Frühsommer nach seinem Triumph in Paris sein Ballett mit dem

Solotänzer Nijinsky ins Covent-Garden-Theater bringen. Florence steckte tief in den Vorbereitungen für ihre russische Ausstellung. Sie würde ganz exquisit werden, einmalig. Mr. Selfridges Lilien und Nelken, sein Streichorchester und seine gemalten Prospekte mit Wiedergaben von Watteau und Fragonard sollten dagegen verblassen.

»Aber was sollen wir denn verkaufen?« murrte Beatrice.

»Kosakenhüte, zum Beispiel. Petruschka-Puppen. Ich habe einen Spielzeugmacher gefunden, der uns so viele macht, wie wir verkaufen können. Ballkleider in ›Feuervogel‹-Farben«, sagte Florence, deren eigene Eleganz sich auf gedämpftes Grau und Rehbraun beschränkte.

»Es ist ein gewagtes Spiel.«

»Ich nehme an, genau das hat Großpapa von deinen Ideen seinerzeit auch gesagt«, entgegnete Florence.

Beatrice nickte widerwillig. Aber sie mußte dennoch lächeln, als sie sich an ihre ungewöhnliche und erfolgreiche Schaufenstergestaltung erinnerte. Der arme Papa mußte diese Veränderungen erdulden, denn seine Krankheit hatte ihn aller Energien beraubt, die er gebraucht hätte, um seinem kleinen Wirbelwind von Tochter entgegenzutreten.

Sie hatte beides, Strenge und Energie, um sich ihrer Tochter entgegenzustellen. Aber ihre Fairness gestattete ihr das nicht. Gib dem Mädchen eine Chance. Natürlich würde sie einmal einen Fehler machen, obgleich das bisher überraschend selten geschehen war. Sie führte lediglich die Tradition fort, die ihre Mutter begonnen hatte. Doch es war ein wenig ärgerlich, zugeben zu müssen, daß sie vielleicht sogar noch geschickter vorging.

»Wir sind jetzt im zwanzigsten Jahrhundert«, fügte Florence hinzu, sie sagte das nicht zum erstenmal. Sie wußte, das war die wirkungsvollste Art, ihre Mutter auf ihren Platz zu verweisen.

Aber ich bin noch nicht müde, dachte Beatrice bei sich selbst, auch wenn meine Tochter mich für eine Frau des neunzehnten Jahrhunderts hält. Ich kann noch viel Jahre weitermachen. Ich habe zwar Miss Brown verloren, aber ich besitze Adams Unterstützung. Wir repräsentieren Bonningtons' soliden Erfolg. Florence will nur die strahlenden Glanzlichter. Aber was hat das arme Kind sonst schon vom Leben? Ich bin so glücklich, meinen geliebten Mann zu haben.

Nur, um ganz ehrlich zu sein, ohne das Geschäft wäre ich verloren. Ich wäre verloren, wenn ich dauernd im Haus herumlaufen und darauf achten müßte, William und den Dienstboten nicht im Weg zu stehen. Durch die Art, wie William und ich leben, wurde unsere Ehe zu einem großartigen Erfolg.

Abgesehen von Mary Medway.

Abgesehen von Daisy.

Seit Daisys Rückkehr war es aus mit dem Frieden im Haus. Sie war fröhlich, ruhelos, vergnügungssüchtig, ungemein hübsch und oberflächlich. Manchmal allerdings ertappte Beatrice sie dabei, wie sie ihre Mutter nachdenklich ansah, als verberge sie unausgesprochene Gefühle. Dann ergriff Beatrice ein unbestimmtes und ungerechtfertigtes Schuldbewußtsein.

Daisy füllte das Haus mit ihren Freunden, verursachte eine Menge Arbeit (obwohl die Dienstboten sich niemals beklagten) und gebärdete sich beklagenswert extravagant. Für jeden Ball brauchte sie ein neues Kleid, eine Reihe breitrandiger, blumenbedeckter Hüte, Sonnenschirmchen, teure Schuhe aus Ziegenleder, Nachmittagskleider und weiß der Himmel was noch. Und das alles, um diesen kostbaren kleinen Körper passend auszustaffieren für den Männerfang.

Die alte Tante Sophie, steifknochig, mit einer Menge Reisepuder in den Gesichtsfalten und einem mehrreihigen Perlenkollier um den Hals (damit ihr Kopf nicht herunterfällt, sagte Florence unliebenswürdig), doch noch immer vollkommen auf der Höhe, wenn es um gesellschaftliche Dinge ging, hatte ein wachsames Auge auf ihren ausgelassenen kleinen Schmetterling.

Man mußte Daisy zugute halten, daß sie im Umgang mit älteren Menschen reizende Manieren an den Tag legte. Tante Sophie, die sich einst mit dieser eckigen Florence herumplagen mußte, war begeistert von Daisy. Ja, sie gab sogar zu, sie zu lieben. »Das Kind braucht Liebe«, hatte sie die Unverfrorenheit zu Beatrice zu sagen.

Als ob sie nicht immer genügend geliebt worden wäre! Man

brauchte sich bloß den Ball anzusehen, den man für sie gab. Mit Champagner, russischem Kaviar, Kiebitzeiern, kaltem Truthahn, Pfirsichen aus Jamaika, Walderdbeeren, alles vom Teuersten, weil William es so wollte.

Es sollte der strahlendste Ball werden, den Overton House je gesehen hatte, seit jenem Tag, an dem General Overton seine kleine porzellangesichtige Braut nach Hause gebracht hatte.

Edwin bekam frei und würde nach Hause kommen, aber leider hatte Florence ihre Teilnahme nicht zusagen können. Die Vorbereitungen zu ihrer russischen Ausstellung gestalteten sich schwieriger, als sie erwartet hatte. Zu allem Überfluß plante sie, nach Moskau und St. Petersburg zu reisen, um echte Gegenstände russischer Kultur zu kaufen. Die Kosten für die Ausstellung wuchsen ins Unermeßliche, aber Florence war voll von Schlagworten wie »Prestige« und »Originalität« und »Flair«. James Brush reiste mit ihr, zusammen mit einer weiblichen Angestellten, um jeglichem Skandal vorzubeugen. Der einzige Skandal bestand darin, daß Florence die Reise genau auf die Zeit von Daisys Ball gelegt hatte, und dies einfach deshalb, weil Captain Fielding kommen würde, der noch immer nicht die Hoffnung aufgegeben hatte, er könne Daisy dazu bringen, ihn zu heiraten.

Zugegeben, diese Begegnung wäre für Florence demütigend und unangenehm gewesen, aber um Daisys willen hätte sie das schon auf sich nehmen können, anstatt diese aufwendige Reise zu unternehmen, nur um ihr Gesicht zu wahren.

Daisy war zutiefst verletzt. Sie hatte die nie enden wollenden Beleidigungen satt. Es war einfach ungerecht. Sie mußte so tun, als sei es ihr gleichgültig. Keinesfalls wollte sie sich den wunderbaren Abend verderben lassen, an dem sie sich zu verlieben hoffte. Verliebten sich nicht alle Mädchen an ihrem ersten Ball? Selbst Florence war es so ergangen, wenn auch mit verheerenden Folgen.

Bei mir wird es keine verheerenden Folgen geben, dachte Daisy, ich werde mich unsterblich und für immer verlieben und auf die gleiche Weise wiedergeliebt werden. Es ist mir egal, wer es ist, ein reicher Mann, ein armer Mann, ein Bettler, ein Dieb, solange wir einander nur wahrhaft lieben.

Leider erfüllten sich Daisys Hoffnungen nicht. Gewiß, der Ball war ein großartiger Erfolg. Es dämmerte bereits, und die Vögel fingen an zu singen, als die letzten Gäste gingen. Daisy hatte wohl hundertmal getanzt. Man hatte ihr Komplimente gemacht, sie bewundert, angeschwärmt, sie war unter der Treppe von einem dreisten jungen Gardisten geküßt worden. Aber keiner dieser jungen Männer hatte ihre Gefühle auch nur im mindestens erschüttert.

All diese rotwangigen, wohlerzogenen jungen Männer waren so langweilig.

Sie machte diese Bemerkung Edwin gegenüber, als sie beide in dem leeren Ballsaal saßen, mit den Füßen auf den kleinen vergoldeten Stühlchen, und sich freuten, endlich die müden und erschöpften Anstandsdamen los zu sein.

Edwin meinte, für sein Gefühl seien auch die Mädchen entsetzlich langweilig gewesen.

»Ich würde all diese blaublütigen Engländer liebend gern gegen einen amüsanten Franzosen eintauschen«, seufzte Daisy.

»Genauso geht es mir mit den Frauen, nur daß ich lieber eine Deutsche hätte als eine Französin.«

»Wirklich? Aber ich dachte immer, die deutschen Frauen seien auch recht langweilig. Fette, schwerfällige Fräuleins.«

»Einige. Nicht alle.« Edwin wirkte sehr sicher, und Daisy rief aus:

»Denkst du an eine bestimmte? Erzähle! Bist du verliebt?«

Edwin errötete. Er errötete noch immer zu schnell. Außerdem hatte er ein bißchen zuviel Champagner getrunken und war daher weniger verschlossen als gewöhnlich.

»Ja. Aber um Himmels willen, sag niemandem etwas davon.«

»Warum? Wären die Eltern dagegen?«

»Nicht nur sie. Alle wären dagegen.«

»*Edwin!* Hast du etwa eine verbotene Liaison?«

»Nicht direkt. Ich meine, wir haben nichts getan. Außer Händchenhalten und Reden. Gott, eine große Befriedigung ist das nicht gerade.«

»Ist sie verheiratet?«

Edwin zögerte, dann nickte er.

»*Edwin!* Du bist verrückt. Deine Karriere . . .«

»Ein Mann denkt nicht an seine Karriere, wenn er verliebt ist«, sagte Edwin leidenschaftlich. »Du wirst es auch merken, kleine Daisy. Eines Tages wirst du das auch erleben. Hör zu, ich schätze, daß nur eines von zehn Paaren, vielleicht sogar weniger, ohne Komplikationen oder Vorurteile, oder gar Abneigung heiratet. Sieh doch Mutter und Vater an.«

»Aber Mama vergöttert Papa. Sie ist noch immer völlig vernarrt in ihn, sogar in ihrem Alter!«

»Aber er nicht in sie. Du brauchst doch nur Augen im Kopf zu haben, um das zu bemerken. Der arme Teufel, die ganzen Jahre über mußte er gute Miene zum bösen Spiel machen. Ich sage dir, ich wäre nicht so, des Geldes wegen zu heiraten oder aus irgendeinem anderen Grund als aus Liebe.«

»Ich auch nicht«, stimmte Daisy eifrig zu. »Allerdings, wenn die Schwierigkeiten zu groß wären . . .«

»Sie können nicht zu groß sein, wenn deine Liebe stark genug ist.«

»Ist es das, was du mit diesem Fräulein zusammen – nein, sie muß ja eine Frau sein, wenn sie verheiratet ist – herausgefunden hast?«

»Sie ist keine Frau, sie ist eine Baronin«, sagte Edwin hochmütig.

»Edwin!« Daisy war zum erstenmal entsetzt und peinlich berührt. »Ist es die, von der du einmal beim Dinner gesprochen hast? Thalia?«

»Ja.«

»Ist sie sehr schön?«

»Sehr.«

»Liebt sie dich?«

»Natürlich. Sonst würde ich doch nicht so sprechen.« Das Monokel fiel ihm aus dem Auge. Er ließ es hängen, lehnte sich in seinem Stuhl zurück und sah plötzlich jungenhaft und traurig aus. »Aber wir haben es nicht ausgesprochen, bis ich einmal ein Wochenende mit ihr und ihrem Mann in ihrem Schloß in Schlesien verbrachte. Es war eine Jagdgesellschaft. Ich war der beste Schütze, und wir hatten großen Spaß, und Thalia sagte, wie schade es sei, daß ich wegen meiner schlechten Augen auf eine großartige Militärlaufbahn verzichten müsse. Sie sagte, ich wäre gewiß ein besserer Soldat als Horst, ihr Mann, und der sei einer der besten. Und dann plötzlich küßte ich sie, und sie küßte mich, und so ist es passiert.«

»Du meinst . . . alles!« rief Daisy aus.

»Du lieber Himmel, nein, das nicht. So weit bin ich nicht gegangen.« Edwin seufzte. »Allerdings hätte ich es gerne getan. Und ich werde es tun, sobald sich mir eine Gelegenheit bietet.«

»Oh, Edwin, sei vorsichtig.«

»Ich bin vorsichtig. Und ich sollte dir das alles gar nicht erzählen. Weshalb tue ich es eigentlich?«

»Ich weiß es nicht. Vermutlich, weil wir beide zu viel Champagner getrunken haben. Oh, Edwin, Schatz, du tust mir so leid.«

Er lächelte schwach. »Du bist ein warmherziges kleines Ding, nicht wahr? Ganz anders als Flo. Du bist in diesem Haus hier noch nicht erfroren.«

»Nein. Allerdings ist mir manchmal kalt.«

Edwin nickte verstehend.

»Es war nur einmal ein warmes Haus, eine kleine Weile, als Flo und ich eine Gouvernante namens Miss Medway hatten. Du warst damals noch nicht auf der Welt. Wir liebten sie, aber Mama hat sie weggeschickt, und da wurde es wieder kalt.«

»In Papas Gegenwart ist mir nicht kalt. Nur bei Mama.«

»Ich weiß. Als wir Kinder waren, hat sie uns überhaupt nicht bemerkt. Ist dir das jemals aufgefallen? Natürlich wußte sie das gar nicht. Na ja, was macht das schon? Was macht das schon?« Er streckte seine Arme aus. »Tanzen wir noch einmal, ehe wir zu Bett gehen. Es war eine schöne Nacht. Und sie wäre noch schöner gewesen, wenn ich Thalia gehabt hätte und du deinen Franzosen.«

Daisy schmiegte sich in seine Arme und begann sich sanft im Walzertakt zu drehen. Leise summte sie vor sich hin.

»Es muß kein Franzose sein. Er könnte Italiener sein oder Schwede, oder Türke, oder Russe. Ich glaube nur einfach nicht, daß es einmal ein Engländer sein wird.« Verträumt drehte sie ihre Kreise. »Ich hab dich eigentlich nie gemocht, Edwin. Ich habe dich immer für gefühllos gehalten. Aber das bist du gar nicht, oder? Vermutlich ist die Liebe daran schuld. Aber, bitte, sei vorsichtig.«

»Vorsicht und Liebe passen nicht zusammen.«

»Du siehst ohne das dumme Monokel so gut aus. Nicht gerade irrsinnig aufregend, aber gut.«

»Und ich kann überhaupt nichts sehen.«

»Du kannst sie niemals heiraten, Edwin.«

»Außer der Baron stirbt. Vielleicht könnten wir uns duellieren.«

Daisy schrie erschrocken auf.

»Du bist doch verrückt. Schließlich könntest auch du getötet werden.«

»Ich habe dir doch gesagt, ich bin ein besserer Schütze als Horst.«

»Du machst dich über mich lustig. Du wirst ihn nicht erschießen. Außerdem könntest du dir auch gar kein Schloß in Schlesien leisten.«

»Das ist ja der wunde Punkt. Dafür reicht nicht einmal Mamas Geldbeutel aus. Außerdem sagt sie, daß ich jetzt selbst für mein Schicksal verantwortlich bin.«

»Und?«

»Ich bin auf dem besten Weg dazu, es zu versuchen.«

Florence kam triumphierend mit einer Unmenge von Gepäck nach Hause. »Wie die Königin von Saba, nur daß hier der König Salomon fehlt«, murmelte Daisy boshaft. Als jedoch alles ausgepackt und einen Monat später im Erdgeschoß von Bonningtons aufgebaut war, geizte Daisy nicht mit ihrer Bewunderung. Die Wirkung war erstaunlich. Florence schien alles aus Rußland mitgebracht zu haben, außer dem Zaren und der Zarin. Und noch nicht genug, Florence hatte einen weiteren Coup gelandet. Das Russische Ballett hatte soeben seine Vorstellungen in Covent Garden mit einer rauschenden Galapremiere zu Ehren der Krönung von König George und Queen Mary begonnen. Und schon war es Florence gelungen, einige Mitglieder der Truppe, natürlich nicht den großen Nijinsky selbst, aber ein paar weniger berühmte Namen, zur Teilnahme an der Eröffnung ihrer Ausstellung zu bewegen. Sie ließ eine Notiz darüber in alle Morgenzeitungen setzen und brachte entlang der ganzen Vorderfront von Bonningtons Plakate an, die auf dieses Ereignis hinwiesen.

»Sie kommen doch hoffentlich nicht in Kostümen«, sagte Adam Cope zu Beatrice.

»O du meine Güte, nein.«

»Wie ich höre, sollen diese enganliegenden Hosen einfach schockierend sein«, beklagte sich Adam Cope. »Wir müssen an unsere älteren Kundinnen denken.«

»Ballett gilt als große Kunst.« Nachdem sie mit dieser Bemerkung die Anstrengungen ihrer Tochter unterstützt zu haben glaubte, konnte Beatrice beruhigend hinzufügen, daß die Tänzer in ganz gewöhnlichen Anzügen anstatt der schockierenden Hosen völlig unbedeutend aussehen würden. Niemand würde sie überhaupt bemerken.

Doch sie sollte in mehr als einer Beziehung unrecht haben.

Das Geschäft war überfüllt. Es schien, als sei das gesamte Publikum, das am vorhergehenden Abend Nijinskys brillante »Petruschka« in Covent Garden gesehen hatte, zu Bonningtons gekommen, um Petruschka-Puppen, Spielzeug-Kosaken, roten und goldenen Brokat, pelzbesetzte Mäntel und diese seltsamen, etwas barbarischen Ketten und Ringe zu kaufen. Florence berichtete begeistert vom Verkauf eines Zobelmantels (sie hatte versuchsweise sechs davon auf Lager gelegt), und ein sehr wohlhabender Lord hatte sich mehr als nur interessiert gezeigt an einem Fabergé-Kästchen aus Gold und Emaille, verziert mit Rubinen und Smaragden. Beatrice hätte niemals den Mut aufgebracht, solche Nippsachen einzukaufen. Sie sorgte sich nur darum, ob sie wohl jemals aus den Schulden herauskommen würden, obwohl Florence darauf bestand, erst einmal das Ende der Ausstellung abzuwarten, ehe man eventuelle Verluste beklagte.

Tatsächlich schien es, als würde es überhaupt keine Verluste geben, denn dies versprach die spektakulärste und erfolgreichste Verkaufsausstellung zu werden, die sie je hatten.

Selbst William war gekommen. Anscheinend hatte Daisy ihn dazu überredet. Er lächelte und mußte zugeben, daß Florence wirklich sehr geschickt war. Sie schien sogar Geschmack zu haben.

Aber wo waren die berühmten Tänzer? Trugen sie nicht wenigstens Kosakenhüte, damit man sie von den anderen unterscheiden konnte? Vielleicht wollten sie eine »Arabesque« vorführen?

Daisy sagte: »Sei nicht so boshaft, Papa. Wenn du hier warten willst, so wette ich, daß ich einen finde und ihn dir herbringe, damit du dich mit ihm unterhalten kannst.«

»Du wirst schwindeln und Florence fragen.«

»Ich verspreche, das nicht zu tun.«

»Dann überzeuge dich aber davon, daß er Englisch spricht, sonst können wir einander nur anstarren.«

»Ich werde meinen Instinkt spielen lassen«, sagte Daisy fröhlich.

Und genau der führte sie zu dem jungen Mann, der am Rand der Menge stand und interessiert, aber etwas verwirrt zusah. Ganz offensichtlich war er kein Engländer. Er hatte hohe Backenknochen und schmale, geschlitzte schwarze Augen, die Tatarenblut verrieten. Er war hochgewachsen und schlank, sein schimmerndes, dichtes schwarzes Haar fiel ihm auf die Schultern hernieder. Man hätte es gut mit einem Band zusammenbinden können. Er sah fremdländisch und sehr aufregend aus und war sicherlich einer der russischen Besucher. Aber Daisy hatte die Wette mit ihrem Vater nicht ganz gewonnen, denn er war kein Tänzer.

»Sie sind kein Tänzer?« sagte Daisy enttäuscht. »Es tut mir leid, dann habe ich mich geirrt.«

»Aber ich reise mit dem Ballett.«

Daisy wandte sich ihm wieder eifrig zu. »Dann sind Sie Russe?«

»O ja.«

»Sie sprechen unwahrscheinlich gut Englisch.«

»Ich bin Übersetzer.«

»Sie meinen, sie dolmetschen für das Corps de Ballet?«

»Für alle, die weder Englisch noch Französisch sprechen. Ich bin auch Kulissenschieber, Gepäckträger und Buchhalter.«

Daisy sagte: »Meine Mutter wird den Buchhalter zu schätzen wissen.«

»Schätzen?«

»Gutheißen, billigen. Sie geht so gern mit Zahlen um.«

»Ihre Mutter?«

Er zog überrascht und verwirrt die Augenbrauen hoch, und Daisy begann zu kichern.

»Meine Mutter ist gut im Rechnen. Sind Sie Ballettliebhaber?«

»Verzeihung?«

»Ein Anhänger des Balletts?«

»O ja, ich kann selbst auch tanzen, aber ich bin nicht gut genug, um ein Mitglied des Corps de Ballet zu sein. Ich will mein Englisch verbessern, deshalb bin ich hier in London.«

Er sah sie ernst an, dann mußte er lächeln, und seine fremdartigen Augen flackerten und strahlten. Daisy hatte das Gefühl, als sei sie vom Blitz getroffen. Oder, falls das zu übertrieben klang, als habe ein warmer Srahl sie mitten ins Herz getroffen. Sie fragte sich, ob so wohl Edwin empfunden haben mochte, als ihm die Baronin in die Augen schaute.

»Mein Vater möchte Sie kennenlernen.« Es gelang ihr, ganz ruhig zu sprechen.

»Mich! Wieso weiß er von mir?«

»Er weiß nicht. Das ist eine Wette. Verstehen Sie?«

»Nein.«

»Das bedeutet . . . ach, kommen Sie einfach.«

Er folgte ihr durch die Menge, aber Papa war nicht mehr da, wo sie ihn verlassen hatte. Eine Verkäuferin berührte Daisy am Arm. »Entschuldigen Sie, Miss, Ihr Vater hat mich gebeten, Ihnen auszurichten, daß er mit Ihrer Mutter Tee trinken gegangen ist. Sie sollen auch zu ihnen kommen.«

Auf dem Treppenabsatz, unter den hochragenden Topfpalmen, spielte das Orchester gerade die Nußknackersuite. Der Laden war in ein Meer von Licht und Farben getaucht. Niemals zuvor war es hier so fröhlich und so festlich zugegangen. Es war wie im Covent-Garden-Theater, ein Stück östlicher exotischer Farbenpracht.

»Es tut mir so leid, daß mein Vater nicht gewartet hat«, sagte Daisy zu ihrem Begleiter. Als diese seltsam aufregenden Augen sie anblickten, wußte sie, daß sie diesen Mann nicht so schnell verlieren wollte. Sie konnten die Treppe hinaufgehen und inmitten all der reichen Witwen mit ihren scharfen Augen und dem vielsagenden Kopfnicken Tee trinken. Aber sie konnte sich einfach nicht vorstellen, daß er ganz bürgerlich mit Mama und Papa am Teetisch sitzen würde. Damit wäre alles verdorben. Als sie zögerte, sah sie Florences kalte blaue Augen über die Menge hinweg auf sich gerichtet. Florence, die ein wachsames Auge auf ihre Fabergé-Kostbarkeiten hatte, entging trotzdem nichts von dem, was ihre jüngere Schwester tat.

Dann wollen wir ihr mal was zum Schauen geben.

»Also«, sagte Daisy, »ich glaube doch nicht, daß Sie dort oben Tee trinken möchten, oder? Ich kenne ein Stückchen die Straße hinunter ein Plätzchen, wo wir Zitronentee trinken können. Das heißt, falls Sie Durst haben.«

»Ich bin sehr durstig.«

»Es ist gegenüber Kensington Gardens. Wir können in einer halben Stunde wieder zurück sein, falls Ihre Freunde aus irgendeiner Sprachschwierigkeit erlöst werden müssen.«

»Prächtig!«

Prächtig. Ein herrlich ungewohntes Wort.

»Ich bin Daisy Overton. Wer sind Sie?«

»Sergej Pavel.«

Als sie auf die Straße traten, warf er ihr einen Seitenblick zu. »Benehmen sich so die Frauen in London?«

»Absolut.«

»Mit fremden Männern Tee trinken?«

»Warum nicht? Ich habe mir geschworen, niemals etwas Langweiliges zu tun.«

Er lachte, sein Lachen kam tief aus seiner Kehle. »Ich bin nicht ganz sicher, was Sie meinen, aber ich glaube, ich kann es erraten. Sie sind schon dabei, mein Englisch zu verbessern, Miss Daisy.«

»Prächtig.«

Sie war noch niemals in diesem unscheinbaren kleinen Tearoom gewesen. Von nun würde er nicht mehr unscheinbar für sie sein. Vom heutigen Tag an sollte man ein Schild über der Eingangstür anbringen, nicht mit dem königlichen Wappen wie bei Bonningtons, sondern mit der einfachen Feststellung, daß hier Daisy Overton Sergej Pavel aus St. Petersburg getroffen hatte.

Falls man hier keinen Zitronentee bekam, würde sie ihnen schon beibringen, wie man den machte.

»Sir Gay«, murmelte sie.

»Wie?«

»Ich habe nur Ihren Namen etwas umgewandelt. Er klingt fröhlich.«

»Fröhlich?«

»Glücklich. Unbekümmert.«

Seine fremdartigen, strahlenden Schlitzaugen musterten sie wieder. »Ich habe gehört, die Engländerinnen seien kalt.«

»Ich wurde in Italien geboren.«

»Macht das etwas aus?«

»Ich denke schon. Zumindest bin ich ganz anders als meine Schwester. Wo sind Sie geboren?«

»In einem Dorf in der Nähe von St. Petersburg. Jetzt lebe ich in St. Petersburg.«

Daisy nickte beifällig. »Völlig in Ordnung. Ich sehe Sie in der Steppe oder im alten Byzanz oder so ähnlich. Ich glaube gar, Florence hat Sie mit ihren Schätzen aus Rußland mitgebracht. Sind Sie zu verkaufen, Sergej?«

»Lachen Sie über mich, Miss Daisy?«

»Nein, nein, nein! Oh, bitte, denken Sie bloß das nicht. Ich rede nur Unsinn. Hat Ihre Mutter Ihnen so gut Englisch beigebracht?«

»Ja. Und mein Vater besitzt eine kleine Buchhandlung, in der ich sehr viel las.«

»Tolstoi?«

»Und Puschkin, Turgenjew, Dostojewski, Tschechow. Und ich höre Musik von Tschaikowski, Strawinski, Borodin.«

»Was wollen Sie einmal werden, außer Dolmetscher?«

»Oh, ich werde an der Universität Englischprofessor werden. Arm, natürlich«, fügte er hinzu und sah auf Daisys pelzbesetzte Jacke.

»Natürlich. Warum auch nicht? Wie komisch.«

»Komisch?«

»Ich dachte an etwas.«

»Ich weiß. Ihre Augen sagen mir das.«

»Ich dachte an diese Hexe in den russischen Märchen. Baba Yaga. So wunderschön grauslich.«

»Was sind Sie doch bloß für ein seltsames Mädchen.«

»Ich bin sehr unausgeglichen. Das haben mir auch alle meine Lehrer gesagt. Sir Fröhlich.«

»Eh?«

»Ich finde Ihren Namen faszinierend.«

»Ihrer gefällt mir auch. Können wir uns wiedersehen?«

Daisy tat einen tiefen Atemzug. Das sollte eigentlich nur ein lustiger Streich sein, mehr nicht. Doch es war bereits mehr.

»Vielleicht.«

»Ich bin an jedem Nachmittag frei, an dem es keine Matinee gibt.«

»Ich auch. Und noch dazu jeden Vormittag.«

»Dann sind Sie eine Dame der Gesellschaft?«

»Von Geburt, nicht aus Neigung.«

»Das müssen Sie mir erklären. Sind Sie reich?«

»Nun . . . na, früher oder später muß ich es Ihnen wohl sagen. Meiner Mutter gehört das Geschäft, in dem wir uns kennengelernt haben.«

Sie waren nahe beieinander gesessen. Jetzt rückte er abrupt von ihr ab.

»Jetzt seien Sie doch nicht so dumm. Sie ist nicht reich. Ich meine, nicht so reich wie etwa der Landadel.«

In seinen Augen lag eine Spur von Feindseligkeit.

»Ich verstehe, was Sie mit Landadel meinen. Diese Klasse fügt in Rußland den Armen viel Leid zu. Aber weshalb ist nicht Ihr Vater derjenige, der reich ist?«

»Mein Vater ist ein reizender, kluger Nichtstuer. Ein Lebenskünstler.«

»Dann macht Ihre Mutter also die ganze Arbeit in einem großen Geschäft. Das ist ungewöhnlich.«

»Für sie ist das überhaupt nicht ungewöhnlich. Sie liebt es. Sie langweilt sich nicht eine Minute. Ich beneide sie darum. Auch

Florence hat dieses Talent. Ich nicht. Ich bin wie Papa. Faul und eigenwillig.«

»Eigenwillig?«

»Das bedeutet, daß ich Dinge aus einer plötzlichen Laune heraus tue. Wie mit Ihnen hierherzukommen.«

Er nickte, allerdings mehr verwirrt als zustimmend. Vermutlich hielt er sie für schrecklich emanzipiert. Er hatte eine lange Nase, einen breiten dünnlippigen Mund, ein faszinierend fremdartiges Gesicht. Er kam ihr wie eine Gestalt aus einem russischen Märchen vor, nicht diese furchterregende Baba Yaga, sondern wie ein argloser Wanderer, der schutzlos durch dunkle Wälder ging.

Ich werde niemals wieder einen von diesen rosigwangigen, hirnlosen Gardisten anschauen, dachte Daisy.

»Ich nehme an, ich sollte jetzt lieber wieder zurückgehen, ehe dort irgendein Durcheinander entsteht.«

Plötzlich und unerwartet lächelte er.

»Möchten Sie zwei Karten für die Vorstellung morgen abend haben?«

»Oh, wie wunderbar!«

»Ich müßte Sie morgen hier treffen, um sie Ihnen zu bringen.«

»Natürlich.«

»Wir werden dann mehr Zeit haben?«

»Zeit für Muffins und für Tee«, sagte Daisy munter. »Was für ein himmlisches Abenteuer.«

23

Genau diese Worte gebrauchte sie, als sie an diesem Abend zum Dinner hinunterkam, zehn Minuten zu spät und atemlos vor Aufregung.

»Ich hatte so ein himmlisches Abenteuer.«

Es lag ihr nicht, Geheimnisse zu haben. Außerdem, womit hätte sie ihr strahlendes Gesicht erklären sollen?

»Nun, es freut mich, daß es nett für dich war«, sagte Papa.

»Deine Mutter und ich dachten schon, du seist gekidnappt worden.«

»O nein, nein. Aber man hat mir für morgen abend zwei Karten fürs Ballett versprochen. Du kommst doch mit mir, Papa, nicht wahr?«

»Vielleicht könnten wir zuerst erfahren, wer der Spender ist«, sagte Papa.

»Ja, Daisy, hast du die Nachricht nicht erhalten, uns beim Tee zu treffen?« fragte Mama. »Miss Smith versicherte mir, sie hätte es dir ausgerichtet.«

»Ja, das hat sie. Aber ich hatte diesen Russen kennengelernt, der mit dem Ballett hier ist – er war einer von Florences Gästen heute nachmittag –, und er machte sich nichts daraus, mitten unter all diesen alten Schach . . . ich meine, wir haben uns lieber einen stilleren und schlichteren Platz ausgesucht. Sie sind sehr bescheiden, diese Russen. Es hat mir solchen Spaß gemacht, mich mit jemandem aus einer anderen Welt zu unterhalten. Es war beinahe, als sei er von einem fremden Stern gekommen.«

»Als so entrückt wie einen Stern empfand ich Rußland nun nicht gerade«, bemerkte Florence trocken. »Ich fand es kalt und ungemütlich. Und es gab viel zu viele Leibeigene oder Bauern, oder wie immer sie das nennen mögen. Mit Fetzen am Leib und Idiotengesichtern. Offensichtlich ist Daisy wieder einmal ins Schwärmen geraten, Mama.«

Daisy blickte rasch von Mamas erzürntem Gesicht zu Papa, ihrem Verbündeten.

Zu ihrer Überraschung sah er jedoch keineswegs wohlwollend, eher mißbilligend drein. Hatte er ihre leichtherzige Wette vergessen?

»Papa, erinnerst du dich nicht mehr an unsere Wette? Ich fand einen Russen, der englisch spricht.«

»Wie heißt er?« fragte Papa mißtrauisch.

»Sergej Pavel. Er ist kein Tänzer, er ist Dolmetscher, und er wird Professor werden.«

»Du hast sehr schnell eine ganze Menge über ihn herausbekommen.«

»Warum auch nicht? Ich habe ihm gesagt, wer ich bin, und er hat mir gesagt, wer er ist.«

»Daisy«, sagte Mama nicht unfreundlich, »für jemanden in deinem Alter und mit deiner Erziehung bist du bemerkenswert naiv. Was du jetzt sofort nach dem Dinner tun mußt, ist, diesem jungen Mann zu schreiben und ihm zu sagen, daß du sein freundliches Angebot nicht annehmen kannst. Wir gehen alle zusammen am Samstag abend ins Ballett. Und einmal genügt vollkommen. Tu also, was ich dir sage. Bates kann dann den Daimler nehmen und deinen Brief persönlich überbringen. Und jetzt wollen wir uns mit unserem Dinner beschäftigen. Florence muß nach diesem anstrengenden Tag völlig erschöpft sein.«

Florence versetzte Daisy einen freundschaftlichen Rippenstoß. Vielleicht hatte ihr überragender Erfolg von heute nachmittag ihre Kälte dahinschmelzen lassen.

»In diesem Haus darfst du doch nicht alles erzählen, du Idiot. Glaubst du, irgend jemand versteht dich?«

Aber wollen sie denn nicht mehr über Sergej erfahren, dachte Daisy verständnislos. Mama hatte ihn bereits abgelehnt, weil sie ihn für einen russischen Bauern hielt, und Papa war mißtrauisch geworden, weil sie vor Glück strahlte.

Nun, trotz der allgemeinen Ablehnung war sie fest dazu entschlossen, Sergej morgen in dem Tearoom zu treffen. Dies war das erste wirklich große Erlebnis in ihrem Leben, und sie wollte es nicht einfach versäumen. Sie würde die Karten zurückweisen müssen, aber wenn Sergej es wollte, würde sie ihn während seines Aufenthalts in London so oft wie möglich sehen. Und wenn nur aus dem einen Grund, um zu beweisen, daß sie erwachsen war und ihr Leben selbst bestimmen konnte.

Was zuerst nur als prickelndes Abenteuer gedacht war, das man nicht ernst nahm, erweiterte sich also zu etwas viel Bedeutenderem. Vielleicht wäre es ohnehin so gekommen. Aber geheime Zusammenkünfte und begrenzte Zeit beschleunigten den Prozeß. Daisy konnte nachts nicht schlafen, sie stand immer wieder auf und fühlte, wie unbekannte Schauer sie überrieselten. In ihren Ohren widerhallten Sergejs Stimme und sein tiefes, kehliges

Lachen, und die ganze Zeit über sah sie sein fremdartiges Gesicht vor sich.

Es war sinnlos, sie romantisch oder verträumt, oder impulsiv, oder einfach sorglos zu nennen. Etwas sehr Tiefes und Wichtiges war ihr widerfahren. Selbst wenn sie Sergej niemals wiedersehen sollte, hatte sich ihr Leben unwiderruflich verändert. Sie hatte zum erstenmal entdeckt, welch erregende Wirkung ein Mann auf ihre Gefühle ausüben konnte.

Selbst an dem Abend, als sie sich alle gemeinsam das Ballett ansahen und Papa ihr immer wieder Seitenblicke zuwarf, als fürchte er, sie könnte von ihrem Stuhl verschwinden und im dunklen Wald der Giselle untertauchen, nahm sie die magische Szene auf der Bühne nur verschwommen wahr. Sie dachte nur daran, wie nahe ihr Sergej war. Er hatte gesagt, er würde hinter den Kulissen stehen. Die traurige, schwermütige Musik bezauberte sie, und jeder Tänzer, selbst der unvergleichliche Nijinsky mit seinen katzenhaften Bewegungen, schien geschlitzte Tatarenaugen zu haben und einen breiten, leicht gekräuselten Mund, der ihr verstohlen zulächelte.

Sie war besessen. Sie hatte noch niemals einen Mann wie Sergej gekannt. Ja, sie konnte sich kaum an die Gesichter ihrer zahlreichen Bewunderer des vergangenen Sommers erinnern. Und ganz gewiß wußte sie nichts mehr von all den vielen Gesprächen.

Jedes Wort, das zwischen ihr und Sergej gesprochen wurde, war lebendig und wichtig, jeder Blick, den er ihr schenkte, brannte in ihrem Herzen. Während der folgenden zwei Wochen durchwanderten sie mehrere Male den ganzen Kensington Garden, sie tranken Tee mit Muffins, mit Teekuchen, mit Cremeschnitten, mit heißem Toast und mit Brot und Marmelade (ein Kindergartentee, worüber sich Sergej sehr amüsierte). Sergej war sogar so kühn gewesen, eines Tages mit nach Hampstead Heath zu kommen, und sie hatte ihm die Stelle gezeigt, wo sie als Kind einmal gestohlen worden war. Er hatte sich ihre Geschichte überrascht und mitfühlend angehört. Aber natürlich mußte jedermann der Wunsch ankommen, sie zu stehlen, sagte er schmeichelnd.

Er hatte ihr viel von Rußland erzählt. Von den gewaltigen,

schneereichen Wintern, wenn die Wölfe in der Steppe heulten und in St. Petersburg die Schlitten über die vereisten Straßen glitten und die wohlhabenden Gäste zu strahlenden Parties im Winterpalast brachten. Im Sommer fanden die Parties im Sommerpalast statt, dem wundervollen Zarskoje Selo, wo es ein hübsches kleines chinesisches Theater gab. Der Zar und die schöne Zarin (die juwelenbesetzte Kleider trug) waren Ballettliebhaber. Eine neue Tänzerin, Anna Pawlowa, sollte ausgezeichnet sein. Sergej saß auf der Heide neben Daisy, nahm ihren Fuß in seine Hand und sagte, sie habe genauso einen hohen Rist wie die Pawlowa.

Er beugte seinen Kopf und küßte ihre Fessel, und sie mußte ihren Fuß zurückziehen, um ihr plötzliches heftiges Zittern zu verbergen. Sie konnte nicht verstehen, weshalb sie neuerdings so oft zitterte. Natürlich, sie war verliebt. Und die Tage eilten dahin, und sie konnte ihn niemals wieder gehen lassen.

Angenommen, er bat sie nicht, mit ihm zu kommen!

Dann würde sie sich einfach selbst einladen.

Ich werde zu Weihnachten in St. Petersburg eintreffen, sagte sie sich. Und Sankt Nikolaus konnte ihren Strumpf mit russischen Geschenken füllen.

Sie lachten so viel, und Sergej sagte, sie sehe zwar aus wie eine Prinzessin, aber sie könnte niemals eine sein, dazu benehme sie sich viel zu unschicklich.

»Du sprichst genau wie alle meine Gouvernanten!«

»Aber die haben dich bestraft, nehme ich an. Ich verleihe dir den Orden des heiligen Nikolaus für Fröhlichkeit.«

Dann küßte er sie, zum erstenmal und sehr ernst. Unter einem Baum, im heißen, weißen Licht des Sommers, und zwei ältere Herren starrten sie an und schimpften. Daisy winkte ihnen über Sergejs Schulter hinweg zu.

»Was ist?« fragte er.

»Nichts.« Sie hatte aufgehört zu lachen und war den Tränen nahe. »Ich glaube, ich liebe dich, Sir Fröhlich.«

Er küßte sie wieder, sein Mund ergriff von dem ihren Besitz.

»Auch ich liebe dich. Willst du mit mir nach St. Petersburg kommen?«

»Natürlich. Ich hätte mich selbst eingeladen, wenn du mich nicht gefragt hättest.«
»Als meine Frau selbstverständlich.«
»Ich weiß, daß du das meinst.«
»Was werden deine Eltern sagen?«
»Nun . . . Das muß ich eben herausfinden. Aber mach dir keine Sorgen. Papa schlägt mir letzten Endes niemals etwas ab.«
Aber er tat es. Er tat es. Und das war schrecklich und unglaublich. Er saß zusammengesackt in seinem pelzbesetzten Morgenrock da (er hatte tagelang mit einer schweren Erkältung im Bett gelegen) und sagte, daß er unter keinen Umständen seine Einwilligung zu Daisys Heirat mit diesem unbekannten Fremden geben würde.
Er hatte Worte gebraucht wie hitzig, kindisch, verrückt, die sie im Innersten trafen. Aber was noch mehr schmerzte, er hatte diesmal nicht auf Mamas Geheiß so gehandelt. Daisy hatte erwartet, daß sich Mama ihren Plänen entgegenstellen würde. Sie war von Natur aus so wenig romantisch, sie hatte so wenig Verständnis für ihre jüngste Tochter. Aber diesmal war sie ganz mit Papa beschäftigt, wie immer, wenn er krank war.
Edwin hatte einmal gesagt, wenn eines von ihnen am Ertrinken sei, hätte Mama keine Zeit, sie zu retten, falls Papa gerade erkältet wäre.
So konnte Daisy nicht einmal sicher sein, daß ihre Mitteilung überhaupt bis zu Mamas Bewußtsein vorgedrungen war.
Bei Papa hatte sie jedoch verheerend gewirkt. Und er war unerbittlich. Er beendete einfach das Thema. Es war vorüber. Und es durfte niemals wieder erwähnt werden. Sie war dem Gesetz nach minderjährig, und sie mußte ihren Eltern gehorchen.
Daisy warf sich am Nachmittag im Park in Sergejs Arme und schluchzte ihre Enttäuschung heraus.
»Papa will uns nicht erlauben zu heiraten. Er will dich nicht einmal kennenlernen. Er tut so, als ob du gar nicht existierst. Ich hätte niemals gedacht, daß er so grausam sein könnte.«
»Ich nehme an, er liebt dich.«
»Selbstsüchtig! Wenn er mich wirklich lieben würde, könnte er

mir das nicht antun. Er würde mein Glück wollen. Er hat nur Angst, mich zu verlieren. Wenn du in England leben würdest, wäre er vielleicht freundlicher, aber Rußland ist so weit weg, so fremd.«

»Und ich bin ein Fremder. Ich habe immer gehört, daß die Engländer den Fremden nicht trauen. Außerdem bin ich sicher, dein Vater erwartet, daß du eines Tages einen Mann aus dem Landadel heiratest, von dem du neulich gesprochen hast. Nicht einen Mann meiner Sorte.«

»Er fällt ein Urteil, ohne dich überhaupt zu kennen.«

Sergej streichelte ihr Haar. Seine knochige Hand war so sanft, sein ehrliches Gesicht drückte nur Mitgefühl aus und verriet nichts von seiner eigenen Enttäuschung. Niemand außer Papa (und jetzt nicht einmal mehr Papa) hatte sich jemals so um ihre Gefühle gekümmert wie Sergej. Schon allein aus diesem Grund war sie ihm für immer ergeben.

»Das einzige, was wir tun können, mein Liebling, ist, zu warten, bis du alt genug bist, um ohne die Einwilligung deiner Eltern heiraten zu können.«

»Noch achtzehn Monate!« rief Daisy aus.

»Und dann werde ich kommen und dich zu meiner Frau machen.«

»Sergej, du bist zu vernünftig.«

»Was soll man sonst tun?«

Daisy preßte ihre Wange betrübt gegen die seine.

»Ich werde dir jeden Tag schreiben, und du wirst mir schreiben«, sagte Sergej.

Briefe. Einst hatte Florence in dieser Traumwelt engbeschriebener Seiten gelebt.

»Ich hasse Briefeschreiben«, sagte Daisy.

»Nicht, wenn sie an mich sind.«

»Sergej, ich liebe dich wahrhaftig und absolut, und ich werde nicht damit aufhören.«

»Ich auch nicht.«

»Weshalb müssen wir uns dann trennen? Ich kann es nicht ertragen.«

Er zog sie heftig an sich. Sie wußte, auch er konnte es nicht ertragen. Sein ganzer Körper bebte. Aber er war älter als sie, praktischer, disziplinierter, denn plötzlich bekam er sein Beben unter Kontrolle. »Die Zeit wird vergehen. Im nächsten Winter werden wir zusammen das Ballett in der Eremitage sehen.«

Daisy blinzelte ihn durch Tränen an.

»Ist die Eremitage weit genug weg, um mit dem Schlitten hinzufahren?«

»Und falls es nur zehn Schritte wären, und du wolltest einen Schlitten haben, so wäre es dennoch weit genug.«

Vielleicht war es möglich zu warten und nichts von diesem berauschenden Glücksgefühl zu verlieren . . .

Papa hatte sich mit erhöhter Temperatur ins Bett gelegt.

»Ich fürchte, du hast ihn aufgeregt«, sagte Mama vorwurfsvoll. »Er bat darum, daß du zu ihm kommst, sobald du zu Hause bist. Wo warst du?«

Mama war weder freundlich noch unfreundlich. Sie befand sich in einer neutralen Stimmung, und Daisys Benehmen erzürnte sie nur, wenn es sich nachteilig auf Papas Gesundheit auswirkte.

»Ich habe natürlich Sergej getroffen.«

»Um dich von ihm zu verabschieden, hoffe ich«, sagte Mama ruhig.

»Ja.«

»Das freut mich. Geh zu Papa, und sag ihm das. Das wird besser für ihn sein als jede Medizin.«

Sollte ihr Glück einem kranken alten Mann geopfert werden? fragte sich Daisy wütend.

Obwohl Papa liebevoll ihre beiden Hände hielt und eine mitfühlende Bemerkung über die Tränenspuren machte, die er auf ihrem Gesicht sehen konnte, war es ihr noch immer nicht möglich, ihm ihre herzliche Zuneigung zu schenken. Er hielt die Angelegenheit für beendet. Wenn das Ballett fort war und nach einer kurzen Zwischensaison in Paris nach Moskau weiterreiste, würde auch Daisy bald ihren ersten Anfall von Liebe und Verrücktheit vergessen haben.

Ihr Unbehagen wuchs, als er zufrieden sagte: »Sobald ich mich wohl genug fühle, machen wir einen Ausflug irgendwohin. Ich frage mich, wo es dir wohl gefallen könnte. Irgendwo, wo es hübsch und fröhlich ist. Venedig vielleicht.«

»Nein, danke, Papa.«

»Ach, komm schon, ich will nicht, daß du zu Hause herumsitzt und Trübsal bläst. Tapetenwechsel ist noch immer das beste Heilmittel gegen ein gebrochenes Herz.«

»Wie kannst du so etwas sagen, wenn du nicht einmal weißt, was ein gebrochenes Herz ist. Du und Mama konntet ja heiraten.«

Zu ihrem Entsetzen füllten sich die Augen ihres Vaters plötzlich mit Tränen. Einen Augenblick lang konnte er nicht sprechen. Dann sagte er: »Du bist zu jung, um dir so etwas herausnehmen zu dürfen.« Er fuhr sich mit der Zunge über die Lippen und machte eine armselige Anstrengung, ein gewinnendes Lächeln aufzusetzen. »Allerdings glaube ich nicht, klinisch gesehen, daß Herzen brechen können. Lauf jetzt, du könntest deiner Mutter sagen, daß ich eine ihrer heißen Wärmflaschen gebrauchen könnte.«

»Sie gehen nicht zum Dinner hinunter, Miss Daisy? Fühlen Sie sich nicht gut?«

Das war Miss Finch, ängstlich, mickerig, schmal wie ein Mauerschlitz, die unter der offenen Tür zu Daisys Zimmer stand.

»Ich habe keinen Hunger, das ist alles.«

»Dann vielleicht ein leichtes Supper auf dem Tablett? Ich werde es selbst heraufbringen.«

»Lassen Sie mich in Ruhe, Finchie, bitte. Ich bin nicht Großmama. Ich kann auch ohne mein Dinner überleben.«

»Sie sind erregt, Miss Daisy.«

Also wußten es die Dienstboten bereits. Natürlich wußten sie es. Sie wußten alles.

»Ja, aber niemand kann etwas dagegen tun.«

»Verschiedene Herren haben nach Ihnen gefragt, Miss Daisy. Sie haben sich alle besorgt gefragt, wohin Sie in letzter Zeit verschwunden waren.«

Ich war auf einem anderen Stern, dachte Daisy. Und plötzlich überwältigte sie das Bewußtsein ihres Verlustes.

»Ich wäre sehr dankbar, wenn *Sie* verschwinden würden«, gelang es ihr zu sagen, und Miss Finch blieb nichts anderes übrig als zu gehorchen. »Sagen Sie allen, ich möchte allein sein«, rief Daisy ihr nach.

Falls Miss Finch auch Florence diese Mitteilung überbracht hatte, ließ sie sich doch nicht davon beirren. Sie klopfte heftig an die Tür und trat ein, ohne die Erlaubnis dazu abzuwarten.

»Willst du das gleiche tun, was ich getan habe?« fragte sie. »Ihn weggehen lassen?«

Daisy starrte überrascht in die kalten blaßblauen Augen, in das ausdruckslose Gesicht.

»Was meinst du?«

»Genau das. Als ich so alt war wie du, habe ich Desmond Fielding gehen lassen im blinden Glauben, daß ein oder zwei Jahre keine Rolle spielen. Junge Mädchen sind zu romantisch veranlagt.«

»Aber das mit Desmond war doch mein Fehler. Das hast du wenigstens immer gesagt.«

»Meiner auch. Daß ich ihn habe gehen lassen, als er heiß war.«

»Heiß?«

»Den Männern geht dann einfach der Dampf aus, wenn du diesen vulgären Ausdruck entschuldigen willst.«

»Sergej . . .«

»Oh, den auch, selbst mit oder gerade wegen seines Tatarenblutes. Da sind dann andere Mädchen zur Hand. Um ihn zu trösten. Ich rate dir, morgen den Zug nach Paris zu nehmen.«

Daisy setzte sich bolzengerade auf und wollte ihren Ohren nicht trauen.

»Du willst mich loswerden.«

»Vielleicht. Vielleicht dachte ich, du könntest Papa erpressen. Er wird in Null Komma nichts in Paris auftauchen und dafür sorgen, daß du ordentlich verheiratet wirst. Wenn er herauskriegt, daß er dich hier nicht zurückhalten kann, wird er alles daransetzen, daß seine reine kleine Daisy nicht besudelt wird.«

»Flo!«
»Ist dein Sergej vertrauenswürdig?«
»O ja!«
»Was hält dich dann noch? Ich hätte niemals gedacht, daß es dir an Einfallsreichtum mangelt.«

24

Beatrice riß das gelbe Telegramm auf.
»Daisy und Sergej heute morgen in St. Cloud getraut. Ankomme morgen nachmittag. Schick Bates, drei Uhr dreißig Victoria Station.«
Schick Bates, wirklich!
Wann hatte sie nicht selbst William abgeholt, wenn es nur irgend möglich gewesen war? Diesmal würde es doppelt wichtig sein, denn er würde mit gebrochenem Herzen zurückkommen.
Er war nach Paris geeilt, voller Hoffnung, diese unwahrscheinlich blödsinnige, überstürzte Heirat verhindern zu können und Daisy zur Rückkehr zu bewegen. Weshalb hätte sie sonst diesen Brief hinterlassen, in dem sie ihre Absicht kundtat und ihn auch wissen ließ, wo sie zu finden sei, wenn sie insgeheim nicht wünschte, gerettet zu werden?
Ihre Flucht war nur eine dramatische Geste, einer dieser hochfliegenden Episoden, die wohl jedes phantasiebegabte Mädchen einmal durchmachte, einfach aus dem Grund, um für den Rest ihres Lebens damit prahlen zu können.
Daisy war nicht mit Hilfe zusammengeknoteter Leinentücher aus dem Fenster geklettert, sie hatte das Haus ganz dreist um die Mittagszeit verlassen, ohne jegliches Gepäck (außer ihrer kleinen Diamantenkrone, die ihr William anläßlich ihres ersten Balls gekauft hatte), und deshalb hatte keiner der Dienstboten ihr Weggehen bemerkt oder besonders darauf geachtet.
In dem Brief, den sie William auf seinem Schreibtisch in der Bibliothek hinterließ, hatte sie geschrieben: »Die Kronjuwelen sind

mein Brautschatz. Du willst doch nicht, daß ich mit leeren Händen zu Sergej komme, oder?«

Dieses unverschämte Mädchen! Beatrice hätte sie am liebsten ihrem Schicksal überlassen. Sie wünschte das heftiger, als sie einzugestehen wagte. Aber William war derart in Sorge, daß sie es nicht über sich brachte, gegen die Verfolgung dieses verwöhnten, leichtsinnigen Kindes zu protestieren. Sie fürchtete, er würde ihr das bis an ihr Lebensende vorhalten. Sie hatte sich sogar erboten, ihn zu begleiten, aber er hatte gesagt, er könne sehr gut selbst fertig werden. Wann wäre es ihm nicht gelungen, Daisy zu beeinflussen? Sie liebte doch ihren Papa. Niemals würde sie sein Herz wegen einer dummen Eskapade brechen.

Er hatte sich geirrt, sagte Beatrice zu sich selbst und zerknüllte den gelben Briefumschlag.

Es tat ihr leid, wie ihr alles leid tat, was ihn verletzte. Aber zugleich jubelte sie innerlich. Jetzt endlich hatte Mary Medway das Haus für immer verlassen.

Trotzdem zeigte sie William ihr ganzes Mitgefühl, als er nach Hause kam, ein alter, müder und verzweifelter Mann. Sein Schmerz wurde sogleich auch der ihre. Sie konnte seine rotumränderten Augen nicht ertragen, sein eingefallenes Gesicht, sein Schweigen.

Sie rief Doktor Lovegrove, damit er ihm ein Beruhigungsmittel verschrieb, und dann lag sie die ganze Nacht wach neben ihm und lauschte auf seinen schweren Atem und beobachtete seinen unruhigen Schlaf. Wenn sie nur um Daisy hätte weinen können, dann hätte er sie in seine Arme genommen, und sie hätten einander getröstet. Aber sie konnte nicht gegen ihre Ehrlichkeit an. Es tat ihr einfach nicht leid, daß Daisy fort war. Der kleine Kuckuck war aus dem Nest geflogen. Ihr Heim gehörte wieder ganz ihr allein.

Am nächsten Tag berichtete William von den nackten Tatsachen.

Daisy hatte ein einfaches weißes Kleid getragen, das ihr eine der Ballerinen gegeben hatte, vermutlich Karsavina. Sie hielt ein Sträußchen aus rosigen und weißen Margeriten im Arm, offensichtlich auf Sergejs ausdrücklichen Wunsch, und sah aus wie ein einfaches Dorfmädchen in einer Oper oder einem Ballett. Hinreißend charmant, aber nicht seine Tochter.

»Glücklich?« fragte Beatrice.

»Oh, strahlend«, sagte William widerwillig. »Sie lebt auf einer Wolke. Sie sieht wie verhext aus, als ob dieser junge Mann eine Art Gott sei. Auf mich wirkt er wie ein völlig Fremder mit diesen hohen Backenknochen und den Schlitzaugen.«

»Aber sie lieben einander«, murmelte Beatrice.

»Oh, sie benehmen sich ganz und gar wie Romeo und Julia. Ich tat mein Bestes, Bea. Aber ich konnte Daisy einfach nicht zur Vernunft bringen. Sie sagte, wenn ich meine Einwilligung zu ihrer Ehe nicht geben würde, würde sie einfach in Sünde leben. Und ich glaube, sie meinte das wirklich so.«

Natürlich meinte sie das so, schließlich war sie ja die Tochter ihrer Mutter . . .

Lange Übung in Diskretion bewahrte Beatrice davor, diese Worte auszusprechen. Sie nahm Williams Arm und sagte mit einschmeichelnder Stimme: »Dann wollen wir ihnen Glück wünschen. Ich weiß, du wirst das auch tun, wenn du erst einmal den Kummer über ihren Verlust überwunden hast.«

»Den werde ich niemals überwinden.«

»Aber Liebster, einmal hätte sie doch geheiratet. Du hättest sie doch nicht für immer behalten können, sie ist nicht Florence. Und das würdest du auch gar nicht wollen, nicht wahr?«

William zog eine Grimasse.

»Ich will nicht noch einen Krämer in meiner Familie, das garantiere ich dir. Aber wenn es bloß nicht Rußland wäre! Ein so unzivilisiertes Land. Wie kann ein empfindsames, zartes Mädchen wie Daisy dort überleben?«

»Ich glaube wirklich, mein Lieber, Daisy ist ein gut Teil stärker, als du ihr zutraust. Und was Rußland betrifft, schließlich warst du ja noch niemals dort, oder? Vielleicht könntest du im nächsten Sommer eine Reise unternehmen. Florence könnte dir dabei raten. Und wenn Daisy inzwischen festgestellt haben sollte, daß sie einen Fehler gemacht hat, kannst du sie ja dann noch immer retten. Ich bin sicher, eine Scheidung unter diesen Umständen wäre weder zu schwierig noch zu skandalös. Ich weiß, daß Edwin Freunde in der britischen Botschaft hat, die helfen könnten. Das sind jedoch nur Mutmaßungen. Ich hoffe ehrlich, daß sie glücklich ist. Weshalb öffnen wir nicht eine Flasche von diesem Veuve Clicquot, den du neulich gekauft hast? Wir könnten zumindest auf Daisys und Sergejs Glück trinken.«

William zog ihren Arm in den seinen. Sie fühlte den vertrauten Druck seines Körpers gegen den ihren, er war der schwache Baum, sie der Felsen. Sie hatte ihn ermutigt, sich an sie zu lehnen. Das würde er immer tun. Wenigstens jetzt tat er es willig und dankbar.

Daisys spärliche Briefe (daran ist nur die unzuverlässige russische Post schuld, sagte William) klangen so fröhlich wie der Gesang einer Lerche.

»Sergej und ich haben zwei Zimmer über der Wohnung seiner Eltern. Von unserem Schlafzimmerfenster aus können wir einen Kirschbaum sehen, glaubt es oder nicht! Und ich bewundere Sergejs Eltern, sie sind wie Gestalten von Tschechow. Ich versuche, ganz schnell Russisch zu lernen, damit ich mit ihnen reden kann. Jetzt müssen wir uns noch mit Lächeln und Zeichensprache behelfen. Ich lerne auch, russische Gerichte zu kochen. Sag das der Köchin. Sie weiß, daß ich nicht einmal ein Ei aufschlagen konnte. Mama Pavel hält das für eine unverzeihliche Unkenntnis . . .

Es hat angefangen zu schneien, und Sergej hat mir meine erste Schlittenfahrt versprochen. Er ist der liebenswürdigste und wunderbarste Ehemann. Wie soll ich Euch nur beschreiben, wie es ist, unter einer warmen Bettdecke zu liegen, den Kopf meines geliebten Mannes neben mir auf dem Kissen, und den Schneeflocken zuzusehen, die gegen das Fenster taumeln. Sergej sagt, sie machen ein Geräusch wie die behandschuhten Hände eines vornehmen englischen Publikums, das dem Tanz von Nijinsky applaudiert . . .

Gestern sah ich den Zar und die Zarin und ihre vier Kinder vorbeifahren. Als ich knickste, verbeugten sie sich alle sehr liebenswürdig. Aber Sergej sagt, man bringt ihnen nicht den gleichen Respekt entgegen wie etwa der englischen Königsfamilie. Die Bauern sind hier durch Jahrhunderte so schlecht behandelt worden. Er sagt auch, Rußland beginnt sich vor dem Militarismus Deutschlands zu fürchten. Was meint Edwin dazu? Was gibt es von ihm für Neuigkeiten? Ich fürchte sehr, er hat mich verdammt, weil er glaubt, ich hätte die Familie entehrt. Er war immer ein schrecklicher Snob, mit seinen Baronen und Baronessen und den Eliteregimentern und alldem. Sollte ich die Familie tatsächlich entehrt haben, ist es Euch vielleicht eine Beruhigung zu wissen, wie himmlisch glücklich ich bin?«

Florence ließ sich durch diese zweifellos oberflächlichen Briefe nicht beeindrucken. Sie sagte nur, diese komische Ehe scheine Daisy recht gut zu bekommen, und wandte sich wieder ihren eigenen Angelegenheiten zu. Sie besprach mit Beatrice die Zukunft von Bonningtons.

Florence und ihr Gehilfe James Brush, der für Beatrices Begriffe eine Spur zu klug war, wünschten Modernisierung. Die ganze Kotau-Macherei dem Königshaus gegenüber war ein wenig aus der Zeit. Alle sagten, mit dem Tod von Edward, dem Playboy-König, und der Abdankung der noch immer schönen, aber förmlichen und kränklichen Queen Alexandra war die große Zeit der Monarchie vorüber. Oh, die Leute waren noch immer dem Königshaus treu ergeben und ließen die Flaggen wehen, und die Krönung von König George und Queen Mary war eine prunkvolle Angelegenheit gewesen. Aber die Zeiten hatten sich geändert, die Geschäfte mußten sich mehr an die Massen wenden, nicht nur an wenige Privilegierte.

Bonningtons würde seinen Hauch von Luxus bewahren, es würde, zum Beispiel, den wohlhabenden und zahlungskräftigen Kunden (möglichst mit Titeln) Gläser mit Champagner anbieten, aber man würde dazu übergehen müssen, ein größeres und billigeres Warenangebot bereitzuhalten, wie Kosmetikartikel und künstlichen Schmuck. Florence wollte auch ein eigenes Modeatelier eröffnen und wegkommen von den Schneiderinnen, die ergeben »Madames« Wünsche ausführten, und zwar gut gearbeitete, aber völlig einfallslose Kleider produzierten. Sie hatte einen geschickten jungen Designer gefunden, der auf verwegene Art die Halsausschnitte vertiefte und die Röcke über den Knöcheln hob. Seine Mode sprach die Jugend an.

Miss Florence und James Brush mit seinem fuchsartigen, aufgeweckten Gesicht.

Früher war es Miss Bea und Adam Cope. Und das war es noch, abgesehen davon, daß der liebe Adam sich unbeugsam allen Neuerungen widersetzte. Beatrice war keineswegs mit allen Ideen von Florence einverstanden, aber sie wußte, daß ein enger Horizont einen langsamen Tod bedeutete, nicht nur für das Geschäft, sondern auch für einen selbst.

Adam würde eventuell seinen Abschied nehmen müssen, wie es Miss Brown getan hatte. Auch ihr blieb vielleicht nichts anderes übrig, aber als Besitzerin hatte sie wenigstens das Recht, hereinzutrotten und ihren gewohnten Platz am Kassenpult einzunehmen, bis die Senilität sie befiel. Adam war nicht so begünstigt, und weder Florence noch James Brush strömten vor Mitgefühl über. Hätte man ihnen gesagt, daß der jetzt sechzigjährige Adam Cope Beatrice seit nahezu vierzig Jahren ehrlich liebte, sie wären in hysterisches Gelächter ausgebrochen.

Es war keineswegs ein Grund zum Lachen, daß die Liebe so wenig an Wert besaß, wenn sie von der falschen Person ausging. Aber man mußte sich bemühen, auch dafür dankbar zu sein. Das alles ging Beatrice sehr zu Herzen.

Aber vielleicht verschlechterte sich Adams Gesundheitszustand, oder er ging freiwillig, und dann würde sie von der jüngeren Generation überstimmt werden. Das ist der Lauf des Lebens, würde William sagen.

William war seit Daisys Weggang nachdenklich und philosophisch geworden. Des Abends suchte er immer häufiger Beatrices Gesellschaft, aber das kam vielleicht daher, daß er tagsüber das Haus als leer und einsam empfand. Sie versprach, nach der Frühjahrs- und Sommersaison weniger Zeit im Geschäft zu verbringen. Nicht etwa deshalb, weil sie müde wurde, aber sie dachte, daß William und sie jetzt miteinander verreisen könnten.

Daisy hatte unlängst geschrieben und mitgeteilt, daß sie und Sergej ein Baby erwarteten. Könnten sie und William nicht nach St. Petersburg reisen, um ihr erstes Enkelkind zu sehen?

Es war ein bestrickender Gedanke, der nach Edwins Weihnachtsbesuch immer mehr Gestalt annahm. Er war in einer seltsam nervösen Stimmung, die er mit seiner Sorge um den sich steigernden Größenwahn des Kaisers erklärte. Niemand sonst schien die Tatsache ernst zu nehmen, daß Deutschland gerüstet und kriegsbereit war. Und zwar nicht für irgendein kleines Scharmützel, sondern für ein Kräftemessen mit einer der Großmächte.

»Rußland?« fragte William unbehaglich.

»Vielleicht. Ich tippe eher auf Europa. Eine Art napoleonische Besitzergreifung. Bismarck hat das schon immer angestrebt, und der Kaiser war schließlich sein Schüler. Frankreich, Belgien, die Niederlande.«

»Guter Gott! England könnte sich nicht heraushalten, wenn das passierte!«

»Nein, das ist auch meine Ansicht. Ich glaube, niemand hier ist sich über die Perfektion des deutschen Soldaten im klaren. Besonders der Offiziere.«

Edwin hielt seinen Kopf ungewöhnlich hoch, als trüge er einen steifen Uniformkragen, und redete über den Kopf seines Vaters hinweg. Er fügte hinzu, daß er trotz alledem nicht die Absicht habe, Berlin zu verlassen. Er fand die Stadt und die Atmosphäre faszinierend, so lebendig und irgendwie schicksalsbeladen. Frauen erwähnte er nicht. Beatrice glaubte sich zu erinnern, daß er einmal von einer hübschen Baronin gesprochen hatte. Aber er war jetzt kein kleiner Junge mehr, den man ausfragen konnte. Er sah gut aus, war gereift und ihr völlig fremd. Er bat neuerdings nicht einmal mehr um Geld. Er schien sparsamer geworden, obwohl sein dunkelgrauer Flanellanzug, seine Schweinslederhandschuhe, seine handgearbeiteten Schuhe von bester Qualität waren. Reichte das Gehalt im Auswärtigen Amt für derartige Garderobe? Sie bemerkte, daß er auch ein goldenes Zigarettenetui benützte. Ein Geschenk? Von einer Frau? Es war zum Verrücktwerden, daß sie ihn nicht fragen konnte. Aber selbst wenn sie jemals sein Vertrauen besessen hätte, so konnte sie sich nicht in die Angelegenheiten eines jungen Mannes von beinahe dreißig Jahren mischen.

Als Edwin sich verabschiedete, drückte er Beatrices Hand so fest wie nie, beinahe verzweifelt, so dachte sie später.

»Ich arbeite schwer, Mutter, was immer du auch über mich hören magst.«

»Wie? Was sollte ich denn über dich hören?« Beatrice blickte zu dem schlanken jungen Mann mit den kalten blauen Augen auf. Und wieder mußte sie denken, er sei ein Fremder. »Hast du eine Affäre mit einer Frau?« fragte sie leichthin.

Ein flüchtiges Lächeln huschte über sein Gesicht.

»Natürlich. Viele.« Selbst seine Stimme hatte einen fremden Klang. »Auf Wiedersehen, Mutter. Wünsch mir Glück.«

Er mußte damals schon um den Skandal gewußt haben, der über ihn hereinbrechen würde. Er war sich des straff gespannten Seils sehr wohl bewußt, auf dem er dahinschritt.

Das Jahr 1913 brachte allerdings nicht nur Unglück. Im Hochsommer traf Nachricht von Daisy ein.

»Unser Baby wurde am 1. Juni geboren. Es ist ein Mädchen. Ihr solltet Sergej sehen, er ist aufgeblasen vor Stolz wie ein Frosch. Ich weiß nicht, wen er für das größere Wunder hält, das Baby, mich oder sich selbst. Wir haben die Kleine Anna getauft, denn so wollte es Sergej. Er dachte dabei an sein Idol, Anna Pawlowa.

Anna sieht genau aus wie Sergej, sie hat seine schrägstehenden Augen. Allerdings meint Sergej, sie habe meine Füße und wird zweifellos eine große Tänzerin werden.

Sergej hat mich tausendmal geküßt und mir ein neues Kleid gekauft. Nächstes Jahr wird er vollangestellter Professor, dann bekommen wir ein eigenes Haus. Schon oft wollte ich meine Kronjuwelen verkaufen, um ein Haus zu bekommen, aber Sergej sagt, wir müssen sie für den Notfall aufheben. Und jetzt wollen wir sie sowieso für unsere Tochter bewahren.«

Ein Baby, ein neues Kleid. Wer hätte jemals gedacht, daß Daisy, die so viel für sich beansprucht hatte, mit so wenig zufrieden sein würde. Mit Dingen, die sogar eine Bauersfrau erhielt.

So wenig? Beatrice mußte die Tränen zurückhalten, sie ärgerte sich über ihre Sentimentalität und über ihre Eifersucht.

William hatte ihr nach der Geburt der Kinder nichts weiter als einen pflichtschuldigen Kuß auf die Braue gegeben. Sie wagte nicht daran zu denken, was er mit Daisys Mutter gemacht hätte, wäre ihm die Gelegenheit dazu geboten worden.

»Nun, Bea«, sagte William, der vor Freude strahlte wie ein Vorgartenzwerg, »wenigstens haben wir jetzt ein Enkelkind, wenn es auch ein russisches ist. Wie steht es mit dem Trip nach St. Petersburg? Soll ich ein paar Reiseprospekte besorgen?«

»Ich denke, schon. Ja, tu das.«

Sie sahen einander in einem Aufwallen plötzlicher Zuneigung und Übereinstimmung an. Beatrice fühlte, wie ihr Herz vor Freude höher schlug. Sie sprach es nicht aus, denn es hätte komisch geklungen, aber diese aufregende Reise würde für sie so etwas wie eine verspätete Hochzeitsreise sein, selbst wenn William in erster Linie deshalb reiste, um Daisy und seine Enkeltochter zu sehen.

Sie hatte die Reiseprospekte studiert, die Fahrkarten bestellt und die Koffer hervorholen lassen. Und dann trafen die Nachrichten aus Deutschland ein, der Traum von ihrer schönen Reise zerstob wie Sommerblumen im Herbststurm.

Edwin stand in der Britischen Botschaft in Berlin unter Hausarrest und sollte wegen Landesverrats einem Londoner Gericht überstellt werden.

Florence sagte bitter und wütend: »Das geschieht ihm recht! Er hatte überhaupt kein Gewissen. Wußtest du das nicht, Mama? Er war zu allem fähig, wenn er dadurch etwas für sich bekommen konnte. All seine Garderobe, seine Schußwaffen, das Schöntun mit der Aristokratie – so also hat er dafür bezahlt! Der Dummkopf! Diese Deutschen legen Fallen für so dumme kleine Jungen wie er.«

Dem Feind militärische Geheimnisse anzuvertrauen! Von welchen militärischen Geheimnissen konnte schon ein kleiner Botschaftsangestellter wissen? Es konnte einfach nicht wahr sein!

Aber nachdem William nähere Erkundigungen eingezogen hatte, sagte er, es sei sehr wohl wahr.

»Du kennst Edwins Leidenschaft fürs Militär. Zuerst einmal hat er sich den britischen Militärattaché zum Freund gemacht. Und dann ist er ja ein so verdammt guter Schütze. Er fand Zugang zu Kreisen, die normalerweise seine Existenz überhaupt nicht wahrgenommen hätten, und er ließ sich hinreißen von seinem Enthusiasmus für die preußische Militärmacht. Wir wissen das. Er hat es uns selbst gesagt.«

»Dieser Baron von Hesselmann«, sagte Beatrice empört.

»*Und* die Baronin«, fügte Florence hinzu.

»Ja«, sagte William. »Thalia von Hesselmann. Du mußt es wissen, Bea, denn bei der Gerichtsverhandlung wird ohnehin alles herauskommen. Edwin hatte eine Affäre mit dieser Frau. Natürlich war das Ganze ein Komplott. Um es mit ihr aufnehmen zu können, brauchte er viel Geld. Wie vorauszusehen, geriet er in Schulden, und diese Leute erboten sich zu zahlen . . .«

William fuhr sich mit der Zunge über seine trockenen Lippen.

». . . für jede Information, die er ihnen geben konnte. Vielleicht unbedeutend, aber dennoch nützlich.«

»Ein Spion!« flüsterte Beatrice. »Unser Sohn!«

William straffte seine Schultern.

»Ja, meinen Vater hätte das nicht gekümmert. Wir müssen es ausbaden, Bea.«

»Aber wird Landesverrat nicht mit dem Tod bestraft?« fragte Beatrice gequält. Edwin in irgendeinem dunklen Gefängnis gehenkt und unter Feldsteinen begraben! War dies ihre Strafe dafür, daß sie ruhig mit angesehen hatte, wie Mary Medway im Gefängnis zugrunde ging? Wirre Gedanken rasten durch ihren Kopf, und sie hörte kaum, was ihr William im Ton eines Rechtsanwalts erklärte.

»Das hängt vom Grad des Vergehens ab. Ich nehme an, die Informationen, die er an den Feind weitergegeben hat, waren ziemlich harmlos. Glücklicherweise wurde die ganze Geschichte noch im Keim erstickt. Es freut mich, wenigstens sagen zu können, der Junge hat kein Talent zum Spion.«

»Er verehrte die Ulanen«, sagte Florence. »Ich glaube, wenn er gekonnt hätte, wäre er selbst Ulan geworden. Das wird sicher gegen ihn verwendet werden.«

»Idealismus«, sagte William. »Ich habe lange mit John Merton gesprochen, der sich bereit erklärt hat, Edwin zu verteidigen. Wir werden mit seiner langsamen Entwicklung infolge seiner schlechten Augen argumentieren und daß ihm dadurch seine Hoffnungen auf eine Militärkarriere vereitelt wurden.«

»Als Klassenbester in Oxford!« rief Florence höhnisch.

»Das ist eine seltene Form der Frühreife, wie sie gelegentlich bei Jungen von Edwins Typ vorkommt. Aber er ist tatsächlich seiner ganzen Mentalität nach noch immer ein idealistischer Schuljunge.«

»Glaubst du, daß sich diese Baronin«, Beatrice verzog ihr Gesicht voller Abscheu, »in einen Schuljungen verliebt hätte?«

»Aber sie hat ihn doch überhaupt nicht geliebt«, sagte William. »Das ist ja Edwins Tragödie.«

Edwin hatte das Glück, nicht nur einen ausgezeichneten Verteidiger, sondern auch einen verständigen und milden Richter zu finden. Vor der Urteilsverkündung sprach der Richter von unentwickelter Persönlichkeit, Unausgeglichenheit, die sich durch seine Besessenheit von allem Militärischen ausdrückte. Jedoch, er hatte wenn auch ungeschickt und tölpelhaft, seine Karriere als Spion begonnen, und er mußte daraus die Konsequenzen ziehen. Er wurde zu sieben Jahren Gefängnis verurteilt. Der Richter schmückte seinen Kommentar mit der beißenden Bemerkung aus, das Auswärtige Amt möge doch in Zukunft größere Sorgfalt auf die Auswahl seiner Mitarbeiter verwenden.

Und die ganze Zeit über stand Edwin mit hocherhobenem Kopf in der Anklagebank, das Monokel, das zu tragen ihm sein Rechtsanwalt verboten hatte (er glich damit zu sehr einem jener Ulanen, die er nachäffte), in seiner Tasche verborgen. Beatrice wußte, daß es dort war, denn er preßte seine rechte Hand dagegen. Sie hoffte, er würde während der Urteilsverkündung zu ihr und seinem Vater herüberschauen, aber er veränderte seine Haltung um keinen Deut und wirkte, als sei er völlig allein auf der Welt.

Seitdem er nach England zurückgebracht worden war, hatten sie und William ihn nur in seiner Gefängniszelle in Gegenwart eines Aufsichtsbeamten sehen dürfen. Bei diesen Begegnungen hatte er beinahe immer geschwiegen, sich weder verteidigt noch die geringste Reue gezeigt.

Jetzt, da die Verhandlung vorüber war, hoffte Beatrice, etwas näher an ihn heranzukommen. Vielleicht konnte er sich nicht so weit überwinden, ihr volles Vertrauen zu schenken, aber sicherlich würde er ihr, seiner Mutter, doch Gefühle entgegenbringen. Sie sehnte sich danach, ihm zu helfen, ihn zu trösten. Er war ihr einziger Sohn. Wenn sie es bisher versäumt hatte, ihm ihren mütterlichen Trost zuteil werden zu lassen, so deshalb, weil er ihn niemals gebraucht zu haben schien.

Man erkannte seine eigenen Fehler immer erst in der Rückschau. Konnte ihr Edwin, der jetzt wußte, was es hieß, von der Liebe zu einer Frau besessen zu sein, nicht vergeben, daß sie ihn so vernachlässigt hatte?

Aber der junge Mann ihr gegenüber, mit dem Holztisch dazwischen und dem Wärter an der Tür, schien überhaupt keine Gefühle zu haben.

Er bat nur darum, daß man das Gepäck, das aus Deutschland kommen würde, in sein Zimmer stellen und unberührt lassen solle.

»Laß nicht zu, daß die Dienstboten das auspacken«, sagte er. »Ich werde das selbst tun, wenn ich nach Hause komme.«

In sieben Jahren? Beatrices Herz schmerzte beim Anblick der regungslosen Gestalt.

»Edwin, *warum*?« rief sie. »War es das Geld, das du gebraucht hast? Du hattest doch Großmutters Erbschaft.«

Keine Antwort.

»Hast du wirklich mehr Loyalität gegenüber Deutschland empfunden als gegen dein eigenes Land?«

Wieder keine Antwort.

»Diese . . .« sie wollte sagen »Abenteuerin«, »diese Baronin . . . du wirst dich doch ihretwegen nicht grämen, nicht wahr?«

Sie hätte ebensogut zu einem Taubstummen sprechen können.

»Ich denke, wir werden die Erlaubnis erhalten, dir gewisse Dinge ins Gefängnis zu schicken«, sagte sie und gab es auf, seine Gedanken zu erraten. »Zum Beispiel Bücher. Was hättest du gerne? Kriegsgeschichte, nehme ich an.«

Dann sprach er mit seiner seltsam abgehackten Stimme: »Großvaters Schwert.«

»Großvaters Schwert?«

»Nein, das wäre wohl nicht erlaubt. Ich könnte mich ja hineinstürzen. Ha, ha. Mach dir keine Sorgen, Mutter. Ich werde überleben. Ich werde sogar das Glück haben, dem Krieg zu entkommen, der jetzt ausbrechen wird. Und solltest du jetzt nicht lieber zu Vater zurückeilen? Oder zu deinen Kunden?«

William sagte, das Gepäck aus Deutschland müßte geöffnet werden. Er konnte nicht zulassen, daß da eventuell etwas, was wie ein Bombe wirken konnte, sieben Jahre lang in diesem Haus verschlossen blieb.

Der Inhalt dreier Pakete war äußerst harmlos. Sie enthielten Edwins persönliche Habe, seine guten Anzüge, seine wunderbar polierten Reitstiefel und Sporen, seine Pistolen. Das letzte Paket war das einzig Bemerkenswerte.

Darin befand sich, sorgfältig zusammengefaltet, die Uniform eines deutschen Ulanenoffiziers, eine blaue Tunika mit rotem Stehkragen, der seltsame Helm, eine Nachbildung der polnischen »Czapka«, die Lanze und das Schwert. Wie hatte es Edwin angestellt, das zu bekommen? Welch unguten Symbolwert besaß es für ihn?

»Unser Sohn!« rief William ungläubig aus.

Beatrice fröstelte. Sie sagte: »Schließ sie weg, William. Bring sie mir aus den Augen. Ich will das nie wieder sehen.«

Sie erinnerte sich an Edwins höhnische blaue Augen, und sie mußte daran denken, was für ein hübscher kleiner Junge er gewesen war. Sie war zärtlich um ihn besorgt gewesen, bis Mary Medway gekommen war und ihre Gedanken für lange Zeit in Anspruch genommen hatte . . .

25

Edwins verehrtes Ulanenregiment trat im August 1914 in Aktion, zusammen mit anderen gut ausgerüsteten und gut ausgebildeten deutschen Regimentern.

Der von William lange vorausgesagte Erste Weltkrieg hatte begonnen.

Edwin, im Pentonvillegefängnis sicher verwahrt, versäumte diesen Krieg, wie er vorausgesagt hatte. William war zu alt, um eingezogen zu werden. Das einzige Familienmitglied, das direkt in Mitleidenschaft gezogen wurde, war Daisy. Der Krieg hatte Daisy so sehr isoliert, als lebe sie am Nordpol. Briefe von ihr unterblieben völlig. Sicherlich würde Sergej eingezogen und an die Westfront geschickt werden. Was geschah dann mit Daisy und ihrer kleinen Tochter? Würden sie genug zu essen haben, würden sie verschont bleiben, angenommen, die siegreichen Deutschen überrannten die Grenzen und marschierten in Moskau und St. Petersburg ein, so wie sie bereits Belgien und Teile von Frankreich besetzt hatten?

William, der die mögliche Besetzung von Paris durch die »verfluchten Hunnen« beklagte, wandte allerdings den größten Teil seiner Sorgen auf die russischen Städte und Daisys Schicksal. Er grämte sich über ihr Schweigen und schrieb dauernd selbst Briefe, die er hoffnungsvoll zur Post brachte, und betete, sie möchten ihren Bestimmungsort erreichen.

Er wurde dünner und gebrechlicher, und sein Haar war mit vielen weißen Fäden durchzogen. Wenn Beatrice ihn mit unvoreingenommenen Augen angesehen hätte, hätte sie einen ziemlich alten Mann gesehen, einen geschlagenen Mann, das fröhliche Funkeln in seinen Augen war völlig verschwunden. Sie sah seine Gebrechlichkeit, gewiß. Sie hatte sie immer gesehen. Wenn er aufrecht im Bett saß, hatte er eine erschreckende Ähnlichkeit mit dem alten General mit seinem allzu hageren Gesicht. Doch sein Charme und sein gutes Aussehen waren unauslöschlich in ihr Gedächtnis eingegraben. Sie hielt ihn noch immer für den bestaussehenden Mann der Welt.

Er war auch quengelig geworden, was ihm gar nicht ähnlich sah.

Aber was konnte das Leben einem Mann noch bieten, dessen einziger Sohn im Gefängnis saß, dessen Lieblingstochter im Exil war und dessen Frau und älteste Tochter sich um das Überleben eines Geschäfts so sehr kümmerten, als ginge es um England und das Britische Empire?

Beatrice hätte ihm gerne gesagt, daß er noch immer sie hatte. Sie liebte ihn noch genauso wie früher. Aber was war sie jetzt? Eine untersetzte, ältere Frau, das Haar zu einem züchtigen Knoten am Hinterkopf geschlungen, ihr Benehmen kühl und sachlich. Sie legte es an wie ihr einfaches graues Arbeitskleid. Noch immer fürchtete sie, zuviel Zärtlichkeit könnte ihren empfindlichen Ehemann langweilen und ersticken.

Über Daisys Stillschweigen grämte sie sich nicht besonders. Daisy war einer jener glücklichen Menschen, die immer auf die Füße fallen. Hatte sie das nicht schon von Geburt an getan, mit der unverdienten Wohltat eines guten Heims und einer anständigen Erziehung? Sie besaß einen viel besser ausgebildeten Instinkt fürs Überleben als ihre schwache Mutter. Sie war besser dran, da sie dreitausend Meilen entfernt war.

Edwin dagegen verursachte ihr nach wie vor tiefen und demütigenden Schmerz. Zuerst hatte sie ihm häufig geschrieben und ihn einmal im Monat besucht. Aber er hatte durch sein ausdrucksloses, zur Wand gekehrtes Gesicht so deutlich demonstriert, daß er sich weder für ihre Briefe noch für ihre Besuche interessierte, daß sie die Besuche schließlich aufgegeben hatte. Sie schrieb jedoch noch immer, sie sagte ihm, Overton House würde immer sein Heim bleiben. Sein Zimmer stand für ihn bereit. Die wertvolle Soldatensammlung seines Großvaters gehörte jetzt ihm, falls er sie haben wollte. Sie schickte ihm auch weiterhin Bücher über Geschichte und berühmte Feldzüge. Und im Gegensatz zu seiner Vermutung war sie zutiefst an seiner Zukunft interessiert. Nur einmal hatte sie vor der Familiengruft gestanden und den alten General um Verzeihung gebeten für die Schande, die ihr Sohn über die Familienehre gebracht hatte. Doch es war sicherlich ihr Fehler und der ihrer Vorfahren. Es konnte einfach nicht eine Erbanlage der Overtons sein.

Der in Frankreich wütende Krieg bot eine großartige Gelegenheit für Bonningtons, seinen Patriotismus zu erneuern. Es wurde dem gesamten männlichen Angestelltenstab im kriegsverwendungsfähigen Alter klargemacht, daß er sich freiwillig zu melden habe. Beatrice ging nicht herum und deutete auf die Feiglinge, aber der stahlharte Ausdruck ihrer Augen war ebenso schwer zu ertragen wie die Kanonen der Deutschen. Die jungen Männer liefen gehorsam zu den Rekrutierungsbüros, einschließlich James Brush (der ein falsches Alter angab, um angenommen zu werden), der Florence zuerst noch einen Antrag machte. Wollte sie ihn jetzt heiraten, ehe er nach Frankreich abfuhr, oder wollte sie versprechen, auf ihn zu warten?

»Weder das eine noch das andere«, sagte Florence ungerührt. Sie hatte nicht die Absicht zu heiraten. Sie war begeistert von James, aber er war eben der erstbeste. Außerdem vermutete sie mißtrauisch, sein Antrag sei mehr eine Art Versicherung für seinen festen Posten in Bonningtons.

Captain Fielding, ihre wahre Liebe (oder war er niemals mehr gewesen als ein romantischer Traum?), war während des Rückzugs aus Mons gefallen. Posthum wurde ihm das Military Cross verliehen, und Florence trug einen schwarzen Schleier an dem steifen Strohhut, den sie immer auf dem Weg zum Geschäft aufhatte. Sie beabsichtigte, diesen Schleier bis zum Ende des Krieges zu tragen. Falls James Brush und andere junge Männer von Bonningtons ebenfalls getötet werden sollten, wollte sie die Trauer zu einem Dauerzustand machen. Der Schleier verbarg außerdem die rotumränderten Augen, mit denen sie manchmal erwachte. Sie weinte nur im verborgenen.

Gewohnheitsmäßig wollte Beatrice das Geschäft mit Fahnen behängen, mit Militäremblemen und einer Menge anderer Zeichen der Trauer ausstaffieren wie schwarze Schaufensterverkleidungen, und schwarze Straußenfedern, die man bei Beerdigungen verwendete. Dagegen sträubte sich Florence entschieden. Im Gegenteil, alles mußte fröhlich sein. Man mußte Farbe und Leben ins Geschäft bringen, Luxusgegenstände anbieten, Schals, Bänder, sogar Seidenstrümpfe. Im Palmengarten sollte heitere Musik erklingen, und das Essen, wenn auch spärlicher und von weniger guter Qualität, sollte attraktiv aussehen. Die Frauen sollten an Bonningtons wie an eine Zufluchtstätte vor der Düsternis und der Trauer denken. Man durfte auch nicht die leisesten Anzeichen von Niedergeschlagenheit aufkommen lassen.

»Wer zeigt Niedergeschlagenheit?« brummte Beatrice.

»Du, Mutter, wenn du Fahnen raushängst, nur weil wir die Schlacht an der Somme verloren haben. Das ist zu defensiv. Zu traurig.«

»Haben wir die Somme verloren?« fragte Beatrice unbehaglich.

»Was denkst du denn bei all den Tausenden von Gefallenen? Das kann man schwerlich einen Sieg nennen.«

Florence stöckelte geschäftig auf ihren hochhackigen Schuhen umher. Sie hatte sehr schmale elegante Fesseln, die sie jetzt herzeigte. Sie schien die Herausforderung des Krieges zu genießen, auf eine selbstquälerische Art. Sie besaß die Gabe, Ereignisse in Erfolge umzuwandeln, genau wie seinerzeit Beatrice. Jetzt schien Beatrices Talent zu stagnieren oder zu verblassen. Es kam einfach daher, daß sie ziemlich alt wurde und sich so viele Sorgen machte. Um William, um Edwin, selbst um Florence mit ihrem beängstigend sachverständigen und gefühlsarmen Gehabe.

Florences kostspielige Auslandsabteilung mußte geschlossen werden, weil die Waren aus anderen Ländern einfach unerschwinglich waren. Nach dem Krieg konnte man sie ja wieder eröffnen. Schließlich konnten nicht alle europäischen Länder ausgeplündert sein.

Florence verwandte alle Energie darauf, die Frauen zu schulen, welche die Stellen der Männer eingenommen hatten. Darin wie in so vielem anderem bewies sie großes Geschick. Ihr kalter Blick war nun mehr gefürchtet als der von Beatrice. Natürlich verbrachte Miss Beatrice, alt und ein klein wenig zu dick und zeitweise ganz steif von diesem unangenehmen Rheumatismus, die meiste Zeit hinter ihrem Kassenpult. Sie schritt nicht mehr wie früher die Gänge entlang. Wenn sie so auf ihrem Sessel hinter dem polierten Kassenpult saß (wie eine alte Drossel in der Mauser, dachte sie, mit ihrem weißgesprenkelten Haar und ihrem üppigen Busen), ahnte keiner der Kunden etwas von ihrem steifen und mühsamen Gang.

Adam Cope wußte natürlich davon. Aber der Krieg hatte eine komische Veränderung bei Adam hervorgerufen. Die Ereignisse hatten ihn derart mitgenommen, daß all seine lange unterdrückten Gefühle plötzlich bei ihm durchbrachen. Häufig hatte er sogar Tränen in den Augen. So oft als möglich nahm er Beatrices Arm (das hätte er früher nie gewagt) und geleitete sie aus dem Laden hinaus zu dem wartenden Daimler. Seine Glieder waren von einem Zittern befallen, weshalb er oft stolperte und alle möglichen Sachen fallen ließ. Es sei Zeit, sagte Florence ungerührt, daß er sich zurückziehe.

Dies war ein weiterer Streitpunkt zwischen Beatrice und Florence. Wenn es zu diesen verhaßten Kämpfen zwischen Mutter und Tochter kam (wer hätte jemals gedacht, daß Florence so eigenwillig und unnachgiebig sein könnte?), gewann Beatrice immer, und zwar allein auf Grund ihrer Stellung. *Sie* war Bonningtons. Florence würde es zweifellos eines Tages sein, aber bis dahin führte Beatrice ungeachtet ihres Rheumatismus, der sie steif und langsam machte, uneingeschränkt das Kommando. Und das würde bis zu ihrem Tod so bleiben.

Und ebenso würde Adam seine Stellung behalten. Loyalität durfte niemals dem Geschäft geopfert werden. Wenn Beatrice in die großen, blassen Augen ihrer Tochter blickte, hatte sie ihre Zweifel, ob Florence sich jemals diese altmodischen und profitlosen Ideen zu eigen machen würde. Für Florence zählte nur, was Gewinn brachte. Und Adam Cope brachte keinen Gewinn mehr.

Aber er würde bleiben, weil Miss Beatrice es so wollte.

Jedoch, als habe er erkannt, welche Last er nun für seine verehrte alte Freundin bedeutete, fiel er eines Tages im Keller, wo er Waren geprüft hatte, ganz still in sich zusammen und starb. So, als habe er bewußt einen Ort gesucht, wo er die Kunden nicht erschreckte.

Am Tag von Adam Copes Beerdigung schloß Beatrice den Laden, was Florence widerlich fand. Aber es war das mindeste, was sie tun konnte. Im verborgenen gelang es ihr, ein paar Tränen zu weinen. Es war in diesen Tagen nicht einfach, zu weinen. Ihre Tränen waren versiegt.

Danach fühlte sie sich sehr einsam. Miss Brown war nicht mehr da, Adam Cope nicht mehr, und die jüngere Generation drängte von hinten nach. William, mit dem alten hungrigen Schmerz in seinen Augen (so hatte er nach Mary Medways Tod ausgesehen) und einer wachsenden Besessenheit von der Vorstellung, daß sich alle Briefe von Daisy in irgendeinem schlampigen Postamt häuften, Edwin auf Jahre hinaus im Gefängnis und Florence einzig und allein daran interessiert, trotz des Krieges ein gutes Geschäft zu machen.

Was würde der alte General Overton wohl zu der Familie gesagt haben, die jetzt sein Haus bewohnte? Würde er zugeben müssen, daß er einen Fehler gemacht hatte, als er dachte, diese quirlige kleine Bonnington wäre die richtige Frau, um gesundes neues Blut in die Familie zu bringen?

Im Winter erkrankte William wieder an seiner chronischen Bronchitis. Er saß im Bett, ein Plaid um die Schultern, und ließ den Arzt seine Brust abhorchen. Sie beide lachten dröhnend, als der Arzt meinte, ein Winter in einem milden Klima sei empfehlenswert. Wo denn, nachdem der Krieg überall tobte?

»Nun ja, machen Sie das Beste draus«, sagte der Arzt. »Sie haben ein gemütliches Heim und eine liebevolle Frau. Das ist mehr, als ich von den meisten meiner Patienten behaupten kann.«

»Macht er sich wegen irgend etwas Sorgen?« fragte er Beatrice unten.

»Ja. Unsere Tochter Daisy ist in Rußland. Er wartet dauernd auf Nachricht von ihr, besonders jetzt, da dort Revolution ist. Aber heutzutage sorgt sich schließlich jeder um irgend jemand. Da kann man nichts machen, nicht wahr?«

»Bleiben Sie des Nachts nicht zu lange bei ihm sitzen, Mrs. Overton. Wenn nötig, werde ich eine Schwester schicken.«

»O nein, Doktor. Ich habe meinen Mann immer selbst gepflegt.«

Der Arzt schnaufte ungeduldig.

»Das heißt die Kerze an beiden Enden abbrennen. Dafür sind Sie nicht mehr jung genug, wissen Sie das etwa nicht? Ich hoffe sehr, Ihr Mann weiß zu schätzen, was er für ein Glück hat.«

»Ich weiß, er wäre mit einer fremden Pflegerin nicht einverstanden«, sagte Beatrice ausweichend.

Er wäre keineswegs einverstanden. Denn in den späten Nachtstunden, wenn im Zimmer die Schatten des verlöschenden Kaminfeuers tanzten, liebte er es, ihre Hand zu halten. Und sie wußte, er war sich völlig im klaren, daß es ihre Hand war und nicht die eines längst dahingegangenen Geistes. Nur sie und er befanden sich in dem Zimmer. Das waren die Stunden ihres tiefsten Glücks.

Ende des Jahres kam endlich ein Brief von Daisy.

Sie hatte ihn geschrieben, als sie krank war, und er kündete von tiefster Verzweiflung. Wenn Beatrice seinen Inhalt gekannt hätte, wäre sie nicht voller Begeisterung die Treppe hinaufgerannt in der Annahme, William damit eine Freude zu bereiten. Sie hätte diesen Brief stillschweigend vernichtet und kein Wort über seine Ankunft verlauten lassen.

»Papa, Papa, Du hast mich immer glücklich gemacht, Du hast mich zum Essen ausgeführt und mir hübsche Kleider gekauft – erinnerst Du Dich, wir gingen zu Worth, als ich erst zehn Jahre alt war, und Du hast gesagt, diese junge Dame braucht ein Ballkleid, das ihre Schönheit unterstreicht. Oh, Papa, mach mich jetzt auch glücklich. Schick mir Sergej wieder! Wir gehörten einander nur drei Jahre, und jetzt sagt man mir, er ist tot. Aber dies ist ein grausames Land, voll von Hexen wie die Baba Yaga, und der Schnee liegt so hoch, daß sogar ich weiß, daß keiner der Verwundeten überleben kann. Außer Sergej würde um meinetwillen leben.

Weißt Du, daß seine Augen zu schmalen glitzernden Schlitzen wurden, wenn er lachte? Er war ein Komiker und ein Schatz. Und für einen ernsthaften Sprachprofessor konnte er die ausgelassensten Spiele spielen.

Es gibt nicht viel zu essen, und Anna weint vor Kälte. Wenn es mir besser geht – ich bin schon seit Wochen krank –, werde ich arbeiten müssen. Man braucht Frauen für alles, in den Fabriken, den Höfen und Krankenhäusern. Sergejs Mutter wird sich um

Anna kümmern. Sie sagt, besser harte Arbeit als die Kanonen der Deutschen, und ich sei genauso schlimm wie die Großherzogin, mit meiner Nutzlosigkeit und meinen Tränen. Aber ich weiß nicht, wie man eine zähe Russin wird.

Anna sieht genau aus wie Sergej, wenn sie lacht. Ich kann es kaum ertragen und bringe sie zum Weinen, nur damit ich ihr Lächeln nicht mehr sehen muß.

Ich denke daran, wie der Schnee auf Sergejs Gesicht fällt. Rein und jung. Jung und rein. Mein lieber, lieber Sir Fröhlich . . .«

William war dem Wahnsinn nahe. Es war sinnlos, daß Beatrice darauf hinwies, daß sich viele Frauen in der gleichen tragischen Situation befanden, daß ihre Männer an der Front gefallen waren. Er redete sich ein, kein Schicksal sei härter als das von Daisy, allein mit einem kleinen Kind in einem fremden Land. Sie wirkte doch völlig verwirrt. Die Verwirrung gestand ihr Beatrice zu. Das war die einzige Entschuldigung für Daisys Benehmen, einen derartigen Brief zu schreiben, wo sie doch wissen mußte, welch verzweifelte Sorgen sich ihr Vater machte, da er nichts tun konnte.

Es wäre schon schwierig genug gewesen, einen Draht zum Auswärtigen Amt zu bekommen, während über Moskau die schwarzen Wolken des Krieges hingen. Aber durch Edwins schändliche Tat, derer man sich noch allzu lebendig erinnerte, war es unmöglich. William begegnete nichts als höflichen Absagen oder frostigem Schweigen. Was galt schon das Leben eines englischen Mädchens in diesem Mahlstrom?

Außerdem überlebten Frauen von Daisys Typ, hübsch und lebenslustig, für gewöhnlich. Daisy würde sicherlich einen Fürsprecher finden, sagte man ihm zynisch.

So konnte William nichts anderes tun, als sich an seinen Schreibtisch zu setzen und einen liebevollen Brief zu schreiben, von dem er nicht wußte, ob er jemals seinen Bestimmungsort erreichen würde.

Von Daisy kamen keine weiteren Nachrichten, und der Krieg grub sich mit unerbittlicher Härte seinen Weg ins dritte, dann ins vierte Jahr.

Doch trotz ihrer Verstimmung über Daisys Selbstmitleid mußte Beatrice, öfter als ihr angenehm war, an das Mädchen und ihr Baby denken. Strenge und harte Arbeit, selbst ein bißchen Hunger würden Daisy nicht schaden. Aber ein Baby, das man am Lachen hinderte, weil es zu große Ähnlichkeit mit seinem verstorbenen Vater hatte – das war zu schmerzlich, um daran zu denken, und man konnte nur hoffen, daß das eine vorübergehende Nebenwirkung von Daisys Krankheit war. Obwohl es nicht ausgeschlossen war, daß sie etwas von der geistigen Unausgeglichenheit ihrer Mutter geerbt hatte.

Endlich war der Krieg zu Ende, aber nur sechs der zwanzig jungen Männer kehrten zurück, die Bonningtons einst verlassen hatten, um einzurücken. Einer von ihnen, James Brush, kam ohne seinen linken Arm zurück. Die anderen litten alle mehr oder weniger unter Nervenerschütterungen und waren vorzeitig gealtert. Sie erhielten alle wieder ihre alten Jobs, einschließlich James Brush, obwohl er launisch und unberechenbar geworden war. Er war eben ein Kreuz, das sie tragen mußten, sagte Beatrice bestimmt, während Florence sich gratulierte, daß sie diesen dünnen, ewig herumnörgelnden Mann nicht geheiratet hatte. Sie beabsichtigte nicht, mit ihm ebensoviel Nachsicht zu haben wie ihre Mutter, auch wenn er für König und Vaterland gekämpft hatte.

Die Einkünfte gingen zurück, und Beatrice entschloß sich, mit dem kleinen Aquarell, das sie William zu Weihnachten hatte schenken wollen, noch ein weiteres Jahr zu warten. Allerdings haßte sie es, ihm eine Freude zu versagen. Man konnte nie wissen . . . Sein Gesundheitszustand würde sich sicherlich bessern, wenn jetzt, nach Beendigung des Krieges, Nachrichten von Daisy eintrafen. Und die mußten bald kommen, trotz der Revolution in Rußland. Beatrice wußte, er quälte sich mit dem Gedanken, daß Daisy vielleicht den Krieg, aber nicht die Revolution überstanden haben könnte.

Aber natürlich hatte sie beides überstanden. Und sie war nicht nur am Leben, sondern wiederverheiratet und eine Prinzessin!

Wie sie bloß immer wieder auf diese Russen hereinfiel! Ihr

georgischer Prinz war natürlich ein Weißrusse und lebte jetzt, nachdem er mit seiner neuen Frau und seiner Familie aus dem kriegszerstörten Rußland geflohen war, als Emigrant in Spanien. Daisy schrieb fröhlich, daß sie vom Erlös aus Wladimirs Familienschmuck lebten. Es gab eine Menge davon, und sie brauchten nicht gerade Hunger zu leiden. Ein wunderbares Rubingehänge hatte Wladimir versprochen niemals zu verkaufen, weil es Daisy so gut stand. Sie trug es bei Parties in Madrid und erregte immer wieder Aufsehen damit. Es war *himmlisch*, anständig angezogen zu sein und beachtet zu werden. Wladimir hatte sie buchstäblich gerettet. Und weshalb hatte Papa all ihre Briefe nicht beantwortet, die sie geschrieben hatte, als sie so verzweifelt war, erfroren und verhungert und versucht hatte, Anna mit dem kleinen Lohn am Leben zu erhalten, den sie dafür bekam, daß sie kleinen Bolschewiken Englisch beibrachte? So hatte sie Wladimir kennengelernt. Er hatte seine zehnjährige Tochter (er war Witwer) in ihre Klasse gebracht. Leider vertrugen sich Olga und Anna nicht. Olga hatte ausgezeichnete, hochherrschaftliche Manieren, aber Anna war sehr ungezogen geworden und verstockt, und noch dazu sah sie überhaupt nichts gleich. Wladimir nannte sie einen kleinen braunen Spatz.

Weshalb hatten Papa oder Mama ihre Hunderte von Briefen nicht beantwortet? Hatten sie sie ganz vergessen? Es war ein Jammer, daß Wladimir England nicht mochte. Sie könnten eventuell nach Paris kommen, aber es war zweifelhaft, ob Daisy ihn dazu überreden konnte, den Kanal zu überqueren.

Die Erregung zauberte rote Flecken auf Williams eingefallene Wangen. Er saß aufrecht im Bett, wedelte mit dem Brief und erklärte, er müsse sich bereit machen, um sofort nach Madrid zu reisen.

»Sei nicht verrückt!« sagte Beatrice. Sie redete selten so scharf mit ihm, aber der Inhalt von Daisys Brief hatte sie schockiert und mit Abscheu erfüllt. Sie hätte sich ebenso wie William darüber freuen sollen, daß Daisy den Krieg überlebt hatte und offensichtlich wohlauf und glücklich war. (Aber wo war das verzweifelte und grambebeugte Mädchen geblieben, das diesen herzbewegenden Brief über Sergejs Tod geschrieben hatte?)

»Wenn du sie sehen willst, muß sie herkommen.«

»Aber dieser neue Ehemann, dieser Prinz Wladimir, weigert sich doch, nach England zu kommen. Ich frage mich bloß, wieso er dieses dumme Vorurteil gegen unser Land hat.«

»Er muß ein dummer Mann sein, ich würde mich nicht von seinem Titel einfangen lassen. Man sagt, daß jeder, der ein bißchen Land und ein paar Yaks besitzt, oder was sie eben in Georgien so haben, ein Prinz werden kann.«

»Aber sicherlich nicht mit all dem Schmuck. Und sei doch nicht so boshaft. Das paßt nicht zu dir. Unsere kleine Daisy ist am Leben und hat ein neues Leben gefunden. Macht dich das nicht glücklich?«

»Das klingt alles so oberflächlich.«

»Sie hat eine Menge durchgemacht. Und sie ist auch einige Jahre älter geworden, wie wir alle. Es ist lange her, seit sie als Kindbraut in Paris ein Sträußchen Margeriten trug.«

»Das ist wohl klar. Jetzt trägt sie auffallende Rubingehänge. Und mir gefällt es nicht, daß sie sagt, ihr Kind sei so unscheinbar, nachdem sie uns damals mitteilte, Anna sehe Sergej so ähnlich.«

»Nun, der sah für meine Begriffe immer wie ein komischer Fisch aus. Man kann sich diesen Mongolenausdruck in einem Kleinmädchengesicht wirklich nicht vorstellen.«

»*Wir* können es nicht. Aber Daisy liebte doch Sergej und sein Aussehen. Nun, es ist jedenfalls schön für sie, daß sie so viel Talent zum Überleben entwickelt. Und jetzt leg dich hin, mein Lieber. Es ist Zeit für deine Fleischbrühe.«

»Bea – wo hast du dein Herz, um Gottes willen? Ein Brief von unserem verlorenen Kind, von dem totgeglaubten, beinahe . . .«

»Sie war niemals mein Kind«, unterbrach ihn Beatrice ganz ruhig. »Du weißt sehr gut, der Arzt würde dir niemals erlauben, nach Madrid zu reisen. Wenn du Daisy sehen willst, muß sie hierherkommen. Schreibe ihr das. Und beschönige nichts. Sage ihr, daß dein Herz nicht in Ordnung ist.«

»Ach, das ist nichts. Nur ein Geräusch.«

»Genug, um dem Doktor Sorgen zu machen. Und mir.«

»Heute redest du genau wie Florence«, grollte William.

Aber er legte sich gehorsam hin und ließ sich die Kissen glatt streichen und sich auf die Braue küssen. Später würde er aufstehen, seinen Morgenrock aus Brokat anziehen und in die Bibliothek hinuntergehen, um ein wenig zu arbeiten. Er war dabei, einen vollständigen Katalog seiner nunmehr sehr bedeutenden Schmetterlingssammlung anzulegen. Nach seinem Tod sollte sie an das Britische Museum gehen. Es machte ihm Freude, die Einsätze aus den Schubladen herauszunehmen, die wunderbaren, schimmernden Geschöpfe zu betrachten und sich die Begleitumstände ins Gedächtnis zu rufen, unter denen sie gefangen wurden. Sonnige Tage auf der Heide in Begleitung geliebter Gefährten. Zum Beispiel brachte er Beatrice immer in Verbindung mit einem seltenen Schwalbenschwanz und Daisy mit einem Pfauenauge. Das paßte jetzt sehr gut zu Daisy, die mit ihren byzantinischen Juwelen herumstolzierte. Was erweckte Assoziationen mit Mary Medway? Nichts, nichts, nichts . . .

Beatrice wußte nicht, was er Daisy geschrieben hatte, aber die Antwort, die einige Wochen später eintraf, besagte leichthin, daß es Daisy himmlisch fände, nach London zu kommen und den geliebten Papa und Mama und Florence und Edwin wiederzusehen – weshalb waren eigentlich Florence und Edwin nicht verheiratet? Nur im Augenblick würde Wladimir einer Trennung nicht zustimmen. Sie wollten für einige Zeit zu Freunden nach Portugal, ins Estoril, wunderbar fröhlichen Menschen, sie konnte nicht genug Fröhlichkeit um sich haben nach diesen schrecklichen Kriegsjahren. Olga und Anna sollten in einem Internat in Madrid bleiben, wo Anna hoffentlich Gehorsam beigebracht wurde. Vielleicht würde sie im Herbst kommen. Allerdings vermutete sie, London würde zu viele schmerzliche Erinnerungen an Sergej in ihr wachrufen. Sie wollte den Schmerz für immer vergessen.

Nachdem William diesen Brief erhalten hatte, wurde er sehr still, und Florence bemerkte lakonisch, daß Daisy sehr hart geworden sei. Das sei allerdings vorauszusehen gewesen. Schließlich hatte sie ja einstmals nicht einmal so viel Feingefühl besessen, um zu erkennen, was sie Florence antat, als sie absichtlich mit Captain Fielding herumschmuste. Natürlich setzte sie jetzt ihr eigenes

Wohlergehen und ihren gesellschaftlichen Aufstieg an erste Stelle. Über kurz oder lang würde sie ihres neuen Ehemannes überdrüssig werden, den sie vermutlich nur geheiratet hatte, um aus Rußland herauszukommen. Was dann?

Florence nahm für sich in Anspruch, die menschliche Natur genau zu kennen. Sie hatte genug davon gesehen und war im Verlauf der Jahre zynisch geworden. Niemand war jemals so liebenswürdig und gut und liebenswert und großzügig, wie er sich wähnte. Jeder lebte im Grunde nur seinen eigenen Interessen. Selbst Mama, die von sich behauptete, eine so selbstlose und liebende Ehefrau zu sein. War nicht gerade ihr Fall ein klassisches Beispiel von Eigennutz? Man würde ja sehen. Daisy würde nicht nach London kommen, außer mit Hintergedanken.

Und Florence behielt recht. Daisy kam nicht nach London. Statt dessen ging sie mit ihrem russischen Prinzen nach Amerika und hoffte, dort auf Grund ihres Titels eine gesellschaftliche Sensation in Manhattan darzustellen.

Am Ende war es Anna, Daisys und Sergejs Tochter, die nach England kam, nach London, nach Overton House.

26

Das zitternde, spindeldürre Kind, bekleidet mit Strohhut, Blazer und Schulschürze (die Uniform der letzten Schule, aus der sie weggerannt war), kletterte in den alten Daimler und setzte sich neben die kleine, aufrechte Gestalt ihrer Großmutter.

Sie hatte sich heftig gegen diese Reise nach London gewehrt (»Aber dir gefällt es ja ohnehin nirgends«, hatte ihre Mutter erbittert festgestellt). Jetzt, wo sie da war, haßte sie ihre Umgebung sofort, den großen, rauchigen, überfüllten Victoria Station, den sie soeben verlassen hatten, und die grauen Straßen, durch die sie nun fuhren.

Bei der Begrüßung hatte ihre Großmutter sie scharf angeblickt, ihr dann heftig die Hand geschüttelt und sie zum Daimler geführt, wo sie ihr die pelzverbrämte Decke über die spitzen Knie legte. Dann hatte sie sich an den Chauffeur gewandt:

»Halten Sie bei Bonningtons, Bates. Ich habe dort etwas Geschäftliches zu erledigen, und ich bin sicher, Miss Anna möchte gerne das Geschäft sehen.«

»Sehr wohl, Madam.«

»Ich bringe Victoria Station immer in Verbindung mit der Ankunft deines Großvaters«, sagte sie zu Anne. »Er reiste leidenschaftlich gern. Nun, deine Mutter ist also nach Amerika gefahren.«

Anna nickte. Sie hielt den Mund fest geschlossen und die Augen zusammengekniffen, um eventuell aufsteigende Tränen zu verbergen.

»Sprich, Kind. Du hast doch eine Zunge, hoffe ich.«

Die alte Geschichte. Wo ist deine Zunge, Anna? Hat sie die Katz gefressen?

Einen Augenblick lang, als Großmutter ihr die Hand geschüttelt hatte, anstatt ihr einen schmatzenden Kuß zu geben, hatte sie geglaubt, jetzt wie eine Erwachsene behandelt zu werden. Oder wenigstens wie jemand, der kein Halbidiot war. Aber es war nichts.

Dann würde sie eben die Stumme spielen. Darin war sie sehr gut. Sie hatte es durchgehalten, eine ganze Woche lang nichts zu reden, nachdem sie von dem Plan erfahren hatte, daß man sie zu ihren Großeltern nach England schicken würde. Das war, nachdem sie aus ihrem dritten Internat davongelaufen war und man sie halb verhungert, schmutzig und verletzt unter einer der Seinebrücken gefunden hatte. Wem hätte sie erzählen sollen, wie entsetzlich diese französische Schule war? Dem freundlichen Polizisten nicht und noch viel weniger ihrer Mutter oder ihrem Stiefvater. Vielleicht jetzt dieser finster dreinblickenden alten Dame neben ihr? Unmöglich. Sie war allein, wie sie immer allein gewesen war. Ein dünnes, häßliches kleines Mädchen, das niemand liebhatte. »Das«, sagte Großmutter und deutete auf eine hohe Ziegelmauer, hinter der sich große Gebäude ausdehnten, »ist die Rückseite vom Buckingham-Palast, wo König George und Königin

Mary wohnen. Wir kommen jetzt zu Hyde Park Corner. Wir werden durch den Hyde Park fahren, um in mein Geschäft in der Edgware Road zu kommen. Wenn du nach links schaust, siehst du Rotten Row, wo die Damen und Herren reiten. Auf der anderen Seite ist Park Lane, und dort stehen ein paar von Londons schönsten Häusern. Eine Menge unserer Kunden lebt dort. Seit mein Vater starb und ich Bonningtons übernommen habe, haben wir immer Kunden unter der Aristokratie gehabt. Meine Tochter Florence sagt, wir sollten uns jetzt den Massen zuwenden – ist das nicht ein abscheuliches Wort, etwa wie eine Viehherde? Schließlich haben wir den Titel Hoflieferant auch nur deshalb bekommen, weil wir uns an die Oberschicht wandten. Ich hoffe, du bist nicht zu jung, um zu begreifen, was das bedeutet. Es würde mich interessieren, ob du Talent fürs Geschäft hast.«

Sie musterte das Kind mit zusammengekniffenen Augen. »Ich war natürlich meiner Zeit weit voraus. Um die Jahrhundertwende wurde eine Geschäftsfrau als eine Art Verrückte angesehen. Nebenbei, dein Großvater und ich dulden keinen derartigen Unsinn wie dein Wegrennen von der Schule. Du kannst wählen: eine Tagesschule, ein Internat oder eine Gouvernante. Aber wofür du dich auch entscheidest, wir erwarten, daß du dich gewissenhaft an deinen Teil dieser Vereinbarung hältst. Nun, hier sind wir am Marble Arch, und sieh dort, über den Bäumen, dieser Union Jack weht vom Dach von Bonningtons. Ich glaube an Patriotismus. Ich nehme an, du bist dir nicht ganz im klaren, zu welchem Land du eigentlich gehörst. Nun, du bist jedenfalls halbe Engländerin und kannst nichts Besseres tun, als deine Treue England zu schenken. Halten Sie am Vordereingang, Bates. Wir scheinen da einen recht schweigsamen Passanten zu haben, aber unter den gegebenen Umständen ist wohl etwas Geduld nötig. Komm, mein Liebes. Du kannst dich mit deiner Tante Florence unterhalten, während ich nur schnell die Tagesabrechnungen durchsehe. Dann werden wir nach Hause fahren.«

»Na, du siehst deiner Mutter aber gar nicht ähnlich, wie?« sagte die hochgewachsene, dünne Frau in dem ernsten schwarzen Kleid. Sie lächelte nicht. Sie musterte Anna nur kritisch, als sei sie etwas, was man vielleicht in diesem riesigen, glitzernden Laden verkaufen könnte. Aber nichts, was wert war, vorn auf dem Ladentisch ausgestellt zu werden. Annas empfindliche Sinne registrierten das sofort. Es war eine vertraute Reaktion. All diese schrecklichen Schulvorsteherinnen waren genauso gewesen.

»Ich bin deine Tante Florence. Möchtest du ein Glas Milch oder ein paar Kekse, oder sonst irgend etwas, während du auf Mama wartest? Sie geht die Abrechnungen der verschiedenen Abteilungen durch. Sie braucht mindestens eine Stunde dazu. Weißt du, das Dach dieses Hauses würde einstürzen, wenn Mama nicht jeden Tag all die Sixpence addieren würde. He – kannst du kein Englisch?«

Anna setzte ein völlig ausdrucksloses Gesicht auf, das Mama immer zu der empörten Bemerkung veranlaßt hatte, sie sehe aus wie eine Schwachsinnige.

Tante Florence seufzte.

»Ach du mein Gott! Ich sehe allerhand Schwierigkeiten voraus.« Ihre Stimme klang scharf, aber nicht unfreundlich, und wenigstens hatte sie nicht gesagt »Hat die Katz deine Zunge gefressen?«. Sie nahm Annas Hand und marschierte mit ihr die mit einem wunderschönen moosgrünen Teppich belegte Treppe hinauf. Oben standen hochragende Palmen und Farne in Töpfen und Dutzende kleiner Tischchen mit blaßrosa Tischtüchern.

Unerwartet sagte Tante Florence: »Ich wurde früher immer krank, wenn ich nervös war. Ich hoffe, dir geht's nicht genauso.« Entrüstung über eine derartige Vermutung ließ Anna heftig den Kopf schütteln.

Tante Florence lächelte schwach.

»Na, wenigstens bist du nicht ebenso taub wie stumm. Setz dich, und schau nicht so elend drein. Du kannst das hier doch nicht genauso hassen wie die Schule, wenn du dreimal davongelaufen bist. Ich warne dich, versuche nicht, von hier wegzulaufen. Wir würden uns dann vielleicht nicht die Mühe machen, dich zu suchen. Nun, ich denke, Overton House wird dir gefallen. Unsere Familie ist jetzt recht komisch, vielleicht ist es genau der richtige Ort für so ein kleines komisches Ding wie dich. Eines ist sicher, dein Großvater wird dich verwöhnen, aber bilde dir nicht zuviel darauf ein, er macht es nur deiner Mutter wegen. Er hat sie immer am meisten von uns dreien geliebt. Liebe ist etwas Verrücktes. Sie kann sehr grausam, sehr ungerecht sein. Ich stehe mit ihr auf Kriegsfuß. Und ich sage dir nur eines, kleine Anna, keine Skandale, während du bei uns bist. Das schadet dem Geschäft.«

»Nun, wie bist du mit deiner Tante Florence zurechtgekommen?« fragte Großmutter, als sie wieder im Daimler saßen. »Ich hoffe, sie hat dich nicht verletzt. Als Kind war sie so scheu und feinfühlig, jetzt ist sie scharf wie ein Messer. Aber das hat wohl seine Gründe. Sie hat eine große Enttäuschung erlebt. Daran war größtenteils deine Mutter schuld. Das ist der Grund, falls sie dich nicht mögen sollte. Dein Onkel Edwin hat auch Enttäuschungen erlebt. Aber man sollte so viel Seelenstärke haben, daß solche Dinge nicht den Charakter beeinflussen. Ich glaube, niemand bekommt jemals all die Liebe, die er braucht – oder sich wünscht. Die Menschen hungern nach Liebe.«

In Großmutters Augen lag plötzlich ein solcher Ausdruck von Traurigkeit, daß Anna beinahe ihren Schweigeschwur gebrochen hätte. Sie fuhr sich mit der Zunge über die Lippen und riß die Augen auf. Und dann brach zu ihrem Entsetzen Großmutter in Lachen aus.

»Was für ein seltsames kleines Ding du doch bist. Wie eine kleine fremdartige Katze. Ich frage mich, was dein Großvater wohl zu dir sagen wird.«

Er sagte nicht viel, der dünne alte Mann in seinem mit roten Kordeln verzierten Seidenmorgenrock. Er sei ein kranker Mann, hatte Großmutter erklärt, und sie müsse in seiner Gegenwart sehr still sein. Still – wo sie noch nicht einmal den Mund aufgemacht hatte! Noch stiller konnte man nicht sein. Und ganz gewiß würde sie auch kein Gespräch beginnen, nachdem sie den entsetzten Gesichtsausdruck des alten Mannes gesehen hatte.

Er gab ihr höflich die Hand und sagte: »Guten Tag, Anna.« Im Gegensatz zu Tante Florence schien er unendlich enttäuscht, daß sie ihrer Mutter nicht ähnlich sah.

»Tatar«, sagte er. »Sie sieht genau aus wie ihr Vater, Bea. Ich kann mich genau an ihn erinnern, wie er in dieser kleinen französischen Kirche neben unserer zierlichen Daisy stand. Anna hat das gleiche ausländische Aussehen.«

»Dafür kann sie nichts«, sagte Großmutter. »Warte, bis sie sich herausgefuttert hat, dann wird sie besser aussehen. Ich habe ihr gesagt, sie kann wählen zwischen einem Internat, einer Tagesschule oder einer Gouvernante. Aber Weglaufen gibt es nicht mehr.«

»Schule wird das beste sein«, sagte Großvater mit schwacher Stimme. »Wir wollen doch nicht, daß das Kind den ganzen Tag zu Hause ist. Da wäre sie zu einsam, und außerdem würde sie zu viel deiner Zeit in Anspruch nehmen.« Großvater streckte seine dünne Hand aus, und Großmutter nahm sie zärtlich, während sich ihre Wangen vor Freude röteten.

Anna war einen Augenblick von ihrem eigenen Selbstmitleid abgelenkt und starrte die beiden verwundert an. Diese *alten* Leute, waren die ineinander verliebt? Das war komisch, noch komischer als Mutter und der gräßliche fette Wladimir.

»Oh, das denke ich nicht, William. Miss Finch wird sich um sie kümmern, bis wir über ihre Zukunft entschieden haben.«

»Wie lange wird sie bleiben?«

»Daisy hat nichts gesagt. Wie lange wird deine Mutter in Amerika bleiben, Anna?« Großmutter blickte in das verschlossene Gesicht und seufzte. »Na, auch gut, wir müssen eben sehen, wie sich alles entwickelt. Komm, ich werde dir jetzt dein Zimmer zeigen, Anna. Es war das Zimmer deiner Mutter, und es ist noch genauso, wie sie es verlassen hat.«

»Sie hätten dieses Haus vor dem Krieg erleben sollen«, sagte Miss Finch. »Eine Köchin, drei Hausmädchen, die Zofe der Herrin, zwei Gärtner, ein Kutscher, ein Küchenjunge, eine Gouvernante für Miss Daisy. Damals war das Haus ausgezeichnet geführt. Jetzt ist nur die Köchin da und Bridget und Bates und Hawkins und ich.«

»Warum?« fragte Anna. Im Umgang mit Dienstboten brauchte sie nicht zu schweigen, und diese seltsame, vogelartige kleine Frau war niemand, vor dem sie sich fürchten mußte.

»Der Krieg natürlich. Wo waren Sie während des Krieges?«
»In St. Petersburg, zu Hause.«
»Wie war Ihr Zuhause, wenn ich fragen darf?«
»In Ordnung. Nicht so wie hier.« Anna sah sich in dem hübschen Raum mit den Rüschenvorhängen und dem gerüschten Bettüberwurf, dem kleinen gefältelten Röckchen um die Frisierkommode, dem Teppich mit dem Rosenmuster und den zierlichen weißen Möbeln um. Das mußte genau zu Mutter gepaßt haben. Man konnte sie sich vorstellen, wie sie in ihrem Negligé mit Schwanenfedernbesatz im Bett saß.

»Ich fürchte, nicht«, sagte Finch nachdenklich. »Der Herr hat sich immer um Miss Daisy Sorgen gemacht. Ich, ich hatte niemals ein Heim. Ich habe immer bei anderen Leuten gewohnt, nicht viel gegessen und nur wenig Platz beansprucht. Zum Glück bin ich so klein. Ich kann mich auf einem Zweig zusammenkauern, wo andere einen ganzen Baum brauchen. Ich habe bei Ihrer Urgroßmutter gelebt, bis sie starb. Seit damals hat sich Ihre Großmutter sehr liebenswürdig um mich gekümmert. Sie ist eine gute Frau, was immer Sie auch von ihr denken mögen.«

»Sie verlangt, daß Sie das tun, was sie sagt«, murmelte Anna.

»Das ist das Vorrecht der Erwachsenen, Miss Anna. Ist das Ihr ganzes Gepäck? Anders als Ihre Mutter. Sie hatte tonnenweise Gepäck, wenn sie verreiste. Macht nichts, die Herrin wird dafür sorgen, daß Sie ein paar hübsche Kleider aus dem Laden bekommen.«

»Ich mache mir nichts aus Kleidern.«

»Oje, wie schade. Ein gewisses Maß von Eitelkeit und Freude am Schmücken gehört sich aber für eine junge Dame.«

»Wo ist das Badezimmer?«

»Den Gang hinunter, auf der rechten Seite. Vielleicht möchten Sie vor dem Dinner baden, dann werde ich Ihnen das Haar hochstecken. Damit Sie hübsch aussehen.«

Hübsch, hübsch, hübsch! War das alles, woran die Frauen denken konnten, fragte sich Anna verächtlich, als sie den Gang entlangging und die erste Tür öffnete, zu der sie kam.

Sie hatte sich geirrt. Das war nicht das Badezimmer. Es war ein großer, dämmriger Raum, die Vorhänge waren zugezogen, und nur eine abgeschirmte Lampe brannte. In der Mitte des Zimmers stand ein großer Tisch, vollgeräumt mit Spielzeugsoldaten. Am anderen Ende des Tisches saß eine furchterregende Gestalt. Ein Soldat, ein *deutscher* Soldat, mit einem seltsamen flachen Helm und einer feldgrauen Uniform. Ein Monokel steckte in einem Auge, und über seinen schmalen Lippen wölbte sich ein blonder Schnurrbart. Als Anna den Raum betrat, fuhr er hoch, schlug sich mit einem Rohrstock gegen die Seite und kam ihr entgegen.

Einen furchtbaren Augenblick lang stand sie starr vor Entsetzen, dann floh sie schreiend aus dem Zimmer: »Njet, njet, njet!«

Drunten hoben William und Beatrice lauschend die Köpfe.

»Das war zweifellos Russisch«, sagte William.

»Es ist das erste Wort, das ich von ihr höre«, antwortete Beatrice. »Was es auch bedeuten mag.«

»Es ist eine schlechte Angewohnheit, in fremden Häusern herumzulaufen«, sagte Großmutter später zu der kerzengerade im Bett sitzenden Gestalt. »Ich habe das selbst früher auch gemacht, und jedesmal mußte ich feststellen, daß es zu meinem Nachteil war.«

»Ich habe nur das Badezimmer gesucht«, murmelte Anna.

»Genau. Das ist immer die Entschuldigung. Was tust du eigentlich um sechs Uhr im Bett? Du bist doch kein Baby mehr. Steh auf, zieh dich an, und komm zum Dinner hinunter.«

Anna schüttelte heftig den Kopf. Sie sprach kein Wort mehr. Wie hätte sie auch ihre Angst vor diesem entsetzlichen deutschen Soldaten in Worte kleiden sollen? Sie hatte früher viele deutsche Soldaten gesehen, kämpfende Soldaten und tote und verwundete Soldaten, die während der Aufstände in St. Petersburg auf den Straßen lagen. Aber nichts war so schrecklich und makaber gewesen wie diese schweigsame Gestalt, die in dem düsteren Zimmer auf sie zukam.

Wußte Großmutter von dem deutschen Soldaten, der in ihrem Haus lebte?

»Nun sei doch kein so dummes Mädchen. Du bist nicht übermüdet, und scheu kannst du auch nicht sein, nachdem du so viel in

Europa herumgekommen bist. Nur Großvater und Tante Florence und Onkel Edwin und ich werden dasein. Die Familie. Oder möchtest du kein Teil unserer Familie sein?«

Anna preßte den Zipfel ihrer Bettdecke an die Lippen und versuchte zu sagen, daß sie niemals die Geborgenheit dieses Zimmers verlassen würde. Niemals.

Großmutter starrte sie wieder einmal an, dann hob sie die Schultern und seufzte.

»Auch gut. Finch mag dir dieses eine Mal ein Tablett heraufbringen. Vielleicht war der heutige Tag doch ein bißchen viel für dich. Aber morgen erwarten wir von dir ein anderes Benehmen.« Sie trat näher und küßte Anna auf die heiße Stirn. »Es war nur Onkel Edwin, weißt du«, sagte sie. »Er ist keineswegs zum Fürchten. Der arme Junge.«

Aber Anna fürchtete sich, vielleicht nicht nur vor Onkel Edwin in der Uniform eines deutschen Soldaten, sondern vor allem. Vor dem fremden Haus und den fremden Menschen, der neuen Schule und den englischen Mädchen, die sie dort treffen würde. Das war alles zuviel. Sie würde hier bleiben, in dem Zimmer ihrer Mutter. Sie fürchtete sich nicht vor Finch und auch nicht vor der noch älteren Frau, der knochigen und verschrumpelten Hawkins. Das waren zwei alte Hennen, die sanft um sie herumgackerten und nicht schimpften.

Aber niemand anderes und nichts anderes konnte sie ertragen.

»Schick nach dem Arzt«, sagte William ungeduldig. »Wenn das Kind nicht körperlich krank ist, muß es etwas Seelisches sein.«

»Es ist schlicht und einfach Sturheit«, sagte Florence. »Die ist wie ein Muli.«

Edwin lächelte schweigend und geheimnisvoll. Er redete beinahe ebensowenig wie Anna. Aber daran war man gewöhnt. Der Gefängnisarzt und der alte Doktor Lovegrove hatten gesagt, er leide an einer Persönlichkeitswandlung. Ein Resultat der langen Haft. Er hatte sich in sich selbst zurückgezogen, vielleicht für immer. Es war nicht unglücklich. Seine Phantasiewelt stellte keine Anforderungen an ihn. Er war immer von allzu fein besaiteter

Natur gewesen. Den Dienstboten machte seine Anwesenheit im Haus nichts aus, er machte keinerlei Schwierigkeiten.

Aber Daisys kleiner Racker war etwas anderes, sagte William. Sie sei einfach halsstarrig.

»Nein«, sagte Beatrice. »Laß sie in Frieden.«

»Du meinst, man soll sie einfach für immer in diesem Zimmer lassen?« rief Florence aus.

»So lange, bis sie bereit ist, herauszukommen. Ich denke, wir haben die Sache ein bißchen falsch angepackt. Sie ist mehr durcheinander, als wir wissen. Sie ist vernachlässigt worden. Ja, William, den Vorwurf muß ich Daisy machen. Ganz offensichtlich war sie niemals sehr mütterlich, und nachdem Sergej tot war und ihr dieses Kind hinterließ, das sie an ihr verlorenes Glück erinnerte, hat sie es nicht mehr geschafft. Dafür bedarf es eines stärkeren Charakters, als Daisy ihn jemals hatte.«

»Daisys Charakter ist in Ordnung«, sagte William gekränkt.

»Nein, das ist er nicht. Sie war schon immer oberflächlich und egoistisch, und das ist sie noch«, sagte Florence. »Alles, was dieses Mädchen im Sinn hatte, war, sich bei den Männern beliebt zu machen.«

»Frauen, die Männer zu sehr lieben, geben schlechte Mütter ab«, sagte Beatrice. »Was mich selbst betrifft . . .«

»Du warst eine ausgezeichnete Mutter, Bea.« William wirkte abwesend.

»Ich vermute, Florence und Edwin geben dir da nicht ganz recht. Jedenfalls will ich versuchen, ob ich bei Anna mehr Erfolg habe.«

»Nicht, wenn du sie da oben in ihrem Zimmer läßt«, sagte Florence. »Sie wird hintersinnig.«

»Sie redet mit Finch. Ich glaube, das arme Kind hat ziemliche Minderwertigkeitskomplexe. Daisys zweiter Mann scheint ein sehr gefühlloser Mann zu sein, und außerdem hat er diese verwöhnte Tochter Olga, die sehr hübsch ist.«

»Es ist ein Jammer mit Annas Aussehen«, mischte sich William ein. Er war überrascht und gekränkt, daß Daisys Tochter so nichtssagend aussah.

»Das kann sich ändern. Macht es wirklich so viel aus?«

»Bea, das sieht dir gar nicht ähnlich, den kleinen Racker zu verwöhnen.«

Es war wirklich ein bißchen amüsant, daß ausgerechnet Daisys Tochter bei William derart versagte. Beatrice lächelte ihn liebevoll an.

»Nein, das pflegte immer dein Vorrecht zu sein, nicht wahr? Aber wenn wir sie nicht schreiend aus ihrem Zimmer zerren wollen, können wir nichts anderes tun, als ihr Zeit zu lassen, sich hier einzugewöhnen.«

»Ich möchte nur nicht, daß sie zuviel von deiner Zeit beansprucht«, sagte William.

Eine Woche später, an einem strahlenden Nachmittag, schlich sich eine kleine Gestalt aus dem Haus und kam auf Edwin zu, der seine Frühlingsbeete bestellte. Krokusse, Narzissen, Osterglocken. Er liebte das prunkhafte Gelb der Osterglocken. Er hatte keine Hilfe im Garten. Der letzte Gärtner hatte sie Anfang des Krieges verlassen. Er war an der Somme gefallen, im Schlamm, der alle Saaten erstickte. Man hatte keinen neuen Gärtner eingestellt, und als Edwin nach Hause kam, war der Garten ein Dschungel gewesen.

Jeder Soldat brauchte körperliche Anstrengung, um fit zu bleiben. Da er sich nichts aus Märschen über die Heide machte, beschloß er, statt dessen den Garten zu bestellen.

Jetzt liebte er ihn leidenschaftlich. Er hatte nicht die Absicht, sich durch ein mageres kleines Mädchen (Daisys Tochter, sagten sie) in seiner Arbeit stören zu lassen.

Aber sie störte gar nicht. Sie schlich sich nur ganz nahe heran, wie eine Raupe, und beobachtete ihn schweigend.

Nachdem eine lange Zeit verstrichen war, sagte er: »Ich bin dein Onkel Edwin.«

»Ich weiß.«

»Du hast geschrien, als du mich zum erstenmal gesehen hast.«

»Ich weiß.«

»Das ist ganz in Ordnung. Ich war Rittmeister der Ulanen, und das verlangt Respekt.«

»Jetzt sehen Sie ganz anders aus.«

»Das ist meine feldmarschmäßige Ausrüstung.«

»Die gefällt mir besser.«

»Die andere wird dir auch gefallen, wenn du dich daran gewöhnt hast. Soll ich dir über die Napoleonischen Feldzüge berichten?«

»Den Rückzug von Moskau?«

»Den kennst du, nicht wahr. Aber natürlich, du bist ja Halbrussin. Waterloo auch?«

»Nein.«

»Guter Gott! Dieses Versäumnis müssen wir aufholen.«

»Wann?«

»Heute nachmittag.«

»In diesem . . . diesem Zimmer?«

»Heute nachmittag werde ich Herzog sein. Scharlachrote Tunika mit Goldtressen. Sehr schön. Du kannst mein Trompeter sein und zur Schlacht blasen. Wirklich, das wird ein Spaß.«

Nachdem das Kind endlich aus seiner Muschel herausgekommen war, und obwohl man ihm noch immer jedes Wort abringen mußte, sah sich Beatrice nach einer geeigneten Schule um. William war unerbittlich darin, daß er weder das Kind noch eine Hockey spielende Gouvernante den ganzen Tag über im Haus haben wolle. Bei Daisy hatte er ganz anders empfunden, aber damals war er auch noch jünger und gesünder gewesen. Aus angeborener Höflichkeit hatte er ein- oder zweimal den Versuch unternommen, an Anna heranzukommen. Aber nachdem sie seine berühmte Schmetterlingssammlung nicht interessierte und sie ganz kalt gesagt hatte, sie schaue sich lieber Onkel Edwins Schußwaffen an, hatte er den Versuch aufgegeben.

»Wie lange müssen wir sie aushalten?« fragte er kläglich.

»Ich nehme an, bis ihre Mutter ein ordentliches Haus für sie hat. Wir können nicht unmenschlich sein, mein Lieber. Du wirst sie auch kaum bemerken, wenn sie erst einmal zur Schule geht.«

»Hoffen wir es. Sie ist keine von uns, Bea.«

Einst war auch sie, die ernste, kleine Außenseiterin, keine von der Overton-Familie, aber sie war es geworden. Die Jahre hatten dafür gesorgt. Beatrice seufzte und wünschte, Annas Komplexe würden nicht all die wertvolle Zeit in Anspruch nehmen, die sie viel lieber mit William verbracht hätte. Aber ein so ungemein verwundbares Kind brauchte Zeit und Verständnis. Das wenigstens hatte sie die Erfahrung gelehrt.

»Es ist nur eine Tagesschule, Liebes. Du kannst jeden Abend nach Hause kommen und deine Hausaufgaben im alten Kinderzimmer machen.«

»Ich will nicht gehen.«

»Ich fürchte, du mußt, da gibt es gar nichts. Etwas, was ich nicht dulde, ist eine ungebildete Enkelin.«

Sie tätschelte die kleine, kalte Hand flüchtig.

»Onkel Edwin kann dich an den Wochenenden unterrichten. Du mußt noch etwas anderes lernen als nur über Kriege, weißt du.«

Der nächste Brief von Daisy kam aus Kalifornien. Sie hatte Wladimir verlassen. Er war ein Biest. Sie hatte auf ihre Ansprüche, Prinzessin zu sein, verzichtet. Sie wollte nicht einmal einen Titel von einem Mann, der sich als so selbstsüchtig, grausam und gefräßig erwiesen hatte. Uff! Er hatte ihr nicht einmal das Rubingehänge gelassen, er benützte es, um eine neue Frau anzulocken. Aber was kümmerte sie das, sie hatte einen umwerfend attraktiven Filmproduzenten kennengelernt. Er versprach, aus ihr eine zweite Gloria Swanson oder Mary Pickford zu machen (Welche nun? brummte Florence. Entscheide dich!).

Sobald ihre Scheidung durch sei und sie Randolph geheiratet habe, würde sie Anna kommen lassen. Wenn das Kind allerdings glücklich war, kein Wunder bei der lieben Mama und Papa, wäre es schade, sie in diesem Glück zu stören. Armes Kerlchen, sie war in ihrem kurzen Leben schon so viel herumgestoßen worden. Es kam einem Wunder gleich, daß sie zur Schule ging und auch dort blieb.

Daisy hatte sogar die etwas atemlose Weise der Amerikaner angenommen, sich auszudrücken. Sie war wie ein Chamäleon, sie nahm die Farbe ihrer Umgebung sofort an. Vielleicht wurde wirklich eine erfolgreiche Schauspielerin aus ihr.

»Die liebe Daisy. Noch immer nützt sie jede sich bietende Gelegenheit«, sagte Florence.

»Sie sucht immer nach einem zweiten Sergej«, sagte William, allerdings nicht mehr ganz überzeugt. Allmählich fand er es schwierig, seinen Glauben an Daisy aufrechtzuerhalten.

»Nein, nein, Papa, sie war eine Opportunistin lange bevor sie Sergej kennenlernte. Damals vielleicht unbewußt. Und du kannst mir nicht erzählen, daß eine Tragödie einen Menschen verändert. Sie bringt nur seine wahren Charakterzüge ans Licht.«

»Großer Gott, Florence, was für hochtrabende Worte«, murmelte Beatrice.

Aber Florence hatte recht. Daisy war vollkommen auf sich selbst ausgerichtet, wie sonst hätte sie so wenig Reue darüber empfinden können, daß sie ihr Kind vernachlässigte?

Die Schule war eine Hölle, sagte Anna zu sich selbst. Aber teils aus Angst vor ihrer Großmutter, teils aus Furcht vor der Alternative ertrug sie diese Hölle. Sie hatte keine Freundinnen und war immer die Schlechteste der Klasse, weil sie vorher so gut wie gar keine Schulbildung genossen hatte und weil sie noch immer Schwierigkeiten hatte, die englische Sprache zu verstehen. Ihre Rechtschreibung sei einfach haarsträubend, sagte eine der Lehrerinnen vor der ganzen Klasse.

Aber nicht deswegen rannte sie schließlich doch davon. Sie hatte jetzt endlich jemand, zu dem sie laufen konnte. Onkel Edwin hatte ihr einmal gesagt, er würde sie verteidigen, wenn der Feind in der Übermacht wäre. Sie könne sich in seinem Zimmer verstecken, und niemand käme auf die Idee, sie dort zu suchen.

Zwei Tage lang machte sie es so. Sie verkroch sich während des Tages hinter dem Wandschirm in der Ecke, nachts schlief sie auf dem Kaminteppich vor dem Feuer. Onkel Edwin schmuggelte ihr Essen herein, Brot und Butter und Milch mit Rum vermischt. Er sagte, der Rum sei das richtige für einen kämpfenden Mann. Er gab ihr auch eine Schußwaffe, einen Revolver, den sie an die Brust drückte, während sie schlief. Er sollte sie beruhigen, wie Onkel Edwin gesagt hatte. Außerdem war sie vom Rum ohnehin halb benebelt.

Die Polizei kam und durchsuchte das ganze Haus. Als sie an Onkel Edwins Tür klopften, fragte er so laut: »Wer da?«, daß der eintretende Konstabler das Zimmer nur oberflächlich durchsuchte.

»Der Kerl da drinnen ist plemplem«, sagte er vernehmlich, als er das Zimmer verließ. »Ich bezweifle, ob er überhaupt weiß, welche Tageszeit ist.«

Die Polizisten verließen das Haus, ohne eine Spur von Anna gefunden zu haben, und konzentrierten ihre Suche auf die Heide.

Nach zwei Tagen hatte Anna jedoch genug von dem Spiel. Als sie an dem Revolver herumfummelte, ging er plötzlich los, sie schrie vor Entsetzen auf. Der Schuß ging in die Decke, Stücke vom Plafond fielen herunter.

Als Großvater und die Dienstboten hereinstürzten (es war während des Tages, Großmutter und Florence befanden sich im Geschäft), stand Onkel Edwin mit gezogenem Säbel schutzsuchend hinter den Reihen seiner Spielzeugsoldaten.

»Ich war es nicht«, brabbelte er. »Sie war es.«

Erschöpft und mit zugeschwollenen Augen wurde Anna hervorgezogen. Man schickte nach Großmutter, und das Kriegsgericht begann. (Onkel Edwin hatte sie davor gewarnt, daß die Operation möglicherweise mit einem Kriegsgericht enden würde.)

»Edwin, wenn du Anna jemals wieder einen geladenen Revolver gibst, müssen wir dich fortschicken«, sagte Großmutter bestimmt.

»Nicht Edwin, Bea, das Kind wird gehen müssen«, sagte Großvater, dessen Stimme äußerste Erregung verriet. »Sie ist unkontrollierbar.«

Anna benützte ihre einzig wirksame Waffe, nämlich das Schweigen, und starrte sie alle trotzig an. Plötzlich wurde ihr klar, daß sie dieses Haus liebte. Nicht die Menschen, nur das Haus. Allerdings war Onkel Edwin ganz in Ordnung, und Finch konnte man auch aushalten.

Onkel Edwin hatte sein Monokel weggelassen und trug statt dessen eine Brille mit dicken Gläsern, was ihn jungenhaft und ganz uninteressant wirken ließ. Er ließ den Kopf hängen und brummelte, er habe vergessen, daß der Revolver geladen war, und es würde nie wieder vorkommen.

»Nur um ganz sicherzugehen, es ist besser, wenn du mir all deine Schießeisen gibst«, sagte Großmutter. »Oh, die alten Steinschlösser kannst du behalten, wenn du willst. Aber nichts Modernes. Und du darfst mit Anna nie mehr Kriegsspiele spielen, hörst du?«

»Es war nur eine Belagerung«, murmelte Onkel Edwin weinerlich.

»Es war sehr gefährlich. Man muß die Polizei verständigen. Ist das schon geschehen, William?«

»Noch nicht. Ich überlege, ob man ihr nicht einfach sagen kann, Anna sei aus freiem Entschluß nach Hause gekommen. Haben wir denn nicht schon genug Skandale?«

Großmutter sah plötzlich sehr müde aus.

»Doch, aber ich fürchte, wir müssen die Wahrheit sagen. Annas Schulleiterin muß genau über das informiert werden, was geschehen ist, wenn sie das Kind zurücknehmen soll.«

Die Angst erwies sich als stärker als Annas Wille, zu schweigen.

»Ich werde nicht in diese Schule zurückgehen?«

»Aber genau das war doch das Unglück früher, nicht wahr, Anna?« sagte Großmutter sehr freundlich. »Du brauchtest niemals zurückkehren und deine Schande zu erleben. Diesmal muß es sein.«

»Wir sind dafür nicht verantwortlich«, sagte Großvater verdrießlich. »Wir sind zu alt für derartige Dinge.«

»Ich weiß, Liebster«, sagte Großmutter. »Ich weiß. Trotzdem muß es sein. Anna, du solltest jetzt lieber hinaufgehen und ein Bad nehmen und dich umziehen. Dann wirst du mit der Polizei sprechen.«

Am nächsten Tag wurde Anna mit dem Daimler in die Schule zurückgebracht. Großmutter saß neben ihr. Abgesehen von ihrer Angst vor dieser Rückkehr haßte sie das Aufsehen, das ihre Ankunft verursachte. Sie wußte, Großmutter hatte das absichtlich so eingerichtet. Doch ob es geschah, um ihre Schuld offenkundig zu machen oder um ihr die Dinge zu erleichtern, das wußte sie nicht.

Sie wußte nur, daß ihr wieder einmal alles verhaßt war. Und Großmutter war zum Feind übergelaufen.

27

Beatrice war sich über ihre Gefühle zu Anna völlig im unklaren.

Diese unerfreuliche Geschichte wäre jetzt eine Gelegenheit gewesen, sich von diesen zwei Frauen zu befreien, die in ihr Leben nichts als Ärger gebracht hatten. Mary Medway und ihre Tochter.

Doch sie nützte die Gelegenheit nicht. Sie widersetzte sich in diesem Punkt sogar William. Sie ging so weit, mit ihm zu streiten, wenn es sich um die Verteidigung von Mary Medways Enkelin handelte.

Das Ganze war vollkommen widersinnig, denn jetzt lag William einzig und allein ihr Wohlergehen am Herzen. Er mochte es nicht, wenn sie müde und besorgt und verärgert aussah. Der Rheumatismus in ihrer Hüfte machte ihr auch Kummer, und er bedrängte sie immer wieder, sich mehr Ruhe zu gönnen.

»Bleib mehr zu Hause, Bea. Ich würde mich so über deine Gesellschaft freuen.« Er meinte das ganz im Ernst. Seine Augen waren voller Zärtlichkeit.

Beatrice lächelte schwach, sie fand die Situation sowohl komisch wie herzerwärmend.

»Vielleicht werde ich das wirklich tun. Man könnte mir die Abrechnungen an den Tagen heraufschicken, an denen ich zu Hause bleibe. Aber die Geschäfte sind in letzter Zeit nicht allzu gut gegangen. Florence sagt, es würde eine Depression kommen. Ich weiß nicht, woher sie das wissen will.«

»Sie scheint immer alles zu wissen«, sagte William.

Florences flachbrüstige, schmalhüftige Figur paßte ausgezeichnet ins Modebild der zwanziger Jahre. Sie trug Kleider mit herabgezogener Taille und diese mit Federn besetzten Umhänge. Ihr Haar hatte sie sich kurz schneiden und zu einem Bubikopf frisieren lassen, und sie rauchte Zigaretten mit einer langen Elfenbeinspitze.

Beatrice sagte ihr, sie sehe für ihr Alter unmöglich aus. Sie lächelte nur fein und überlegen und sagte, daß man als Leiterin einer Modeabteilung eben der Mode voraus sein müsse.

»Miss Brown hielt das nie für nötig. Sie hielt es für richtig, unbemerkt zu bleiben. Ihre Kunden waren es, die glänzen sollten.«

»Mama, wann wirst du begreifen, daß diese Zeiten vorüber sind? Man macht jetzt auf andere Art Geschäfte.«

»Wirklich?«

Florence begegnete dem gelangweilten Ausdruck ihrer Mutter und seufzte.

»Oh, ich meinte nicht, daß man auf andere Art Rechnungen zusammenrechnet oder Waren anders ergänzt. Es ist die Art und Weise, wie man dem Publikum die Waren nahebringt. Wir sind im Zeitalter der Reklame, der Public Relations, wir müssen einen entsprechenden Eindruck machen.«

Beatrice betrachtete Florences kurzes, enganliegendes Seidenkleid. »Wenn du das mit entsprechendem Eindruck meinst . . . kann ich nur sagen, ich finde es häßlich und unanständig.«

»Mama, was soll aus deinen Kunden werden, wenn du dich über die Pariser Couturiers lustig machst?«

»Na schön, ich werde meine Aufmerksamkeit anderen Dingen zuwenden. Die Leute brauchen schließlich noch immer Damasttischtücher und Silberzeug. Du weißt, dein Vater liebt es, sich mit schönen, alten Dingen zu umgeben.«

»Das ist eine Krankheit alter Leute.«

»Ja. Vielleicht wirst auch du einmal darunter leiden, meine Liebe.«

»Wer weiß? Nur rede mir jetzt nicht drein. James und ich planen eine weidengrüne Woche.«

»Was soll denn das bedeuten?«

»Es ist eine neue Farbe, die wir herausbringen. Wir werden Schauspieler und Schauspielerinnen zu einem Gabelfrühstück einladen.«

»Zu meiner Zeit hätte man sich an Mitglieder des Königshauses gewandt«, bemerkte Beatrice.

»Was nur wieder beweist, wie altmodisch du bist«, schrie Florence aufgebracht. »Glaubst du, Prinzessin Mary ist so kühn, um eine neue Mode zu beginnen? Könnte sie so etwas überhaupt vorteilhaft zur Geltung bringen? Natürlich nicht, aber jemand wie Marie Tempest kann das.«

»Weshalb läßt du nicht Daisy kommen?« fragte Beatrice säuerlich.

»Daisy! Die mit ihrer Traumwelt! Die glaubt, sie könne eine Filmkarriere mit dreißig beginnen!«

»Du weißt, du hast Daisy erst in all das hineingebracht, als du damals unbedingt deine russische Ausstellung haben mußtest.«

»Nun bleib aber beim Thema, Mama! Wir reden von einem geschäftlichen Unternehmen, und wir sollten lieber hoffen, daß es ein Erfolg wird, denn unsere Einnahmen sind im letzten Jahr zurückgegangen. Wenn wir nicht aufpassen, wird Bonningtons bald so altmodisch sein, daß man's gar nicht mehr ausdrücken kann. Sei doch vernünftig, Mama. Du hast all das auch einmal mit deinem Vater durchgefochten.«

»Vermutlich. Aber diese Stromlinienformen sind so häßlich. Bonningtons war immer ein Begriff für Luxus und Großzügigkeit.«

»Und für Preise, die heutzutage niemand mehr zahlen will oder kann. James sagt, noch vor neunzehnhundertunddreißig wird die Hälfte aller großen Geschäfte in London zugrunde gehen.«

»Ist James ein Hellseher?«

»Er schaut nicht in eine Kristallkugel, wenn du das meinst. Er versteht lediglich etwas vom Wirtschaftstrend. Wenn du überhaupt begreifst, wovon ich spreche.«

»Ich verstehe noch immer die Abrechnungen der einzelnen Abteilungen, wenn du das meinst.«

Florence seufzte. »Genau das meine ich nicht. Es ist die Effektenbörse, die ganze wirtschaftliche Situation des Landes. Der Weltmarkt.«

»Eine weidengrüne Woche ist wohl kaum das richtige Heilmittel«, sagte Beatrice bissig.

Sie beschloß, einen Gang durch ihr geliebtes Geschäft zu tun. Sie begann im Erdgeschoß, schon immer der fröhlichste, farbenprächtigste Teil mit den Blumenarrangements am Eingang, dem Funkeln von Kristall, Juwelen, Lampen und Lampenschirmen, mit

Seidenstoffen und Brokat. Dann stieg sie die Treppe hinauf in das hübsche Restaurant, durchquerte es und kam in die Abteilungen für Möbel, Teppiche, zu den Tischen mit strahlendweißem Leinen und Damast, in die eisblaue, kühle Pelzabteilung mit den kostbaren und teuren Nerzen und Zobelfellen, in die Herrenmodenabteilung, die von dem einarmigen James Brush geführt wurde. Dahinter lag die Abteilung mit dem farbenfrohen Steingut und Porzellan, und dann kam Florences Domäne, die Damenmodenabteilung, in der schmalhüftige Kleiderpuppen herumstanden in diesen entsetzlich unattraktiven geraden Kleidern mit zipfelnden Säumen und enganliegenden Topfhüten, die ihnen bis zu den Augenbrauen herunterhingen.

Noch ehe sie ihren Rundgang beendet hatte, schmerzte sie ihre Hüfte heftig. Sie mußte sich in ihr eigenes Refugium zurückziehen, in den vergoldeten Käfig, der noch immer auf seinem erhöhten Platz gegenüber der Eingangstür stand. Erst neulich hatte Florence den Wunsch geäußert, ihn entfernen zu lassen, und gesagt, er sei hoffnungslos altmodisch. Außerdem sei es ein Ding der Unmöglichkeit, daß die Besitzerin eines großen Warenhauses da oben thronte wie die Madam in einem Haus von zweifelhaftem Ruf.

Florences Vergleich war sehr unglücklich. Beatrice entgegnete kalt, daß bis jetzt noch keine bessere Methode erfunden worden sei, um das Geld in Empfang zu nehmen und ein wachsames Auge auf die Ladenmädchen zu haben. Und solange sie lebte, würde sich daran auch nichts ändern.

Aber viele Dinge würden sich ändern, so fürchtete sie, wenn sie sich nicht mehr darum kümmern konnte.

Dieser Tag war noch nicht gekommen, obwohl ihre schmerzende Hüfte eine schwere Behinderung darstellte. Andererseits war es auch Glück im Unglück, denn sie konnte sie als Entschuldigung dafür benutzen, öfter bei William zu Hause zu bleiben.

Im Sommer hatte er einen weiteren leichten Herzanfall erlitten. Dadurch waren seine Kräfte aufgezehrt, er war jetzt ein völliger Invalide und entfernte sich niemals weiter vom Haus als bis auf die Terrasse. Einen großen Teil des Tages verbrachte er in der Betrachtung seiner Schmetterlingssammlung, als wolle er seine Jugend zurückrufen und sich daran erinnern, wo dieses oder jenes Exemplar gefangen worden war.

»Bea«, rief er von Zeit zu Zeit. »Komm und sieh dir diese unbeschreiblichen Farben an. Hast du jemals ein so wunderbares Geschöpf wie einen Schmetterling gesehen? Ich weiß, dieses Kind von Daisy hält das für eine Marotte. Leute, die bunte Glasfenster oder wundervolle Gobelins machen, müssen also auch verrückt sein. Sie muß lernen, die Schönheiten des Lebens nicht so geringzuschätzen. Bring ihr das bei, ja?«

»Das kannst du selbst tun«, sagte Bea.

»Leider scheinen wir keinerlei gemeinsame Berührungspunkte zu haben. Ich bin ein egoistischer alter Mann. Ich mag sie nicht, weil sie ihrer Mutter nicht gleicht. Und weil sie dieses Haus in Unruhe versetzt.«

»Es ist Zeit, daß du dich ausruhst, mein Herz. Schließ diese Kästchen weg.«

»Ich vermute, ich war für die Begriffe unserer Zeit kein vollwertiger Mann. Ich hab mir immer zuviel aus schönen Dingen gemacht.«

»Nun, in mir hast du keine Schönheit bekommen«, sagte Beatrice auf ihre trockene Art.

»Mach dich nicht geringer, als du bist, Bea. Ich mag das nicht.«

»Wir haben uns aneinander gewöhnt, das ist alles.«

»Wenn du es so ausdrücken willst. Aber ich will einfach keine aufregenden, häßlichen Enkelkinder um mich herum haben. Mir bleibt viel zuwenig Zeit, um sie auf solche Weise zu vergeuden.«

»Ich weiß, Liebster. Ich habe Anna verboten, dich zu belästigen.«

Doch als sich bei Anna die nächste Krise abzeichnete, konnte Beatrice weder Florences noch Williams dringendem Wunsch nachkommen, an Daisy zu telegrafieren, sie möge ihr anstrengendes Kind abholen. Sie fand es ebenso unmöglich, dieses entnervende Geschöpf hinauszuwerfen, wie sie es früher nicht fertiggebracht hatte, die Bettler abzuweisen, die die Eingangstüren von Bonningtons belagert hatten. Wenn sie so etwas täte, hätte sie keine ruhige Minute mehr. Das kleine, fremdartige, verschlossene Gesicht würde sie immer verfolgen, so wie es ihr bei Mary Medway ergangen war. Sie hatte das Gefühl, an diesem häßlichen, unansehnlichen Wechselbalg eine Schuld gutmachen zu müssen.

Anscheinend fühlte sich Anna nach ihrer Rückkehr auf die Schule als eine Art Heldin. Sie hatte sich ja tatsächlich mit einer Pistole verteidigt! Diese traurige Berühmtheit hatte sie zur Anführerin einer kleinen Clique werden lassen, die von ihr weitere gefährliche Heldentaten erwartete. Es fehlte ihr nicht an Einfällen. Demzufolge war das Sommersemester voll verbotener Abenteuer, bis es schließlich zum unvermeidlichen Höhepunkt kam. Eines Tages wurde Großmutter in die Schule gebeten, und die Leiterin teilte ihr mit, Anna müsse von der Schule gewiesen werden.

Anna besaß die aufreizende Fähigkeit, scheinbar auf die halbe Größe zusammenzuschrumpfen, wenn sie in Schwierigkeiten war.

Die kleine, dünne Gestalt, die Beatrice im Frühstückszimmer gegenüberstand, war einfach mitleiderregend. Oder war die kleine Hexe nur eine bemerkenswert gute Schauspielerin mit einem ungewöhnlich empfindungslosen Herzen?

Man durfte sich von ihrem Äußeren nicht beeindrucken lassen.

»Anna, ich hoffe, du bildest dir nicht ein, ich würde dich nicht wieder in die Schule schicken. Ich werde es tun. Du mußt lernen, die Konsequenzen deines schlechten Benehmens zu ertragen. Morgen wirst du in einer neuen Schule anfangen, die ich in Highgate gefunden habe. Bates wird dich morgens hinfahren und dich nach der Schule wieder abholen. Ich will auf gar keinen Fall, daß du dich auf der Straße herumtreibst. Und ich warne dich schon jetzt, die Regeln in dieser Schule sind sehr streng. Falls du gegen irgendeine Regel verstoßen solltest, hat die Leiterin meine Erlaubnis, dich auf jede Weise zu bestrafen, die sie für angemessen hält. Sie weiß alles über dich, die Schülerinnen aber nicht. Du hast also noch einmal eine Chance. Ich hoffe, du weißt sie zu nützen. Nun? Wolltest du noch etwas sagen?«

»Ich dachte, du würdest mich zu meiner Mutter zurückschikken«, sagte Anna mit erstickter Stimme.

»Möchtest du denn zurück?«

»Njet, njet, njet!«

Wirklich tiefe Gefühlsbewegungen ließ Anna immer ins Russische zurückfallen, zweifellos in ihre Kindheit. Beatrice ließ sich davon nicht erschüttern. Es konnte auch nur ein Trick sein.

»Dann benimm dich, um Gottes willen. Versuche, dich bei den Menschen beliebt zu machen. Es ist wesentlich angenehmer, beliebt als ungeliebt zu sein.«

Nach dieser Unterredung gab es keinen größeren Ärger mehr, obgleich Anna weiterhin abweisend und unfreundlich blieb. Jetzt war es Williams Gesundheitszustand, der Beatrice ernsthaften Kummer bereitete. Ein weiterer Anfall von Bronchitis hatte große Atembeschwerden zur Folge. Alle üblichen Heilmittel versagten. Als Beatrice sein eingefallenes, blau angelaufenes Gesicht betrachtete und seinen keuchenden, unregelmäßigen Atemzügen lauschte, wußte sie, daß nun die Zeit gekommen war, wo sie Daisy bitten mußte, nach Hause zu kommen, wenn sie ihren Vater noch einmal sehen wollte.

Sie scheute vor den Folgen zurück, die dieser Besuch auf Anna ausüben könnte. Aber um ihres Mannes willen mußte es geschehen.

Daisy antwortete jedoch folgendermaßen:

»Ich bin bestürzt über die Nachrichten von Papa. Aber ich habe mein ganzes Leben lang von solchen Krisen gehört, und er hat sie alle überstanden. Und Du mußt zugeben, Mama, daß Du seine Krankheit immer übertrieben hast. Du bist auf Zehenspitzen herumgegangen, wenn er nur einen Schnupfen hatte.

Es wäre schrecklich unpassend, wenn ich ausgerechnet jetzt nach England kommen müßte. Randolph hat soeben mit einem neuen Film begonnen, in dem ich eine Rolle habe – eine kleine nur, aber sie ist lebensnotwendig für meine Zukunft. Ich weiß, Papa wird das verstehen. Küß ihn von mir und wünsch ihm gute Besserung.

Ich würde für ihn beten, aber ich habe den Glauben an Gott verloren, als mein geliebter Sergej fiel und ich diese schreckliche Zeit durchmachen mußte, in der ich nur darum kämpfte, Anna und mich am Leben zu erhalten. Jetzt weiß ich, daß man in diesem

Leben alles zusammenraffen muß, was man für sich bekommen kann.

Sag Anna, ich schicke ihr bald ein Paket mit hübschen Kleidern. Ich bin Dir und Papa ewig dankbar, daß sie bei Euch sein kann. Ich bin sicher, Du wirst mit all ihren häßlichen Seiten fertig. Sie ist ein komisches kleines Entchen, und ich war immer gemein zu ihr, weil sie mich an etwas erinnerte, was ich vergessen muß. Kinder, die armen kleinen Teufel, sind den Gefühlen ihrer Eltern auf Gnade und Ungnade ausgeliefert.«

Beatrice zeigte diesen beunruhigenden Brief niemandem. Er enthielt zuviel Wahres. Er beleuchtete Daisys Selbstsucht, aber er sprach niemanden von Schuld frei.

Sie mußte einfach einen Weg finden, William zu sagen, daß Daisy im Augenblick nicht nach Hause kommen könne. Im Sommer, wenn es ihm wieder besser ging und er ihren Besuch auch wirklich genießen könnte, würde sie kommen.

Falls er bis zum Sommer noch lebte. Jeden Tag schien dies unwahrscheinlicher.

Beatrice ging nicht mehr ins Geschäft, sie saß Tag und Nacht an seinem Bett. Als Florence ihr die Abrechnungen brachte, winkte sie ungeduldig ab. Und das war ganz gut, denn es waren armselige Abrechnungen. Die Wirtschaft steckte noch immer in einer Flaute. Vielleicht würde sich das im nächsten Jahr bessern. Genausogut konnte aber auch das Gegenteil der Fall sein. Es war sehr kostspielig, ein Warenhaus zu führen, und die Miete für die wertvolle Lage in der Edgware Road, die Großvater Bonnington einst so billig bekommen hatte, stieg seit neuestem ins Astronomische.

Florence betrachtete eingehend ihren neuen Haarschnitt, der zwar recht schick war, aber die Linie um ihre Augen zu sehr betonte. Sie fragte sich, ob sich ein Schönheitssalon im oberen Stockwerk wohl auszahlen würde. Die Mädchen verschwendeten heutzutage ein Vermögen an ihr Haar und ihr Gesicht. Sie mußte mit James darüber sprechen. Mit Mama zu reden, hatte keinen Sinn, weder jetzt noch nach Papas Tod. Mamas sture Abneigung gegen jede Veränderung war es ja, die Bonningtons in den Abgrund führte. Sie mußte sich endlich zurückziehen. Dann könnte man dieses altmodische Kassenpult wegwerfen und etwas Nützlicheres an seine Stelle geben.

Papa lag im Sterben, das war klar. Seine Brust rasselte bei jedem Atemzug, und sie gaben unwahrscheinliche Summen für Tag- und Nachtschwestern aus, obgleich auch Mama niemals von seiner Seite wich und die Anwesenheit der Schwestern einfach übersah.

Was für eine gierige, unersättliche Frau sie doch war. Sie hatte immer alles gewollt, Papas uneingeschränkte Liebe, den Gehorsam ihrer Kinder, die absolute Kontrolle über das Geschäft und die sich zwangsläufig daraus ergebende Autorität. Doch war sie jemals glücklich gewesen?

Nun, Glück war die flüchtigste aller menschlichen Eigenschaften, grübelte Florence. Teilweise lag es daran, daß man der Gefangene seiner eigenen Veranlagung war. Man brauchte nur sie selbst anzusehen, die sie es absichtlich zugelassen hatte, daß sich ihr Herz verhärtete, nachdem Desmond sie betrogen hatte. Es war eine dramatische Geste gewesen, ein seltsam masochistisches Vergnügen, ohne das sie jetzt nicht mehr leben konnte. Und dann Edwin, der aus der Wirklichkeit geflüchtet war. Und Daisy, die sich nur um ihre eigenen Fleischtöpfe kümmerte. Welch eine Familie! Mama und Papa hätten gewarnt werden müssen. Weshalb hatten sie nicht Schmetterlinge hervorgebracht?

Was dachten sie wohl jetzt, in dem verdunkelten, überhitzten Krankenzimmer? Erinnerten sie sich ihres romantischen Glücks, des lange vergangenen, ehe all die nervenaufreibenden Kinder ankamen?

Florence bürstete sich wütend das Haar und preßte die Lippen zu einem schmalen Strich zusammen. Das war ungerecht. Woran sollte sie sich erinnern, wenn sie einmal im Sterben lag? An ihre geschäftlichen Triumphe?

In den frühen Stunden eines Novembermorgens zog Beatrice die Vorhänge zurück, weil William sie darum gebeten hatte.

Der von Nebel umschleierte Mond ging gerade unter. Der Himmel war schwarz, die Nacht ohne jeden Laut. William versuchte, etwas zu sagen, etwas über Italien, das Land, das er immer am meisten geliebt hatte. Venedig? Die Gondeln auf den dunkel schimmernden Kanälen? Das lavendelblaue Meer? Die in Sonnenlicht gebadeten Inseln?

»Die weißen Pfauen«, sagte er vernehmlich. »Du hast mir davon erzählt.«

Während sie dasaß und Williams erkaltende Hand in der ihren hielt, erinnerte sie sich an die weißen Pfauen auf der Isola Bella, an Mary Medway, an Daisys Geburt.

Und mit tiefer, schmerzender Bitterkeit wurde ihr klar, womit sich seine letzten Gedanken beschäftigt hatten. Hatte er sogar geglaubt, Mary Medways Hand zu halten?

Die Schlafzimmertür wurde leise geöffnet. Das Licht vom Gang her beleuchtete Annas Gesicht.

»Großmutter!«

»Geh weg!« flüsterte Beatrice.

»Ist Großvater tot? Ich habe keine Angst vor Toten. Ich habe schon viele gesehen.«

»Geh weg!« sagte Beatrice grob. »Laß uns allein!«

Daisy hatte ein riesiges, auffallendes Gebinde aus weißen Treibhausrosen und Nelken geschickt. Wieder wurde die Overton-Gruft geöffnet, um einen weiteren schmalen Sarg aufzunehmen.

Beatrice zwang sich mit großer Energie, nicht wegzusehen. Neben ihr standen Anna, Edwin und Florence. Edwin war passend angezogen, Gott sei Dank, er trug einen unauffälligen schwarzen Mantel. Doch als er ihn zufällig aufschlug, erstarrte Beatrice vor Schreck, als sie an seinem Rockaufschlag das »Tod oder Ruhm«-Abzeichen des 17. Ulanenregiments sah, den makabren Totenschädel und die gekreuzten Gebeine. Also wirklich, dachte sie, und die Wut explodierte wie eine Bombe in ihrem Kopf, hätte nicht Florence oder sonst jemand seine Kleidung vorher inspizieren können! Jetzt konnten alle sehen, was für eine Familie die Overtons waren, dem Untergang geweiht! Edwin geistesgestört, Florence mit ihrer flachbrüstigen, geschlechtslosen Figur eine alte Jungfer, nur dieses wunderliche fremde Kind repräsentierte die Zukunft.

Der alte General mußte sie dafür hassen, daß sie ihn so im Stich gelassen hatte.

28

Nach Großvaters Tod wurde für Anna das Leben noch langweiliger. Großmutter verbrachte einen großen Teil des Tages in dem Schlafzimmer, in dem Großvater gestorben war. Sie betete nicht, denn sie war kein frommer Mensch. Sie handelte mit Tatsachen, sagte Tante Florence, nicht mit Illusionen, was immer das auch bedeuten mochte. Tante Florence sagte auch, es sei ein Fehler, ausschließlich für einen Menschen zu leben. »Denke daran, kleine Anna, wenn dich jemals jemand heiraten möchte.«

Eine unwahrscheinliche Aussicht. Anne schnitt sich im Spiegel Fratzen, sie zog ihre Schlitzaugen noch mehr in die Länge, bis sie wirklich wie eine Chinesin aussah. Als von ihrer Mutter aus Kalifornien ein Paket eintraf, das ein Partykleid mit Rüschchen um Halsausschnitt und Saum enthielt, rief sie entrüstet aus: »Wo sollte ich das wohl tragen, selbst wenn es mir stehen sollte? Mutter muß vergessen haben, wie ich aussehe.«

»Es ist sehr hübsch, Miss Anna«, sagte Finch. »Sie sollten dankbar sein.«

»Hübsch?« sagte Anna, und als sie allein war, nahm sie eine Schere und schnitt das Kleid in Stücke, was ihr eine beinahe körperliche Befriedigung bereitete.

Onkel Edwin verstand sie. Er sagte: »Das ist der richtige Kampfgeist. Trotz dem Feind.« Doch alle anderen waren zutiefst schockiert. Wieder einmal mußte sie bestraft werden.

Großmutter sah Anna mit ihren traurigen Augen an (seit Großvaters Tod hatte sie weder Anna noch sonst jemanden wirklich wahrgenommen) und sagte, auch wenn das ein Kleid war, das sie selbst nicht gewählt hätte, könnte sie doch diese blinde Zerstörungswut nicht verzeihen.

»Wirst du mich fortschicken?« frage Anna angriffslustig.

»Wohin denn? Das ist eine Aufgabe, die ich nicht lösen kann. Ich werfe keine Kinder, nicht einmal so böse wie dich, auf die Straße. Aber eines sage ich dir schon jetzt, du wirst deine alten Kleider eine weitere Saison lang tragen. Ich habe nicht die Absicht, Geld für teure Kleider auszugeben, damit sie nachher zerstört werden.«

Deine wären auch keine so dummen rosigen Rüschendinger, hätte Anna am liebsten gesagt und fühlte, wie in ihr ein Gefühl der Freundschaft (übrigens nicht zum erstenmal) zu Großmutter aufstieg, die wie eine alte Königin in ihrem hohen Lehnstuhl saß. Hawkins hatte Finch erzählt, und Finch hatte es Anna erzählt, daß Großmutter große Schmerzen in der Hüfte hatte und deshalb so leicht reizbar war. Aber sie wollte kein Mitleid. Das beste war, man tat so, als bemerke man weder ihr Hinken noch die Schwierigkeiten, die ihr das Aufstehen bereitete.

Erleichtert darüber, daß sie so gut aus dieser letzten Eskapade herausgekommen war, begab sich Anna auf einen ihrer vergnüglichen Rundgänge durch das Haus. Fortgeschickt zu werden, hätte für sie die härteste Strafe bedeutet, denn sie liebte dieses Haus.

Aber das durfte niemand wissen. Sie wäre dadurch allzu verwundbar geworden.

Wie der Vermögensschätzer, der nach Großvaters Tod jedes Bild und jedes Stück Porzellan betrachtet und aufgeschrieben hatte, weidete sie sich nun im stillen an dem gelben Worcester und dem apfelgrünen Derby, sie nahm vorsichtig ein mit Blumen, Raupen und Schmetterlingen bemaltes Soßenschiffchen aus Chelsea-Porzellan in die Hand und spürte mit innerer Freude seine kühle, sanfte Form, sie bewunderte die kleinen Schnabelbecher und Sahnekännchen, die schon so alt und doch so vollkommen waren, die Worcester-Teekanne und die dazu passenden Tassen mit Blütenmustern, die seltsamen Vogelbilder in den lackierten Rahmen, die englischen und irischen Gläser aus dem achtzehnten Jahrhundert, die Karaffen, Weingläser, Kerzenleuchter.

Diese Dinge waren das Blut, das durch die Adern dieses alten Hauses rann und es am Leben erhielt. Großmutter fühlte ebenso wie sie. Nichts davon durfte verkauft werden. Großvaters berühmte Schmetterlingssammlung (die beste in ganz England, sagt man) war dem Britischen Museum vermacht worden, aber abgesehen davon behielt alles andere Großmutter. Der Schatz blieb unangetastet. Die Beerdigungskosten mußte Bonningtons tragen, sagte Großmutter zu Tante Florences Ärger und Bestürzung. Sollte Großvater selbst noch nach seinem Tod weiterhin das Geschäft aussaugen? fragte sie. Wer sollte denn all das ganze Zeugs einmal erben? Edwin wollte nur die Soldatensammlung haben, und sie wollte nur Geld.

Niemand dachte auch nur im entferntesten daran, daß Anna, der kleine Fremdling, erben könnte. Aber niemand hatte ihr verboten, sich die Sachen anzuschauen. Und das war jetzt viel einfacher, da Großvater nicht mehr lebte, um sie dabei zu erwischen. Er hatte nicht gewollt, daß sie etwas berührte.

Jetzt wo er nicht mehr da war, beachtete sie überhaupt niemand mehr. Sie hätte genausogut unsichtbar sein können.

Sie begriff die zerstörerischen Triebe nicht oder die wilde, bösartige Freude, die sie erfaßte, wenn sie besonders schlimm war. Sie war diesen Stimmungen hilflos ausgeliefert.

Und sie wußte einfach nicht, weshalb sie kurz nach Großvaters Tod in dem kleinen Laden neben der Schule die Perlenkette stahl. Die Tat war um so unverständlicher, weil sie überhaupt keine Perlen mochte.

Aber sie befanden sich in ihrer Schultasche, als die Frau hinter der Ladentheke hervorstürzte und sie gerade noch erwischte, als sie aus der Tür treten wollte.

»Immer diese Kinder aus dieser Schule!« sagte die Frau ärgerlich. »Bert! Ich halte die hier fest, während du die Polizei rufst.«

Onkel Edwin wußte alles über Gefängnisse. Er sagte, sie seien nicht zu empfehlen. Das Essen war abscheulich, schlimmer noch als das, was die Truppen während Wellingtons Pyrenäenfeldzug bekommen hatten. Diesmal konnte er nicht versprechen, sie zu verstecken, nachdem es das letzte Mal so viel Schwierigkeiten gegeben hatte. Sie würde einfach strammstehen und den Tatsachen ins Auge blicken müssen.

Seit der Polizist sie nach Hause gebracht und Großmutter davon unterrichtet hatte, daß die Ladenbesitzerin Anzeige erstattet hatte und daß die junge Dame sich vor Gericht zu verantworten habe, lebte Anna wie in einer Wolke aus Angst. Sie konnte nicht davonlaufen, denn Großmutter hatte befohlen, sie niemals allein zu lassen. Einer der Dienstboten mußte den ganzen Tag über bei ihr bleiben, und nachts mußte Finch in ihrem Zimmer schlafen.

Als Großmutter gefragt hatte: »Weshalb hast du das getan, Anna?«, flüchtete sie sich zuerst in verstocktes Schweigen. Aber das hielt sie nicht lange durch, plötzlich platzte sie heraus: »Ich weiß nicht. Ich mag diese schrecklichen Perlen überhaupt nicht.«

»Nun, darüber bin ich froh. Ich hoffe, du hast einen besseren Geschmack.«

»Was . . . was wird mit mir geschehen?« fragte Anna flehend.

Großmutter seufzte und legte die Hand über ihre Augen.

»Was der Richter sagt.«

»G-Gefängnis?« flüsterte Anna.

»Kinder werden in diesem Land nicht ins Gefängnis gesteckt. Tante Florence besteht darauf, daß man nach deiner Mutter schickt.«

»H-hat man das?«

»Noch nicht. Und stottere nicht, Kind. Versuche, dich vor dem Richter zusammenzunehmen.«

»Wirst . . . wirst du dabeisein, Großmutter?«

»Ja. Ich werde dabeisein.«

»Dann werde ich versuchen, nicht zu s-s-stottern, Großmutter.«

Schließlich war es in dem kleinen, düsteren Gerichtszimmer gar nicht so schrecklich. Der Richter war alt, mit einem rosigen, freundlichen Gesicht. Und komischerweise bestritt Großmutter den größten Teil des Gesprächs. Sie trug ihr graues Geschäftskleid und wirkte besonders streng. Ihr kleines, rundes Kinn ragte herausfordernd hervor, ihre Augen blickten müde und verärgert.

Aber sie durfte neben Anna sitzen, und während sie erklärte, wie Anna dazu kam, in England zu leben, während sie von ihrer unbeschützten, ruhelosen Kindheit erzählte, nahm sie plötzlich

Annas Hand und hielt sie ganz fest. Sie schien sich dessen gar nicht bewußt.

Dann beugte sich der Richter vor und fragte Anna, ob sie gerne zu ihrer Mutter nach Amerika möchte.

»Oh nein!« brachte sie schwer atmend hervor.

»Weshalb nicht?«

»Sie schickt mir dumme Kleider.« Das war alles, was Anna dazu einfiel.

»Würde sie dir ein gesichertes und liebevolles Heim bieten?«

»Was ist das?«

»Ich kann diese Frage beantworten«, unterbrach Großmutter. »Dazu ist sie nicht imstande.«

»Sie kennen Ihre Tochter genau, Mrs. Overton?«

»Und ob.«

»Sind Sie dann also bereit, die Verantwortung für dieses Kind zu übernehmen und dafür zu sorgen, daß es sich während eines Jahres einmal wöchentlich beim Überwachungsbeamten meldet?«

»Was wäre die Alternative?«

»Sie könnte in eine Besserungsanstalt geschickt werden.«

»Auf keinen Fall!«

»Können Sie sie vor weiteren Schwierigkeiten bewahren?«

»Wenn ich wüßte, wieso sie in diese Schwierigkeiten gerät, könnte ich sie vielleicht davor bewahren.«

»Derartige Missetäter handeln für gewöhnlich aus dem Wunsch heraus, beachtet zu werden. Wenn Sie auf dieser Grundlage beginnen, Mrs. Overton, glauben Sie, etwas erreichen zu können?«

»Der unverschämte alte Esel«, sagte Großmutter, als sie das Gerichtsgebäude verließen. »Will mir beibringen, wie man ein Kind zu erziehen hat. Ich kann dir nur eines sagen, Freundchen, wenn du mich sitzenläßt und ich zurückkommen muß, um vor diesem kleinkarierten Popanz Abbitte zu leisten, werde ich dir das niemals vergessen.«

Anna kletterte in den Daimler und setzte sich so nahe zu Großmutter wie sie nur wagte. Ihr war kalt, und sie zitterte heftig.

»Ich werde niemals mehr Perlen stehlen, Großmutter.«
»Das hoffe ich auch.«
»Ich weiß gar nicht, warum ich so schlimme Dinge tu.«
»Weil du willst, daß ich dich beachte. Das hat der alte Esel gesagt. Na schön, ich werde versuchen, das jetzt öfter zu tun. Wir müssen das Beste aus dieser Geschichte machen.«
»Warum hast du nicht zugelassen, daß man mich fortschickt?« wagte Anna zu fragen.
»Weil ich mir von niemandem sagen lassen will, was ich mit Williams Enkelin machen soll. Deshalb. Nicht einmal von deiner allwissenden Tante Florence. Ich bin noch immer voll da, und wenn ich sage du bleibst, dann bleibst du. Leg die Decke über deine Beine, und hör auf, so mickrig und verfroren auszusehen. Ich vermute, ich muß mich mehr mit dir beschäftigen. Wir könnten damit beginnen, daß wir uns das Russische Ballett ansehen, wenn es wieder nach London kommt. Dein Vater hat das Ballett sehr geliebt.«
»Wirklich?«
»Hat dir das deine Mutter nicht gesagt? Dort hat sie ihn kennengelernt. Er war kein Mitglied des Balletts, aber Daisy sagte, er hätte es sein sollen. Er war ein großer Bewunderer von Anna Pawlowa. Du bist nach ihr benannt.«
»Bin ich das wirklich?«
»Sei doch nicht so überrascht. Die meisten Menschen heißen nach irgend jemandem. Sie war eine Berühmtheit, aber das bedeutet noch nicht, daß du ihr nachschlägst. Diese knochigen Beinchen sehen nicht gerade künstlerisch begabt aus, nicht wahr? Vielleicht bist du statt dessen musikalisch. Klavierstunden könnten recht gut sein.«
»Warum?«
»Weil alle Overton-Frauen Klavier gespielt haben. Deine Großtante Caroline hat sehr hübsch gesungen. Familientalente sind erblich. Warum schielst du mich so an?«
Anna glättete hastig ihre Stirnfalten.
»Ich . . . ich habe niemals daran gedacht, daß ich ein Teil einer Familie bin.«

»Natürlich bist du ein Teil einer Familie«, sagte Großmutter gereizt. »Hast du geglaubt, du seist auf die Welt gekommen, ohne irgendwohin zu gehören? Du bist eine Overton, und du wirst dich auch wie eine solche benehmen. Du wirst keine Schande über die Familie bringen. Davon haben wir durch deinen Onkel Edwin schon genug.«

»Ja, Großmutter«, sagte Anna und war vielleicht zum erstenmal in ihrem Leben demütig und bescheiden.

29

Beatrice hatte sich also ergeben. Anna würde bleiben. Das Haus widerhallte wieder einmal von simplen Klavierübungen, es würde wieder standesgemäße Geburtstagsparties geben, Theaterbesuche, Ausflüge hierhin und dorthin.

Sie war zu alt, zu müde und oft von Schmerzen gepeinigt. Andererseits vermochte selbst ein so verschlossenes und schwieriges Kind wie Anna die beinahe unerträgliche Stille und Einsamkeit seit Williams Tod zu mildern. Man war gezwungen, sich mit etwas anderem zu beschäftigen als mit dem Kummer über den erlittenen Verlust. Und man dachte nicht mehr nur an sich selbst.

»Es war Zeit, daß Sie aufgehört haben zu grübeln, Madam«, sagte Hawkins mit der in vierzig Jahren Dienst erworbenen Vertrautheit. Beatrice war beinahe sicher, daß Hawkins die Wahrheit über Daisys Geburt kannte. Sie hatte Beatrices Abneigung gegen dieses hübsche, eitle und selbstsüchtige Kind geteilt. Aber Anna, verstoßen und vernachlässigt, war etwas anderes. Die Menschlichkeit gebot es, zu verlorenen Kindern freundlich zu sein.

»Jedenfalls scheint sie sich gewandelt zu haben, meinen Sie nicht auch, Madam? Ich glaube, das machen die Klavierstunden. Sie hat Talent.«

»O ja. Solche Kinder haben meistens Talent, wenn man es ausgräbt. Glücklicherweise ist sie noch nicht bei Chopin angelangt.«

»Chopin, Madam?«

Das war eine unüberlegte Bemerkung gewesen.

Aber natürlich hatte niemand außer ihr an Frühlingsabenden diese traurigen Chopin-Balladen so intensiv empfunden. Sie hörte sie noch immer . . .

»Ein Komponist, der mit großer Kunstfertigkeit gespielt werden muß.«

Es war ein großer Triumph, als sie endlich nach einem Jahr guter Führung diesen wichtigtuerischen Überwachungsbeamten loswurden. Anna Overton hatte sich bewährt. (Dieser ausländische Name Pavel hatte geändert werden müssen – William wäre sicher damit einverstanden gewesen, obwohl er in Anna niemals etwas anderes als einen unerwünschten Gast gesehen hatte.)

Der Höhepunkt des Jahres war jener Ballettabend gewesen, an dem Anne vornübergebeugt auf der Kante ihres Stuhls gesessen und buchstäblich nicht einmal mit der Wimper gezuckt hatte, ehe sich der Vorhang über dem letzten, glanzvollen Akt senkte.

Auf dem ganzen Heimweg sprach sie kein Wort. Doch als sie aus dem Daimler gestiegen waren, stürzte sie sich in Beatrices Arme, riß sie beinahe um, daß ihr der Schmerz wie ein Dolch in die Hüfte fuhr.

»Großmutter, danke, danke!«

Dies war ihre erste spontane Gefühlsregung seit ihrer Ankunft in Overton House. Sie ließ einen warmen und feurigen Geist vermuten. Man könnte also doch etwas aus Anna machen. Sie würde etwas aus ihr machen, nahm sich Beatrice eigensinnig vor. Sie gab sich nicht mit Projekten ab, die keinen Erfolg versprachen.

Außer ihrer Ehe?

Aber sicher bedeutete ihre anhaltende Trostlosigkeit nach Williams Tod auch eine Art von Erfolg.

Sie fühlte sich jetzt körperlich wieder kräftiger und war in der Lage, sich mit der üblichen Heftigkeit Florences neuesten Plänen in bezug auf Bonningtons zu widersetzen.

Die Pacht, die Papa vor vielen Jahren zu einem günstigen Zins erworben hatte, war am Auslaufen. Grundstücke in der Edgware Road betrugen jetzt das Zwanzigfache ihres ehemaligen Wertes.

Schließlich war das vor sechzig Jahren eine schmutzige Straße am ziemlich verwahrlosten Ende der Oxford Street gewesen, weitab von der Stadt und keineswegs geeignet für geschäftliche Belange.

Jetzt hatte sich das Bild völlig gewandelt. Überall schossen neue Geschäftsgebäude aus dem Boden, und Bonningtons mit seiner weitausladenden Anlage wurde unrentabel, wenn man den Umsatz nicht gewaltig steigern konnte.

Florence und ihr Vertrauter James Brush hatten in dieser Richtung eine Menge Ideen. Vollkommene Modernisierung sei nötig, sagte Florence. Und die mußte durchgeführt werden trotz der Tatsache, daß die Erneuerung der Pacht eine solche Summe verschlingen würde, daß Beatrice zusammenzuckte, und trotz der vorausgesagten Depression, die vor kurzer Zeit auf dramatische Weise in Wall Street begonnen hatte und sich nun wie eine Seuche über England und ganz Europa ausbreitete.

Und nicht genug, stellte Florence bitter fest, Bonningtons habe ja auch noch die Last von Papas Nachlaßsteuer zu tragen. Es war einfach ungerecht von Mama, sich gegen den Verkauf von einigen Wertgegenständen aus Overton House zu wehren (allein die Porzellansammlung würde Tausende einbringen), um wenigstens diese Kosten zu decken. Papa hatte das Geschäft schon immer ausgesaugt, und dank der Schwäche und Sentimentalität seiner Frau hörte er damit nicht einmal nach seinem Tode auf. »Deshalb hat er mich geheiratet«, sagte Beatrice gelassen. »Wir haben einen Vertrag geschlossen, und ich hielt mich treu daran. Und ich werde mich auch weiterhin daran halten.«

Dann war Mama also das Geschäft gleichgültig, das sie so lange Zeit gehegt und gepflegt hatte, fragte sich Florence. Einst hatte sie sich darin gefallen, Queen Bea genannt zu werden. Falls ihr nun nichts mehr daran lag, war es Zeit, abzudanken. Und vor allem war es Zeit, daß man dieses archaische Zahlsystem abschaffte. Spätestens dann, wenn mit der Modernisierung begonnen würde. Die Abteilung für Trauerkleidung mußte ebenfalls aufgelöst werden, sie war hoffnungslos veraltet. Und dann diese längst überholte Tropenabteilung! Heutzutage reisten die Bräute nicht mehr mit einem Dutzend Exemplaren von allem möglichen in ihren

Koffern nach Indien und in die übrigen Teile des Britischen Königreiches. Die Reisenden der Zukunft würden mit leichtem Gepäck reisen, denn die meisten von ihnen benutzten das Flugzeug. Und Mama konnte ruhig ihren Snobismus betreffend Kunden mit hochtrabenden Titeln vergessen. War ihr noch immer nicht aufgefallen, daß dies die saumseligsten Kunden waren? Man konnte ihnen jahrelang immer wieder die gleiche Rechnung zuschicken! Die Kundin der Zukunft war diejenige, die Bargeld in ihrer Handtasche mit sich führte und nicht eigens ein Mädchen anstellte, daß ihr die Handtasche trug.

Florence ging Beatrice mit ihrer geschäftstüchtigen, superklugen und spröden Art langsam auf die Nerven. Zwar mußte sie zugeben, an vielen ihrer neuen Ideen war etwas Wahres dran, aber solange sie dazu in der Lage war, würde sie die Stufen zu ihrem Zahlpult hinaufsteigen, dort sitzen und ihr kleines Königreich überblicken. Sie war immer stolz darauf gewesen, persönlich mit dem Geschäft in Berührung zu stehen. Entging es Florences Aufmerksamkeit, daß es noch immer viele Kundinnen gab, die wünschten, Miss Beatrice zu sehen, selbst wenn sie manchmal Schwierigkeiten hatte, sich an ihre Namen zu erinnern. Einige von ihnen standen selbst mit ihrem unzuverlässigen Gedächtnis auf Kriegsfuß. Die alte Lady Elkins fragte konstant nach Miss Brown und behauptete, niemand sonst verstehe es, sie richtig zu kleiden. Ein sehr betagter Colonel erkundigte sich sogar gelegentlich nach dem Befinden des alten Joshua Bonnington.

Das kommt davon, wenn man nur in der Vergangenheit lebt, sagte Florence ungeduldig. Im Geschäftsleben mußte man bereits im Morgen leben.

»Und wie viele Morgen glaubst du noch vor dir zu haben?« fragte Beatrice verdrießlich.

»Genügend. James und ich können Bonningtons wieder auf die Füße stellen. Aber wir *müssen* einfach die altmodische Atmosphäre loswerden. Und diese Nachlaßsteuern müssen zurückbezahlt werden. Wir brauchen das Geld. Die Depression ist viel schlimmer, als du dir vorzustellen scheinst. Weißt du nicht, daß wir bankrott machen können?«

Bonningtons bankrott! Beatrice blickte Florence ungläubig an, daß sie es überhaupt wagte, eine derartige Ketzerei auszusprechen. Florence starrte zurück und sagte mit ihrer grausamen, tonlosen Stimme: »Du mußt den Tatsachen einmal ins Auge sehen, Mama. Kein Geschäft kann überleben, das von einer toten Hand gelenkt wird.«

Plötzlich bebten Beatrices Lippen. Sie hoffte, Florence hatte diese vorübergehende Schwäche nicht bemerkt.

»Meine Hand ist noch immer sehr lebendig, vielen Dank.« Sie sehnte sich mit einem beinahe unerträglichen Gefühl der Verlassenheit nach William. War ihr Leben zu einem Nichts zusammengeschrumpft, in dem es nur noch diese schmutzigen Machtkämpfe mit Florence gab?

»Dann benütze sie, um eine Hypothek auf Overton House zu unterschreiben«, sagte Florence brüsk.

»Niemals!« rief sie aus. »Dieses Haus wird nicht angetastet, noch irgend etwas darin. Es ist Overtonscher Besitz.«

»Mama, für wenn willst du es denn bewahren? Für Edwin?«

Der Schmerz traf sie tief im Innern. Ihr armer, verwirrter Edwin in diesem hübschen Haus, das langsam um ihn herum verfiel?

»Du weißt, der Unterhalt dieser alten Häuser ist heutzutage viel zu teuer«, fuhr Florence fort. »Wir sollten es verkaufen und ein kleineres nehmen. Wir würden weniger Personal brauchen. Man hätte nicht all diese Löhne und Spesen zu bestreiten. Und schließlich, seien wir doch einmal ganz ehrlich, wir beide sind Geschäftsfrauen, keine Damen, die sich müßig in stattlichen Häusern rekeln.«

Beatrice hatte ihren kurzen Schwächeanfall überwunden. Nachdenklich sagte sie: »Natürlich hast du recht, aber du mußt ein sehr geringes Wahrnehmungsvermögen haben, wenn dir nicht aufgefallen ist, daß mir Overton House weit mehr bedeutet als eine geschäftliche Transaktion. Wenn ich zu wählen hätte zwischen Bonningtons und Overton House, würde ich mich ohne Zögern für das Haus entscheiden. Und in diesem Punkt werde ich meine Meinung niemals ändern, also hör endlich auf, mir deswegen in den Ohren zu liegen.«

»Du warst früher nie so unrealistisch«, schrie Florence.
»Vielleicht ist das schade.«
»Mama, ich hasse es, das zu sagen, aber . . .«
»Ist es eine weitere geschmacklose Bemerkung?«
»Deine Urteilsfähigkeit könnte vielleicht nicht mehr ganz intakt sein.«
»Ist das eine höfliche Form, mir zu verstehen zu geben, ich sei senil?« sagte Beatrice völlig ruhig. »Nein, nicht senil, meine Liebe. Nur unbequem. Was ich immer war.«

Auf dem Weg zum Westend streikte der Daimler. Bates öffnete die Haube und spähte in das qualmende Innere, während Beatrice auf dem Rücksitz allmählich nervös wurde.

»Was ist, Bates. Ich bin spät dran.«
»Ich bin nicht sicher, Madam. Er ist alt, das ist eben das Übel. Er ist abgenützt.«
»Unsinn, Bates! Ein Wagen von dieser Qualität nützt sich nicht ab.«
»Ich möchte ja nicht sagen, daß Sie unrecht haben, Madam, aber . . .«
»Oh, ich weiß. Alles nützt sich ab. Ich auch. Wenn Sie also stundenlang hier meditieren wollen, sollten Sie lieber zusehen, daß Sie eine Droschke für mich auftreiben. Ich erwarte Sie heute nachmittag zur gewohnten Zeit vor der Eingangstür.«

Der Daimler war tadellos in Ordnung gebracht worden, denn Bates erwartete sie Punkt vier Uhr. Das Auto glänzte wie neu lackiert und lief wie geschmiert.

Mit ihr war es nicht ganz so einfach. Als sie sich eine häßliche Erkältung zuzog, die sich zu einer Rippenfellentzündung ausweitete, redete der junge Doktor Lovegrove (der alte Doktor Lovegrove hatte seine Praxis schon vor Jahren aufgegeben) ein ernstes Wort mit ihr.

»Mrs. Bonnington, Sie sind eine alte Frau. Es wird Zeit, daß Sie das einsehen.«

»Unsinn!« krächzte sie atemlos, wodurch ihre Stimme an Autorität verlor. Sie war es gewohnt, Leute einzuschüchtern, die ihr lästig fielen, aber dieser junge Mann machte nicht den Eindruck, als ließe er sich einschüchtern. »Ich werde so fit wie früher sein, wenn ich erst diese Erkältung los bin. Es steckt in der Brust, genau wie bei meinem Mann. Ich habe ihn oft genug gepflegt, um zu wissen, was es ist.«

»Da ist noch die Geschichte mit Ihren Hüften.«

»O ja, das. Ein bißchen Rheumatismus. Sie könnten mir eine andere Salbe geben. Was ich bis jetzt versucht habe, hat alles nichts genützt. Aufgelegter Schwindel.«

»Ich werfe nur schnell einen Blick auf Ihre Hüften. Welche ist die schlimmere?«

Beatrice erlaubte Hawkins widerwillig, die Bettdecke zurückzuschlagen. Sie ertrug die schmerzhafte Untersuchung des Arztes – eines dieser verdammten Beine war beinahe bewegungsunfähig, seit sie im Bett liegen mußte – und hörte sich bestürzt seine Diagnose an.

»Sie haben recht mit den Salben, Mrs. Bonnington. Es wäre absolute Zeit- und Geldverschwendung. Sie haben eine Form der Arthritis, die leider nicht zum Stillstand gebracht werden kann. Ich kann schmerzlindernde Mittel verschreiben.«

»Was sonst?« fragte Beatrice.

»Nichts. Es tut mir leid. Die Verformung des Knochens ist ziemlich fortgeschritten.«

Beatrice richtete sich mühsam auf.

»Was versuchen Sie mir da zu sagen? Kommen Sie, Doktor, ich bin kein Feigling. Ich will die Wahrheit wissen.«

»Ich denke, die wissen Sie bereits, Mrs. Bonnington. Sie werden immer weniger beweglich werden.«

»Ein Rollstuhl?«

»Nicht sofort. Allerdings wäre er eine Hilfe nach dieser Krankheit, solange Sie noch schwach sind. In diesem Haus gibt es lange Gänge. Später vielleicht ein Zimmer im Erdgeschoß. Sie hätten dann leichter Zugang zum Garten. Ich brauche Ihnen ja nicht zu sagen, daß die meisten Leute in hohem Alter durch irgendeine Krankheit in ihrer Bewegungsfreiheit gehemmt sind. Und sie sind nicht alle so glücklich gestellt wie Sie.«

»Erteilen Sie mir keine Lektion!«

Der Arzt grinste. Er war vielleicht auch nicht mehr so jung, wie sie gedacht hatte. Und auch er würde eines Tages durch irgendeine Krankheit in seiner Bewegungsfreiheit gehemmt sein, falls ihr das irgendeinen Trost bieten konnte. Und auch Florence. Und Edwin. Und selbst die junge Anna mit ihren Spinnenbeinen. Sie dachte daran, daß Papa einen Schlaganfall erlitten hatte, als er wesentlich jünger war als sie jetzt. Aber glücklicherweise hatte dieser Schlaganfall seinen Widerstand gebrochen.

Sie erinnerte sich auch daran, wie sie und Adam ihn dazu gezwungen hatten, nicht ins Geschäft zu kommen oder sich zumindest von den Kunden fernzuhalten. Krankheit verbreitete Düsterkeit. Sie war damals wie besessen gewesen von ihrem Wunsch nach Fröhlichkeit, Licht und Farben. Menschen, deren Sinne angenehm gekitzelt oder besänftigt werden, öffnen auch leichter ihre Geldbörsen.

Florence würde erfreut sein zu hören, daß sie nicht so senil war, um nicht zu wissen, daß eine Miss Beatrice, die im Rollstuhl über den moosgrünen Teppich gefahren wurde, ein Ding der Unmöglichkeit war. Wenn sie nicht mehr gehen konnte, war Bonningtons für sie vorüber. Der Daimler konnte in seine Garage gestellt und als Museumsstück aufbewahrt werden. Und sie, an Stöcken durch das Haus humpelnd, wäre ein weiteres Museumsstück. Falls irgend jemand sich die Mühe machen sollte, sie anzuschauen. Sie war niemals der Mensch dazu gewesen, intime Freundschaften zu schließen. William hatte ihr immer genügt.

Dieses Urteil, das der Arzt gesprochen hatte, war nichts im Vergleich zu dem Verlust, den sie durch Williams Tod erlitten hatte. Damals war für sie eine Welt zusammengebrochen. Die Verzweiflung über seinen Verlust verließ sie niemals. Weshalb sich also jetzt noch aufraffen? Weshalb nicht aufgeben? Wer machte sich schon etwas aus einer alten Frau im Rollstuhl? Wer hatte sich jemals etwas aus ihr gemacht, außer ein oder zwei der Dienstboten, Miss Brown, die alte Hawkins, der gute, treue Adam?

Trotz ihrer tapferen Jugendhoffnungen mußte sie endlich ehrlich sein und zugeben, daß das Leben sie geschlagen hatte. Die Liebe, die sie ersehnt hatte, war flüchtig gewesen. William hatte ihr Freundschaft entgegengebracht, das stimmte. Und in späteren Jahren eine Art Ergebenheit. Aber im Sterben hatte er von der Frau gesprochen, die sie aus dem Haus gewiesen hatte. Wo also war die Liebe?

»Großmutter.«

»Eh? Wer ist das?« Beatrice erwachte aus einem ruhelosen, von wirren Träumen durchzogenen Halbschlaf.

»Ich, Großmutter. Möchtest du, daß ich dir etwas vorlese?«

»Hat man mir nicht gesagt, du kannst nicht ordentlich lesen?«

»Jetzt kann ich's, Großmutter. Ich habe fleißig geübt.«

»Du brauchst Miss Medway, damit du es lernst.«

»Wer ist Miss Medway?«

»Nur eine . . . eine sehr gute Lehrerin. Florence und Edwin haben bei niemandem sonst so gut gelernt. Ich glaube nicht, daß sie mir jemals verziehen haben . . .«

»Was, Großmutter?«

»Daß ich sie losgeworden bin, natürlich.«

»Miss Anna! Sie sollen Ihre Großmutter nicht stören.«

Beatrice öffnete die Augen und blickte verwirrt in Hawkins' ängstliches Gesicht. Zuviel Ergebenheit – zum Ersticken. Was wollte sie eigentlich wirklich? Das Kind am Fußende ihres Bettes mit seinem ängstlichen Gesicht und den Schlitzaugen? Eine Fremde hier. Viel eher Sergej als Daisy. Vielleicht fühlte sie gerade deshalb plötzlich Freundschaft aufsteigen.

»Geh, Hawkins. Anna wird mir vorlesen. Ich muß hören, was sie für Fortschritte gemacht hat.«

»Hast du ein Lieblingsbuch, Großmutter?«

»Nein, aber es ist lieb, daß du fragst. Lies einfach, was du gerade in der Hand hast.«

»Es ist ›David Copperfield‹, Großmutter.«

»Ausgezeichnet. Du wirst von Tag zu Tag englischer. Miss Brown würde mir zustimmen. Ihre Mutter pflegte sich damit zu brüsten, daß sie Charles Dickens in seinem Haus in der Doughty Street ein und aus gehen sah. Keine besonders erhebende Aussicht, würde ich meinen. Ich wurde dazu erzogen, Mitglieder des Königshauses zu beachten. Das war zu Zeiten von Queen Victoria.«

»Queen Victoria!«

»So lange ist das auch nicht her. Nur dreißig, vierzig Jahre. Sie war eine große Persönlichkeit, für ein Kind aber ziemlich langweilig. Ich hatte ihre Töchter immer lieber. Prinzessin Louise und Prinzessin Beatrice pflegten bei Bonningtons einzukaufen. Prinzessin Louise war sehr elegant, allerdings ein bißchen exzentrisch. Jetzt glaubt Florence, wir brauchen die Neureichen als Kunden. Das finde ich nicht. Und du?«

»Nein, aber vielleicht sind wir altmodisch, Großmutter?«

»Wir!« Beatrice lachte, bis sie davon einen krampfartigen Hustenanfall bekam. Hawkins kam angerannt und sagte, Madam müsse sich ausruhen. »Ich werde das Kind hinausschicken, Madam.«

»Sie werden nichts dergleichen tun«, keuchte Beatrice. »Sie hat mich zum Lachen gebracht. Wann habe ich zuletzt gelacht, Hawkins?«

»Ich . . . ich kann mich wirklich nicht daran erinnern, Madam.«

»Nun, Sie haben es jedenfalls nie fertiggebracht. Nun gehen Sie schon.«

»Einmal«, ließ sich Anna mit ruhiger Stimme vernehmen, »als ich noch ganz klein war, kann ich mich daran erinnern, daß Mutter mich nach Zarskoje Selo mitgenommen hat. Das war, wo . . .«

»Ich weiß, was es war. Der Zar und die Zarin lebten dort. War es genauso schön wie Windsor?«

»Ich war noch nie in Windsor, Großmutter. Aber es war hübsch, und die Bäume waren grün. Wir konnten es nur vom Tor aus sehen. Mutter sagte, am schönsten sei es im Winter, wenn man mit der Troika hinfährt. Da sei es wie ein Märchenschloß. Aber dann weinte sie, und wir sind nie wieder hingegangen.«

»Muß dafür sorgen, daß du nach Windsor kommst. Wenn es mir besser geht. Nebenbei, was sagst du dazu, eine alte Großmutter in einem Rollstuhl zu haben? Wirst du dich schämen?«

»Schämen!«

»Das wäre doch möglich. Ein Kind in deinem Alter . . .«

»Ich mag ja dünn sein, aber ich bin stark«, sagte Anna. »Ich könnte deinen Rollstuhl leicht schieben. Ich meine . . . wenn ich darf.«

Beatrice begann wieder zu husten, bis ihr die Augen übergingen. Aber das waren bestimmt keine Tränen, sagte sie sich ärgerlich.

»Hawkins!« keuchte sie.

»Ja, Madam. Ich werde Ihnen einen Löffel von dem Sirup geben.«

»Bringen Sie das Kind hier raus. Ich bin müde.«

Der lächerlich schmale Rücken, die mageren, spitzen Schultern krümmten sich nach vorne zusammen. Ein zerzauster und verletzter Sperling.

«Oh, um Gottes willen! Anna! Ich bin dir doch nicht böse. Du kannst morgen mit ›David Copperfield‹ beginnen. Es ist ein dickes Buch, wenn ich mich recht erinnere. Aber wir haben ja so viel Zeit.«

30

Anna rief von unten her: »Großmutter! Bates ist mit dem Wagen da. Bist du fertig?«

Beatrice zwang sich zur Geduld mit Hawkins, die eine Ewigkeit für ihre Frisur brauchte. Anna hätte das in einem Viertel der Zeit fertiggebracht, aber man konnte die Gefühle der Alten nicht verletzen. Sie war dabei, Miss Beatrice für ihren letzten Besuch bei Bonningtons anzukleiden. Das vertraute graue Kleid mit dem fleckenlosen weißen Einstecktuch, das Pelzcape über den Schultern, das graue Haar ordentlich hochgesteckt unter dem kleinen Federhütchen. Sie mußte genau wie immer aussehen. Wie die große Persönlichkeit, die sie immer gewesen war, sagte Hawkins.

Insgeheim pflichtete ihr Beatrice bei. Sie hatte es bitter nötig, wie eine Persönlichkeit auszusehen, um die ihr bevorstehende harte Prüfung durchstehen zu können. Im Rollstuhl durch Bonningtons geschoben zu werden, zum letztenmal, selbst wenn Anna ihren Stuhl schob und ihr versicherte, sie würde ihn wie einen Triumphwagen vor sich herschieben, war ein Erlebnis, dem sie mit Würde und Gleichmut begegnen mußte.

»Es besteht überhaupt kein Anlaß, so etwas zu tun«, hatte Florence ungehalten gesagt. »Es ist unnötig und sentimental. Du wirst nur erreichen, daß alle in Tränen ausbrechen.«

»Weshalb sollten sie auch nicht? Schließlich gab es eine Zeit, da *war* ich Bonningtons. Und ich bin es vielleicht noch immer.«

»O ja, das nehme ich an«, sagte Florence widerwillig. »Aber übertreib die Rührseligkeit bloß nicht, denn du hättest Bonningtons retten können, wenn du nur gewollt hättest.«

Alles war eingetroffen, was Florence vorausgesagt hatte. Für Bonningtons war der Tag der Abrechnung gekommen. Die Weltwirtschaftskrise mit nachfolgender Arbeitslosigkeit, Hunger und Armut hatte den letzten Anstoß gegeben. Beatrice betonte jedoch immer, daß in bezug auf menschliches Elend die Zeiten nicht so schlimm waren wie in ihrer Jugend. Die zerlumpten Landstreicher, die barfüßigen, frierenden Kinder, die sich zum Schlafen in Pappschachteln hinter dem Geschäft zusammengekauert hatten, die kleinen Streichholzverkäufer an den Eingangstüren, deren Anblick die Selbstzufriedenheit erschütterte, waren verschwunden. Gewiß, die Leute standen Schlange für Arbeitslosenunterstützung und für Brot, es gab hungernde Kinder und ein Meer von Verzweiflung und Unglück, aber das Land würde aus dieser Krise hervorgehen und sich wieder erholen.

Leider wäre es dann zu spät, um Bonningtons zu retten, außer Beatrice pumpte Geld hinein aus dem Verkauf von Overton House und seinen Schätzen. Dies jedoch, das hatte sie Florence bereits mitgeteilt, würde sie niemals tun. Ein Geschäft oder eine Familientradition? Es bestand nicht der leiseste Zweifel an ihrer Entscheidung.

Dessenungeachtet zogen sich die schmerzlichen Streitereien wochen- und monatelang hin. Beatrice war mit Statistiken bombardiert worden, mit sinkenden Verkaufsziffern und steigenden Löhnen, mit dem maßlos überhöhten Pachtzins für das Grundstück, auf dem Bonningtons stand, und dem Kostenvoranschlag für Florences heißgeliebte Modernisierung.

Alldem gegenüber zeigte sich Beatrice ungerührt, beinahe uninteressiert. Sie hatte sich daran gewöhnt, ein Invalide zu sein. Diese Willensanstrengung hatte ihr die letzte geistige Kraft geraubt. Sie hatte jetzt nur noch den einen Wunsch, ihre letzten Jahre in Frieden in Overton House zu verbringen.

War das zu egoistisch? Sie wußte, Florence hatte sie immer für die selbstsüchtigste und starrköpfigste Frau der Welt gehalten. Aber wenn sie Florence den Inhalt und die Kundschaft von Bonningtons überließ, so tat sie damit gewiß alles, was man von ihr erwarten konnte.

Als Florence endlich einsah, daß sie einen aussichtslosen Kampf kämpfte, beschloß sie beinahe erleichtert, mit James Brush als Partner ein kleines, elegantes Modegeschäft zu eröffnen. Schließlich waren sie nicht mehr die Jüngsten. Die kleineren Räumlichkeiten und das geringere Personal waren genau das Richtige für sie, und zweifellos hatte Florence ein feines Gespür für Mode.

»Ich«, sagte Beatrice ebenfalls unendlich erleichtert, »werde für Edwin und Anna verantwortlich sein. Wir drei werden in Overton House bleiben. Du bist frei, Florence, wie du es schon immer sein wolltest.«

»Sehr schön«, antwortete Florence. Aber ihre Stimme klang unerwartet gedämpft, und einen flüchtigen Augenblick lang sah das nervöse, unsichere Kind aus ihren blassen Augen heraus. Mit festerer Stimme fuhr sie fort: »Mutter, wenn du schon auf diesem Abschiedsbesuch bestehst, könntest du wenigstens Bates deinen Stuhl schieben lassen. Weshalb Anna?«

»Weil ich Anna vorziehe. Ist das kein ausreichender Grund?«

»Mutter, du fängst an, dieses Kind zu verwöhnen.«

Beatrice lächelte mild.

»Im Gegenteil, sie verwöhnt mich. Und ich muß sagen, ich finde diese Erfahrung neu und angenehm.«

»Es ist noch nicht so lange her, seit sie als Angeklagte vor Gericht stand. Ich würde dir raten, sie nicht aus den Augen zu lassen.«

»Genau das mache ich von nun an mit Vergnügen.«

»Um Himmels willen, Mutter. Im Alter nachsichtig zu werden, ist ja ganz schön, aber man kann es auch übertreiben.«

»Ich weiß, meine Liebe, ich hätte das schon ein wenig eher tun sollen, als du und Edwin noch klein wart. Du siehst, ich kann noch immer deine Gedanken lesen.«

Florence errötete leicht.

»Das einzige, was wir dir wirklich vorgeworfen haben, war, daß du Miss Medway ohne jegliche Erklärung fortgeschickt hast. Wir liebten sie, und sie liebte uns. Ich glaube nicht, daß eines von uns je wieder das Gefühl gehabt hat, geliebt zu werden.«

Der Schmerz war noch immer gegenwärtig, dachte Beatrice, und bohrte sich wie ein Schwert in ihr Herz. Aber es gelang ihr, gelassen zu antworten: »Du hast vollkommen recht, Florence. Deshalb bin ich bei Anna besonders vorsichtig.«

Der auf Hochglanz polierte Daimler benahm sich tadellos. Mit dem Glockenschlag drei Uhr hielten sie vor Bonningtons, und Beatrice ließ es geschehen, daß man ihr aus dem Auto half und in ihren Rollstuhl setzte. Sie vermied es ängstlich, die quer über die Schaufenster geklebten Plakate »Geschlossen wegen Geschäftsaufgabe« anzusehen. Anna flüsterte: »Kopf hoch, Großmutter!«, und der Stuhl setzte sich in Bewegung.

Sie hatten sich in zwei Reihen aufgestellt, um sie hindurchfahren zu lassen, die Portiers in ihren dunkelblauen, goldbetreßten Uniformen, die Chef-Ladenaufseher, die Abteilungsleiter, die Verkäufer in ihren dunklen Jacketts und gestreiften Hosen, die Verkäuferinnen in ihren adretten schwarzen Kleidern mit weißen Kragen. Beatrice hatte vorgehabt, sich ihren Leuten noch einmal in ihrer gewohnten Umgebung, dem Zahlpult, zu zeigen, aber es stellte sich heraus, daß sie die Stufen nicht hinaufsteigen konnte. Verdammt, verdammt, sie war wie eine Gefangene in diesem erniedrigenden Rollstuhl!

Dann spürte sie, wie Annas Finger mit sanftem Druck ihre Schultern berührten, und das gab ihr so viel Kraft, daß sie ihren Kopf heben und lächeln konnte, daß sie fähig war, die kleine Ansprache zu halten, die man von ihr erwartete. Worte des Dankes, der Wertschätzung, gute Wünsche für die Zukunft und daß die Zeit der wahre Verräter sei.

Jemand drückte ihr ein Rosenbouquet in die Hand. Plötzlich verschwamm ihr alles vor den Augen, sie fürchtete, ohnmächtig zu werden. Es war, als würde das ganze Leben an ihr vorüberziehen.

»Bring mich nach Hause«, flüsterte sie Anna zu.

Im Auto sagte sie wütend: »Ich war ein Feigling.«

»Nein, das warst du nicht, Großmutter. Du warst wie eine Königin.«

»Wie welche? fragte sie mißtrauisch. »Die alte Victoria?«

»Natürlich, Großmutter. Eine andere möchtest du doch auch gar nicht sein, nicht wahr?«

Königin oder nicht, sie war auch nur ein Mensch und von körperlicher Schwäche befallen. Sobald sie zu Hause waren, schlief sie ein. Als sie erwachte, schien es später Nachmittag zu sein. Die Sonne warf ihr schräges Licht über den Garten. Von Hawkins keine Spur, sie war wohl weggegangen, um sie in Frieden schlafen zu lassen. Aber vom Musikzimmer her konnte sie verwehende Töne von Klavierspiel hören.

Chopin? Nein, es war eine langsame, etwas traurige Melodie, die sie noch nie gehört hatte.

Sie setzte sich auf und läutete nach Hawkins.

»Bring mich hinunter.«

»Gewiß, Madam. Möchten Sie nicht, daß Miss Anna kommt? Sie ist im Musikzimmer.«

»Nein. Ich will sie nicht stören.«

Beatrice hatte sich geweigert, dieses geliebte Zimmer mit seinen Erinnerungen zu verlassen und ins Erdgeschoß zu ziehen. Da hatte sie lieber die große Ausgabe nicht gescheut und sich einen Lift einbauen lassen, in den ihr Rollstuhl hineinpaßte. Wieder einmal empfand Florence dies als einen ungerechtfertigten Aufwand, aber Florence verstand nichts von Gefühlen. Oder sie weigerte sich, zu verstehen. Sie wußte nicht, daß William noch immer in dieses Zimmer kam und ihre Hand berührte und sie manchmal sogar küßte.

Einst hatte sie aus purer Eifersucht den wunderschönen Spiegelsaal zerstört. Noch einmal würde sie einen solchen Fehler nicht begehen.

Die französischen Fenster des Musikzimmers waren zur Terrasse hin geöffnet. Am Ende des Gartens arbeitete Edwin in seinem Kräuterbeet. Sein Kopf verschwand völlig hinter den hohen Goldrauten und Sonnenblumen. Nach einem Sommertag im Garten war er immer liebenswürdig und friedlich und lächelte abends, wenn die Kerzen am Eßtisch brannten. Er unterhielt sich jetzt manchmal sogar über andere Dinge als über das Militär und alte Schlachten. Das war Annas Verdienst. Durch ihre stille, beharrliche Art löste sie ihn allmählich aus seiner Verstricktheit.

Anna saß am Klavier, mit dem Rücken zur Tür. Sie hörte Beatrice nicht hereinkommen. Sie sang leise, mit ihrer klaren, melodiösen Stimme. Es war ein französisches Lied. Ein Lied von der Sehnsucht nach Zärtlichkeit.

Die klagende Melodie verklang, und als das Mädchen bewegungslos dasaß, betrachtete Beatrice sie nachdenklich. Das dichte, braune Haar, das blasse Gesicht mit den schrägstehenden Augen, die zarten Handgelenke und Fesseln . . . Das kleine häßliche Entchen wuchs heran. Selbst ihre Mutter wäre jetzt überrascht, falls sich diese rastlose, unglückliche Person, von der man zuletzt aus Reno gehört hatte, überhaupt die Mühe machte, sie zu besuchen.

Sie würde nicht die sanfte Schönheit ihrer Großmutter erreichen oder Daisys strahlende Niedlichkeit. Sie würde immer ungewöhnlich und fremdartig wirken. Aber interessant, reizvoll. Zweifellos verliebte sich eines Tages ein junger Mann mit einem Gespür für das Einmalige unsterblich in sie. Sie würde kein Versager werden, diese Anna. Overton House hatte sich glücklicherweise als der richtige Nährboden für sie erwiesen.

Beatrice räusperte sich und sagte mit rauher Stimme:

»Sing mir das Lied noch einmal, aber auf englisch. Ich war nie sehr gut in Französisch.«

»Ich wußte nicht, daß du da bist, Großmutter.«

Anna begann leise zu singen, die englischen Worte:

»Sprich zu mir von Liebe . . .«

Sie sang von der Sehnsucht nach Liebe, von dem Wunsch, Liebe zu geben.

»Großmutter!«

»Ja?«

»Du weinst doch nicht, oder?«

»Nein. Doch. Dies ist kein passendes Lied für dieses Haus.«

»Aber warum denn nicht?« Annas gewölbte Brauen, ein weiteres Attribut ihrer fremdartigen Schönheit, hoben sich in ungläubigem Staunen.

»Weil es hier niemals genug Liebe gegeben hat. Das war ganz und gar mein Fehler. Der arme Edwin, Florence – ich habe sie nie genug geliebt. Daisy auch nicht, aber das hat andere Gründe. Und was William anbelangt . . .«

»Jetzt hör aber auf, Großmutter! Du kannst doch wohl nicht behaupten, du und Großvater hättet einander nicht geliebt! Man brauchte doch nur zu beobachten, wie er dich ansah, wenn du aus dem Zimmer gingst.«

Beatrice hielt den Atem an. »Wirklich?«

»Wirklich, Großmutter. Du lieber Himmel, dir braucht man doch am wenigsten etwas über die Liebe erzählen. Ich kann mich noch gut daran erinnern, wie erstaunt ich war, als ich zum erstenmal hierherkam und sah, daß zwei so alte Menschen so füreinander empfinden. Jetzt weiß ich es besser.«

»Nichts weißt du. Nichts.«

»Großmutter, bitte! Der heutige Tag war sehr traurig für dich.«

»Ja, das war er. Weißt du, ich habe soeben beschlossen, dir Overton House zu hinterlassen. Wenn du mir versprichst, Onkel Edwin immer ein Heim zu geben.«

»Aber natürlich! O Großmutter, habe ich denn überhaupt ein Recht darauf?«

»Natürlich hast du ein Recht. Mehr als irgend jemand sonst. Natürlich wirst du auch Großvaters wertvolle Dinge behalten, die Bilder und die Möbel und die Familienporträts.«

»Und das gelbgrundige Worcester und das apfelgrüne Derby«, fügte Anna atemlos hinzu.

Beatrice verwandelte das plötzliche Zittern ihrer Lippen in ein Lächeln.

»Und wenn du einen alten Mann siehst, der sein Porzellan abstaubt oder Schubladen mit Schmetterlingen betrachtet, oder eine dickliche alte Ladenbesitzerin, die ihren Lebensinhalt verloren hat, dann weißt du, es sind freundliche Gespenster.« Unter einem inneren Zwang fügte sie hinzu: »Es könnten auch noch andere erscheinen.«

»Ja?«

»Mach dir nichts draus. Denke einfach daran, daß man gegen Gespenster nicht kämpfen kann. Ich habe lange gebraucht, um das zu begreifen. Und jetzt lassen wir dieses sentimentale Lied sein, und du zeigst mir, wie du wirklich mit deiner Musik weiterkommst. Spiel mir etwas von Chopin.«